Ich fühle so tief ich kann

Liane Cornelius

Bibliografische Information der Deutschen Nationalbibliothek
Die Deutsche Nationalbibliothek verzeichnet diese Publikation
in der Deutschen Nationalbibliografie,
detaillierte bibliografische
Daten sind im Internet über http.//dnb.dnb.de abrufbar.

(c) 2016 Liane Cornelius
Herstellung und Verlag
BoD – Books on Demand, Norderstedt
ISBN: 978-3-7412-7519-7

Liane Cornelius

Ich fühle

so tief ich kann

Roman

Mein Leben ist ein Fluss
und ich bin mitten drin.
Die Strömung ist mörderisch stark,
reißt mich mit, taucht mich unter,
entzieht mir die Luft zum Atmen,
nimmt mir alle meine Kräfte,
und spuckt mich dann, wie zum Hohn,
gnädigerweise an der Oberfläche wieder aus.
Ich habe zwar keine Energie mehr
um an das rettende Ufer zu gelangen,
aber ich muss trotzdem weiterleben,
irgendwie,
ob ich es will, oder nicht...

Kapitel 1

Und ich glaube, ich wollte *nicht* weiterleben. Das Wetter zeigte sich von seiner besten Seite, an diesem vierzehnten April 2014. Der Frühling hatte sich doch noch dazu durchgerungen endlich in Erscheinung zu treten, nachdem man die letzten Wochen eher als mau bezeichnen durfte.

Ich lag im Bett und mein Blick ging hinaus zum Fenster. Seelisch befand ich mich in keiner guten Verfassung, um es genauer zu sagen, ich fühlte mich unglaublich angeschlagen. Der helle Sonnenschein da draußen sowie das Grün der Bäume wollten einfach nicht zu meiner gedrückten Stimmung passen.

Zum wiederholten Male ermahnte ich mich, dem Schicksal dankbar dafür zu sein, dass es jetzt körperlich mit mir wieder bergauf gehen sollte, nach einer langen Zeit des Elends.

Zehn Jahre mit starken Schmerzen lagen bereits hinter mir. Ich konnte kaum noch laufen, notfalls hundert Meter am Tag, und auch nur unter großen Qualen. Beide Hüften und Knie wollten ihre Dienste für mich nicht mehr erledigen und sorgten auf diese Weise dafür, dass ich am Leben kaum noch richtig teilnehmen konnte. Meine Kniegelenke verkrümmten sich durch die falsche Belastung, so dass mir auch ein aufrechtes Gehen nicht mehr gelang. Ich knickte in der Mitte des Rückens einfach ein.

Vor zehn Tagen bin ich aus dem Krankenhaus entlassen worden. Endlich. Wer liegt schon gerne dort. Ich hatte das Mammut-Programm, mir vier neue Gelenke einsetzen zu lassen, nach vielen Überlegungen und langem Zögern doch in Angriff genommen, denn so wie die letzten Jahre zu leben, ohne Lebensqualität, das hielt ich einfach nicht mehr aus.

Einige Monate zuvor bekam ich die linke Hüfte erneuert, Schritt eins, den hatte ich gut überstanden, den Eingriff. Fleißig trainierte ich, um das neue Teil in mir nicht daran zu hindern, vernünftig einzuwachsen. Endlich lag auch Schritt zwei hinter mir. Man setzte mir eine Knieprothese ein, die linke. Mit *dem* Genesungsprozess sollte ich etwas länger zu tun haben, das merkte ich an dieser Stelle ganz deutlich. Das bräuchte schon ein wenig Zeit. Aber sobald ich wieder auf dem Posten sei, wollte sich der Chefarzt die rechte Seite vorknöpfen.

Beim Auto nennt man so einen Vorgang *Rundumerneuerung*. Bei mir heißt das - vier neue Gelenke. Diese Prozedur wünsche ich meinem ärgsten Feind nicht. Die Schmerzen nach solchen Operationen sind doch erheblich, besonders die im Knie, das hatte ich unterschätzt. Ich glaube, ich hatte gute Gründe, richtig tief durchzuhängen. Es wunderte mich daher nicht, dass meine Stimmung sich so betrübt zeigte.

Auch dieses Mal konnte ich leider die Reha nicht mitmachen. Was für einen Sinn sollte es ergeben, wenn sich die noch defekten Gelenke in mir nicht dazu bereit erklärten, an den erforderlichen Bewegungsübungen teilzunehmen. Da hatte ich mich nach anderen Lösungen umzuschauen und unser Hausarzt, Dr. Roth, ein ebenso freundlicher wie gewissenhafter Mensch, sorgte dafür, dass ich alles, was man nach einem derartigen Eingriff so braucht, auch bekäme. In erster Linie verordnete er mir Hausbesuche. Ich telefonierte ein wenig in der Stadt herum, bis ich eine Physiotherapie-Praxis fand, die kurzfristig für diese Behandlungen im Hause Zeit hatte. Bestens. Am darauf folgenden Montag sollte es bereits losgehen.

Es war *der* Tag, an dem ich ihm das erste Mal begegnet bin. Andreas. Er kam pünktlich um achtzehn Uhr, mein Physiotherapeut. Lymphdrainage, fünfzig Minuten, logischerweise an der heimischen Bettkante, denn, wie ich bereits erwähnte, an Laufen sowie Termine in der Stadt wahrnehmen durfte ich in meinem jetzigen Zustand ja noch nicht denken. „Hallo, ich bin Andreas." „Hi Andreas, Lilly." „Lilly, dann erzähl mir doch einmal ganz genau, was los ist."

Während ich ihm von den Operationen erzählte und von meinen Bemühungen, wieder zu einer normalen Beweglichkeit zurückzufinden, wunderte ich mich über das *du*. Wieso *du*? Ich war siebenundfünfzig Jahre alt und er – tja, ich schätzte ihn auf etwa dreißig. Aber, von mir aus. Dann duzten wir uns halt.

Doch, seine Berührungen empfand ich als äußerst angenehm. Das stand auf irgendeine Weise in krassem Widerspruch zur Stimme. Die klang entschieden zu laut, zu dominant, hörte sich in etwa so an, als ob eine eher schwache Persönlichkeit meilenweit über sich hinausredet, um ja von allen Leuten wahrgenommen zu werden. Großmaul, dachte ich, aber gut, wenn er sein Handwerk versteht, warum nicht.

Er fragte viel, ich erzählte viel. Alles, was ich sagte, interessierte ihn, ich spürte es genau. Da hörte jemand sorgfältig zu und das gefiel mir gut. Er zeigte mir sein Tattoo am linken Unterarm. *Freund*, stand da in großen, schön geschwungenen Buchstaben. Er meinte: „Das ist nichts Schlimmes - es heißt einfach nur *Freund*." Ja, dachte ich, davon gehe ich doch aus, dass das Wort *Freund* nichts Übles bedeutet. Aber egal, ein Wort so gut wie das andere. Ich machte mir darüber weiter keine Gedanken.

Ich nahm Andreas als freundlichen, hilfsbereiten, aufmerksamen, vielleicht ein wenig schüchternen Menschen wahr. Und eines ist mir noch ganz genau in Erinnerung – ich wollte *doch* weiterleben. Die Sonne schien immer noch. Und ich spürte es so klar wie niemals in meinem Leben zuvor: Sie strahlte auch wieder für mich.

In der darauffolgenden Nacht hatte ich einen wundervollen Traum. Ich hielt ein Baby in den Armen. Ein kleines Mädchen. Es fühlte sich ganz kalt an, zitterte, weinte, und wirkte total verlassen. Ich drückte das Kind vorsichtig an mich, gab ihm von meiner Wärme ab, legte die Wange an sein winziges Köpfchen und nahm diesen wunderbaren Geruch wahr, den nur ein Baby verströmt. Sanft schaukelte ich es in den Armen hin und her, bis es aufhörte zu wimmern. Das Kind fühlte sich plötzlich viel wärmer an und schaute mir in die Augen. Mitten ins Herz hinein. Ich werde niemals mehr in meinem Leben dieses Glücksgefühl vergessen. Tagelang erinnerte ich mich an den Traum – er wurde nur von kommenden Ereignissen zeitweise überlagert, aber nie verdrängt.

Wir redeten über Gott und die Welt, das gefiel mir ausgesprochen gut, ich hasse Smalltalk. Gewiss, es muss auch unverbindliche Gespräche über den Gartenzaun hinweg geben, aber diese fünfzig Minuten hätte ich dann als verlorene Lebenszeit angesehen.

Andreas sah ausgesprochen gut aus, Typ Frauenschwarm, möchte ich sagen, perfekt gestylte, dunkelblonde Haare, 3-Tage-Bart, muskulöser Körper mit kräftigen Händen, gekleidet in Shorts und Poloshirt, wie es sich für einen Physiotherapeuten gehört. Seine Ausstrahlung war äußerst charismatisch, nur die Augen leuchteten kalt wie Gletschereis. Das wollte überhaupt nicht zum gesamten Erscheinungsbild passen. Diese

Erkenntnis blendete ich einfach aus. Ich hielt es vermutlich für besser, den Umstand zu ignorieren.

Er erwähnte im Gespräch seine Freundin. Ich fragte: „Seid ihr verheiratet?" „Nö." „Was ist sie für ein Mensch?" Andreas schloss die Augen, legte den Kopf leicht zur Seite, sagte leise, wie in Gedanken versunken: „Oh, Laura, eins fünfundsechzig groß, schlank, blond, sportliche Figur." Ja, ok, *das* wollte ich nicht erfahren, aber gut.

Die Patientin vor mir, berichtete er, hatte Probleme mit ihrem Kater. Der soll halb tot gewesen sein, und anstatt ihn an die Wand zu klatschen und sich, wenn es denn unbedingt sein müsse, einen neuen zu holen, gab die Frau Unsummen für den Tierarzt aus. Für Andreas völlig unverständlich, so würde er niemals handeln.

Seine Arbeit an meinem Bein erledigte er zügig und kräftig. Als die Zeit beendet war, bedankte ich mich für die Behandlung. „Tschüss, bis zum nächsten Besuch, und dann machen wir das Ganze mit etwas mehr Gefühl." Er stutzte kurz. „Lilly, ich mach das eigentlich immer mit Gefühl." Wir lachten beide.

Der *Brunnentraum* fällt mir wieder ein. Ich stehe am Rande eines tiefen Brunnens. Ich stürze hinab. Ich schreie um Hilfe. Auf halber Höhe steht auf einem Absatz Andreas, die Hände auf den Rücken gelegt, das Gesicht ohne jeglichen Ausdruck. Er schaut mir einfach nach, ohne auch nur den kleinsten Finger krumm zu machen. Nicht der geringste Versuch von seiner Seite aus, mir zu helfen, mich zu halten, irgendetwas. Nichts kam da. Fassungslosigkeit.

Die Wochen vergingen und der Sommer hatte inzwischen aufgedreht. Es herrschte extreme Wärme, besonders in unserem Schlafzimmer, das im Obergeschoss des Hauses liegt, zwar ruhig nach Westen, aber leider auch mit Flachdach. Ich ließ tagsüber sowohl die Fenster als auch die Jalousien geschlossen. So konnte man die Wärmebildung wenigstens ein klein wenig reduzieren.

Andreas kam immer am frühen Abend. Ich bot ihm etwas zu trinken an. Nein, er habe keinen Durst. Ok, dann nehme ich eben auch nichts. In einer Anrichte im Schlafzimmer steht das Buch *Tausend Träume*. Dieses Buch interessierte Andreas außerordentlich. Mich auch, logischerweise. Vor dreißig Jahren hatte ich fünfzig Therapie-Stunden genommen, und seit dem weiß ich, wie wichtig Träume sind. In der Zeit lernte ich, die ernst zu nehmen, ja, sie regelrecht zu übersetzen.

Sofort nach dem Aufwachen notierte ich die Trauminhalte und suchte anschließend nach der Bedeutung in meinem realen Leben. Das machte mit der Zeit nicht nur mächtig Spaß, das erwies sich als äußerst hilfreich, leisteten diese kleinen Übungen mir doch einen aufschlussreichen Einblick in das Unterbewusste. Andreas ging da weiter nicht drauf ein, ich erfuhr aber, dass seine Mutter das gleiche Buch hätte und dass er und sein Bruder sie immer auslachten, wenn sie damit anfing, Träume zu analysieren. Und genau so wie man die übersetzen kann, lassen sich auch Bilder, die plötzlich so auftauchen, deuten. Es ereignete sich etwa nach der fünften Behandlung, als ich Andreas am Fußende meines Bettes stehen sah. Da stand er zuvor nie. Sein Gesicht zu einer scheußlichen Fratze verzerrt, und auf dem Kopf, rechts und links oben, saßen schwarze Hörner. Der Teufel. Ich war völlig außer mir vor Schrecken. Das Bild gruselte mich dermaßen, dass ich es am liebsten gleich wieder aus dem Gedächtnis streichen wollte. Wie kam mein Unterbewusstsein dazu, mir etwas derart Grausames herüberzuschieben? Ich schämte mich.

Nach wenigen Behandlungsstunden hatte ich bereits das seltsame Gefühl, Andreas schon seit hundert Jahren zu kennen. Gibt es so etwas? Ich kannte ihn doch im Grunde genommen gar nicht. Aber es bestand eine Vertrautheit zwischen uns, die ich mir nicht erklären konnte. War es dem Umstand zu verdanken, dass die Treffen sich regelmäßig im Schlafzimmer abspielten und ich im Bett lag? Das Schlafzimmer als Intimsphäre, und mein Bein, als sein Arbeitsfeld, griffbereit vor ihm, er daneben auf dem Hocker sitzend? Ja, durchaus vorstellbar. Ich rutschte ganz heran an die Bettkante, damit er aufrecht arbeiten konnte, ohne sich groß vorbeugen zu müssen. Aber ich erwischte mich auch dabei, es zu genießen, dass meine Hüfte auf diese Weise sein Knie berührte.

Mein Mann Toni hielt sich meist während der Behandlungen im Raum auf. Er saß dann am Fußende seines Bettes und wir unterhielten uns angeregt zu dritt, aber in mir regte sich zunehmend der Wunsch, er möge Andreas und mich alleine lassen. Also sprach ich eines Abends mit Toni darüber, erklärte ihm, dass mein Therapeut mit mehr Konzentration arbeiten würde, wenn er, Toni, nicht dabei wäre. Und im Übrigen sei das *meine* Stunde, und die wollte ich somit auch gerne ganz alleine für mich haben. No problem.

Unser Schlafzimmer ist dekoriert mit einer grünen Tapete. Es ist ein strahlendes, warmes Maigrün. Der Bereich hinter dem Kopfende des Bettes ist einfarbig gehalten mit einer geschmackvollen Bordüre im oberen Teil, die restlichen Wände haben den gleichen Grünton mit einem kleinen, dezenten Muster. „Lilly, ich bin absolut kein Grün-Fan, aber deine Tapete gefällt mir super gut. Die mag ich echt leiden." Das freute mich doch mächtig.

Ich sehe wieder ein Bild. Ein kleiner Junge kommt vom Flur her an mein Bett. Das Alter schätze ich auf drei, höchstens vier Jahre. Mit schnellem und wichtig anmutendem Schritt tippelt er mit niedlichen Holzschuhen an den Füßen auf mich zu, bleibt dort stehen, wo Andreas sitzt. Der Blick ernst und scheu. Ich nehme ein tiefes Mitgefühl für den Kleinen wahr, möchte ihn an mein Herz drücken, habe aber auch gleichzeitig Angst ihn zu verscheuchen, wenn ich die

Arme nach ihm ausstrecke. Ich wage es trotzdem. Langsam, ganz langsam, bewegt er sich auf mich zu und ich drücke ihn vorsichtig an mich. Er legt seinen Kopf an meinen Hals. Lautlose Tränen. Ich bin total gerührt und fühle mich, als würde ich mich völlig in Liebe auflösen.

Kapitel 2

Eigentlich heiße ich Liane. Aber das sagt niemand zu mir, Lilly gefällt mir viel besser. Ausschließlich meine Eltern nennen mich so. Li-a-ne. Diese unangenehm lang auseinandergezogenen Silben lassen kaum Gutes ahnen, sind echt negativ besetzt. „Li-a-ne, wie oft hab ich dir nicht schon gesagt...!", oder: „Li-a-ne, was hast du denn da wieder angerichtet?" Ich konnte es nicht mehr hören.

Meine Eltern. Ein Kapitel der ganz besonderen Art. Eine Welt, in der es für mich genau genommen keinen Platz gab. Klar, mit neunzehn und zwanzig waren sie selbst fast noch Kinder, damals, als ich zur Welt kam. Ende der 50er Jahre unverheiratet schwanger geworden zu sein, war eine Katastrophe, das leuchtet mir ein. Nur zu blöde, dass sie mir die Schuld hierfür in die Schuhe schoben. Das stellte die Weichen in meiner Kindheit von Anfang an auf einen schlechten Kurs. Probleme vorprogrammiert. Und es interessierte mich nicht im Mindesten, ob sie es selbst schwer gehabt haben könnten.

Mein Vater hatte auf jeden Fall in den besagten Topf tief nach unten gegriffen. *Sein* Vater starb im Krieg, die

Mutter auf der Flucht und er war zu dem Zeitpunkt sechs Jahre alt. Brutal rissen sie ihn und seine sieben Geschwister auseinander und verteilten sie auf die umliegenden Waisenheime. Schlechte Behandlung, von späteren Pflege-Eltern als billige Arbeitssklaven missbraucht, wer weiß, wie sonst noch, kein Vertrauen und keinen blassen Schimmer davon, wie es sich anfühlen mochte, von irgend einem Menschen geliebt zu werden.

Da kam es für mich natürlich knüppeldick. Mutter, bedauerlicherweise kalt wie eine Hundeschnauze und total beziehungsabhängig, nein, da wundert es mich doch nicht, dass mir in Bezug auf meine Kindheit kaum Schönes in Erinnerung kommen will. Da kann ich nachdenken, wer weiß wie lang, mir fällt einfach nichts ein. Für diesen Umstand schämte ich mich so manches Mal. Es muss doch *ein* tolles Erlebnis für mich gegeben haben, *einen* schönen Geburtstag, *ein* passendes Geschenk, irgendetwas Positives. Totale Fehlanzeige. Der Lieblingssatz meines Vaters lautete: „Wenn du nicht gewesen wärst, hätte ich deine Mutter nie geheiratet. Dann wäre das Leben bestimmt ganz anders verlaufen."

Nein, niemand sollte behaupten, sie würden sich um ihren Sprössling nicht kümmern. Sie gaben mir zu essen, ich bekam Kleidung und natürlich erhielt ich auch viel Spielzeug. Den roten Roller, zum Beispiel, den fand man bei anderen Kindern nicht. Da musste ich oft sehr dankbar für sein. Dumm nur, dass ich emotional komplett am Verhungern war. Das sah nur keiner. Doch, stopp, der aufmerksame Betrachter hätte etwas wahrnehmen können, denn nicht zum Spaß wurde ich dick und dicker.

Es ist schlimm, wenn es nie um einen selber geht. Keiner fragte je, was *ich* eigentlich wollte, niemand sagte jemals so liebe Worte zu mir wie *schön, dass es dich gibt*.

Viele Jahre hatte ich nicht geglaubt, dass es möglich sein kann, dass Eltern für ihre Kinder kein bisschen empfinden. Ich dachte mindestens über vier Jahrzehnte hinweg, ich bedeute ihnen doch etwas. Falsch gedacht. Auch in dieser Frage kann ich mich auf den Rat meines besten Freundes verlassen. Die innere Stimme. Und die flüsterte mir zu: Lilly, sie lieben dich *nicht*. Noch schlimmer, sie ließen keine Gelegenheit aus, damit es mir möglichst schlecht ging.

Anscheinend hatte ich auch nicht *ein* besonderes Talent. Gefördert wurde jedenfalls niemals etwas. Wenn ich mich für Dinge interessierte – Blödsinn, abgelehnt, brauchst du nicht. Der Lieblingssatz meiner Mutter: „Lass das, das kannst du sowieso nicht." Aber ich hatte ja wenigstens Trost. Die große, schöne, bunte Tüte Kekse. Und ich ließ keinen Krümel übrig.

Die erste Zeit meines Lebens wurde ich leider herumgereicht wie ein Wanderpokal, für den sich nirgendwo in einem Raum des Hauses ein geeignetes

Plätzchen fand. Zwei Jahre lang lebte ich auf der Insel Fehmarn bei meinen Großeltern mütterlicherseits. Opa ein alter, geiler Bock und Oma, wen wird es groß verwundern - kalt wie eine Hundeschnauze.

Man sagt immer, kleine Kinder können sich bis zu einem gewissen Alter an nichts erinnern. Da stelle ich dann wohl eine Ausnahme dar. Ich war noch keine drei und doch fallen mir viele Dinge ein, die ich damals gesehen hatte.

Zum Beispiel überquerten wir Eisenbahnschienen, wenn wir ins Dorf gingen. Zum Garten führten drei Stufen hinauf, der lag nämlich etwas erhöht, wurde umrahmt von einem Maschendrahtzaun mit Tür. Wicken blühten dort, und ich sehe Bohnen an dürren Bäumen wachsen, Stangenbohnen, schätze ich.

„Li-a-ne, das ist Spinnkram. Keiner kann sich in dem Alter erinnern...!" Meine *ersponnenen* Erinnerungen wurden später übrigens von einer Tante bestätigt.

Oft muss ich auch an das kleine Schlafzimmer unter dem Dach denken. Über eine schmale Stiege gelangte man nach oben. Drei Betten standen dort entlang der langen Wand in dem engen Raum. Ein Bett für Oma, eines für Opa und eines für mich. Ich sehe die Tür vor mir aus nackten, grob bearbeiteten Holzbrettern, mit einem Metallplättchen, auf das man drücken musste, wenn man die Tür öffnen wollte. Ich kam da aber noch nicht ran. Auf einem Hocker stand eine weiße Schüssel mit einem dünnen, blauen Rand, der Krug mit dem

Wasser darunter. Aber man kann sich ja nicht erinnern in dem Alter.

Auch nicht daran, dass Opa sich oft mit in mein Bett legte. „Nur ein bisschen anfassen..." Ich höre sie immer noch, diese scheußlich grunzenden Laute an meinem Ohr und so seltsame Geräusche, die ich nicht einzuordnen wusste. Sein Bart kratzte. Er stank. Ich hasse bis heute starke Körpergerüche. Und Flecken auf der Bettwäsche. Ich beziehe sofort beide Betten frisch, sollte sich der allerkleinste Klecks zeigen, egal welcher Art, ich halte das nicht aus. Man könnte sagen, es sei zwanghaft, ich weiß das natürlich und bemühe mich immer wieder, diesem Impuls des Neubeziehens zu widerstehen. Mal mehr, mal weniger erfolgreich. Ich versuche, mich zu überlisten, nach dem Motto – na komm, bis heute Mittag hältst du das durch, dann kannst du die Wäsche wechseln. Ist es dann Mittag, trickse ich mich aus mit – ach, Lilly, bis abends geht das doch noch. Und so weiter. Selten komme ich bis zum nächsten Tag.

Aber zurück zu damals. Als ich bei den Großeltern *fertig war,* wurde ich bei Tante Marie und Onkel Erwin untergebracht. *Ihn* mochte ich gerne, ein gemütlicher, runder Mann, klein wie eine Kugel, aber witzig. Der Drachen im Hause war sie, Tante Marie, die Schwester meiner Oma, und – wen wird es noch groß wundern - kalt wie eine Hundeschnauze. Da zieht sich etwas wie ein genetischer Defekt durch die ganze Sippe.

Bei den Großeltern hatte ich mir schon gut was angefuttert. Das eskalierte bei den beiden dann erst richtig. Ich schaue mir oft die Fotos von früher an und es macht mich stets betroffen, zu sehen, wie traurig ich damals aussah. Immer zeigte ich ein ernstes Gesicht, permanent dunkle Schatten unter den Augen, niemals ein Lachen. Ich kenne kein Kinderbild von mir, auf dem ich auch nur lächle. Hübsche Kleidchen hatte ich ständig an, ja, beide Eltern arbeiteten schließlich, man sorgte für mich, doch ein glückliches Kind sieht irgendwie anders aus.

Ich hatte oft den gleichen Traum in meiner Kindheit. Ein Albtraum der schlimmsten Sorte. Ich liege im Bett. Eine mir fremde Person liegt neben mir auf dem Rücken, kalt und unbeweglich. Trotz allergrößter Anstrengungen kann ich nicht erkennen, ob es sich um einen Mann oder um eine Frau handelt. Ich liege auf der Seite, kuschel mich dort an. Die Person legt einen Arm um meine Schulter. Der ist hart und steif wie ein Brett, eiskalt. Die Kälte scheint sich auf mich zu übertragen. Ich friere. Ich will aus dieser eisigen Umklammerung raus, aber der starre Arm gibt nicht einen Millimeter nach. Keine Chance. Ich schreie und schreie und schreie. Niemand da.

Sie holen mich nach Hause, als ich drei war. Aber nur, weil der städtische Kindergarten mich bereits mit dem Alter aufnahm. Die Regel stellte das nicht dar. In die Tageskrippe konnte man damals, ganz im

Gegensatz zu heute, erst mit vier Jahren gehen. So blieb ich ihnen wenigstens den halben Tag aus dem Weg.

Ich erinnere mich an Tante Hermine, eine freundliche ältere Frau, die sicher noch nicht *so* alt war. Der Altersunterschied gibt, denke ich, die Sichtweise vor. Tante Mine spielte wunderschön Gitarre und wir sangen alle im Kreis dazu. Gleich nebenan lag der Spielplatz. Die Wippe. Super. Ich war *Lilly Fettklops,* so hänselten mich die anderen Kinder wegen des dicken Körpers, aber auf der Wippe, da konnte ich mich rächen. Herrlich! Ich ließ mein Gegenüber da oben richtig lange sitzen. „Lilly, bitte lass mich jetzt wieder runter!" Aber ja! Ich sprang auf und mit einem heftigen Aufprall landete der Andere am Boden. Aua. Dafür gab es erwartungsgemäß jede Menge Ärger, der dann daheim mit Schlägen endete. „Warte nur ab, bis Papa nach Hause kommt!" Der kam natürlich, früher oder später, und mit ihm auch der Kleiderbügel.

Aber ich biss mir auf die Zunge. Niemals, ums Verrecken nicht, wollte ich auch nur einen Schmerzenslaut ausstoßen. Nicht ein Ton sollte von mir zu hören sein und es floss in der Tat keine Träne. Ich fühlte mich wie von einem Kokon umgeben, durch den kaum etwas hindurch kam. Wie bei einer Betäubung. Und ich war auf irgendeine Art nicht anwesend, während ich merkte, wie der Kleiderbügel auf den Po klatschte. Diese Teilnahmslosigkeit machte Vater immer wütender. Er schlug und schlug. Keinerlei

Schmerz. Ich spürte jedenfalls nichts davon. Bis meine Mutter dann eingriff: „Horst, lass, ist gut jetzt." Da gab er dann auf. Ich bin mir ganz, ganz sicher, dass die nächste Tüte Kekse mir gehörte.

Ihre besten Wünsche in Bezug auf mein späteres Leben begleiteten mich ständig. „Lilly, du bist fett und hässlich, du kriegst niemals einen Mann ab."

Vakuum. Ich fühlte nichts, außer weißem Nebel und Leere. Ich weine. Jetzt, während ich schreibe, fließen die Tränen. Heute, fünfzig Jahre später, blicke ich voll durch und merke, dass das Schlimmste hinter mir liegt. Ich spüre den Trost in meiner Trauer und glaube, dass ich bald keine Kekse mehr brauchen werde.

Mai 1963. Ich war fast sechs und sollte bald zur Schule kommen. Zuvor ging es aber nochmal ins Krankenhaus, es müsste sich doch eine Erklärung für das starke Übergewicht finden lassen. Sie nahmen meinen armen Körper regelrecht auseinander, gefunden haben sie natürlich nichts. Doch der wahre Grund, warum sie mich zu Hause für ein paar Wochen aus dem Verkehr ziehen wollten, war der, dass mein Bruder genau zu jener Zeit auf die Welt kommen sollte. Bestens geplant, leider machte der Junge ihnen da einen kleinen Strich durch die Rechnung. Der hatte es anscheinend überhaupt nicht eilig, seine geschützte Höhle zu verlassen.

Ich kam nach Hause. Meine Mutter wartete schon in der Tür, aber nicht um mich freudig in die Arme zu nehmen, nein, das Köfferchen stand gepackt bereit, das Wunschkind kam, sie musste schnell los. Ich durfte wieder zu Tante Marie und Onkel Erwin. Schöne Welt. Leider aber niemals für mich.

Das Baby sah so niedlich aus! Es roch so gut. Ich konnte nie genug davon bekommen und es fühlte sich so angenehm an, wenn ich meinen Kopf an seine Wange legte. Und die kleinen Fingerchen! Die griffen mir immer an die Nase, das war so schön. Ich liebte Brüderchen Tobias von Anfang an. Er lachte mir zu, schaute mir in die Augen, freute sich immer, wenn er mich sah. Danke, liebes Schicksal.

Ich begriff natürlich schnell, dass es sich bei ihm um den Prinzen handelte, den sie sich so sehnlichst herbeiwünschten. *Er* wurde geliebt. Aber, Affenliebe, also Gefühle, die zum größten Teil aus Abhängigkeiten bestehen, sind auch nicht unbedingt das, was aus einem Kind einen selbstbewussten, glücklichen Erwachsenen macht. Und auf diese Weise bekam auch Tobi schon früh sein Päckchen gepackt, das sich als schwer und unvorteilhaft für ihn erweisen sollte. Aber das ist seine Geschichte. Vielleicht schreibt er ja auch einmal ein Buch.

Schule. Der erste Schultag. Oh Gott, war ich aufgeregt! Schade nur, dass meinen Eltern die Zeit fehlte, mich an dem Tag zu begleiten. Alle anderen Kinder wurden von ihren Müttern und Vätern begleitet, manche auch von Oma und Opa, nur ich leider nicht.

Zum Glück nahmen mich die Eltern meiner Freundin Monika, sie wohnten im Haus nebenan, in ihre Obhut. Aber die knallrote Schultüte sah echt toll aus! Nur war sie nicht so gut gefüllt wie bei den Anderen.

Ich erinnere mich noch heute ganz genau an die riesige Enttäuschung beim Auspacken. Obenauf lag eine kleine Blechschachtel mit Buntstiften und ein Tütchen Gummibären, dann folgte Zeitungspapier, Zeitungspapier, und noch mehr Zeitungspapier. Bis tief hinein in die Spitze. Ich schämte mich vor den anderen Kindern.

Bald darauf bekamen wir einen Fernseher. Du lieber Himmel – ein fürchterlich klobiger Kasten. An riesigen Drehknöpfen ließ sich der Ton laut oder leise stellen, und noch diverse andere Einstellungen konnte man so verändern. Aber wehe! Darauf stand für Tobi und für mich die Todesstrafe, an dem Apparat durfte nicht gerührt werden. Wir testeten das eben aus, wenn sie zur Arbeit gingen.

Endlich konnten auch wir zu Hause so schöne Sendungen sehen wie Lassie, Fury und Ähnliches, nicht nur immer die Anderen. Es war in der ersten Zeit ganz sicher sehr schwierig, Tobi und mich von dem Gerät wegzubekommen, genau so, wie es heutzutage für Eltern wohl sein mag, ihre Zöglinge langfristig vom Computer fernzuhalten. Mit dem Ding begann für uns eine neue Ära, zwar in schwarz-weiß, aber besser als nichts.

Nebenan wohnte eine alte Dame mit ihrer behinderten Tochter, Gretchen. Die beiden besuchten uns häufig, um ein wenig in den Fernseher zu schauen. Tobi und mich schauderte es vor Gretchen, die Ärmste war spastisch gelähmt, und wir gruselten uns vor ihren Bewegungen. Ihre Arme ruderten beim Sprechen wild hin und her, der Kopf schien ohne jede Kontrolle auf und ab zu wippen, und nur im Stechschritt wurde sie von ihren Beinen vorangetrieben. Aber die beiden brachten immer einen ganzen Teller voller Süßigkeiten für uns alle mit, das mochten wir natürlich.

Um Tobias kümmerte ich mich viel, immerhin war ich sechs Jahre älter als er, und unsere Eltern gingen meist zur Arbeit. Mutter als Hilfe im Haushalt und Papa bei der Bundeswehr. Logisch, dass bei uns zu Hause nicht diskutiert wurde. Da wurden Befehle erteilt und denen hatte man zu gehorchen. Das fiel mir schwer. Ich erkannte oft den Sinn einer Anordnung nicht, hinterfragte sie, wurde mundtot gemacht, und dann wunderte man sich noch über meine Auflehnung, meinen Trotz. Dem Himmel sei Dank für diesen Wesenszug. Ich ging nicht unter, ich wurde stärker.

Eine Tante von mir sagte immer, ich sei ein schlaues Kind. Und in der Schule bestätigte sich das auch. Meine Noten fielen allesamt *Gut* aus, *Sehr gut* gab es damals noch nicht in der Hauptschule. Die Ausnahme bildete die Note im Sport. Die wäre glatt *Ungenügend* gewesen, wenn mich die Ballspiele nicht vor dieser

Fünf gerettet hätten. Ich war nämlich auch noch groß, ein echter Vorteil also, was Volleyball und Handball anbelangt, es rannte mich so leicht keiner über den Haufen.

Mit neun Jahren hatte ich ein merkwürdiges Erlebnis. Ich erzählte meiner Mutter eines morgens, ich habe in der Nacht die alte Nachbarin an unserem Fenster vorbeifliegen sehen. Sie schaute direkt zu mir rüber und verschwand dann. „Li-a-ne, was du dir da wieder zurechtspinnst..!" Zu dem Zeitpunkt wusste nur noch keiner, dass die alte Dame des Nachts in ihrer Wohnung verstarb. Ohne vorher krank gewesen zu sein.

Kapitel 3

Wir konnten so herrlich über Urlaube reden! Andreas reiste auch oft in der Weltgeschichte herum. So wie wir. Aber er bevorzugte Südamerika, Kuba, Karibik und so weiter, da erfuhr ich dann jede Menge über Land und Leute. Wir haben uns richtig in die Begeisterung hineingesteigert.

Auf meinem Wunschzettel in Sachen Reisen steht Main/USA ganz weit oben. Da will ich unbedingt hin. Indiansummer. Wir malten uns aus, wie toll das wäre, dort in einem kleinen Hafen zu sitzen, ein urwüchsiges, winziges Lokal direkt an der Mole, an der gegen Abend die Hummerfischer anlandeten. Und um uns herum bunte Lichterketten, schließlich würde es bald dunkel werden, während man in der Küche den frischen Fang des Tages zubereitet. Und Wein. Ich trinke gerne guten Wein, da mag ich am liebsten den Roten. Und schöne Musik.

Glasklar fiel mir auf: Manchmal, wenn ich Andreas etwas fragen wollte, überlegte ich kurz, wie ich diesen Punkt am besten formulieren sollte, und ich erhielt von ihm Antwort. Um Missverständnissen vorzugreifen – ich hatte meine Frage verbal noch nicht gestellt. Das passierte nicht nur einmal, es geschah häufig. Was ging vor? Ich wusste es nicht einzuordnen. Ich weiß, dass es so etwas wie eine zweite Ebene gibt, auf der man Dinge wahrnimmt, die nicht gesagt werden. Also zum besseren Verständnis: Ich rede eine Stunde mit Frau Meyer über das Wetter, ihre Arbeit und den letzten Urlaub. Und danach *weiß* ich, ohne dass wir darüber auch nur ein einziges Wort gewechselt haben, dass sie in Scheidung lebt, ihr Sohn einen schweren Unfall hatte und dass ihre Tochter ihren Job verloren hat. Das ist jetzt etwas überspitzt ausgedrückt, aber genau so sieht es aus. Wie gesagt, ich ahnte, dass es so eine Ebene gibt, jedoch wusste ich nicht, *was* man hier alles mitteilen und erfahren kann. Und erleben.

Hatte ich mich etwa verliebt? Ich bin nicht mehr die Allerjüngste, hatte einige Beziehungen geführt sowie zwei Ehen, und selbstverständlich wusste ich, wie es sich anfühlt, verknallt zu sein. Nur, ich wähnte mich bei Andreas in absoluter Sicherheit. Ich bemerkte natürlich, dass er tief in meine Seele hinabstieg, ich spürte jeden Schritt, den er diesbezüglich machte.

Um es bildlich zu erklären: Die Seele als Schacht, rundherum rote Backsteinwände und selten und in unregelmäßigen Abständen Krampen in den Wänden. Mit der Geschicklichkeit eines Bergsteigers bewegte sich Andreas an diesen Steigeisen nach unten. Bis auf den Grund meiner Seele. Doch die hatte ich fest verschlossen. Da wollte ich nie wieder jemanden hineinlassen. Nie wieder solche Schmerzen erleiden. Aber er war angekommen.

Ich dachte, der Typ muss irgendwie irre sein. In der Zwischenzeit erfuhr ich nämlich von ihm, dass er zweiunddreißig war – fünfundzwanzig Jahre jünger als ich. Ich hätte also locker seine Mutter sein können. Außerdem wog ich dreißig Kilo zuviel und passte, rein optisch gesehen, absolut nicht in sein klassisches Beute-Schema. Wusste dieser Mann eigentlich, was er da tat?

Zwar konnte ich schon wieder laufen, allerdings durch die noch desolate rechte Seite hielt sich mein Radius in überschaubaren Grenzen. So, als ob das Auto bereits zwei neue Reifen bekommen hat, die anderen beiden aber noch platt sind. Damit kann man keine Rallye fahren, so kommt man noch nicht einmal bis zum Bäcker um die Ecke. So sah der momentane Stand der Dinge aus.

Ich lag also noch viel. Ich hatte mein Samsung Tablet immer am Bett. Jahrelang hörte ich nicht viel Musik. Ich fing auf einmal an, mir Stücke herunterzuladen. Die Playlist wurde lang und länger. Schlager, Klassik, Pop – quer Beet, und alles Lieder, die mir viel bedeuten. Andreas und ich hatten den gleichen Musikgeschmack und die gleiche Macke. Auf einen Titel konnten wir total abfahren. Also, ich mag so ein Lied dann zehnmal nacheinander hören, in richtig satter Lautstärke, aber er meinte: „Lilly, nur zehnmal? Ich kann so einen Song dann zwanzig oder dreißig Mal abspielen, ohne dass es mir zu viel wird."

War ich blind? Ich saß da mit meinem blöden Pappschild, auf dem stand *fünfundzwanzig Jahre Altersunterschied*, das ich ihm als Warnung vor die Nase halten wollte, wenn es denn nötig werden sollte. Schön blöd.

Natürlich freute ich mich auf seine nächsten Besuche, oder, um es ehrlicher auszudrücken, ich fieberte ihnen entgegen. Ich hatte einen Punkt erreicht, an den ich niemals wieder kommen wollte. Eher würde ich mich von der Welt verabschieden. Nur in kleinen Abschnitten zu leben, genauer gesagt, in der Woche für zweimal fünfzig Minuten, und die restlichen Tage am besten in die Tonne treten. Durfte ich derartig großzügig mit der mir noch verbleibenden Lebenszeit umgehen? Was tat ich mir da an? Was machte ich mit Toni? Meinem lieben Toni, der in den letzten schweren Jahren körperlicher Hinfälligkeit immer tapfer zu mir hielt und mich nie im Stich ließ. Der viel Laufarbeiten für mich übernommen hatte und an dem der Stress der beiden bereits durchgeführten Operationen auch nicht so ohne Spuren vorüberging. Was machte ich da mit ihm? Was tat ich meiner armen Seele an?

Ich fand keine vernünftige Antwort. Aber eine Stopptaste fand ich auch nicht. Es gab da nur meinen Rest-Verstand. Der sagte mir, wenn sich ein Mann, der fünfundzwanzig Jahre jünger ist als ich, drücken wir es einmal vorsichtig aus, sehr zu mir hingezogen fühlt, dann schwelt dort, wahrscheinlich, ein Konflikt in seiner frühen Mutter-Beziehung. So wie auch ich an ähnlicher Stelle belastet bin. Und sollten wir beide uns verliebt haben, dann ist das eine Neuauflage der alten Gefühle von damals.

Tja, toll, und was nützt mir diese ober schlaue Erkenntnis? Ist dann nicht, so gesehen, *jede* Form der Verliebtheit eine Reanimierung alter Emotionen? Wie desillusionierend. So kühl und sachlich möchte ich derartig schöne Empfindungen aber eigentlich nicht betrachten.

Egal wie, ich müsste mit ihm sprechen. Genau so wollte ich ihm das dann erklären, sobald ich Anzeichen von Verliebtheit bei ihm entdecken sollte. Und dann wäre es auch angebracht, ihm mein Pappschild unter die Nase zu halten, das mit dem Altersunterschied.

Aber ich entdeckte nichts. Nicht in seinem Blick und auch nicht im Verhalten. Nur einige Sätze machten mich hin und wieder hellhörig. Wie völlig gedankenversunken meinte er: „Lilly, ich verstehe das überhaupt nicht. Ich steh eigentlich nur auf gertenschlank. Laura (seine Lebensgefährtin), hat eine Freundin, die ist von der Statur her in etwa wie du", - er machte eine weit ausladende Geste, die ich nicht unbedingt als Kompliment werten konnte - „und da kann ich gar nicht drauf. Geht nicht, nicht in zehn kalten Wintern!"

Doch, im Verhalten fiel mir einmal doch etwas auf. Nach getaner Arbeit ließ er den Arm auf meinem Knie liegen. Die Hand, oberhalb des Knies, auf meinem Oberschenkel. Das wirkte gedankenlos, so, als ob er einfach vergessen hatte, den Arm wegzunehmen. Wir redeten weiter und seine Hand bewegte sich zum Gesagten, trommelte leicht herum, strich sanft über das Bein. Wie selbstvergessen. Nicht, dass mich das störte, um Gotteswillen, nein, ich ertappte mich nur dabei, wie ich dachte: „Lass diesen Moment nicht vorbeigehen, bitte nicht vorbeiziehen lassen." Er blieb noch lange so sitzen. Denn er hatte mich gehört. Das wusste ich in dem Augenblick aber noch nicht.

Die Zeit verging. Mittlerweile zog der September ins Land. Wir sahen uns weiterhin zweimal in der Woche und redeten viel. Im Schlafzimmer ging der Fernseher kaputt und Toni und ich kauften uns einen neuen, einen, den man an der Wand anbringen kann mit einer entsprechenden Halterung. Da mich jedoch die Kabel störten, musste unbedingt ein Kabelkanal her, bei dessen Montage Toni und ich uns echt schwertaten. „Lilly", meinte Andreas nachdenklich mit leicht zur Seite geneigtem Kopf „sag doch was. Das hätte ich euch doch gemacht."

Oh, das hörte sich ja liebenswürdig an, aber das Angebot schien mir auf keinen Fall annehmbar zu sein. Einmal abgesehen davon, dass es dafür bereits zu spät war, weil Toni und ich diese Arbeit schon erledigt hatten. Aber so familiär verbunden fühlte ich mich mit Andreas nicht. Gut, wenn wir jetzt verwandt wären oder wir würden in einer Wohngemeinschaft bereits seit mehreren Jahren zusammenleben, ja, dann ginge das für mich in Ordnung. So freundlich dieses Angebot von ihm auch klang, mich beschlich an der Stelle ein leichtes Unbehagen. Warum denn nur? Da meinte es jemand gut mit mir, bot mir großzügig seine Hilfe an und mir fällt nichts Besseres ein, als ein schräges Gefühl dabei zu bekommen? Selten kam es bis dahin vor, dass ich aus meinen eigenen Empfindungen nicht ganz schlau wurde. Ungewöhnlich für mich. Aber genau so war es.

Nicht vergessen möchte ich die *Keller-Geschichte*. Andreas erzählte mir, beim Nachhausekommen würde er sein Auto oft bei sich hinten auf dem Hof abstellen. Da sei der Weg zum Hintereingang zwar kürzer, er käme auf diese Weise aber an der Kellertreppe vorbei. Und da beschleiche ihn immer ein dummes Gefühl. „Angst?" „Nö, das nicht, aber so ein Unbehagen." Ok. Angst. Das ging mir als Kind auch so. Ich fürchtete mich vor dem Keller. Aber ich stemmte weder über hundert Kilo, noch war ich durchtrainiert bis zum letzten Muskel. Will sagen, rational sah dieses Unbehagen nicht aus. Doch ich wollte ihm auf keinen Fall zu nahe treten.

Wer sich jedoch derart sorgfältig mit seinen Träumen auseinandersetzte wie ich, der weiß natürlich, dass sich hier ein Mensch vor dem eigenen Unterbewusstsein fürchtet.

Es regnete. Aber an irgendeiner Stelle musste die Sonne doch noch einen kleinen Durchschlupf gefunden haben, denn die Regentropfen an der Fensterscheibe glitzerten wie tausend Diamanten. Wunderschön! Da kann ich stundenlang hinsehen, so, als liefe dort der spannendste Krimi der Welt. Gänsehaut und Glücksgefühl.

„Magst du Katzen, Andreas?" Er antwortete: „Ich finde keine Beziehung zu denen, und die scheinen mich auch nicht sonderlich zu mögen. Der Kater meiner Schwiegereltern macht jedenfalls einen großen Bogen um mich." Was ich daraufhin erwiderte, kann ich bis heute nicht ganz erfassen, es schien völlig aus dem Kontext genommen zu sein. Ich sagte: „Katzen mögen keine Mehrschichtigkeit. Und richtigen Psychopathen gehen die auch aus dem Weg." Oh Gott, welcher Teufel ritt mich denn da?

Zum Glück fühlte Andreas sich nicht gekränkt, er fragte nur leise: „Lilly, bin ich ein Psychopath?" Ich berührte ihn leicht am Bein. „Nein, das bist du bestimmt nicht." Wir lachten beide.

Er spürte, dass ich in Sachen Psychologie schon viel gelesen haben musste. Ich erzählte ihm daraufhin von Panik-Attacken, unter denen ich vor etwa zwanzig Jahren litt. Flugangst. Sie dauerte drei Jahre. Sobald ich im Flugzeugsitz saß, machte sich diese blöde Unruhe in mir breit. Ganz langsam stieg sie an, die Hände wurden feucht, mein Herz schlug wie verrückt und den Auftakt zum ganz großen Finale lieferte dann die Flugzeugtür, wenn sie mit einem langgezogenen RRRumps geschlossen wurde. Dieses Geräusch stellte den Auslöser dar. Ich wusste es, aber es nützte mir nichts.

Alles Blut wich aus dem Kopf, keine Ahnung wohin es floss, mein Mund wurde trocken, und genau an der Stelle fing ich dann immer an, sehr unregelmäßig zu atmen.

Mein Verstand blinkte aber noch auf, und der sagte mir: „So, meine Liebe, du kannst das jetzt so weiter laufen lassen, dann gibt es hier in wenigen Minuten den ganz großen Aufstand mit Notarzt und dergleichen. Dann könnt ihr wieder aussteigen, Urlaub beendet, Kohle weg. Willst du das? Nein? Dann fang an, normal zu atmen. Konzentriere dich einzig und allein darauf. Ganz ruhig und tief einatmen, und ganz ruhig und tief ausatmen. Immer weiter und immer wieder, wenn es sein muss bis zur Landung, und volle Konzentration nur darauf."

Das *Programm*, das sich langsam beim Schließen der Tür aufgebaut hatte, fing an, sich genau so gemächlich wieder zu verabschieden. Atemzug für Atemzug. Diese kleine Übung beschränkte sich auf etwa zehn bis zwölf Flüge. Dann hatte der Spuk ein Ende und ich war unglaublich stolz darauf, mir solch dumme Störung in Eigenregie ausgetrieben zu haben. Ähnlich verhielt es sich mit der Panik in der Auto-Waschanlage. Derselbe Auslöser, nämlich das sich plötzlich schließende Rolltor. RRRumps.

Die äußerst hilfreichen Atemübungen, die ich noch vom Flugzeug her kannte, kamen mir hier zu Gute. Ich machte mir klar, dass der Waschgang allenfalls fünf Minuten dauert. Fünf Minuten! Was für ein Theater, wenn ich diesem fast unerträglichen Impuls folgen würde und aussteige. Ich bin dann total durchnässt, mein Auto von innen auch, oh Gott, was für ein Ärger! Nein. Ich konzentrierte mich auf das Umschreiben des Einkaufszettels, atmete nebenher tief und ruhig, es funktionierte.

Klar, es ließen sich gezielt für dieses Problem Ausweichmöglichkeiten finden. Ich hätte einfach Toni bitten können, mein Auto da durchzufahren. Aber das bin ich nicht. Wenn ich merke, es läuft bei mir etwas auf Vermeidungsverhalten hinaus, dann fahre ich den harten Kurs. Augen zu und durch.

Heute, wenn die Walzen in der Waschanlage über mich hinweg donnern, horche ich hin und wieder in mich hinein und gebe der Angst von damals eine Chance. Nein, nichts mehr da. Feind besiegt – oder, besser gesagt, mit dem Feind arrangiert. Zumindest, was *diesen* Feind anbelangt.

Kapitel 4

Unsere damalige Klassenlehrerin, Frau P., kämpfte für mich, damit ich auf das Gymnasium gehen konnte. Schwierige Aktion, vertraten meine Eltern doch nach wie vor die Auffassung, ich sei dumm, und somit würde ich das Abitur natürlich niemals erreichen. Doch Frau P. ließ nicht locker. Da sich von uns, zu keiner Zeit, jemand freiwillig in Richtung Schule bewegte, nicht einmal zu den Eltern-Abenden, besuchte sie uns eines Nachmittags und sprach mit meiner Mutter. Frau P. meldete mich im Gymnasium an.

Ich war alles andere als ein angepasstes Kind, nein, ich wuchs viel eher zu einem kleinen Widerständler heran. So wie ich früher schon lieber mit den Jungens Fußball gespielt hatte und nicht mit den Mädchen mit Puppen, so interessierte mich auch in der Schule das blöde Mädchengehabe wenig. Ja, gut, beim Laufen war ich nicht die Schnellste. Das spielte aber weiter keine Rolle, wenn ich beim Fußballspielen im Tor stand. Dort konnte ich bestens agieren, hielt fast jeden Ball, der kam. Ansonsten packte ich viel lieber etwas an. Ich bin ein *Macher*, ich glaube, die Weichen begannen sich hier zu stellen.

Hinter unserem Haus gab es einen steilen Abhang. Reichlich Bäume, aber dazwischen immer wieder Schneisen, so dass man da im Winter prima mit dem Schlitten durchfahren konnte. Mit viel Geschick und Risikobereitschaft. Sonst hing man am nächsten Ast. An Mut hatte es mir anscheinend nicht gemangelt und an Fahrkünsten auch nicht.

Stress gab es dagegen zu den übrigen Jahreszeiten, wenn auf dem Hang an den Bäumen das Moos wuchs. Da kletterten wir unbeschreiblich gerne herum, ich mit meinen, für derartige Unternehmungen völlig ungeeigneten Kleidchen, weißen Kniestrümpfen und schwarzen Lackschuhen. Die Strümpfe konnte man dann nur noch wegwerfen. Das gab Ärger!

Meinen ersten Kuss bekam ich übrigens bereits mit neun Jahren, und zwar von Heiko, der war immerhin schon zwölf. Wir trafen uns oft nachmittags an der Bushaltestelle, wo wir in dem überdachten Häuschen nebeneinander auf der Bank saßen und die Auto-Kennzeichen der vorbeikommenden Fahrzeuge aufschrieben. Immer schön im Wechsel, und derjenige, der in der gestoppten Zeit die meisten Nummern notieren konnte, der hatte gewonnen. Busse zählten nicht, auswärtige Nummernschilder dafür doppelt.

An einem dieser Nachmittage drückte er mir einen feuchten Kuss auf die Lippen. Oh, was war ich stolz, fühlte mich jetzt total erwachsen! Ich dachte als Kind, man würde schwanger werden vom Küssen. Das hielt ich lange für die einzig mögliche Erklärung. Sie erschien logisch zu sein.

Zu Hause stellte ich mich von da an immer schräg vor den großen Spiegel, streichelte über meinen Bauch und fragte jeden, der vorbeikam: „Sieht man eigentlich schon was?" Diese wunderschönen Nachmittage mit Heiko an der Bushaltestelle, die gab es von da an nicht mehr.

Der Wechsel auf das Gymnasium war für mich dann eine spannende Zeit, in der ich viele neue Menschen kennenlernte. Von der Grundschule her waren wir es gewohnt, dass den Schülern alle Bücher, die man so brauchte, kostenfrei zur Verfügung gestellt wurden. Das änderte sich. Ich benötigte hier für den Unterricht häufig Material, das wir privat kaufen mussten, sehr zum Leidwesen meiner Eltern.

Furchtbare Knappheit herrschte derzeit zu Hause in der Kasse. Man sparte für ein Haus. Jede Sonderausgabe sprengte natürlich das monatliche Budget, und die Alten waren streckenweise darüber richtig sauer. Sie vertraten ja nach wie vor den Standpunkt, Schule sei Blödsinn, zumindest sei es ihrer Meinung nach für Mädchen nicht erforderlich, eine höhere Schulbildung zu absolvieren. Und sie waren felsenfest davon überzeugt, dass ich dumm sei und den Abschluss dort niemals schaffen würde.

Ich erfüllte die *guten Wünsche* der Eltern, in Bezug auf die Schule, aufs Beste. Meine Noten sackten mit

Beginn der Pubertät rapide ab. Ich fühlte mich nach wie vor fett, hässlich und dumm. Zwar lehnte ich mich zu Hause und überall auf, aber das erleichterte mir das Leben in keiner Weise. Was ergibt es für einen Sinn, ihnen ständig zu sagen, was man wollte, wie man es wollte, und wenn nicht, warum? Es interessierte sie nicht. Ich war ihnen so was von egal. Ich war ihnen scheißegal.

Kurz nach dem dreizehnten Geburtstag zogen wir um. Mit der Abfindung, die mein Vater nach zwölf Jahren bei der Bundeswehr bekam, wurde der Grundstock der Finanzierung für das Haus gelegt. Das bedeutete noch mehr arbeiten gehen für die Eltern, noch knapperes Geld zum Ausgeben, noch weniger Zeit. Aber das machten sie ja angeblich alles nur für uns. Damit es uns später einmal besser ginge als ihnen. Meine Zweifel daran wuchsen immer mehr.

Sehr gelitten hatte ich darunter, dass alle Freundinnen von da an etwa fünfzehn Kilometer von mir entfernt wohnten. Klar, dass wir uns anfangs gegenseitig mit dem Fahrrad besuchten. Aber ich begriff auch, dass diese Situation kein Dauerzustand sein könnte. „Du wirst neue Freunde finden, Li-a-ne."

Hatte ich schon erwähnt, dass Vater meine Mutter schlug? Hatte ich, glaube ich, noch nicht. Das wurde dadurch, dass wir das neue Haus bauten, unter dem Druck der finanziellen Belastungen, nicht besser. Ich erinnere mich an einen Abend, als Mutti im

Schlafzimmer schrie. Mein Zimmer lag genau nebenan und ich bekam den Radau mit. Er brüllte herum, sie weinte. Es wurde immer lauter und ich hörte etwas poltern. Natürlich schlug mir das Herz bis zum Hals, ich fühlte mich regelrecht wie gelähmt, zu keiner Bewegung mehr fähig. Aber ich musste ihr helfen!

Ich schaute mich um in meinem Zimmer, suchte nach irgendeiner Waffe, mit der ich das tobende Ungeheuer da drüben in seine Schranken würde weisen können. Die Flasche. Auf der Kommode stand eine schwere, quadratische Cointreau Flasche, in der eine weiße Tropf-Kerze steckte, damit herunterlaufendes Wachs interessante Muster auf der Pulle hinterlassen könnte. Ich rupfte die Kerze heraus, packte die Flasche am Hals und lief schnurstracks ins Schlafzimmer hinüber, wo mein Vater gerade dabei war, meine Mutter zu verprügeln.

Ich stellte mich direkt vor ihn hin, sah ihm in die Augen und sagte leise, in der Hoffnung, er möge mein Zittern in der Stimme nicht hören: „Lass sie los! Lass sie sofort los, du Teufel, sonst schlage ich dir den Schädel ein!" Ich zitterte wie Espenlaub, hatte das Gefühl, weiß zu sein, wie eine Wand. Ob man wohl das Klappern meiner Zähne hörte? Wie auch immer, er hielt inne. Es war vorbei. Und ich fühlte mich wie gelöscht. Ich habe mich geschämt. *Ich.*

Ja, ich lernte natürlich neue Leute am Wohnort kennen. So langsam füllte sich unser Baugebiet und im

Haus nebenan zog eine Familie mit sechs Kindern ein. Zwei davon befanden sich etwa in meinem Alter, Susanne und Eveline. Susi, ein Jahr älter als ich, interessierte sich schon für Jungen. Ein völlig neues Feld für mich. Beunruhigend, fühlte ich mich doch fett, dumm und hässlich. Konnte man mich eigentlich lieben? Mich? Li-a-ne?

Alle meine Freunde gingen in die Tanzschule. Na, ja, *alle* entsprach sicherlich nicht ganz den Tatsachen, vielleicht waren es auch nur zwei oder drei aus der Clique. Egal, ich wollte da jedenfalls auch hin. Sie erlaubten es natürlich nicht. Ich erwartete es nicht anders. Aber ich blieb hartnäckig und setzte mich durch. Leider. In *dem* Fall wäre es besser gewesen, auf sie zu hören.

Es war für mich die Hölle. Die Jungen durften sich, immer schön der Reihe nach, ihre Tanzpartnerinnen aussuchen. Für wen gab es diese Regelung? Warum bekamen nicht auch wir Mädchen die Möglichkeit, unsere Wahl zu treffen? Natürlich kristallisierte sich ganz schnell heraus: Lange, blonde Haare, niedliches Gesicht, schlankes, hübsches Figürchen – diese Mädels gingen sofort weg wie die warmen Semmeln.

Dann folgte die *breite Masse* - ganz passabel, aber eben nichts Besonderes, und dann kam der Rest. Und dann kam ich. Ich könnte heute noch vor Scham im Erdboden versinken, wenn ich mich auf diese Situation einlasse. Solch eine Prozedur des Auswählens! Die Luft zum Atmen wurde während des Wahlvorgangs für mich immer dünner. Noch drei Mädchen, noch zwei, eines, und dann kam notgedrungen ich an die Reihe. Vakuum. Ich fühlte nichts mehr. Ich weiß nicht, wie oft ich mich diesem Elend freiwillig ausgesetzt hatte. Irgendetwas ging aber nicht mehr.

Ich plünderte den Medikamentenschrank meiner Eltern und schluckte hinunter, was mir so in die Hände fiel. Novalgin, Gelonida, Penizillin, Spalt-Tabletten, Mutters Rheuma-Mittel, alles. Ich freute mich über jede einzelne Pille, kam auf etwa sechzig Stück, die ich mit einem Glas Milch hinunterspülte. Hätte ich damals schon gewusst, dass sich dadurch die Wirkung von den Medikamenten verzögert, dann wäre ich in die Küche gegangen, um ein Glas Wasser zu holen. Ich legte mich schlafen und glaubte felsenfest, ich würde niemals wieder aufwachen. Gut so.

Der Wecker schrillte, wie üblich, um kurz vor sieben. Montagmorgen. Schule. Scheiße. Wieso das? Schweiß überströmte meinen Körper. Ich hatte heftige Kopfschmerzen und fühlte mich hunde-elend. Der aufsteigende Mageninhalt ließ sich nicht mehr zurückhalten. Schnell zum Klo. Ich hockte vor der Schüssel und kotzte mir die Seele aus dem Leib. Und weiter. Und kotzte, immer weiter. So lange, bis das letzte trockene Würgen auch noch versiegte.

Meine Eltern hatten das Haus bereits verlassen. Tobi war noch da, der musste auch gleich zur Schule. Der stand hinter mir, legte mir ängstlich seine Hand auf den Kopf und fragt: „Lilly, bist du krank?" „Nein, Kleiner, bin ich nicht, mir ist nur schlecht, aber es geht schon wieder. Komm, wir machen uns fertig für die Schule."

Ich kam bis zur zweiten Stunde. Da kippte ich um. Das kam ganz langsam und leise, fühlte sich echt gut an. Aber nur bis zum Erwachen. Meine mich liebenden Eltern saßen im Krankenhaus am Bett. Als Erstes sah ich ihre kalten Augen. Zwei Paare, vier Stück. „Li-a-ne, hast du dabei denn gar nicht an uns gedacht? Was sollen die Nachbarn von uns denken, wenn sich das herumspricht? Schäme dich!" Willkommen im Leben.

Es ging also weiter. Meine schulischen Leistungen sanken ständig. Das erste Mal sitzen geblieben in der Quarta. An einen festen Freund war auch nicht zu denken, auf den Feten kam ich übers Küssen nicht hinaus. Susanne war immerhin bereits schwanger. Nun gut, das musste es ja auch nicht unbedingt gleich sein aber der Gedanke an einen Menschen, der einen liebt und braucht – der hatte schon etwas Wehmütiges. Später sollte ich mit dieser Sehnsucht noch sehr viele Berührungspunkte haben, aber das wusste ich zu dem Zeitpunkt natürlich noch nicht.

Eigentlich war ich gar nicht dumm. Ich begriff schnell, erfasste blitzschnell Zusammenhänge, konnte für alles die passenden Worte finden und brachte viel Gefühl auf für andere Menschen und ihre Kümmernisse. Nein. Ich *war* nicht dumm. Nur in der

Schule. Die Umklammerung der *guten Wünsche* meiner Eltern hinterließ Ihre Spuren. Wie ein Hurrikan, der über das Land fegt. Und hässlich fand ich mich auch nicht. Ich schaue mir die Fotos aus dieser Zeit an, sehe ein Mädchen mit zarter Haut und mit scheuem Blick. Volle, dunkle, lange Haare, hübsche Augen und viel Geschmack für Klamotten. Absolut nicht hässlich. Nur zu dick.

Zu Tobi hatte ich ein ausgesprochen gutes Verhältnis. Er stellte das genaue Gegenteil von mir dar. Ruhig, bescheiden, er widersprach nicht und glaubte alles, was man ihm erzählte. Leider auch so Sachen, wie: „Lass das, das kannst du ja doch nicht!" Bis heute kriegt der arme Kerl keinen Nagel gerade in die Wand geschlagen. Ganz im Gegensatz zu mir. Ich ließ diesen Satz nicht auf mir sitzen. Ich hämmerte im Laufe meines Lebens so viele Nägel in die Wände, bis sie nicht mehr schief saßen. Das tat nicht nur unendlich gut, das machte mich stark. Von dem Moment an verspürte ich einen unglaublichen Stolz auf mich!

Gut, das sah ich alleine so. Meine Eltern straften mich für dieses Selbstbewusstsein aufs Härteste. Ich spürte nämlich ihre Verbitterung, und das Gefühl Ihrer Ablehnung traf mich hart, aber ich lernte, mich davon nicht mehr aus dem Tritt bringen zu lassen. Im Gegenteil. Gleichgültigkeit, Teilnahmslosigkeit mir gegenüber, spiegelten in unserer Familie den Normalzustand wider. Und nun bemerkte ich plötzlich etwas Anderes. Ok, was da kam, entpuppte sich eher als negativ, aber es machte mich hellhörig. Irgendwie musste ich da alles richtig gemacht haben.

Oh, der Tag der Fete bei Klaus fällt mir ein. Winter. Eine dicke Schicht aus Schnee liegt in den Straßen. Anke, eine damalige Freundin von mir, zu der ich keinen Kontakt haben sollte wegen ihres schlechten Bekanntenkreises, sagte: „Hey, Lilly, am Samstag ist Fete bei Klausi. Rotwein und Gras. Das wird echt super. Kommst du mit?" Ja, hörte sich spannend an. Ich fütterte meine Eltern mit einer gefakten Geschichte, um am Samstagabend freie Bahn zu haben, und wir schlichen uns dann durch den tiefen Schnee zu Klaus.

Der Kellerraum war warm wie ein Brutkasten. Die Hitze, hämmernde Musik und der Geruch von Alkohol zog uns schon in der Tür entgegen. Klar, wenn man so aus der kühlen, frischen Schneeluft kommt, dann nimmt man das besonders deutlich wahr. Auf dem nackten Kellerboden sah man überall Matratzen, so dicke, grau-rot gestreifte Dinger, die sich hart anfühlten wie ein Brett und genauso unbequem lag man auf denen dann auch. Dazwischen standen bauchige Glasflaschen, in deren Hälsen Kerzen steckten, die in bunten Farben ihre Spuren auf den Flaschen hinterließen. Wie bei mir zu Hause. Das sah hübsch aus. Die Dochte brannten alle und tauchten den ansonsten recht karg ausgestatteten Raum in ein warmes, gemütliches Licht.

Auf dem Plattenspieler lag eine LP von der Band Cream – Show me the way to the next whisky-bar. Die Musik dröhnte in meinen Ohren. Alle beschäftigten sich schon mit dem ersten Joint, während ich mich noch am Rotwein festhielt. Der machte in riesigen Flaschen die Runde. Heute weiß ich natürlich auch, dass es sich bei dem Inhalt um Fusel handelte.

Niemals zuvor hatte ich mit Rauschgift Kontakt, und nun kam ein Joint bei mir an. Gut, ich rauchte seit dem vierzehnten Lebensjahr – sehr zum Leidwesen meiner Eltern oder vielleicht gerade deswegen, also kam ich mir mit der Gras-Zigarette nicht allzu unbeholfen vor. Ich sog das Zeug tief in die Lunge ein. Und immer wieder ein Schlückchen Wein.

Dann ging es in die *Kuss- und Grabbelphase*. Die Matratzen entpuppten sich als extrem hart. Von Anke sah ich nicht mehr viel. Unter zwei Typen begraben, konnte ich nur noch ihre Beine erkennen. Beruhigenderweise hörte ich aber ihr Gekicher.

Ich schwitzte. Jemand zog mir meinen Pullover aus, während eine weitere Zigarette bei mir die Runde machte. Der Rest der Jungen würfelte. Um mich. Wer mich *aufmachen* dürfte. Ich hatte ja noch nie mit einem Mann geschlafen und sie wussten das. Von Anke natürlich, von wem denn sonst.

Dieter gewann. Er kam zu mir auf die Matratze und schob mir den kurzen Rock ohne Umschweife hoch. Es schrillte etwas in mir. Alarmglocken?

Die Musik hämmerte jetzt nicht nur im Kopf, sondern sie dröhnte im gesamten Körper. Aber die schrillen Glocken bimmelten lauter als alles Andere. Da begriff auch ich, worauf das Ganze hinauslaufen sollte und – nein – so hatte ich mir mein *erstes Mal* beim besten Willen nicht vorgestellt. Mir wurde schlecht. Grottenübel. Und während die Musik, das Gras und der Alkohol in mir herumtobten, schoss ich die Kellertreppe hinauf nach draußen, ins Freie, an die schöne, kühle, klare Luft. Ich kotzte, was das Zeug hielt.

Ich ging natürlich nicht wieder rein, lief stattdessen nach Hause. Barfuß. Meine Schuhe standen ja unten vor der Kellertür. Seit dem weiß ich übrigens, dass es äußerst glatt und rutschig ist, mit nackten Füßen durch den Schnee zu laufen.

Leider musste ich klingeln. Keine Jacke, keinen Pullover, ohne meine Tasche und somit natürlich ohne Haustürschlüssel blieb mir keinerlei Alternative. Ich stand da in Rock und BH, zitternd vor Kälte und vor dem, was mich jetzt erwartete. Ich wusste nicht, wohin ich sonst hätte gehen sollen. Wir lebten in der Gegend ja erst seit kurzer Zeit und meine richtigen Freundinnen wohnten mehr als zehn Kilometer von mit entfernt. Ich hatte keine Wahl.

Es war spät in der Nacht und entsprechend lange dauerte es dann auch, bis sich im Hause etwas rührte. Mein Vater öffnete die Tür. Im Märchen hätten liebende

Eltern gesagt: „Oh, Kind, wie siehst du denn aus? Komm schnell rein! Jetzt erst einmal in die warme Badewanne, dann bekommst du einen heißen Tee." Danach hätten sie mich in eine schöne, kuschelige Decke gehüllt und mitfühlend gesagt: „So, nun erzählst du uns in aller Ruhe, was, um Gotteswillen, passiert ist", während sie mir liebevoll über das Haar gestreichelt hätten.

Die Realität sah aber leider anders aus. Mein Vater, angesäuert durch die nächtliche Störung und sicher auch durch meinen Aufzug, versah mich erst einmal mit einer Ohrfeige. Die weiteren Schimpf-Tiraden zu schildern, erspare ich mir. *Und* zwei Wochen Stubenarrest gab es noch obenauf.

Am nächsten Morgen lagen vor der Haustür meine Klamotten, fein und ordentlich gebündelt, denn Anke musste auf ihrem Heimweg an unserem Haus vorbei. Wir haben uns nie wieder getroffen.

Kapitel 5

Vor längerer Zeit schon hatte mir Andreas ein Buch empfohlen mit dem Titel: *Er ist wieder da*. Eine Hitler-Satire. Er war total begeistert von diesem Buch, hätte es bereits einigen Leuten angeraten und die fänden das allesamt toll. „Hast du dir das Buch schon gekauft, Lilly?" Ich verneinte auch diesmal. Seine Antwort daraufhin hörte sich immer gleich an: Ein seltsamer Zischlaut, abfällig, ärgerlich. Ja, ich nahm Verdruss wahr. Keine Ahnung, warum.

Ähnlich verhielt es sich mit der Empfehlung der TV-Serie *Höhle der Löwen*. Fünf- oder sechsmal konnte ich ihm nur mit einem Nein dienen, bis ich mir die Sendung dann doch einmal anschaute. Sie sprach mich an. Gefiel mir außerordentlich gut. Menschen, denen eine mehr oder minder geniale Geschäftsidee einfiel, wollten mit Hilfe eines populären Senders groß rauskommen. Das traf genau das Thema, welches wir so oft schon besprachen. Eine Marktlücke zu finden, um an die ganz dicke Kohle heranzukommen. „Die Sendung war toll, Andreas." Kein Kommentar. Kein: „Habe ich doch gesagt, Lilly." Oder es würde ein Gespräch über den Inhalt der Ausstrahlung folgen.

Nichts. Fühlte sich an wie *Mission erfüllt*. Ich beschloss, mir demnächst das Buch zu besorgen, das er mir empfahl. Ich wollte wissen, was das hier auf sich hat.

Seine Schwiegereltern besaßen die große Kohle anscheinend schon. Der Vater der Freundin soll Unternehmer sein. Laura und auch er, hätten jeder in diesem Jahr zwanzigtausend Euro bekommen. Na ja, wer viel mit Geld beschäftigt ist, der kennt die steuerlichen Freigrenzen. Als er mir allerdings erzählte, die Familie arbeite mit einem Geschäftsvolumen von 200 Millionen Euro – da hatte ich dann innerlich abgeschaltet. Das erschien mir dann doch ein wenig zu hoch gegriffen.

Wir kamen immer wieder beim Thema Reisen an. In mir erwachte ja erneut der Lebenswille und ich freute mich auf die vor mir liegende Zeit ohne defekte Gelenke und ohne Schmerzen. Noch zwei Operationen, dann wollte ich wieder mit Toni am Strand entlang laufen. Endlich reisen, ohne immer nur ängstlich von einer Sitzgelegenheit zur anderen Ausschau halten zu müssen. Endlich wieder leben wie ein normaler Mensch! Ich hatte eine Kreuzfahrt gebucht. Toni und ich, acht Tage in die norwegischen Fjorde, eisbedeckte Berge, tiefblaue See, ein herrliches Kreuzfahrtschiff und wir zwei in einer Balkon-Kabine!

Es dauerte zwar fast noch ein Jahr bis dahin, aber ich wollte dieses kleine Leckerli unbedingt vor der Nase hängen haben. Die Reise sollte mich dazu antreiben, so zügig und nachhaltig wie nur möglich an meinem *Wiederauferstehungsprogramm* zu arbeiten.

Andreas fand unsere Pläne super. „Lilly, der Tag an dem ihr zurückkommt, ist genau der Tag, an dem ich heirate." Seine Schwester hatte sich kurz zuvor trauen lassen und da sollen sie beide beschlossen haben, es ihnen gleichzutun. „Kann man doch machen, oder nicht?" Diese Frage überraschte, verwirrte mich. Das hörte sich für mich nicht nach Liebesheirat an, eher wie eine rationale Abwägung.

Ich wusste, dass er einige Jahre Jura studiert hatte und kurz danach eine Ausbildung als Physiotherapeut absolvierte. Aber, anstatt in der freien Wirtschaft gutes Geld zu verdienen, ging er für dreizehn Euro pro Stunde in einer kleinen Massage-Praxis arbeiten. Das erschien mir nicht ganz verständlich. Ich erzählte ihm von meinem Job, nämlich, dass ich in der Immobilienbranche arbeitete und vor der Erkrankung durch die zahlreichen Verkäufe ordentlich Geld angeschafft hatte, mit Toni zusammen. Um es genau zu sagen, wir verdienten uns dumm und blöde. Der Immobilienmarkt fing gerade an zu boomen und wir konnten sehr viel von dem Geld sparen.

Wir kauften uns eine schöne Penthauswohnung, an die wir relativ günstig herankamen. Der Marktwert ließ sich grob über den Daumen einschätzen, hatte ich doch täglich mit dieser Materie zu tun. Wir restaurierten, renovierten, und richteten die Wohnung geschmackvoll ein mit Möbeln und dekorativen Accessoires, so dass wir sie nach Fertigstellung mit einem satten Gewinn weiterverkaufen konnten. Das gleiche geschah dann mit dem Haus, das wir uns im Anschluss daran kauften. Es lief gut.

Wasser auf die Mühlen von Andreas. „Lilly, das hört sich super an. Wollen wir was zusammen machen?" Der Zeitpunkt dafür erschien günstig. Toni und ich planten gerade, uns im Nachbarort ein Grundstück zu kaufen. Wir wollten dort ein schönes Haus bauen lassen, ebenerdig, für die Zielgruppe 60 plus, sämtliche Innenarbeiten und die gesamte Außenanlage selbst fertigstellen und das Ganze dann schlüsselfertig verkaufen. Blöde nur, dass Toni auf Baustelle so gar keine Lust mehr hatte. Ich verstand das aber, denn ich kann durchaus nachvollziehen, dass man mit fünfundsiebzig Jahren ein wenig mehr Ruhe haben möchte. Aber ich war da erst siebenundfünfzig. Und voller Tatendrang.

Ja, was *zusammen zu machen*, wäre jetzt keine so schlechte Idee. Andreas meinte, er könne am Bau eine ganze Menge erledigen, zum Beispiel Gewerke wie Fußböden, Innentüren, Malerarbeiten, Gartenanlage, Carport, Terrassen und so weiter. Das würde uns natürlich so manche Handwerkerrechnung ersparen. Also, ich stelle das gesamte Kapital für den Bau zur Verfügung, übernehme die Bauleitung, besorge die

Materialien für *seine* Gewerke, er legt los und den Reingewinn wollten wir, nach dem Verkauf, ehrlich teilen, jeder die Hälfte. Der Gedanke konnte mich echt begeistern. „Lilly, da hab ich so richtig Bock drauf!" „Ja, ich auch!"

Toni brachte uns Kaffee. Der war sehr stark, so liebe ich ihn. Mit ganz viel Milch. Er trinkt ihn gern etwas schwächer, aber bei Andreas traf er den Nerv damit auch genau. Wir liebten also auch die gleiche Art von Kaffee.

Ich wusste übrigens, dass Andreas erfolgreich Fußball spielte, bis vor ein paar Jahren. Erfuhr ich, über google. Da fand ich auch viele Berichte aus der Zeitung, in denen er oftmals hoch gelobt wurde. Ja, ich wusste, dass er regelmäßig zum Sport geht und fast täglich noch nach der Arbeit zum Joggen. Es sah bald so aus, als trainierte er für etwas ganz Großes, auch surfte und tauchte er anscheinend gern, wie ich einigen Berichten entnehmen konnte. Mann, da wäre ich aber super stolz auf mich bei solchem körperlichen Einsatz! Warum hatte er mir davon nie erzählt? Ein Foto fand ich dort übrigens auch von ihm. Muskulös und braun gebrannt, den Blick aber eher scheu, die Arme schützend vor der Brust verschränkt. Habe es heruntergeladen.

Mir ging es zu dem Zeitpunkt übrigens richtig gut. Meine Psyche stabilisierte sich wieder und körperlich ging es stetig bergauf. Und wenn so eine Behandlung bei mir zu Hause stattfand, fühlte ich mich besonders gut. Da kam irgendetwas Positives rüber. Dieser Mensch schien mich zu beflügeln. Aber das sollte sich bald ein klein wenig ändern.

Er begann oft unpünktlich zu werden. Einmal lag es an der Straßensperrung, nächstes Mal blieben Patienten länger als geplant, egal, es ärgerte mich. Bis dahin hatte er mir, wenn es denn schon eine Verzögerung gab, kurz vorher eine kleine Mail geschickt. Ansonsten rief er sogar hin und wieder an, wenn er pünktlich wegkam, nur um mich wissen zu lassen, dass er in zehn Minuten bei mir sein würde.

Und dann kam der Tag, an dem er es vorzog, überhaupt nicht zur Lymphdrainage zu erscheinen. Ohne einen Kommentar von sich zu geben, ohne einen Ton zu sagen. Um achtzehn Uhr wollte er hier sein, halb sieben, meine Laune sank ins Bodenlose, es wurde sieben Uhr und ich kochte vor Wut. Ich rief in der Praxis an und erwischte dort zu der Zeit tatsächlich noch jemanden am Telefon. „Wie, Andreas ist nicht gekommen? Nö, keine Ahnung, warum nicht." Diese Gleichgültigkeit jedoch goss Öl in meine Flamme. „Dann geben Sie mir doch seine Handy-Nummer, dann rufe ich ihn an und setze ihn auf den Topf." „Hab ich nicht", lautete die Antwort. Ich erwiderte: „Wie bitte? Seit über einem Jahr arbeitet jemand für Sie, und Sie wollen mir weismachen, Sie kennen seine Telefon-Nummer nicht? Das können Sie wer weiß wem erzählen, aber nicht mir. Die Nummer bitte!"

„Moment." Getuschel am anderen Ende der Leitung. Dann erhielt ich die gewünschte Information. Und er ging wider Erwarten ans Telefon. „Hallo Andreas, hier ist Lilly. Du weißt schon noch, dass wir um achtzehn Uhr einen Termin hatten? Wie spät ist es bei dir?" „Oh, Lilly, dich habe ich ganz vergessen." „Wo bist du jetzt?" „Zu Hause, aber ich fahr sofort los." Ach du lieber Himmel! *Zu Hause*, das hieß dreißig Kilometer entfernt von mir zu sein, und die Uhr zeigte schon halb acht. „Nee, lass, das wird ja zu spät, dann sehen wir uns am Montag. Und dann bitte pünktlich."

Er kam zur vereinbarten Zeit und er entschuldigte sich für sein Fernbleiben. „Asche auf mein Haupt, das kommt nicht wieder vor." Wieso glaubte ich ihm das eigentlich nicht?

Auf jeden Fall wusste er von da an genau, wie und an welcher Stelle er mich zum Austicken bringen konnte. Unpünktlich zu sein oder überhaupt nicht zu kommen, damit kriegte er mich. Ich glaube, ich reagierte ihm gegenüber zum ersten Mal emotional.

Das Thema Ernährung erwies sich als sein Spezialgebiet. Ich konnte mir gute Tipps holen, besonders den mit den Avocados. Liefern gutes Fett und sind super für die Verdauung. Aber diese Früchte, so ohne alles, schmecken mir nicht sonderlich gut. Ich suchte nach einem schönen Rezept. Ein Salat aus Avocados und Orangen. Köstlich. Das probierte ich sofort aus und das Ergebnis bot ich Andreas abends an.

Und ein Glas Wein, welches er jedoch dankend ablehnte, er müsse ja noch fahren.

Hierbei handelte es sich allerdings um eine Notlüge. Ich kannte den wahren Grund, warum er nichts trinken wollte. Wenn er auch nur ein einziges Gläschen Schnaps trank, dann verhalte er sich anderen Menschen gegenüber verletzend. Da er ja immer und sofort die Schwachstellen seines Gesprächspartners erkennen würde, könnte er sich unter dem Einfluss von Alkohol nicht bremsen, darin gnadenlos herumzubohren. Und das mag niemand so gern.

Ok. Dann trank ich halt allein. Aber es machte mir keinen Spaß. Den Salat jedoch, den aß Andreas mit Appetit, der schmeckte ihm richtig gut, so gut, dass er unbedingt wissen wollte, wie ich den angemacht hatte.

Also: 2 Avocados, 2 Orangen, 3 EL Olivenöl, 1 EL Apfelessig, 1EL Zitrone Hitchkock pur, 1 TL Salz, 1/2 TL Pfeffer, 1/2 TL Chili-Puder. Und drumherum ein paar kleine Röllchen aus Räucherlachs. „Lilly, echt super dein Salat. Der ist ja very spicy."

Über meinem Nachttisch hängen Bilder in hübschen Messingrahmen. Fotos von Menschen, die mir etwas bedeuten. Oder bedeuteten. Ein Bild weckte sein besonderes Interesse. „Wer ist das, Lilly?" „Jemand, den ich einmal wahnsinnig liebte. Das war aber eine so chaotische Geschichte mit fürchterlichen Höhen und Tiefen, wie ich sie niemals mehr erleben möchte. Niemals! Das ist der Grund, warum ich mein Herz ganz

fest verbarrikadierte. Stell dir vor, deine Seele ist ein Haus. Vom Flur gehen ganz viele Türen ab und an jeder Tür rüttelt es, weil die Gefühle am Überquellen sind."
Stille. Andreas schien zu verstehen, wovon ich sprach. Er meinte: „Oh Gott ja, stell dir vor, wie lang *mein* Flur ist". Ja, er wusste, worum es mir ging. Deshalb fragte ich: "Kannst du auch mit dem Begriff *Flashback* etwas anfangen?" „Ja, oh ja, *Flashbacks*, da kann ich ein Lied von singen"! Ich hakte nicht weiter nach. Ich verstand. Mir saß ein Leidensgenosse gegenüber.

Fing ich zu diesem Zeitpunkt an, mir bewusst Gedanken über Andreas zu machen? Bis dahin plätscherten die Gespräche eher locker daher. Ich fing zwar vieles auf, das sich im Nachhinein als recht nachdenkenswert entpuppte, es lag für mich allerdings keinerlei Grund vor, ihm zu nahezutreten. Und hätte ich Dinge, die er sagt, angezweifelt, oder würde ich unangenehm nachgefragt haben – ich wäre ihm unausweichlich auf die Füße damit getreten.

Das spürte ich instinktiv, dass ein zu nahe kommen unbedingt Fluchtimpulse in ihm auslösen dürfte. Ebenso *wusste* ich, dass er im Leben schon mehr als genug getadelt, heruntergeputzt, abgemahnt und beschimpft worden sein muss. Und es ergäbe überhaupt keinen Sinn, wenn ich mich in diese, sicherlich schrecklich lange Schlange, noch zusätzlich einreihte. Es könnte also durchaus sinnvoller sein, die Dinge einfach so laufen zu lassen, ihn lieber nicht weiter einzuengen und in Ruhe abzuwarten, wohin das alles führen werde.

Die Harmonie hielt nicht lange an. Beim nächsten Besuch kam er ganze fünfundvierzig Minuten zu spät. Meine Stimmung brach deswegen komplett zusammen. Totalausfall. Ich konnte nur noch weinen und schreien, hatte mich kaum noch unter Kontrolle. Was passierte mit mir? Die Welt stürzte gerade ein.

Meist hielt sich Toni in meiner Nähe und auf und wie, bitteschön, sollte ich ihm erklären, dass ich voll am Rad drehe, nur weil Andreas nicht aufkreuzt? Ich *musste* mich beherrschen. Und dann klingelte es. Nie und nimmer wollte ich ihn da hineinblicken lassen, in meine Gefühlswelt. Never. Wut.

Ich machte die Schlafzimmertür zu. Das war Andreas nicht gewohnt, normalerweise stand die Tür immer sperrangelweit offen. Heute nicht. Er klopfte vorsichtig an. „Tür zu?", fragte er beim Eintreten. „Ja, die Heizung läuft. Wäre doch schade, wenn die schöne Wärme gleich wieder flöten ginge." Ich ließ mir weiter nichts anmerken, sah dem Anschein nach also komplett über sein Zuspätkommen hinweg, und bemühte mich, genauso zu sein wie immer.

Einen Besuch später fragte Andreas mich, ob ich, als er letztes Mal ging, einen Rochus auf ihn hatte. „Nö, wieso sollte ich?" Er meinte: „Das fühlte sich komisch an, als ich hier wegfuhr. Ich ging anschließend noch 'ne Stunde laufen und ich bekam ganz schlecht Luft, fast so, als ob mich etwas würgt, ganz seltsam war das. Wie fühltest du dich nach meinem letzten Besuch, Lilly?" Ich horchte in mich hinein. *Nichts*. Eine simple Frage, auf die man irgend eine Antwort doch finden müsste. Zum Beispiel – ich hatte eine Mordswut, hätte dir am liebsten den Hals umgedreht, eine logisch erscheinende Erklärung für die Atemnot – aber ich konnte nicht eine einzige Empfindung ausmachen. Ein schwarzes Loch, in das ich hineingriff, und ich bekam nichts zu fassen. Wie, wenn man sich morgens unbedingt an einen Traum erinnern möchte, ihn aber beim besten Willen nicht erinnern kann.

Panik stieg kurz in mir auf. Ein gruseliges Gefühl, derart eingemauert zu sein, ohne dass ein Weg nach draußen zu führen scheint. Das hatte ich so auch noch nicht erlebt. Da würde ich noch einmal intensiver drüber nachdenken müssen.

Und noch eine Merkwürdigkeit. Es tauchten mitunter Bilder vor meinem geistigen Auge auf, zu denen ich keinen Bezug hatte. Einfach ein Aufblitzen. Das gehörte nicht zu mir. Das spürte ich genau. Aber verstehen konnte ich es nicht. Ich ahnte nur, dass es mit Andreas zusammenhing. In meinem Kopf tauchten tausend Fragezeichen auf. Ich musste mit ihm reden. Es wurde Zeit. Nächstes Mal.

Kapitel 6

In der Obersekunda zum zweiten Mal sitzengeblieben. Bitter, so zwei Jahre vor dem Abi. Eine Fünf in Mathe und eine in Chemie – ausgeträumt, was ein Medizinstudium anbelangte, beendet der Traum vom Abitur überhaupt. Da spielte der Numerus clausus schon gar keine Rolle mehr für mich.

Ich ging von der Schule ab. Die Prophezeiungen der Eltern bezüglich meiner schulischen Karriere hatte ich hiermit komplett erfüllt. Schade. In mir reifte aber der Gedanke, ich könnte doch auch Logopädin werden. Dazu hätte ich jedoch nach Hamburg ziehen müssen und die Schule war nicht kostenfrei. Wer sollte mir das finanzieren? Meine Eltern würden das gewiss nicht übernehmen. „Lern was Vernünftiges, Verkäuferin oder Bürokauffrau", hieß es lapidar, „ein Mädchen braucht keinen hochgestochenen Beruf."

Leider gehörte ich gerade zu den geburtenstarken Jahrgängen, für die es damals nicht annähernd genügend Ausbildungsplätze gab. Das ging schon seit ein paar Jahren so und erleichterte mir den Lebensweg nicht gerade. Kaum eine Chance als Arzthelferin gab es für mich. Ich landete also wunschgemäß im Büro und machte eine Ausbildung mit, die mich zu Tode langweilte – Bürokauffrau. Ich fand eine kleine Sanitär-Firma, die mich einstellte. Die Arbeit mit Kollegen zusammen und der Umgang mit den Kunden im Verkauf machten mir richtig Spaß. Die Materie allerdings entpuppte sich als ätzend langweilig. Nicht meine Welt, ich wusste das von Anfang an.

In der Berufsschule lief alles bestens, ich besaß ja einen funktionierenden Verstand. Im Betrieb stand ich auch gut da und so ergab es sich, dass ich bereits mit dem Ende des zweiten Ausbildungsjahres eine kleine Filiale leiten durfte, ein Geschäft, das mein damaliger Chef gerade übernommen hatte. Nein, ich war nicht blöd. Ich hatte was drauf. Stolz! Ich lobte mich wie immer selbst, denn von den Eltern kam natürlich kein Piep. Aber das wurde unwichtiger.

Ich lernte viele neue Menschen kennen und sammelte schließlich auch in Sachen Jungens so meine Erfahrungen. Das riss mich aber nie so richtig aus den Schuhen. Doch dann verliebte ich mich in Helmut. Schmetterlinge im Bauch, das allererste Mal. Es fühlte sich völlig anders an als sonst. Ich hatte endlich einmal das Gefühl, dass ich einem Menschen etwas bedeute. Dass es da jemanden gibt, der gern seine Zeit mit mir verbringt und mit dem ich den ganzen Tag lang Spaß haben konnte. Und lachen. Wir haben so viele und verrückte Dinge zusammen unternommen, mein Herz stand irgendwie weiter offen als sonst! Glücklich.

Helmut war einundzwanzig und hatte ein eigenes Auto, einen Opel, der lief aber trotz seines hohen Alters wie am Schnürchen. Wir lernten uns in der Gaststätte des Dorfes kennen, die einzige Möglichkeit für uns Jugendliche, überhaupt ein wenig Abwechslung zu finden. Besonders an den Wochen-Enden, die verliefen meist ausgesprochen öde.

Ich stand zwar nicht gerade auf blonde Männer, aber Helmut hatte eine Art an sich, die ich richtig gut fand. Immer fröhlich, immer einen flotten Spruch auf den Lippen, für ihn schien die Welt völlig ohne Schwierigkeiten zu sein. Mit dem alten Opel fuhren wir im Sommer oft an den Badesee, für mich unsere schönsten Ausflüge. Sonne, Sand, schwimmen – herrlich, ein wunderbares Leben!

Damals war ich erst sechzehn und kam natürlich nicht auf die Idee, diese permanente Fröhlichkeit anzuzweifeln, zu hinterfragen. Niemals tauchte in mir der Gedanke auf, dass Helmut vielleicht unglücklich gewesen sein könnte, das hätte er doch bestimmt mal zur Sprache gebracht. Hatte er aber leider nicht.

Wir waren verabredet. Ich fuhr mit dem Fahrrad zu ihm. In der Tür stand seine ältere Schwester, die an dem Tag aussah wie ein Geist, blass, verstört, und sie brachte kein Wort hervor. Sie ging zum Fenster und schaute in den Garten. Das Haus lag ganz nah an den Bahngleisen. Unmittelbar an der Grundstücksgrenze donnerte zu jeder vollen Stunde der Zug vorbei. An den

Gleisen sah man Männer mit schwarzen Säcken, die mit langen Spiekern und ernsten Mienen die Schienen abschritten und etwas aufsammelten. Und rein, in die Tüten. Kleine Stückchen. Helmut. Sie sammelten Helmut ein.

Vakuum. Ich muss irgendwie nach Hause gekommen sein. Wie, ist mir bis heute noch nicht klar, es fehlt mir da glatt ein Stück der Erinnerung. Die setzte erst später wieder ein. Mein Vater hielt sich leider schon daheim auf und ich erzählte ihm, was passiert ist. Ich hörte seine *tröstlichen Worte*: „Gott sei Dank, da brauchen wir uns um dich ja zukünftig keine Sorgen mehr zu machen." Ich fühlte mich wie gelöscht.

War das vielleicht der auslösende Moment, in dem ich beschloss, nichts mehr ernsthaft an mein Herz heranzulassen? Kann man so eine Entscheidung willentlich treffen? Geht das überhaupt? Ich finde sonst nämlich keine nachvollziehbare Erklärung dafür, dass mich die Kontakte zu anderen Menschen, speziell denke ich an die Beziehungen zu Männern, eher kalt ließen.

Klar lernte ich auf manch einer Fete nette Jungen kennen, aber mein Herz blieb doch eher geschlossen. Keine so gute Voraussetzung, um mit jemandem zu gehen. Was, wenn ich so etwas wie mit Helmut nochmals erleben sollte, wenn ich noch einmal zu blind sein würde, um zu erkennen, dass der geliebte Mensch in Sorgen lebt?

Aber keine Phase dauert ewig. Im Mai 1977 lernte ich Kai kennen. Marita, meine damalige Freundin, fragte mich, ob ich nicht am Samstag auch mit auf das Fest im Offiziersheim gehen wolle. Ihr Bruder, den ich gut kannte und zu dem ich ein freundschaftliches Verhältnis hatte, wollte ebenso dort sein, zusammen mit einem Kameraden, Kai. Wir gingen hin.

Kai gefiel mir. Die ruhige, überlegte Art zu reden sagte mir zu. Klare blaue Augen sahen mich aufmerksam an. Seine Erscheinung wirkte äußerst gepflegt, ein Attribut, das mir bei einem Mann unbestritten wichtig ist. Außerdem besaß er echt gute Umgangsformen, was man von einem Offizier aber auch erwarten durfte. Wir verbrachten den ganzen Abend gemeinsam und trafen uns daraufhin öfter. Wenn mich heute jemand fragen sollte, was ich an Kai besonders geliebt hatte, wüsste ich so recht keine Antwort darauf. Aber es muss doch Liebe gewesen sein – warum, um Himmelswillen, hätte ich ihn dann sonst geheiratet?

Hochzeit feierten wir 1978. Ein schönes, großes Fest mit allen Freunden und Verwandten wurde es. Ich fühlte mich glücklich in dieser Zeit. Aber ich erinnere auch, dass ich solch simple Bedürfnisse, wie einfach nur seine Haut zu riechen oder, ohne jeden weiteren Hintergedanken, nur die Hände auf meinem Körper zu spüren, scheinbar nicht hatte oder nicht wahrnahm. Da fehlte mir etwas, ich hatte nur keine Ahnung, was.

Unsere Ehe dauerte vier Jahre. Ich hatte es anfangs nicht bemerkt, dass er ein Mensch war ohne Träume oder Phantasien. Für ihn gab es nur schwarz oder weiß und kein dazwischen. Und genau das hatte für mich besondere Reize. Er konnte alles, er wusste alles und er zweifelte niemals an sich selbst. Das halte ich für nicht normal. Selbstzweifel gehören für mich unbedingt dazu. Ohne mich und meine Belange zu hinterfragen, lebe ich doch als ein Zombie, der zum Beispiel auch jede Art von Befehl ausführen würde. Ohne Diskussion. Na sicher, genau das hatte er bei der Bundeswehr ja auch zu machen, nur, deshalb musste man doch nicht unbedingt ohne Träume sein, im wahrsten Sinne des Wortes. Jedenfalls nicht in der Freizeit.

Wir lebten also in verschiedene Welten und ich hatte nun einmal *ja* gesagt. Ich bin nie ein leichtfertiger Mensch gewesen. Und ich vertrat die Meinung, wir könnten diese Diskrepanz in unseren Persönlichkeiten auf irgend eine Weise mildern. Dazu sollten aber erst einmal beide begreifen, dass es ein Problem gibt. Es ergab wenig Sinn, wenn ich meinen Unmut darüber zwar spürte, er hingegen weiter fröhlich und in Frieden sein Leben führen wollte, weil sich für ihn alles so in Ordnung anfühlte. Oder sah ich das einfach nur falsch? Warum trank er sonst so viel? Ok, das beschränkte er glücklicherweise auf die Wochen-Enden, niemals alltags, wenn er mit klarem Kopf zum Dienst antreten musste. Aber die Samstage entwickelten sich langsam zum Albtraum, ein Zustand, den ich unbedingt ändern wollte.

Gut, wir waren beide jung, hatten viele Freunde, und natürlich war auf dem platten Land an den Wochen-Enden immer irgendwo etwas los. Party. Mal hier, mal da, und mal bei uns. Es begannen die Abende, an denen Kai bereits um neun Uhr sein Quantum weghatte, sprich sturzbetrunken war. Das ging seit ein paar Monaten so. Um neun schon nach Hause, das ging mir aber zunehmend auf den Nerv, und es kam der Abend, an dem ich ihn dann zwar heimfuhr, ihn auch ins Bett brachte, anschließend aber zu unseren Freunden zurückging auf die Fete. Ich hatte immer noch Wut. Die legte sich aber dann im Laufe der Nacht und ich hatte meinen Spaß. Bis ich nach Hause kam. Kai stand schon in der geöffneten Tür. Er fing an, auf mich einzuschlagen. Flashback.

Vakuum. Lief da ein Film? Ja, *meine* ganz eigene Filmspule. Bundeswehr, kalte blaue Augen, Alkohol, Schläge.

Beide weinten wir. Ich aus Wut und Enttäuschung und er aus Scham. Den körperlichen Schmerz empfand ich noch nicht einmal als das Schlimmste. Die Ohnmacht und die seelischen Wunden meiner Kindheit brachen wieder auf.

Wir versuchten, darüber zu reden, was in unserer Ehe schief läuft, und warum. Ich redete, er hörte zu und nickte. Ich machte Vorschläge, *was* man *wie* anders machen könnte, und er hatte wiederum einfach nur zugehört und genickt. Haben wir miteinander gesprochen? Wenn ja, dann sprach aber einer von uns chinesisch, der andere hudhuweli.

Die Beteuerungen, dass so etwas nie wieder passieren würde, waren für die Katz. Nichts änderte sich. Doch, wir blieben samstags abends zu Hause.

Inzwischen kam der Herbst. Kai machte Feuer im Kamin und legte uns eine LP von Vivaldi auf. Vierjahreszeiten. Wir setzten uns, versuchten wieder, miteinander zu reden. Schwierig. Kai holte die Whisky Flasche aus der Bar. Chivas Regal. Man gönnt sich ja sonst nichts. Zweites Glas, drittes Glas, sein Ton wurde aggressiver. Er ging ins Nebenzimmer und nahm aus dem Schrank die Dienstwaffe. Was machte die bei uns im Haus? Musste die nach Feierabend nicht immer in der Kaserne abgeliefert werden?

Er entsicherte die Pistole und legte sie auf die Ecke des Tisches, an dem wir saßen. Die Szene wirkte surreal. Das Feuer im Kamin, Vivaldi, die Waffe. Mein Herzschlag tobte im Kopf herum. Was tun? Ich konnte die Gedanken nicht bündeln, bekam irgendwie keine Klarheit in den Verstand. Ich fühlte mich vor Angst wie ausgehöhlt und hatte nur noch einen einzigen Impuls – raus hier!

Sechs bis sieben lange Schritte trennten mich vom Flur. Dazwischen lag aber die zweiflügelige Glastür, ungünstig, kein Sichtschutz dahinter, und von *der* Tür dann nochmals zehn Meter bis zur Haustür. Gerade Linie bis da hin. „Vergiss es", sagte er, „das schaffst du nie. Ich habe alle Zeit der Welt, in Ruhe zu zielen."

Ich gab mir Mühe, ihn durch Gespräche zu beruhigen. Es dauerte eine ganze Weile, aber dann schien mir die größte Gefahr vorbei zu sein. Weiter Vivaldi. Er hatte schon gut was intus. Und er wollte mit mir schlafen. Nein, jetzt und hier und am Kamin. Ich sah keinen anderen Weg. Unsere Ehe dauerte vier Jahre, ok, da käme es auf einmal mehr oder weniger nicht drauf an. Falsch gedacht. Ich war nicht da. In mir starb der Rest. Ich vögelte um mein Leben. Abschieds-Nummer.

Als Kai schlief, packte ich und fuhr zu Marita. Mit meinen zwei schweren Koffern kam ich bei ihr an, mitten in der Nacht, zum Glück war sie zu Hause. Nach dem Auszug einer Kommilitonin kam ihr die Drei-Zimmer-Wohnung viel zu groß vor, und auch zu teuer, und ich hegte die Hoffnung, dass sie mir den freigewordenen Raum anbieten würde, um zu bleiben. Erfreulicherweise kam es dann auch so.

Mit Kai versuchte ich auch weiterhin zu reden, wollte unsere Beziehung trotz allem nicht so leicht über Bord werfen. Aber je mehr Abstand ich fand, desto klarer sah ich, dass das keinen Sinn ergeben dürfte. Wir besaßen einfach zu verschiedene Ansichten.

Ich reichte die Scheidung ein. Es war zwar schon Mitte März, aber bei uns in Deutschland klirrte es vor Kälte. Ich traf den Entschluss, eine Woche Urlaub zu nehmen und in die Wärme zu fliegen. Palma de Mallorca. Marita konnte sich, so während des laufenden Semesters, nicht einfach davonstehlen, also fuhr ich alleine. Eine Woche lang nur die Sonne und ich.

Damals, mit vierundzwanzig Jahren, waren meine Ansprüche an eine Ferienunterkunft noch gemäßigt. Ein Drei-Sterne-Hotel am Stadtrand, vom Meer keine Spur, mit Balkon, ok, so viel Luxus musste sein, und natürlich mit Pool, das war meine Bleibe für die nächsten Tage. Heute würde ich so eine günstige Absteige, in der überwiegend äußerst trinkfreudige Skandinavier ihre kostbarsten Wochen des Jahres verbringen, nicht mehr buchen.

Im Schatten wehte der Wind noch ziemlich frisch, aber wenn einen in geschützterer Lage die Sonne traf – das hatte schon was. Ich lag am Pool mit meinem roten Badeanzug. Ich war zwar immer noch fix adipös, fand mich aber gar nicht mehr *so* hässlich. Gut, wenn man über die eine oder andere Speckrolle hinweg sah, fand ich mich eigentlich sogar recht hübsch.

Neunzehnter März 1982. An diesem Tag lernte ich Toni kennen. Anton, um genau zu sein, aber den Namen fand ich genauso blöde wie er, wir einigten uns auf Toni. Tja, eine Urlaubsbekanntschaft. Er kam aus Hamburg und ich aus dem hohen Norden, kurz vor der dänischen Grenze. Ich war zu der Zeit vierundzwanzig, und er zweiundvierzig. Er war gerade geschieden und an meiner Scheidung wurde derzeit gearbeitet. Die Prognosen, eine gute Beziehung aufbauen zu können, sahen also eindeutig schlecht aus. Das meinten übrigens alle.

Ein halbes Jahr später kündigte ich meine Stellung und zog zu Toni nach Hamburg. Ich hatte mich verliebt. Und die Zeit nach Mallorca, in der wir zwar viel telefonierten, uns aber nicht so häufig sahen, empfand ich als quälend. Ich wollte immer bei ihm sein.

Toni hatte schöne blaue Augen. Auch heute noch. Keine Spur von Kälte. Und mit der Bundeswehr hatte er auch nichts am Hut, er arbeitete als Ingenieur für Klimaanlagen. Ok, bei Technikern geht es emotional oft etwas holpriger zu aber das Risiko ging ich ein. Eine gute Entscheidung. Wir konnten wunderbar miteinander reden. Ich hatte Glück. Er verfügte über feine Antennen für psychologische Themen, Gott sei Dank. Ein Mann, der über die inneren Vorgänge in sich selbst nichts wissen möchte, der kann, auf Dauer, niemals der Richtige für mich sein.

Wir haben viel miteinander gelacht. Und er konnte gut zuhören, hörte sich erstmal alles in Ruhe an, sacken lassen, nachgedacht. Dann gelang es ihm auch, sich auf schwierigere Themen einzulassen. Zum Beispiel – meine Eltern. Denn die lernte er im Laufe der nächsten Zeit auch kennen, ein gutes Übungsfeld, um Verständnis aufzubringen. Ganz, ganz langsam begriff er, was ich meinte.

Die ersten beiden Jahre in Hamburg verliefen finanziell für mich hart. Toni verdiente zwar überdurchschnittlich gut aber ich war es gewohnt, mein eigenes Auskommen zu haben. Natürlich trug ich meinen Teil zur Miete und zum Lebensunterhalt bei. Ich hatte mehrere kleine Jobs und damit kam ich dann über die Runden. Selbst die Rechnungen für den Anwalt konnte ich so noch begleichen.

Es lief kurz darauf also alles bestens, nur mit meinem Körpergewicht wollte ich mich so gar nicht abfinden. Ich tat ständig etwas, das ich überhaupt nicht vorhatte, nämlich zu viel und das Falsche essen. Ich fühlte mich richtig manipuliert, und das ließ ich mir einfach nicht mehr länger gefallen. So beschloss ich, mir diesbezüglich Hilfe zu suchen. Natürlich gab es da in einer Großstadt wie Hamburg viel mehr Möglichkeiten als auf dem platten Land, von dem ich kam.

Die Entscheidung, mir durch Psychotherapie Unterstützung zu suchen, war *mit* eine meiner besten Ideen, die ich jemals hatte. Zeit des Erwachens. Ich redete und fragte, las Bücher und begriff, dass in der Tat etwas mit einem nicht stimmt, wenn man ständig Dinge macht, die man in Wahrheit gar nicht machen will. Zu viel essen, zum Beispiel. Dazu noch mein *schwarzer Background*, es gab also reichlich zu tun. Alles wurde viel, viel deutlicher.

Mit dem Anti-Diät-Buch fing es an. Es folgten etliche Bände von Autoren wie P. Schellenberg, Murphy, Trudi

Case mit *Der Aufschrei*, befand sich ebenso darunter wie Sigmund Freud und psychologische Lehrbücher. Ich las alles. Die Therapie-Stunden gingen nur über zwölf Monate, aber fünfzehn Jahre lang las ich nie etwas anderes als solche Bücher. Und so ein Text liest sich ja nicht wie ein Roman, von Seite eins bis zum Schluss, einfach durch. Nein, man kommt ins Grübeln. Spätestens nach dem ersten Kapitel fängt man zu denken an, Vergleiche zu ziehen, findet sich in den gelesenen Texten oft wieder. Und immer klarer wurde mein Blick. Nein, sie lieben mich *nicht*!

Meine Seele lag dann nach den vielen Jahren der Selbsterkenntnis offen vor mir. Lediglich das Thema forensische Psychologie ließ ich aus. Damit hatte ich keinerlei Berührungspunkte, wollte die Zeit nicht unnütz vertrödeln. Ein folgenschwerer Fehler, wie sich dreißig Jahre später dann herausstellen sollte.

Nun war es auch an der Zeit, mich berufsmäßig neu zu orientieren. Büro schied für mich komplett aus, zu öde erschien mir diese Arbeit, nein, da musste etwas anderes her, etwas Interessanteres.

Die finanzielle Durststrecke endete, als mir Werner über den Weg lief. Ich fand in der Zeitung ein gut klingendes Angebot, freiberuflich, was mir durchaus entgegenkam. Er arbeitete als Unternehmensberater, brauchte deshalb ganz, ganz dringend eine freundliche Telefonstimme, die für ihn bei Firmeninhabern Termine vereinbarte, um im Zuge von Betriebsanalysen

Versicherungspolicen, Aktienfonds und dergleichen zu verkaufen. Wir schlossen fleißig Verträge ab und verdienten uns dumm und blöd in den 80er Jahren.

Toni und ich reisten viel. Unsere gemütliche Drei-Zimmer-Wohnung unter dem Dach reichte als heimatliches Domizil, somit gaben wir viel Geld für Urlaube aus. Mindestens dreimal im Jahr, wann immer wir uns beide freimachen konnten, stiegen wir in den Flieger. Wir wohnten dicht am Flughafen. Wenn der Wind ungünstig stand, dröhnten die Düsen von den startenden Maschinen knapp über das Dach hinweg und an nervösen Tagen ging mir das ganz gewaltig auf den Wecker. Aber so hin und wieder saßen wir selber da drin. Schön.

Wir sahen einiges von der Welt. Mit Ausnahme des asiatischen Raumes haben wir viele unterschiedliche Ziele angeflogen. Erinnerungen, die ich niemals mehr missen möchte. Wenn ich neunzig bin und nur noch im Lehnstuhl sitze, kann ich an all diese herrlichen Zeiten zurückdenken.

Meinen Eltern gefiel nicht, dass wir so häufig verreisten und einfach unser Dasein genossen. Sie wollten es auch nicht begreifen, warum ich mich von Kai hatte scheiden lassen, aber das mussten sie ja auch nicht. Es handelte sich um *mein* Leben, in dem nur *ich* die Entscheidungen treffe. Ob es ihnen gefällt oder nicht. Ihr Standard-Satz, wenn wir von unseren nächsten Reiseplänen erzählten: "Muss denn das schon wieder sein? Ihr wart doch erst in Urlaub!" „Ja Mutti, es muss sein. Es gibt nämlich in der Tat kaum etwas Angenehmeres, als durch harte Arbeit ordentlich Geld zu verdienen und dem Alltag dann mit gutem Gewissen ein Weilchen zu entfliehen." Keinerlei Verständnis. Egal. Unser Leben verlief harmonisch und schön.

Kapitel 7

Ich weiß, heute wollte ich mit Andreas reden. Ich hatte mir auch reichlich lange überlegt, wie ich vorgehen soll, wie ich das Gespräch beginnen könnte. Doch dazu kam es nicht. Er erschien pünktlich um achtzehn Uhr und begann mit seiner Arbeit wie sonst auch. Lymphdrainage, fünfzig Minuten. Jetzt hätte ich loslegen können. Aber da war auf einmal nichts mehr. Ich sah eine große, schwarze Schultafel, auf der mit Kreide geschrieben mein Gesprächskonzept stand. Ein überdimensionaler Schwamm tauchte auf und wischte über mein Gehirn hinweg. Leere. Statt dessen quatschten wir wie immer.

Zum Beispiel über die vor drei Tagen ausgestrahlte Fernsehsendung *Die Odenwaldschule*. Der Film hatte mich echt erschüttert. Er erzählte von den Leiden der ehemaligen Schüler dieses Internats, die von dem Direktor der elitären Einrichtung regelmäßig sexuell missbraucht worden sind. „Hast du den Film auch angeschaut, Andreas?" „Nein, nur die im Anschluss folgende Diskussionsrunde." Ok. Ich hatte beide Teile gesehen. „Wie kann es sein, dass ein erwachsener Mensch keinerlei Mitgefühl aufbringt, wenn er sieht, dass ein Kind völlig starr vor Angst vor ihm liegt? Wie kann man über so etwas hinweggehen? Null Erbarmen." „Lilly, der alte Bock wird anders keinen mehr hochgekriegt haben, sorry, aber 'ne weitere Erklärung gibt es nicht."

Ich schäumte vor Wut. „Wenn ich Mutter des Kindes wäre, ich würde mir ein scharfes Messer schnappen und - Schnitt - ab die ganze Garnitur!" „Nö", sagte er, „*ich* würde Ronnie den Zuchtbullen holen, den auf ihn ansetzen und so lange weitermachen lassen, bis der Arsch einen 20 Liter Eimer voll hat." Andreas legte den Kopf leicht zur Seite und sagte ganz leise, wie in Gedanken: „Damit der sieht, wie weh das tut."

Dieser Nachsatz traf mich wie eine Bombe. Woher wusste er das? Auf meiner *zweiten* Bewusstseinsebene fingen einzelne Teile des Puzzles langsam an, einen Sinn zu ergeben. Noch lange kein vollständiges Bild, aber allmählich ließen sich Strukturen erkennen und ich begann zu begreifen, warum mir der *Kleine*, der bei mir in den Armen lautlos geweint hatte, so unendlich leidtat.

Meine Aufmerksamkeit erwachte. Dazu gehörte auch der Umstand, dass ich nicht mehr so flach vor Andreas liegen mochte. Bevor er kam, stellte ich in letzter Zeit das Kopfteil des Bettes ordentlich hoch, damit mir auf keinen Fall etwas Wichtiges entging. Ich verspürte den Wunsch, ihm in die Augen zu schauen, und ich wollte vor allem alles mitbekommen.

Ich erinnere mich an Kleinigkeiten. Gesprächsfetzen. So erzählte ich Andreas vom guten Verhältnis zu meinem Bruder Tobias. Und wie denn seine Beziehung zu den Geschwistern sei. Ich wusste, er hat zwei Schwestern und einen Bruder. „Geht so." Hm. Das hörte sich ja nicht gerade sehr positiv an. Ich fragte lieber nicht weiter.

Von seinem Vater hatte er allerdings, so schien es, eine hohe Meinung. Der Alte sei ein großes Tier im Aufsichtsrat einer Bank. „Oh, dann erfährst du es ja am eigenen Leib, dass diese Menschen nicht gern diskutieren. Sie erteilen lieber Anweisungen. Und die anderen haben zu gehorchen. Gefühle gibt es da übrigens auch nicht. Die sind, vorsichtshalber, komplett eingefroren."

Mir ist bis heute nicht klar, ob er mich überhaupt gehört hatte. Er sagte nichts und auch sein Gesicht zeigte kaum etwas. Ich fragte ihn: „Konnte deine Mutter das dann wenigstens ein bisschen ausgleichen?" „Ach nee, die ist öfters reichlich deprimiert. Sie schafft das, mich in fünf Minuten mit ihrer Stimmung komplett runter zu ziehen." Puzzle-Teile?

Ich hatte mir das Hitler-Buch letztlich doch gekauft und es unten in meinen Nachttisch gelegt. Ich wusste, er würde es dort entdecken. Ihm entging nichts.

„Ah, Lilly, endlich!" Er griff in den Nachtschrank und nahm das Buch in die Hände, vorsichtig, ganz so, als sei es zerbrechlich. Er strich zärtlich über den Einband hinweg und legte es dann genauso vorsichtig wieder zurück. Sein Blick wanderte hinüber zu meinem Bücherschrank und er suchte dort nach dem Buch *Tausend Träume*. Die Reinmachefrau hatte es wohl nach dem Staubwischen an anderer Stelle wieder eingeräumt, ich sah es, aber Andreas konnte es von seiner Sitzposition aus nicht erkennen. „Wo ist das Träume-Buch?" Ich antwortete: „Da, im Schrank, wie immer." Der Mann machte sich in der Tat die Mühe aufzustehen. Er beugte sich über mich und mein Bett und setzte sich erst beruhigt wieder hin, als er das Buch entdeckt hatte.

In dem Moment fiel mir etwas ein. Vor Jahren verlor ich bedauerlicherweise die Fähigkeit, mich morgens an die Träume zu erinnern. Zu meinem größten Bedauern. Plötzlich wurde mir klar, dass sich das seit ein paar Monaten geändert hatte. Ich träumte wieder, oder besser gesagt, ich war erneut in der Lage, das Geträumte ins Gedächtnis zurückzurufen. Was lief hier?

Um nochmals auf das Buch zu sprechen zu kommen, ich hatte endlich angefangen, es zu lesen. Andreas' Begeisterung zum Inhalt teilte ich nicht so ganz. Gewiss, es las sich streckenweise recht unterhaltsam, aber im Grunde genommen erschütterte es mich, wie verschiedene Menschen dieselben Dinge so total unterschiedlich wahrnehmen. Und wie ausgeprägt sie aneinander vorbeireden können. Der tiefere Sinn dieser

Satire amüsierte mich also nicht so stark, wie Andreas es offensichtlich angenommen hatte.

Ich hasse Manipulationen! Und Hitler war auf *dem* Gebiet ja ein Spezialist. Er war nicht nur hochgradig manipulativ, er galt auch als Psychopath. Und Letzteres machte ihn für mich nicht unbedingt sympathischer. Natürlich stellte ich mir die Frage, was Andreas gerade an *diesem* Buch so fasziniert haben mochte.

Mein persönliches Umfeld hatte ich übrigens von zweierlei Gruppen von Menschen befreit. Als Erstes hatte ich mich von den Schnorrern getrennt. Da ich ja recht großzügig bin, gerne teile, verschenke und so weiter, erkenne ich es schnell, wenn mich ein typischer *Mitnehmer* ausbeuten will.

Zweitens trenne ich mich auch zügig von Leuten, die versuchen, mich zu manipulieren. Da entwickelten sich ganz feine Antennen bei mir und ich erkenne diese zarten Gewebe, ähnlich einem Spinnennetz, sofort. Meine Strategie ist es, genau das, was derjenige von mir explizit erwartet, *nicht* zu machen. Besser noch, vollkommen gegensätzlich zu handeln. Und wenn man dann auch noch durchblicken lässt, dass man das Spiel durchschaut, dann verschwinden solche Menschen von ganz alleine. Höchstens ihr Hass schleicht einem noch eine Weile nach. Bestätigung dafür, dass ich richtig gelegen hatte.

Ich machte die Erfahrung, dass die Menschen, die derartig gestrickt sind, oft beziehungsabhängig sind.

Meistens sind es Frauen, die von ihren Männern total beherrscht werden, und diese vermeintlich ach so hilflosen und bedauernswerten Geschöpfe halten ihre Tyrannen auf derartige Weise subtil an der Leine. Und weil es so gut läuft, weitet man das Spiel auch auf andere Leute aus. Von mir aus, wenn das Machtgefüge damit wieder stimmt. Aber bitte nicht bei mir.

Besonders spannend finde ich es auch, wenn gute Bekannte einen nötigen wollen, für sie Partei zu ergreifen. Das bedeutet logischerweise ja, dass man sich gleichzeitig *gegen* jemanden stellen muss. Das kann nicht gut gehen. Die beiden vertragen sich wieder und ich gebe dann am Ende den dummen Bruno ab. So ein Szenario liegt vor mir wie ein Tennis-Platz. Ich stehe dort und der Ball kommt. Aber ich nehme ihn nicht an, ich lasse einfach den Schläger unten und schaue in aller Seelenruhe zu, wie der Ball neben meinen Füßen aufschlägt. Will sagen, kein Kommentar. Das hört dann bald ganz von selbst wieder auf.

Andreas fühlte sich bei uns übrigens ausgesprochen wohl, sagte er. Ich würde doch zu seinen *VIP*-Patienten gehören. „Über welche Qualitäten muss ich verfügen, um dieser bevorzugten Klientel beizuwohnen?" Absolut unempfänglich gegenüber jeglicher Form von Sarkasmus antwortete er: „Mit dir kann ich reden. Nicht nur über das Wetter, auch ansonsten. Die meisten Mädels sind hohl. Ich hasse dumme Frauen." Das nahm ich dann als Kompliment.

Das Telefon auf meinem Nachttisch klingelte. Nichts Ungewöhnliches, so etwas passiert. Ungewöhnlich war es jedoch, dass Andreas langsam, wie aus tiefem Schlaf erwachend, seine Arbeit unterbrach, aufschaute und zum Telefon sah. Dann erst klingelte es. Er hatte das Klingeln *vorher* gehört.

Wir aßen Lakritz und Weingummis. Während er die Salzkringel bevorzugte, hielt ich mich mehr an die Gummibärchen. Und wenn ich die esse, fällt mir immer die Geschichte mit Tobi ein. Ich bin acht Jahre alt, mein Bruder zwei. Unsere Mutter gab mir ein Tütchen Haribo zum Aufteilen. Das sah dann meistens folgendermaßen aus: Tobi bekam die Dinger, die ich nicht so gerne mochte. Zum Beispiel diese blöden, glatten, schwarz oder orangefarbenen Teile, die wie Knöpfe aussahen und nach Seife schmeckten. Die konnte er haben. Auch noch von den ekligen weißen mit dem Lakritzkern, der Kokosgeschmack, der denen anhaftete, behagte mir überhaupt nicht. Kritisch wurde es jedoch bei Weingummis.

Tobi weinte. Er wollte auch Teddys. Na gut. Dann aber höchstens einen Grünen oder Weißen. Auf keinen Fall von den roten oder orangefarbenen. Die brauchte ich selber. Für solch eine Art des Teilens schäme ich mich heute noch. Zum Glück bin ich ganz anders geworden. Tobias und ich lachen inzwischen zwar über diese kleine Geschichte, aber sie liefert mir tiefe Erkenntnisse über den langen Arm des Gewissen.

Aber zurück zur Behandlung. Wenn ich so total entspannt bin, schweifen meine Gedanken gern ab, genau wie eben. Dann schweigen wir eine Runde gemeinsam. In solchen Momenten rücken mir oftmals Dinge in das Bewusstsein, über die ich mir sonst keine Gedanken mache. Die Sache mit dem Buch. Das Hitler-Buch. Ich hatte abends darin gelesen und mir fiel auf, dass sich das Buch sehr warm anfühlte. Das konnte nicht sein. Im Schlafzimmer herrschten normale Temperaturen. Aber es fühlte sich an, als wäre es im Topf bei fünfunddreißig bis vierzig Grad erwärmt worden. Wie das? Ich berührte andere Gegenstände um zu kontrollieren, ob mit meinen Händen alles ok ist. Ja, verschiedene Materialien strahlten auch eine unterschiedliche Wärme ab, und die sonstigen Bücher fühlten sich alle gleich kühl an. Ich nahm *das* Buch wieder zur Hand. Nein, kein Irrtum! Es war außergewöhnlich warm.

Wir hatten Anfang Oktober und meine zwei *noch platten Reifen* behinderten mich nach wie vor. Mehr als ein paar Schritte laufen, lag weiterhin nicht drin, aber zum Glück besaß ich sowohl Rollstuhl als auch Treppenlift, sonst wäre ich im eigenen Schlafzimmer gefangen gewesen. Um die eintönige Zeit ein wenig zu überbrücken hatte ich schon im Sommer damit begonnen, köstliche Marmeladen einzukochen. Unsere Regale in der Küche quollen langsam über. Es wurde allmählich Zeit für etwas anderes.

Ich meldete mich zur nächsten Operation am dritten November an. „Lilly, ich werd nach dir schauen", sagte Andreas. Schön, er würde mich besuchen kommen, dachte ich. Freude.

Er hatte auch Pläne für die kommende Zeit. Laura und er wollten für drei Wochen in die Karibik fliegen. Oh Gott ja, das wäre ich auch gerne. Cocktails am Strand, Schnorcheln – da konnte ich nur leider überhaupt nicht dran denken in meiner Situation. Zuerst musste ich die dritte Operation erfolgreich hinter mich bringen, Hüfte rechts neu, dann würden wir weiter sehen.

Toni litt natürlich wieder mit mir. Manchmal glaube ich, dass ihn das Ganze viel mehr fertig machte als mich. *Ich* war dann beschäftigt. Die erste Zeit im Krankenhaus und danach mit den Problemen, vernünftig ins Leben zurückzufinden. Er aber hatte viel Zeit zum Nachdenken und konnte sich deshalb auch entsprechend viel Sorgen machen. Das tat mir so leid, was er da alles meinetwegen ertragen musste.

Ich bin bestimmt kein Angsthase, aber ich spürte von Eingriff zu Eingriff, dass mein Körper richtig unter den Belastungen litt. Das würde nun die dritte Vollnarkose innerhalb von zehn Monaten für mich bedeuten, auch keine so angenehme Vorstellung, was mein armes Gehirn dadurch so mitzumachen hatte. Man sagt ja, eine Einzige davon soll schon schädlich für die Nervenzellen sein, bei einer solchen Betäubung würde ein Teil der Zellen, schlicht und einfach, absterben. So, als hätte man sich drei Promille eingeschenkt. Und das lag jetzt innerhalb kürzestem Zeitraum zum dritten Mal vor mir, keine erfreulichen Aussichten.

Mich trieb im Grunde genommen nur noch der Wunsch auf ein Leben ohne Schmerzen vorwärts, ein absolut schönes Ziel. Bedauerlicherweise kenne ich aus unserem nächsten Umfeld zwei Frauen, bei denen der Einbau einer neuen Knieprothese nicht ohne Komplikationen verlaufen ist, und beide sind sie zierliche fünfzig-Kilo-Persönchen. Bei der einen saßen nach dem Eingriff die Sehnen zu locker, mussten dreimal nachoperiert werden und trotzdem sah es immer noch nicht gut aus. Die andere leidet seit der Behandlung ständig unter unglaublich schmerzhaften Entzündungen. Je eine Operation und der totale Griff in den besagten Topf. Und bei mir soll das gleich viermal gutgehen. Ich finde, das ist schon eine gewaltige Herausforderung des Schicksals. Aber mir bleibt keine andere Wahl.

Kapitel 8

Toni und ich führten ein schönes, harmonisches Leben. Aber mit der Ruhe sollte es bald vorbei sein. 1985 begegnete ich Jochen. Toni und er arbeiteten in derselben Firma. Jochen als Kalkulator und Toni plante in seiner Eigenschaft als Ingenieur die Klima-Anlagen auf dem Papier. Die beiden versackten eines Abends, nach getaner Arbeit, in der Kneipe um die Ecke. Um neunzehn Uhr rief Toni mich an und bat mich, ihn abzuholen. Er könne nicht mehr fahren. Ok. Ich machte mich auf den Weg.

Der Laden war brechend voll. Bereits in der Tür waberte mir der äußerst unangenehme Dunst, eine Mischung aus Zigarettenrauch und abgestandenem Bier, entgegen. Typischer Kneipengeruch. Nino de Angelo weinte aus der Musik-Box *Jenseits von Eden*. Toni gab mir einen Kuss auf den Mund. Ich öffnete die Augen. Hinter ihm stand Jochen. Er sah mir direkt in meine Pupillen und er ging in die Knie. Nein, das ist keine Übertreibung. Er sackte wirklich in den Knien ein und sagte: „Langer", - er meinte Toni, mit seiner Körpergröße von 195 Zentimetern - „das gibt es doch gar nicht! Was für ein Blick!"

Das erschien mir ein wenig zu theatralisch, ich hielt das für seine spezielle Form der Anmache, vergaß diesen *Auftritt* aber nie. Wir blieben noch ein Stündchen in dem Lokal und ließen uns von der angenehmen Musik berieseln. Dann brachen wir auf. Zuerst brachten wir Jochen nach Hause, der in einem schäbigen Plattenbau wohnte, eine Adresse, die nicht gerade einladend wirkte.

Es gibt so typische Stadtteile, in denen ich alleine schon beim Durchfahren die Tristesse des Daseins ihrer Bewohner spüren kann. Mehrstöckige, uniforme Miethäuser, die weder durch Laubengänge noch durch farbige Gestaltung der Balkone jemals einen freundlicheren Eindruck machen könnten, säumen baumlose Straßenzüge. Hin und wieder aufgelockert durch einen fünfzehn Stockwerke zählenden Plattenbau, daran seitlich ein Flachdachgebäude, um einen Billig-Discounter darin unterbringen zu können.

Das ist praktisch, der Weg bis zur nächsten Schnaps-Flasche bleibt somit überschaubar, kein Taxi erforderlich. Das *Leergut* kann auch sofort an der Hausmauer, in dem zwei Meter breiten Streifen aus flach bleibendem Grün, entsorgt werden, wie ich recht deutlich sehen konnte.

Hier also wohnte Jochen. Er lud uns ein, mit nach oben zu kommen, was wir aber dankend ablehnten. Nicht mehr an *dem* Tag, darüber waren Toni und ich uns einig, es sei schon zu spät, der Wecker würde am nächsten Morgen bereits wieder um sechs Uhr früh klingeln, Auftakt für den neuen Arbeitstag.

Für mich gibt es keine Zufälle. Es gibt nur Schicksal. Und wenn sich zwei Menschen begegnen, die seelenverwandt sind, dann ist das mehr als schicksalhaft. Aber das ahnte ich an diesem Abend noch nicht. Wenn ich gewusst hätte, was da auf mich zukommt, ich hätte sofort, ohne zu zögern, den Rückwärtsgang eingelegt!

Die Beziehung zwischen Toni und mir gelangte in ruhigeres Fahrwasser, völlig normal. Nachdem sich die erste große Verliebtheit gelegt hatte, spürten wir beide, dass etwas anderes nachrückte. Das fühlte sich kuschelig, warm und vertraut an. Ein Gefühl von *du bist nicht allein, ich bin bei dir*. Vertrauen, Verständnis, Trost, Mitgefühl – eine gute und solide Grundlage. Fühlte sich wirklich schön an. Herz, was willst du eigentlich mehr?

Jochens Blicke bohrten sich bei unserer ersten Begegnung aber nicht nur tief in meine Pupillen, dummerweise trafen sie mich mitten ins Herz und landeten auf dem Grund meiner armen, angeschlagenen Seele. Ich gab mir alle Mühe, diesen Stachel da wieder raus zu bekommen. Ich unternahm in nächster Zeit besonders viel mit Toni, versuchte es, nicht an Jochen zu denken, und wollte noch nicht einmal über ihn sprechen. Ich verlor den Kampf, und zwar, ohne es zu bemerken.

Er gefiel mir. Dunkle, lange Haare, wie man es zu der Zeit trug, die blauen Augen warm und ausdrucksvoll, äußerst geschmackvolle Kleidung, was ich sonst nur von schwulen Männern her kenne. Die haben das oft drauf. Aber er stellte in dem perfekt gebügelten Seidenhemd eine angenehme Erscheinung dar. Er hatte eine mitreißende Art und war insgesamt kein Kind von Traurigkeit, seit der Scheidung vor zehn Jahren. Ich entsprach in keinerlei Weise dem Typus Frau, auf den er sonst flog. So ein Frauchen musste klein und zierlich sein und sehr, sehr blond. Ich konnte mit nichts davon dienen, war eher das genaue Gegenteil. Nur meine Augen, die beeindruckten ihn anscheinend.

Wie auch immer, der Stachel saß. Es nützte wenig, zu erkennen, dass es sich bei ihm um eine schwierige Persönlichkeit handelte. *Borderliner*, sprang mich zunächst an, aber ich glaube, damit war es nicht ganz getan. Und diese Menschen wirken auf ihr Umfeld fast immer interessant, kameradschaftlich, charismatisch. Nur wehe, man lässt sich darauf ein. Dann sitzt man fest. Fest am Haken, so wie ich.

Jochen kannte die Hamburger Szene wie kein Zweiter. In den kommenden sieben Jahren sah ich fast mehr von der Stadt als in der gesamten restlichen Zeit. Damals hatte das Schmidt-Theater gerade seine Pforten auf dem Kiez zum ersten Mal geöffnet. Da gingen wir fortan regelmäßig hin und bei einem kleinen Drink vorweg an der Bar, begrüßte uns Corny Littmann mit Handschlag persönlich. Und in den Pausen fand sich oft Zeit für ein anregendes Gespräch mit den Akteuren. Das waren noch Zeiten.

Ich lebte nur noch für Jochen. Meine Seele schlug Purzelbäume, immer dann, wenn er mir in die Nähe kam oder wenn wir miteinander telefonierten. Wir verbrachten auch viel Zeit bei ihm oder bei uns zu Hause, meist zu dritt, es sei denn, Jochen zettelte mit Toni einen Streit an. Das konnte ganz schnell gehen, Jochen hatte den Bogen darin perfekt raus. Und Toni ließ sich nicht lange nerven, sondern zog dann konsequent ab. Und dann war ich mit Jochen allein.

Klar, dass es häufig danach auch Stress zwischen Toni und mir gab. Er spürte natürlich, dass ich auf den Anderen reflektierte, nur, ich versuchte, den Ball möglichst flach zu halten. Warum sollte Toni auch noch leiden. Lag kein Sinn darin. Und ich brauchte diese ruhige Beziehung zu ihm immer wieder als Ort, an dem meine gequälte Seele sich erneut erholen konnte. Warum gequält? Ich fühlte mich emotional völlig abhängig von Jochen und bekam das bei vollem Bewusstsein mit.

Genau so, als würde man von der australischen Würfelqualle mit ihren Tentakeln berührt werden. Der Verstand bleibt glasklar, ansonsten funktionieren nur noch die Atmung und der Herzschlag. Alles andere ist lahmgelegt. Keine Signale erreichen vom Gehirn aus mehr den Körper, keinerlei Bewegung ist mehr möglich, nichts. Die Organe haben auch ihre Dienste eingestellt, aber es geht noch für eine Weile ohne. Eine Frage der Zeit. Und das Gehirn weiß das, weiß, was kommen wird. Ist das nicht ein Albtraum? So fühlte sich das an.

Hinzu kam mein schlechtes Gewissen. Das hatte Toni nicht verdient, so etwas wie mich. Es fraß an mir. Ich fragte mich tausendmal, wo der Betrug eigentlich anfing. In dem Augenblick, in dem man es tat, oder schon in dem Moment, in dem man ganz genau wusste, dass man es wollte. Wollte, wie nichts anderes auf der Welt.

Und ich zahlte auch noch einen weit höheren Preis dafür. Ich durfte mein Gehirn nicht mehr komplett ausschalten. Auch nicht, wenn wir uns liebten. Man stelle sich vor, es rutscht einem ein anderer Name heraus, zum falschen Zeitpunkt. Das wäre das Ende. Scheiß Spiel.

Ich lebte also nur noch von Punkt zu Punkt. Den Rest konnte man, meiner Meinung nach, in die Tonne treten. Da heult das Gewissen ganz laut auf. Der gute Toni. Ich vertrat damals die Ansicht, ich verdiene seine Liebe nicht.

Das sehe ich heute ein wenig differenzierter. Ich verzieh mir so manches. Denn es bildete die absolut logische Konsequenz meines vorangegangenen Lebens. Aufarbeitung. *Learning by burning*. Und zwar so lange, bis die Lektion sitzt.

Leider verstand es Jochen auch bestens, Toni absichtlich zu provozieren und eifersüchtig zu machen, er besaß da eine Menge Schubladen, aus denen er sich bedienen konnte. Und ich glaube, es bereitete ihm höllischen Spaß, mitzubekommen, wie verzweifelt ich um die Beziehung zwischen Toni und mir kämpfte.

Mit ihm alleine zu sein war mittlerweile auch kein Honiglecken mehr. Er hatte mich fest an der Leine. Das gab ihm die Sicherheit mit mir machen zu können, was er wollte. Und er wollte einiges. Zum Beispiel, mich im Beisein von anderen Menschen kritisieren und niedermachen. Oder er sagte Dinge zu mir, die mich ernsthaft kränkten. Und ich fühlte mich wie ein paralysiertes Kaninchen und konnte mich nicht wehren. Schmerz.

Ich hing also schief auf der Rolle. Und ich wurde immer dicker. Aber die Beziehung zu Toni empfand ich als einen ruhigen Hafen, in dem ich ankern konnte, wenn draußen die Wogen zu hoch schlugen.

Wenn Jochen fantastisch drauf war, also, wenn sein Alkoholpegel stimmte, dann zogen wir durch die Stadt und hatten eine Menge Spaß, meist bis zum frühen Morgen. Aber das Leben bestand leider nicht nur aus Wochen-Enden. Da gab es auch noch diese lästigen Arbeitstage in der Firma, an denen er ordentlich seinen Job zu erledigen hatte. Für einen richtigen Alkoholiker keine leichte Aufgabe. Mehrfach hatte er schon Abmahnungen erhalten, verständlich, da Werte wie

Pünktlichkeit und Zuverlässigkeit nicht zu seinen stärksten Eigenschaften zu zählen schienen. Das sollte für ihn jetzt zum Problem werden.

Es kam der Tag, an dem die fristlose Kündigung bei ihm ins Haus flatterte. Das erforderte rasches Handeln, eine Anforderung, der er mit seiner Renitenz nicht gewachsen war. Deshalb übernahm *ich* das für ihn. Mit sämtlichen Vollmachten ausgestattet, erreichte ich es tatsächlich, in dem Kampf zwischen ihm, dem Arbeitgeber und dem Hamburger Versorgungsamt, aus der fristlosen eine fristgemäße Kündigung zu machen. Und eine ganz beachtliche Abfindung holte ich auch noch heraus.

Dieser Betrag wurde vereinbarungsgemäß auf mein Konto überwiesen, und dann machte ich einen großen Fehler. Jochen bat darum, das Geld in bar von mir zu bekommen. Also holte ich es von der Bank ab und händigte ihm die Summe bei unserem nächsten Besuch aus. Die Tausender legte er in sein *Depot*, die übrigen fünf Hunderter steckte er zusammengerollt in die Brusttasche vom Hemd.

Ich spürte, dass er sich mir gegenüber in der Zeit darauf komisch verhielt, und eines Tages sagte er dann: „Du, Lilly, ich finde das aber nicht gerade nett von dir, dass du von dem Geld fünfhundert Mäuse für dich abgezweigt hast." Wie bitte? Ich fiel fast vom Stuhl! Ich hatte für ihn gekämpft wie eine Löwenmutter um ihr Junges, durfte alle Kohlen aus dem Feuer holen, die er da leichtfertigerweise hineingeworfen hatte. Das machte ich freiwillig und gerne, keinerlei Dank erwartend, ich hätte mein letztes Hemd für ihn gegeben. Und wer mich kennt, der weiß, dass ich eher noch hundert Euro dazulege, als dem Anderen etwas wegzunehmen.

Und nun das! Ich fühlte mich empört und gekränkt. Und ich wurde richtig sauer. All die Beleidigungen und Missachtungen, die ich durch ihn erlitten hatte, kochten nun in mir hoch, paarten sich mit dieser äußerst bösartigen Beschuldigung. Es reichte! Ich hatte genug von ihm, und das sagte ich auch, und, dass ich ihn niemals mehr wiedersehen wollte.

Ich litt wie ein Hund. Wochen vergingen, bevor ich das Leben um mich herum wieder wahrnahm. Ich hatte dummerweise den Kontakt zu vielen Menschen, die eine wichtige Rolle für mich spielten, abgebrochen, oder, besser gesagt, schleifen lassen. Und genau da knüpfte ich von Neuem an. Ich sortierte mein Leben – und es ging. Wir sahen uns nie wieder.

Fünf Jahre später starb Jochen. Der Alkohol hatte ihn hingerichtet. In der Speiseröhre platzte eine Ader. Das war's. Er wusste schon damals, dass er nicht alt werden würde. Seine Freundin rief mich an, als er tot war. Jochen soll gesagt haben, er habe nie einen zuverlässigeren Freund als mich gehabt. Nie hätte jemand so bedingungslos zu ihm gehalten wie ich. Er hatte sehr unter unserer Trennung gelitten, und er wollte, dass ich den großen, schweren Messingleuchter bekomme, den mit den sieben Armen. Meistens, wenn ich ihn alleine besuchte, zündeten wir die Kerzen hierin an. Der Schein spiegelte sich dann immer so schön in meinen Augen wider.

Kapitel 9

„Andreas, ich muss mit dir reden." „Ja, Lilly, was ist los?" Er ließ seine Arme sinken, Lymphdrainage war für den Tag beendet. Heute wollte ich endlich Klarheit in diese vielen Ungereimtheiten bringen, die ich verspürte seit dem ersten Tag unseres Kennenlernens.

„Weißt du eigentlich, dass du über die Fähigkeit verfügst, dich tief in die Seele eines Menschen hineinzuversetzen?" Keine Reaktion. Keine Antwort. Ich schaute ihm direkt in die Augen und setzte nach: „Ist es dir bewusst, dass du dich in die Psyche eines Menschen hineinbohren kannst?" Andreas lehnte sich leicht zurück, legte das Kinn auf seinen Daumen, den Zeigefinger gestreckt an die Wange, ganz der aufmerksame Zuhörer. „Nein. Das ist mir überhaupt nicht bewusst."

Ich erwiderte: „Ich bemerke das aber schon, und zwar von Anfang an. Mit der Sicherheit einer Bergziege im Gebirge stiegst du auf eine seltsame Art und Weise in mein Unterbewusstsein ein, ließt dich dort ganz gemütlich nieder. Du weißt, was ich denke, und du weißt, was ich fühle." „Ja." „Ist dir das niemals vorher in der Form begegnet?" „Nein, ich glaube nicht." Dann hast du dir auch noch niemals vorher Gedanken darüber gemacht, dass eine solche Vorgehensweise womöglich Auswirkungen auf mich haben könnte?" „Was für Auswirkungen, Lilly?"

Ich zeigte auf das Bild von Wolfgang, das in einem Messingrahmen über dem Kopfteil meines Bettes hing. „Ich hatte dir ja von ihm berichtet, von der Zeit, in der ich gefühlsmäßig Himmel und Hölle ausgesetzt zu sein schien. Und ich hatte dir auch erzählt, dass ich solche schlimmen Hoch und Tiefs nie mehr wieder erleben wollte. Deshalb hatte ich den Laden dicht gemacht. Und nun läufst du mir über den Weg und frisst das Gras ab, das in den letzten Jahren darüber gewachsen ist, ganz langsam und systematisch.

Das ist jetzt keine Schuldzuweisung oder so etwas. Es soll lediglich eine Feststellung sein. Ich habe es bemerkt und ich habe es zugelassen, denn ich wähnte mich in absoluter Sicherheit. Und ich ging davon aus, dass du weißt, was du da machst. Und falls doch nicht, dann halte ich ja immer noch mein kleines, blödes Pappschild in der Hand. Das, mit den fünfundzwanzig Jahren Altersunterschied."

„Hm. Aber was sollten das für Auswirkungen auf dich sein, Lilly?" Ich antwortete vorsichtig: „Man könnte sich in den anderen verlieben, unter diesen Umständen. Ich weiß, das ist in unserem Fall absolut grotesk bei den Unterschieden. Erstens das Alter. Was sich für den einen fast um Kindesmissbrauch handelt, fühlt sich bei dem anderen schon bald wie Leichenschändung an. Dann, du bist körperlich total fit, der *muscle-man* wie aus dem Bilderbuch – ich bin körperlich ein Wrack. Du bist völlig auf Body fixiert – ich ausschließlich auf Seele. Gegensätzlicher geht es nicht." „Oh Lilly, das ist doch aber furchtbar hart ausgedrückt!"

„Ja, das ist es. Aber Fakt ist auch, dass du Schritt für Schritt vorgegangen bist. Kaum hattest du ein Terrain abgeleuchtet, bist du weiter zum nächsten Knackpunkt. Das war dir alles nicht klar?" „Nein." „Na, dann bin ich jetzt aber richtig voll rein gelaufen." Er fragte: „Du hast das Gefühl, in die Falle gegangen zu sein?" Ich: „Ja. Ja, genau so fühlt es sich an.

Und noch schlimmer," fügte ich hinzu, „ich gewinne zunehmend den Eindruck, als nähme ich *deine* Gefühle auch wahr. Ich kann es nicht mehr auseinanderhalten, welche Emotionen sind deine und welche sind meine. So wie ein dicker Kabelstrang, der aus ganz vielen Fasern besteht, scheinen unsere Gefühle miteinander verwoben zu sein. Und ich verspüre das dringende Bedürfnis, das zu sortieren, da Klarheit reinzubringen. Wäre es möglich, dass du mir dabei hilfst, Andreas? Was meinst du, wollen wir es gemeinsam anpacken?" Er, zögerlich: „Ja, das wäre vielleicht hilfreich."

Gut. Ich schlug ihm vor, wir müssten dann sofort darüber reden, wenn etwas auftauchen sollte, das auf irgendeine Weise merkwürdig aussieht. Und mir fiel prompt das Hitler-Buch ein. Das wollte ich jetzt gleich noch loswerden. „Andreas, als du letztes Mal das Buch da unten entdecktest, musstest du es in die Hände nehmen. Da bestand absolut kein Grund zu, aufzustehen, darüber hinweg zu streichen, um es dann genau an derselben Stelle wieder abzulegen. Warum, das?" Daraufhin er: „Ich weiß es nicht, Lilly."

„Das gleiche mit dem Träume-Buch", setzte ich nach. „Du bist extra aufgestanden, um dieses Buch zu sehen. Du warst erst beruhigt, als du es im Blick hattest. Warum? Was war dir daran so wichtig?"

Andreas schien erstaunt zu sein, fand aber keinerlei weiteren Antworten. Ich finde es nur seltsam, dass ich das nicht geglaubt hatte. Ich bewunderte immer seinen klaren Verstand, verbunden mit einer blitzartigen Auffassungsgabe. Nie entging ihm irgendetwas, er vergaß nichts. Ich hielt ihn für äußerst intelligent. Doch im Moment machte er eher einen Eindruck auf mich, als sei er regelrecht blockiert. Mir war nicht klar, *was* hier vor sich ging, aber *dass* etwas vor sich ging, das war mir mehr als klar. Ich meinte, das reichte für den Tag erst einmal.

Ich sehnte mich nach einer Aufheiterung. „Wollen wir Musik hören?" „Ja gerne, Lilly, was hast du da?" Ich griff nach meinem Tablet und las ihm einige Titel vor, entschied mich dann für das Lied von Demis Roussos *Good bye my love goodbye*. Wir hörten dieses Stück mehrmals, das können wir ja beide gut haben, und redeten weiter. Er meinte: „Du, das ist aber nicht gerade ein fröhlicher Text." Ich: „Nö, kein Problem, die Grundtendenz ist positiv." Die Stimmung war also recht entspannt.

Ich gab mich schon damit zufrieden, dass er nichts von dem, was ich sagte, als totalen Blödsinn abtat. Er hatte mir zugehört. Er bestritt keinen Satz. Das reichte fürs Erste.

Andreas sang laut mit. Er sang grottenschlecht, sorry, mein Lieber, wenn du jemals dieses Buch lesen solltest, aber es saßen wirklich alle Töne völlig daneben. Das merkte er entweder nicht oder es ging ihm komplett die Backe entlang. Wow, dachte ich, was für ein tolles Selbstbewusstsein! Diese Selbstsicherheit bei absoluter Talentfreiheit, echt cool!

Wir hängten an fünfzig Minuten Lymphdrainage also noch eine gute Stunde dran. Als Andreas ging, wirkte er auffallend gut gelaunt. Von diesem Abend an wusch er sich übrigens nicht mehr die Hände nach der Arbeit, wie sonst zuvor. Ich hatte ihm immer im Bad neben dem Waschbecken ein kleines Gästehandtuch hingelegt, nein, anscheinend hielt er Händewaschen nicht mehr für nötig.

Fröhlich pfeifend lief er die Treppe hinunter, verabschiedete sich noch ganz kurz von Toni, der im Wohnzimmer saß, die Tageszeitung gemütlich vor sich ausgebreitet. Ich fühlte mich total erleichtert. Ok, ich hatte Andreas gesagt, wie es in mir aussieht – aber wusste er das nicht ohnehin schon? Eine halbe Stunde später erhielt ich eine Mail von ihm: „Danke für das gute Gespräch. Da waren eine Menge anregende Aspekte dabei. Du glaubst gar nicht, was mir nun alles im Kopf herum spukt. Ich wünsche dir eine gute Nacht."

Diese *guten Wünsche* erfüllten sich leider nicht. Ich hatte leider keine so gute Nacht. Ich lag stundenlang wach, fand kaum Schlaf. Und wenn doch, wurde ich nach kurzer Zeit von schrecklichen Träumen immer wieder herausgerissen. Die Nacht wurde zum totalen Albtraum. Schlief ich als Einzige schlecht?

Natürlich fieberte ich unserem kommenden Treffen entgegen. Denn es wäre doch allzu normal, wenn es jede Menge Fragen gäbe, frei nach dem Motto: „Sag mal, was meintest du eigentlich mit…?" Oder: „Wie war das noch, das hab ich irgendwie nicht richtig verstanden?" Irgendetwas. Aber es kam nichts. Er hatte keinerlei Fragen zu unserem Gespräch. Es fühlte sich gerade so an, als hätte es nicht stattgefunden.

Wenn ich nochmals über die *Trennung der Gefühle* sprechen wollte, spürte ich seinen Widerstand. Ich sagte: „Du möchtest dich dazu scheinbar nicht mehr äußern."

Ich bedrängte ihn nicht. Schade, denn wie sollte ich das allein hinbekommen, so ganz ohne jede Rückmeldung. Aber wenn jemand nicht reden will, dann ist das natürlich sein gutes Recht. Also ließ ich ihn in Ruhe.

Wenn ich es nicht ganz genau wüßte, dass zeitlich in seiner Biografie kein Platz dafür war – ich hätte schwören können, er habe Psychologie studiert. Ich bekam einen leicht unangenehmen Beigeschmack bei dem Gedanken, der übrigens immer dann bei mir auftritt, wenn ich es mit Werbepsychologie zu tun habe. Dieses *Wissen* wird leider nicht zum Wohle der Menschheit eingesetzt, sondern verkehrt sich in das Gegenteil. Ziel ist es, die Leute zu manipulieren. Aber das nur am Rande.

Andreas berichtete mir auch von einem Patienten, der hin und wieder herummeckerte. Er erzählte mir: „ ...und da hab ich nur gedacht, sei ruhig, sei endlich ruhig, sonst mache ich die Lymphdrainage rückwärts und dann platzt dir morgen das Bein!" Oh.

Dann kam der siebzehnte Oktober 2014. Der Tag, an dem sich mein Leben verändern sollte. Es war ein Freitag und ein ganz normaler Vormittag. Ich hatte unsere Betten frisch bezogen und, wie üblich, nach dieser lästigen, und wegen der extrem dicken Matratzen auch äußerst schweißtreibenden Angelegenheit, ging ich erst hinterher in die Dusche. Ich hielt mich allein im Haus auf. Noch einmal kuschelte ich mich einen Augenblick hinein in die frische Wäsche und plötzlich kam es mir so vor, als wäre ich nicht mehr allein, als wäre da jemand bei mir, der mich umarmt. Mein rechtes Knie wurde warm. Aber es war außer mir wirklich niemand da. Es fühlte sich aber in der Tat so an, als drücke sich ein Mensch an mich. Ich konnte es nicht verstehen, genoss aber die vermeintliche Nähe.

Dabei blieb es nicht. Wie von einer wunderbaren Melodie begleitet wurden wir höher und höher getragen, bis es fast nicht mehr auszuhalten war. Unglaublich schön. Und es hatte mit *Körper* überhaupt nichts zu tun. Es fand ausschließlich in der Seele statt. Anscheinend nicht nur in meiner. „Lilly...", hörte ich ihn sagen. Ich konnte nur noch antworten: „Andreas, ich liebe dich. Lass es nicht aufhören, lass es bitte niemals zu Ende gehen. Und wenn ich jetzt sterben müsste, wäre das in Ordnung."

Es trat plötzlich Stille ein. Ich hörte keinen Ton mehr von ihm, spürte, wie er erschrak. Ich brauchte selber eine ganze Weile, um mich zu sammeln. Dann fragte ich ihn, ob er so etwas Intensives an Gefühl jemals schon erlebt hatte. „Nein, niemals zuvor."

Ja, ich irrte mich nicht, ich fühlte genau, dass er verstört war. So wie ich auch. Das war nichts Normales. Es geschah gerade etwas Monumentales, das begriff ich sofort. Tränen, ich spürte sie. Weinte er? Dann gab es einen heftigen Ruck, so, als ob eine Tür kräftig zugeschlagen würde. Er war weg. Ich nahm jedenfalls seine Anwesenheit nicht mehr wahr.

Diesen *Vorfall* konnte ich nicht einfach in eine Schublade legen, um ihn zu ignorieren. Ich war also scheinbar in der Lage auf der zweiten Ebene, von der ich schon einmal sprach, gedanklich mit einem anderen

Menschen zu kommunizieren, drücken wir es doch der Einfachheit halber so aus. Nicht nur Stimmungen und Gefühle kann ich wahrnehmen, nicht nur Bilder sehen, die plötzlich wie aus dem Nebel auftauchten, nein, ich kann mich, wie es aussieht, mit einem Anderen unterhalten, der physisch überhaupt nicht anwesend ist, also rein gedanklich. Etwa so, als würde man telefonieren. Nur, dass man kein Handy dazu braucht.

Kapitel 10

Ein paar Monate nach dem Tod von Jochen eröffnete ein Arzt für Allgemeinmedizin, schräg gegenüber auf der anderen Straßenseite, seine neue Praxis. Ich fühlte mich entsetzlich vergrippt und konnte deshalb die Hilfe eines Medizinmannes gut gebrauchen, somit stattete ich ihm mit meinem Schnupfen einen Besuch ab. Ich betrat ein älteres Einfamilienhaus mit hohen, hellen Räumen. Es roch noch stark nach Malerarbeiten, die den dort üblichen, intensiven Geruch von Desinfektionsmitteln, übertönten.

Ich war dran. Er trug keinen weißen Kittel, sondern eine helle Sommerhose mit Bundfalten, dazu elegante Slipper und ein akkurat gebügeltes Seidenhemd, unter dem ich die Silberkette nur entdeckte, weil ich danach suchte. Er reichte mir seine Hand, schaute mich freundlich an, unsere Blicke trafen sich - touché - mitten hinein ins Herz. Ich fühlte mich betäubt. Nein, nicht! Bitte nicht noch einmal! Ruhiges Leben, bleibe bei mir!

Meine Wünsche wurden nicht erhört. Ich traf ihn ständig unten auf der Straße. Er hatte leider seinen Arztparkplatz direkt vor unserem Haus, deshalb lief ich ihm dort morgens, mittags oder abends über den Weg. Der eine ging, der andere kam, aus kurzen, knappen Begrüßungen entwickelten sich Gespräche, die dann immer länger wurden. Zuletzt marschierte auch noch Toni zu ihm rüber und bekam, zu seiner großen Freude, einen ganzen Beutel voller Medikamente kostenlos mit. Daraufhin hatte er dann die segensreiche Idee, den netten Medizinmann doch einmal auf ein Gläschen Wein einzuladen, als kleines Dankeschön.

Der Abend mit ihm verlief äußerst angenehm. Wir fühlten uns alle ausgelassen, lachten viel und tranken reichlich. Die Stimmung war bestens. Und etwa gegen zwei Uhr verabschiedete er sich von uns, fahren konnte er ja nun nicht mehr, lief schnurstracks über die Straße, um dann in seinem *Bereitschaftsbett* zu übernachten. Wolfgang.

Er war verheiratet und hatte zwei kleine, niedliche Töchter. Und einen weißen Labrador. Großes Haus am Stadtrand, wie es sich für eine heile Welt, wie im Bilderbuch, so gehört. Nur, was suchte er dann bei mir? Wenn er mich ansah, schien er etwas zu fragen. Und ich spürte Sehnsucht. Ja, genauso kam es mir vor. Sein fragender Blick drückte Sehnsucht aus. Aber wonach suchte er? Er hatte doch alles, dachte ich.

Seine Augen strahlten etwas unglaublich Warmes aus, so, als ob man Schnee in der Hand hält und dieser sachte zu schmelzen anfängt bis einem das Tauwasser durch die Finger rinnt. Aber nicht immer.

Hin und wieder war sein Blick leer und es kam mir vor, als kenne er mich überhaupt nicht. Toni fiel das auch auf. Er sagte eines Tages zu mir: „Du, eben traf ich Wolfgang unten, und der sah mich an, als käme ich von einem anderen Stern." Ein Buch blinkte bei mir im Hinterstübchen auf, mit dem Titel: Wir sind viele. Es hörte nicht mehr auf zu blinken.

Ich erinnere mich deutlich daran, dass sich ganz tief in meinem Inneren etwas gegen diese erneute Abhängigkeitsgeschichte wehrte. Nur, es nützte mir nichts.

Je öfter wir uns sahen und je mehr Zeit ins Land ging, desto mehr spürte ich diese sonderbare Art von Verbundenheit zwischen uns. Symbiotisch? Sonne schien hier auf Mond zu treffen, schwarz auf weiß, Sommer auf Winter. In jedem Fall hatte es von neuem *klick* gemacht.

Seine Augen ließen mich nicht mehr los. Vieles lief wieder nach den mir altbekannten Mustern ab, allerdings wesentlich intensiver. Ich hing erneut am Haken und dieses Mal fühlte es sich an, als wäre meine Seele nur ein kleines Häufchen Elend, das blutend an der Wand an einem rostigen Nagel hing. Das gleiche Spiel. Himmel und Hölle. Bis zum Verbluten? Warum, zum Kuckuck, passierte das eigentlich nicht? Dann wäre endlich Ruhe.

Ihn zu lieben, fühlte sich schöner an, als alles, was ich bisher erlebt hatte. Nur, ein Tag totales Glück und danach kam unweigerlich der Absturz – das war auf Dauer nicht mehr zu ertragen. Ich versuchte oft, mit ihm darüber zu sprechen. Mit einem Arzt muss man doch reden können. Natürlich ging es in diesem Gespräch um Gefühle, ich bemühte mich, in Worte zu fassen, was mich so durchschüttelte in Bezug auf seine Person und redete viel von Traurigkeit, Einsamkeit, Verzweiflung und meinen tausend Fragezeichen, die ihn allein betrafen. Er schaute mich fasziniert an. Ich horchte an dieser Stelle lange in mich hinein, bemühte mich, den Moment emotional zu erinnern, weil ich mit dem Wort *fasziniert*, da oben, nicht ganz einverstanden bin. Aber es bleibt dabei.

Nicht nur das. Meine Ausdrucksweise ließ ganz sicherlich den seelischen Tiefgang erkennen. Er sog da etwas auf. Wie ein Mensch, der am Verdursten war, sog er mit dem Strohhalm auf – was er nicht hatte?

Als Arzt behandelte er ja täglich nicht nur erkrankte Körper. Da ging es häufig auch um die Psyche. Und so manchen Patienten schickte er zu einem Kollegen aus der Fachrichtung Psychiatrie, anderen hingegen empfahl er, eine Psychotherapie mitzumachen. Wie schnell so eine Überweisung doch ausgefüllt ist. Nur für ihn persönlich schien das alles keine Gültigkeit zu haben. Jeder Versuch, auf derartige Zusammenhänge oder Verhaltensweisen aufmerksam zu machen, schlug fehl. Der Blick *entleerte* sich, kalte und ausdruckslose Augen schauten mich an. Er kannte mich überhaupt nicht mehr. Kam *er* jetzt unter Umständen von einem anderen Stern?

Toni und ich lebten zu der Zeit seit dreizehn Jahren zusammen. Und da wir beide nicht abergläubisch waren, beschlossen wir, in Kürze zu heiraten. Es wurde ein wundervoller Tag, dieser 23. September 1994, goldener Sonnenschein bei zwanzig Grad, und wir feierten mit Freunden und der ganzen Familie im Hamburger Hafen. Unsere Fahrt dauerte vier Stunden und alle fanden das Buffet und die Musik fantastisch. Ein rundum gelungener Tag.

Im Finanzwesen waren die goldenen Jahre vorbei. Vielen Firmen ging es schlecht, Aktien-Krise in Südostasien, Telekom-Pleite, kein Mensch mochte noch investieren. Darum wechselte ich die Branche und etablierte mich als Immobilienmaklerin. Verkaufen konnte ich ja.

Ich arbeitete unglaublich gerne. Ich kam viel herum, lernte wiederum interessante Leute kennen und verdiente wieder einmal viel, viel Geld. Ein Punkt, mit dem Toni nur schwerlich zurechtkam. Wenn ich im Monat mehr nach Hause brachte als er, dann hing der Haussegen ordentlich schief. Schlechte Laune, Sticheleien, das stand dann auf der Tagesordnung, aber ich sagte mir, da muss er durch.

Mit der Zeit merkte ich, dass ich Wolfgangs Art, zu polarisieren, immer weniger akzeptierte. Er vergötterte mich. Alles, was ich zum Ausdruck brachte, faszinierte ihn und es fühlte sich streckenweise so an, als sauge er die Worte aus mir heraus. Das schmeichelte mir natürlich. Aber ich verlor auch niemals die andere Seite aus dem Blickfeld, denn da sah es weit trüber aus. Nichts von dem was ich sagte, schien ihn zu erreichen. Aber mich erreichte stets etwas, nämlich klirrende Kälte, in der ich neben ihm hätte zum Eiskristall erstarren können. Ich hatte den Eindruck, als kenne er mich nicht mehr. Das fühlte sich seltsam an. Und zunehmend beschlich mich das Gefühl, als spiele sich da etwas ab, was mit mir nicht in Verbindung steht. Als laufe da noch ein Film auf zusätzlichem Programm nebenher. Und die liefen nicht synchron, die beiden Kanäle.

Ich geriet nicht mehr in Panik, wenn mich diese Kälte traf. Im Gegenteil. Ich wurde immer ruhiger, ahnte ich doch, dass da etwas ablief, das mich nicht betraf. In mir fing sich Widerstand an zu regen. Auf gar keinen Fall wollte ich mich weiterhin so behandeln lassen, wollte einfach nicht mehr den willkürlichen Stimmungen ausgesetzt sein. Aber wie sollte man mit jemandem reden, der jegliche Psychologie weit von sich schob? Das ging nicht. Ich fasste den Plan, ihm beim nächsten Anfall von Kaltschnäuzigkeit zu sagen, wie ich mich dabei fühle. Ja, das machte Sinn. So wollte ich vorgehen.

Leider bin ich aber auch nur ein Mensch. Ich hatte mich in dem Moment nicht unter Kontrolle, reagierte ausschließlich emotional. Wir verbrachten seine Mittagspause im *Bereitschaftsbett*. Zwei Stunden stellten für ihn ja kein Problem dar. Er war hyperaktiv, je öfter, desto besser. Aber anstatt etwas zu sagen wie – jetzt wird es aber Zeit – oder ähnlich, schaute er immer wieder auf seine Uhr. Sprich vernünftig mit mir, dachte ich und wollte das so nicht durchgehen lassen. Da sagte er doch tatsächlich zu mir: „So Lilly, das reicht, du kannst jetzt gehen."

Mein Vorhaben, ernsthaft mit Wolfgang zu reden, hatte sich an der Stelle verständlicherweise in Luft aufgelöst. Ich verspürte Wut ungeahnten Ausmaßes in mir. Genau in dem Augenblick fühlte sich meine Vermutung, jeder von uns könne zum Mörder werden, bestätigt. Es käme nur darauf an, zum richtigen Zeitpunkt die richtige Stelle zu treffen, und schon wäre das Chaos perfekt. In mir legte sich ein Hebel um und ich sagte kalt: „Ich schlage vor, wenn du dich morgen wieder nach der Nähe eines Menschen sehnst, dann geh in den Wald und such dir am besten eine passende Astgabel. Da gehörst du nämlich hin."

Ich zog mich an und ging. Ende der Vorstellung. Ich biss die Zähne zusammen, denn ich ahnte, was mich jetzt erwartete. Ich hatte Angst vor der Ödnis, vor der Trostlosigkeit und der Verzweiflung. Durch diese scheußlichen Gefühle musste ich nun durch. Ich hatte keinen blassen Schimmer davon, ob ich das überhaupt würde aushalten können. Aber da hatte scheinbar irgendetwas mit mir Erbarmen. Ich durchlief eine Art Depression. Auch gut. Ich spürte nichts. Irre. Wie eine psychische Vollnarkose. Und als ich daraus nach einigen Wochen erwachte, setzte das Denken wieder ein.

Natürlich vermied ich es, ihm auf der Straße über den Weg zu laufen. Toni, der unter meiner seelischen Abgestumpftheit extrem litt, machte mir den Vorschlag, doch einmal zu Wolfgang rüber zu gehen, damit der mir etwas gegen dieses offensichtliche Stimmungstief verschreiben könnte.

Nach Wochen des Schweigens rief er an, morgens um kurz vor acht. Der Supergau war eingetreten, wir sprachen mehrfach darüber. Eine seiner Arzthelferinnen genoss gerade den Mutterschutz und die andere hatte Probleme mit Alkohol. Wenn die plötzlich einmal ausfallen sollte, wäre Rom am Brennen. Sie erschien nicht zur Arbeit. Rom brannte. Ich hatte Wolfgang versprochen, in diesem Fall der Fälle alles stehen und liegen zu lassen, um ihm zu helfen, denn einer allein konnte sich nicht um das Telefon und den Patientenstrom kümmern. Dazwischen noch die Labor-Arbeiten, wie Blut abnehmen und so weiter, und zuletzt natürlich noch Sprechstunde abhalten. Worst Case. Ich duschte schnell und ging rüber.

Er sah schlecht aus. Sehr schlecht. Wir sprachen kein privates Wort. Ich half ihm einfach dabei, seinen Stau in der Praxis abzuarbeiten, und verdrückte mich mittags wortlos. Um sechzehn Uhr traf ich pünktlich wieder bei ihm ein, es musste der Nachmittag abgewickelt werden. Für den kommenden Tag hatte er schon bei irgendeiner Agentur für solche Notfälle Hilfe angefordert. Er sagte, es täte ihm leid, dass das so mit uns gekommen sei, ob ich nach Praxis-Schluss mit ihm zum Griechen gehen wolle, er müsste mit mir reden. Tja, eigentlich gab es nichts mehr zu bereden. Aber, nun gut.

Zu Hause bei Toni bekam ich meine Abwesenheit für den Abend leicht durch. Wer tagsüber einem Freund aus der Patsche hilft, der könnte auch nach Feierabend mit ihm zwei Stündchen essen gehen, als kleines Dankeschön. Der liebe Toni. Spürte er etwas? Ich weiß es bis heute nicht.

Der Nachmittag verlief erheblich ruhiger als der Vormittag. Bereits um halb sieben leerte sich das Wartezimmer und wir gingen rüber zu Dimitri. Wir waren dort Stammgäste und der Wirt kam auch gleich mit der Ouzo-Flasche vorbei. Da zeigte er sich nicht kleinlich. Nach dem dritten Ouzo und einem großen Bier rückte Wolfgang mit der Sprache raus. Er habe Krebs. Bösartig. Metastasen, überall. Vakuum. Weißer Nebel. Wir aßen zwar aber ich weiß nicht mehr, was. Vielleicht die dicken Bohnen und den Oktopus-Salat, wie sonst auch? Imiglikos rot, daran erinnere ich mich, reichlich, ich wollte aus dieser Erstarrung raus. Aber die Welt stand still. Ob ich ihn zu dem Zeitpunkt noch liebte, kann ich seltsamerweise nicht ganz genau beantworten. Aber ich empfand ein unglaubliches Mitleid. Die Kinder, noch so klein, würden jetzt ihren geliebten Vater verlieren. Sie schmiedeten noch so viele Pläne, was schöne Reisen anbelangte. Den nächsten Frankreich-Urlaub, zum Beispiel, auf den er sich so gefreut hatte. Trauer klopfte an mein Herz und tauchte alles in Dunkelheit. Eine leise Traurigkeit machte sich in mir breit.

An seinem Auto, das stets vor unserem Haus parkte, sah ich, dass er sich nicht mehr so lange im Betrieb aufhielt wie sonst. Er verbrachte jetzt viel Zeit mit der Familie. Wir telefonierten hin und wieder miteinander. Die Praxis wolle er bald verkaufen, erzählte er mir einmal, er habe einen geeigneten Nachfolger gefunden. Kurz darauf kam Wolfgang ins Krankenhaus.

Ich besuchte ihn dort zweimal in der Woche, die Klinik lag nicht weit von uns entfernt. Es schnürte mir das Herz ab, mitzubekommen, wie die Chemotherapie aus einem großen, starken Mann ein kleines, zerbrochenes Häufchen Mensch macht. Wir haben in der Zeit unglaublich viel miteinander geredet aber erstaunlicherweise auch viel Blödsinn gemacht und gelacht.

Es kam der Tag, an dem er entlassen wurde. Man könne nichts mehr für ihn tun, hieß es. Wolfgang fragte mich, ob ich ihn denn auch bei sich zu Hause besuchen käme. Welch ein Wandel. Ich durfte seine *geheiligten heimischen Hallen* betreten. Von allen Freunden hatte er sich bereits verabschiedet. Er kannte ja den Verlauf der Erkrankung und wollte nicht, dass ihn sonst irgendjemand in diesem erbärmlichen Zustand sieht. Es war einfach zu traurig, kein Raum mehr, um sich geschmeichelt zu fühlen oder Ähnliches. Alles schrumpfte in der Zeit nur noch auf das Wesentliche zusammen.

In unserer Straße fühlte ich mich von da an nicht mehr heimisch. Der Blick auf die andere Straßenseite mit dem Schild des neuen Praxis-Inhabers konnte ich einfach nicht ertragen. Toni und ich planten schon seit einiger Zeit, an die Ostsee zu ziehen. Er hatte gerade mit fünfundfünfzig Jahren seine Anträge auf die Berufsunfähigkeitsrente durchbekommen, als Letzter quasi, danach ging ja kaum noch etwas. Jedenfalls nicht, so lange man noch in der Lage war, auf den eigenen Beinen beim Vertrauensarzt hineinzugehen. Er hatte es also hinter sich, ich durfte als Maklerin überall arbeiten und Wolfgang konnte ich auch von dort aus besuchen. Die Entfernung betrug zwar gut hundert Kilometer, aber kein Problem für mich.

Wir kauften uns ein nettes Reihenhäuschen ganz nah an der Küste. Und wenn wir oben aus dem Sauna-Fenster hinausschauen, können wir auch am Horizont den blauen Streifen der Ostsee sehen. Und weiße Segel, wenn denn gerade ein Schiff vorbeifährt. Das Haus steht in absolut toller Lage. Nach Westen hin am Feldrand und unverbaubarer Blick ins Grüne.

Der Umzugsstress lenkte mich von meinem Schmerz ab. Es tat mir echt gut, so beschäftigt zu sein. Wann immer ich es einrichten konnte, besuchte ich Wolfgang. Ich saß am Bett und streichelte ihm die Hand. Es war mir in solchen Momenten völlig egal, was seine Frau wohl davon halten mochte. Ihm anscheinend auch. Acht Jahre sind immerhin acht Jahre.

Er kämpfte so tapfer. Niemals jammerte er herum, obwohl er elende Schmerzen hatte. Das verstehe ich bis heute nicht. Er saß doch direkt an der Quelle, was Morphium und derartige Dinge anbelangte. Warum hatte er für sich nicht vorgesorgt? Er wusste doch, was kommt. Wieso gab er sich jetzt mit diesen blöden Pflastern zufrieden, die den Schmerz in erträglichen Grenzen halten sollten. Das taten die nämlich nicht, ich sah es ganz deutlich an seinem Gesicht. Er war nur noch ein Schatten.

Den Tag, an dem er starb, werde ich nie vergessen. Toni und ich machten Mittagsstunde. Jeder las in seinem Buch. Gegen fünfzehn Uhr wurde es eigenartig ruhig um mich herum. Es herrschte ja schon Stille, aber das war eine andere Art von Ruhe. Etwa so, als ob man im Winter merkt, dass es schneit, und obwohl man nicht hinausschaut, spürt man dennoch, dass Schnee fällt. Ich kann so etwas jedenfalls wahrnehmen. Genauso empfand ich *den* Moment. Ganz leise. Tränen liefen aus meinen Augen. Und ich wusste, denn ich spürte es, er ist gestorben.

Ich erzählte Toni davon. Wolfgangs Frau rief gegen achtzehn Uhr an, um uns darüber zu informieren, dass ihr Mann am Nachmittag friedlich eingeschlafen sei. Da bekam Toni dann eine Gänsehaut.

Unser Leben verlief wieder in ruhigen Bahnen. Wir fühlten uns dort in der Nähe des Meeres gut aufgehoben, sowie auch heute noch. Mit den Nachbarn hatten wir ganz großes Glück, durchweg angenehme Menschen, mit ihnen verstanden wir uns blendend. Bis auf die eine Partei. Aber diese Leute zogen dann, Gott sei Dank, auch bald weg.

Die Arbeit als Immobilienmaklerin bereitete mir nach wie vor Spaß, denn auch dort vor Ort arbeitete ich recht erfolgreich. Sicher, es macht Freude, viel Geld zu verdienen. Nur meine Seele, meine arme, bis dahin doch heftig strapazierte Seele, die hatte einfach dicht gemacht. Natürlich konnte ich lachen und weinen, selbstverständlich nahm ich am Leben Anteil und kümmerte mich auch um andere Menschen, wenn es denen nicht so gut ging. Aber alles doch mehr oberflächlich. Nicht so in der Tiefe, das fiel mir schon auf. Aber das ging ok.

Ach ja, körperliche Liebe machte mir keinen rechten Spaß mehr. Kuscheln und so weiter gerne, aber das reichte mir dann auch. Doch ich sah natürlich zu, dass Toni in dieser Hinsicht nicht zu kurz kam. Er sollte unbedingt ein schönes, zufriedenes Leben führen. Und mir ging es auch gut. Niemals wieder wollte ich eine derart unruhige Zeit ertragen müssen wie die, die hinter mir lag. Um keinen Preis der Welt.

Ich legte aber an Gewicht in den darauf folgenden Monaten ordentlich zu. So nach und nach gaben vier Gelenke in meinen Beinen ihren Geist auf. Sie fingen einfach an zu streiken, man kann sagen, in jedem Jahr eines. Als es mit dem rechten Knie losging, versuchte ich noch, zu retten, was zu retten ist. Keine Chance. Selbst Spritzen und Akupunktur halfen nicht mehr. Es folgte die gegenüberliegende Hüfte, dann das andere Knie und dann gab die nächste Hüfte ihre Dienste auf. Das hört sich recht locker an, bedeutete für mich jedoch allergrößte Schmerzen. Es fühlte sich in den Knien an, als würde da Knochen auf Knochen herumschaben. Das traf die Sache ja auch exakt. Und die desolaten Hüftgelenke behinderten zusätzlich noch beim Sitzen und Liegen.

Ein Elend. Jede Bewegung eine Qual und hinzu kam, dass ich mich nicht mehr gerade aufrichten konnte, sondern gebückt gehen musste. Ich drücke es einmal mit den liebevollen Worten meiner Mutter aus: „Du gehst wie eine alte Mutter Hex." Spieglein, Spieglein an der Wand, wer ist die Grausamste im ganzen Land...?

Trotz aller stärkster Schmerzmittel konnte ich am Leben nicht mehr richtig teilnehmen, egal ob es sich um einen Besuch bei Freunden handelte oder um so etwas Profanes wie einen Gang durch den Supermarkt.

Und wann bin ich zuletzt mit Toni am Strand entlang gelaufen? Mein Körper war also fertig. Alle drängten schon seit geraumer Zeit darauf, dass ich mich endlich operieren lassen sollte. Also, packen wir es an!

Kapitel 11

Andreas und ich, wir hatten uns also geliebt. Oder besser gesagt, unsere Seelen hatten sich gefunden. Und es gibt keine andere Formulierung dafür - es war einfach göttlich. Als erwachsener Mensch kann ich für mich natürlich klar beurteilen, ob eine Begegnung außerordentlich erfüllend war, ganz ok oder doch eher nur mittelmäßig. Und wenn ich in diesem Fall sage *göttlich*, dann schwingt da in keinerlei Weise Euphorie mit, oder so, es ist eher eine ganz leise, an Demut grenzende Erkenntnis, etwas ganz Stilles.

Natürlich zog ich auch den Gedanken in Erwägung, gegebenenfalls nicht mehr ganz richtig zu ticken. Wahnvorstellungen, fiel mir als Erstes ein. Fachleute haben da noch ganz andere Stempel, die sie mir voll auf die Stirn drücken könnten, zum Beispiel Psychose, oder auch Schizophrenie, und was es noch weiterhin an hübschen Fachausdrücken geben mag. Ließ ich auch alles als Möglichkeit in Betracht kommen, in meiner Verwirrtheit. Aber genau genommen ist es mir egal, welches Etikett da auf mir klebt. In dem Fall allerdings tröstete es mich außerordentlich, zu wissen, dass wir beide dann den Defekt exakt an der gleichen Stelle haben müssten. Denn, Andreas blieb weg nach diesem *Vorfall*. Ich bekam eine Mail von ihm: „Termin fällt aus, bin krank und bereits nach Hause gefahren. Melde mich dann am Montag." Und darunter: „PS. Es tut mir leid !!!!!"

Was tat ihm leid? Dass er nicht zur Arbeit gehen konnte? So etwas passiert. Dafür braucht man keine fünf Ausrufezeichen, um das zu betonen. Also, was tat ihm denn nun wirklich leid?

Es ging so weiter. Mail am Montag: „Kollegin erkrankt. Komme erst am Donnerstag." Und Mail am Donnerstag: „Kollegin immer noch krank." Und nun, dachte ich, kommst du überhaupt nicht mehr, oder wie geht das jetzt weiter, dieses Spiel?

Mein Verstand und mein Gefühl fingen an, unterschiedliche Wege zu gehen, oder, nein, ich glaube, es ist passender, zu sagen, ich lernte allmählich, beides auseinanderzuhalten. Was sich im Kopf deutlich und klar abzeichnete, entwickelte sich gefühlsmäßig in meiner Wahrnehmung zum Supergau. Jede einzelne dieser Mails stürzte mich in ein seelisches Chaos. Niemals zuvor verspürte ich solcherlei Anwandlungen. Nervenzusammenbrüche.

Toni gegenüber konnte ich das so natürlich nicht vertreten. Wenn ich eine terminliche Absage bekam, hakten wir das als Unzuverlässigkeit ab und ich verbrachte den jeweils kommenden Abend wie im Nebel. Vakuum. Ich konnte in der Tat so einen

Zusammenbruch der Nerven bis zum neuen Morgen aufschieben, hatte auch eine Erklärung für den Zustand, schlecht geträumt, angeblich. Ich wusste bis dahin nicht, dass man so viel weinen kann. Kam ich durch diese lieblose Art, von einem Menschen, dem meine ganze Liebe gehört, auf Distanz gehalten zu werden, an die Trauma-Grenze?

Wir sahen uns, zwei Tage bevor ich ins Krankenhaus ging, wieder. Es war Anfang November und die dritte Operation lag jetzt unmittelbar vor mir. Andreas verhielt sich wie immer, zumindest nahm ich in seinem Gesicht nichts weiter wahr. Pokerface, wie sonst eigentlich auch. Nur hin und wieder schien es, als blitzte da in den Augen etwas auf. Ein liebevoller Blick? Ganz, ganz kurz nur, ich hätte mich genauso gut auch geirrt haben können.

Es enttäuschte mich, was die Verabschiedung anbelangte. Keinerlei Silbe mehr von: „Ich schau mal nach dir." Kein: „Alles Gute, Lilly, du machst das schon." Oder etwas ähnlich Tröstendes. Er ging einfach über den Eingriff hinweg. Traurig.

Auch diese Operation verlief problemlos. Brav trainierte ich mein neues Gelenk in der Hüfte und freute mich über die wiederkehrende Beweglichkeit. Toni kümmerte sich wieder rührend um mich, er brachte mir Blumen, Obst, frische Wäsche und besuchte mich alle zwei Tage. So sieht echte Zuneigung und Fürsorge aus. Danke, lieber Toni. Das gab mir unglaublich viel Kraft.

Mein Bruder Tobi kam zu Besuch, zusammen mit den Eltern. Die schienen erstaunlicherweise zum ersten Mal so richtig besorgt um mich zu sein. Sahen sie etwa, dass mir diese Reihe von Operationen von Angang zu Angang schwerer fiel?

Wer sich überhaupt nicht meldete, war Andreas. Am Tag vier rief ich ihn an, ich musste wissen, wie es mit der Krankengymnastik zu Hause in Zukunft weiter gehen sollte. Ich erreichte ihn in seiner Mittagspause. „Oh, Lilly, ich kann gerade nicht. Ich melde mich." Nichts. Abends tauchte vor mir ein Bild von ihm auf. Wie beim Skypen sprach er zu mir: „Wage es ja nicht, mich jemals wieder anzurufen. Ich warne dich! Ich werde dir den Hals umdrehen und es wird dir miserabel gehen, ganz, ganz schlecht. Dein Herz wird anfangen zu rasen, dein Kreislauf wird verrückt spielen, du wirst dich körperlich elend fühlen wie nie zuvor. Wage es ja nicht!"

Ich fühlte mich wie gelähmt. Weißer Nebel. Ich hatte keinen blassen Schimmer, wie so etwas passieren konnte. Aber das stellte erst die Anfänge der Bilder dar, die danach noch folgen sollten. In der Nacht klingelte ich nach der Schwester. Es ging mir schlecht. Man musste den Kreislauf stabilisieren. Und das Hitler-Buch auf dem Nachttisch fühlte sich ungewöhnlich kalt an wie Eis.

Trotz allem ließ sich die Genesung nicht aufhalten und somit rückte mein Entlassungstermin in Sichtweite. So,

Andreas, Klartext! Anrufen wollte ich ihn niemals mehr, so viel stand für mich fest, also schrieb ich ihm eine Mail: „Hallo, komme am Freitag nach Hause, liebe Grüße Lilly." Es reicht, dachte ich, es gibt noch andere Therapeuten.

Überraschenderweise kam umgehend eine Antwort: „Super! Das sind ja wirklich good news, Lilly, habe dich gleich für die kommende Woche mit auf den Therapie-Plan genommen. A." Na gut. Dann man los in die nächste Runde.

Ein Traum hatte mich beunruhigt. Ich hatte ins Bett gemacht, das heißt, nein, ich träumte, ich säße auf der Toilette und könnte es mir dort leisten, *den Hahn aufzudrehen*. Voller Schrecken wachte ich auf und begriff, dass ich statt dessen in meinem Bett lag.

Mit allergrößter Kraft ließ sich der Rückwärtsgang einlegen und somit schlimmeres verhindern. Ich geriet total in Panik, das Bett nassgemacht zu haben. Dieser Traum war äußerst eindringlich, überaus intensiv, verbunden mit Angst und Schamgefühlen, aber ich weiß genau, dass ich an *der* Stelle in meinem Leben niemals Probleme hatte. Unvermittelt wurde mir klar, dass diese Gefühle nicht zu mir gehören konnten, sie tauchten zwar auf, aber ich hätte einen Eid darauf geschworen, dass sie zu Andreas gehörten. Das war *sein* Thema! Aber nach derart persönlichen Dingen mochte ich ihn nicht fragen, ahnte ich doch, Teilstücke seines Traumas nachempfunden zu haben.

Andreas erzählte mir von der Weihnachtsfeier, die schon frühzeitig im November stattfand. Ich erfuhr, dass sein Chef ihn vor den Kollegen gelobt hatte. Er soll betont haben, dass Andreas gegen alle Erwartungen doch noch gelernt haben sollte, besser mit der ihm übertragenen Verantwortung, was kranke Menschen angeht, umzugehen, als er am Anfang geglaubt hatte. Also verliefen die eineinhalb Jahre in dieser Praxis doch nicht immer so ganz ohne Probleme. Ich wusste zum Beispiel, dass sein Chef immerhin schon zweimal Randale wegen erneuter Arbeitsunfähigkeit gemacht haben sollte, aber erfreulicherweise schien ja jetzt, Andreas' Worten zu Folge, alles wieder im rechten Lot zu sein.

Schade fand ich nur, dass Laura zu dieser Feier nicht mitging, obwohl nachdrücklich die Ehepartner, beziehungsweise die Freundin oder der Freund, mit eingeladen waren. „Warum ist sie denn nun nicht mitgefahren?", fragte ich ihn. Die Antwort lautete ganz knapp: „Das wollte ich ihr ersparen." Hm. Gut, sie schrieb zwar gerade ihre Doktorarbeit, das wusste ich, aber deshalb ist der Rest der Menschheit doch nicht geistig unterbelichtet. Das erschloss sich mir überhaupt nicht, aber ich muss vielleicht auch nicht immer alles begreifen.

Auf ihren bevorstehen Karibik-Urlaub freuten die beiden sich jedenfalls ganz enorm. Das hätte ich an ihrer Stelle auch getan. Drei Wochen Sonne, bei dem schäbigen November-Wetter hier, ja, da lief man auch bei mir offene Türen ein. Mir hingegen lag diese Zeit ohne Andreas wie ein Bleiklotz im Magen, es fühlte sich, in etwa, an wie drei Jahre, und ich hatte keine Vorstellung darüber, wie ich das bloß aushalten sollte. „Du, das kommt mir vor wie drei lange Jahre", sagte ich. „Ach, Lilly, ich hab doch mein Tablet dabei. Ich weiß zwar nicht, ob ich dort überall Empfang haben werde, aber wir können doch ein bisschen hin und hermachen, du wirst es merken." Ja, ein bisschen hin und hermachen, das hörte sich nett an. Machen wir. Schauen wir mal...

Über unsere scheinbar besonderen Fähigkeiten sprachen wir nicht mehr. Ich fühlte mich an der Stelle von ihm total alleine gelassen, zumal ich stark den Eindruck hatte, dass er sich in der Materie doch besser auskannte, als er vorgab. Ich erwähnte einmal kurz, dass es sicher für einen Menschen aus der Gruppe der Heiratsschwindler genial sein dürfte, solche Talente zu haben, andere Leute manipulieren zu können, und sie dann nach der eigenen Pfeife richtig tanzen zu lassen. Ich hatte den Satz kaum ausgesprochen, da fühlte es sich an, als würde ein riesiger Schwamm diese Worte von der Schiefertafel des Gehirns sanft und leise löschen. Mich überkam bleierne Müdigkeit.

Nein, er zeigte sich nicht bereit, über die Dinge zu reden, und ich musste mich ausschließlich auf den eigenen Verstand verlassen, wenn ich Klarheit darüber haben wollte, ob alle Wahrnehmungen richtig sind. Aber ein gutes Feedback wäre für mich natürlich tausendmal hilfreicher. Schön ist nur, dass ich mit meiner inneren Stimme noch nie Probleme hatte, immer konnte ich ihr Glauben schenken und niemals gab es Fehlmeldungen.

Leider schien Andreas nicht bereit zu sein, mich auch nur auszugsweise an seinem Leben teilhaben zu lassen, damit ich erkennen könnte, wer er ist, was für ein Mensch er ist. Dadurch sah ich mich gezwungen, mir die Puzzle-Steinchen selbst zusammenzusuchen. Oder wie sollte ich denn sonst herausfinden, welche Gefühle seine und welche meine sind? Ohne dieses Wissen könnten wir niemals eine nachhaltige Trennung unserer *Verwachsungen* vollziehen, so viel stand für mich jedenfalls fest. Ich war alleine. Mir blieb also nur die Möglichkeit, intensiv hinzufühlen, und das hatte ich ja zum Glück als Kind gründlich gelernt.

Seit meiner fünfzig Stunden Psychotherapie, vor gefühlten hundert Jahren, weiß ich, was einen guten Therapeuten von einem schlechten unterscheidet. Es ist die Fähigkeit, Stimmungen und, im Optimalfall, auch Gefühle des Gegenübers, aufzufangen. Die Fähigkeit zur Empathie. Das hatte ich voll drauf, sowie Andreas auch, das hatte er mir doch am Beispiel der Depressionsschübe seiner Mutter persönlich bestätigt.

Nur, wie weit geht das Ganze? Wie schaffe ich es, zu erkennen, dieses ist dein Gefühl und das ist meines?

Keine ganz leichte Aufgabe, wenn niemand da ist, der redet. Ich musste unbedingt wachsamer werden, auch mir selbst gegenüber. Ich durfte meine traumatischen Erfahrungen nicht aus dem Blickfeld verlieren, denn da liegt der Schlüssel. Nur wenn ich weiß, wie ich ticke, kann ich es erkennen, wo die Grenzlinie zwischen uns verläuft. Aber erst müssen wir *ihn* durchbringen, denn es ergibt keinen Sinn, wenn wir beide emotional im Chaos versinken, auch noch gleichzeitig, das kann doch nur in Mord und Totschlag enden. Zurückstecken, lautete also die Devise, erst er, dann ich, erst mein siamesischer Zwilling, meine duale Seele, oder wie immer man sonst den Zustand dieser symbiotischen Verbindung nennen wollte.

Ein wenig verunsicherte mich das schon. Würden wir die Verkettungen jemals wieder trennen können? Was, wenn nicht? Ich weiß es nicht. Aber haben wir eine andere Wahl? Die Lösung kann nur im *vorwärts* liegen, denn zurück kann es nicht gehen und stehenbleiben ist auch keine Option.

Wie schon gesagt, Zufälle gibt es meines Erachtens nicht, für mich gibt es nur Schicksal. Und das schlug jetzt voll zu durch den Umstand, dass sich unsere Lebensbahnen gekreuzt hatten.

Ich bin nicht gläubig, jedenfalls nicht im Sinne einer der sich am Markt befindenden Kirchen. Ich glaube definitiv zehnmal mehr an irgendetwas als manch fleißiger Kirchgänger, der spätestens sonntags bei der

Beichte all seine schlechten Taten wieder abgegolten bekommt. Da macht es mir mein funktionierendes Gewissen schon schwerer.

Aber zurück zum eigentlichen Thema. Den Verstand einschalten, äußerst wachsam bleiben, Gefühle wahrnehmen. Und die kamen reichlich von ihm bei mir an. Überwiegend, ich muss es klar zugeben, sexuelle Impulse. Streckenweise kaum erträglich, denn es ist ja keineswegs normal, fast den ganzen Tag über *Gewehr bei Fuß* zu sein.

Längere Phasen von Traurigkeit erreichten mich, Nachdenklichkeit, also eher ruhigere Momente, die sich allerdings mit Euphorie abwechselten. Und die schlug natürlich erneut wieder um, so sicher wie das Amen in der Kirche. Es folgte daraufhin eine Art psychischer Zusammenbruch.

Ich würde es auch ohne seine bewusste Hilfe herausfinden, wo unsere Grenzlinien verlaufen. Aber zeitweilig spürte ich auch ganz genau, dass ich Pausen brauchte. Dann beschäftigte ich mich konsequent mit Dingen, die mir viel Spaß bereiteten, und die gut geeignet zu sein schienen, mich abzulenken. Wenn ich dann neue Kraft geschöpft hatte, machte mir meine Arbeit auch wieder Freude.

Im Gegensatz zu Andreas besitze ich aber nur eine Spur, auf der alles abläuft. Das Zusammenleben mit Toni, unsere Freunde, Familie, der Alltag eben und darüber hinaus noch die *Beziehung* zu Andreas. Es erschien mir notwendig, diese Zeiten ein wenig zu dosieren, mir also für den Rest meines Lebens die Freiräume zu erhalten, damit ich mich nicht überfordert fühle und offen bleiben konnte für alles um mich herum. Ich spürte immer deutlicher, wie wichtig diese Erdung für mich war, mit Toni etwas zu unternehmen oder mit Freunden zwei Stündchen zusammen zu sitzen, zu reden, ein Gläschen Wein zu trinken. Da füllten sich meine Batterien immer wieder schnell auf. Und Andreas war sauer, jedenfalls zog er sich dann jedes Mal beleidigt zurück, wenn ich soziale Kontakte irgendeiner Art pflegte. Und ich nahm Eifersucht wahr. Heftige Eifersucht auf ein entspanntes Zusammensein mit anderen Menschen.

Meine Beziehung zu Toni hatte sich trotz aller Sorgfalt meinerseits doch verschlechtert. Wir stritten uns häufiger als sonst, was garantiert daran lag, dass diese Art von *Fernbeziehung* zu Andreas zeitweise doch richtig viel Kraft in Anspruch nahm. Und es fühlte sich mehr als seltsam an, darüber mit niemandem sprechen zu können.

Ich sah Bilder auftauchen und lernte, sie in meine Sprache zu übersetzen, also in Text zu fassen, ähnlich wie man vorgeht, wenn man Träume deuten möchte. Eine recht simple Form der Verständigung. Doch beim Lernen machte ich schnelle Fortschritte, denn daraufhin hörte ich Wörter, die er mir mitteilte, bevorzugt Substantive. Mit den Verben mühte ich mich schon etwas mehr ab, da konnten viele Fehler bei der Interpretation entstehen, die hauptsächliche Tücke bei längerem Text. Aber eines Tages hatte ich auch einzelne Sätze gut drauf, das übten wir dann so intensiv, bis ich selbst mit komplizierteren Satzinhalten klarkam.

Nicht zu fassen! Ich lernte von ihm, Gedanken zu verstehen, genauso, wie man eine fremde Sprache lernen kann. Ich hätte nie geglaubt, dass so etwas geht, und schon gar nicht, was auf dieser zweiten Ebene alles möglich zu sein scheint.

Und das fiel mir auch noch auf: Mich traf des Öfteren der Text: „Du *willst* es, Lilly. Du willst es *jetzt*, und nur mich, *mich ganz allein*." War ich etwa ein läufiges Kaninchen? Mit Sicherheit nicht. Dieser Text ärgerte mich und ich beschloss, ihn zu ignorieren, wusste ich doch, woher der kam. Keine Programmierung bitte, nicht auf meiner Festplatte!

Dagegen konnte ich mich noch wehren. Schwerer fiel es mir jedoch, mich gegen die *Lichterkette* zu widersetzen, um es genauer auszudrücken, das gelang überhaupt nicht. Im selben Moment, in dem alle meine Gedanken bei Andreas landeten, ging bei mir eine Art Lichterkette an.

Man stelle sich einmal vor, ich bin ein kleines Tannenbäumchen mit zweihundert Osram-Lämpchen, die alle genau in dem Augenblick beginnen zu leuchten, wenn ich anfange, an ihn zu denken. Die totale Verzweiflung packte mich! Ich akzeptierte das so nicht, wollte gern Herr in meinem eigenen Haus bleiben. Aber ich stand von Kopf bis Fuß in Flammen. Gewiss, es fühlte sich auch wiederum schön an, aber ich durfte doch schließlich nicht ohne jegliche Kontrolle sein.

Wo, bitteschön, sollte das enden? Die letzte Sitzung Lymphdrainage vor der Reise in die Karibik stand nun unmittelbar bevor. Andreas saß direkt neben mir auf seinem Hocker, aber alle Lichter blieben aus. Hatte da jemand den Finger auf der Stopptaste? Das wollte ich genauer wissen. Nur einfach an ihn zu denken, funktionierte also nicht. Gut, dann legen wir doch einen drauf, dachte ich, und stellte ihn mir unbekleidet vor, während er am Bein seine Arbeit machte. Klick. Die Lichterkette! Andreas setzte sich aufrecht hin und legte den linken Arm über den Unterkörper, aber er war nicht schnell genug. Ich hatte gesehen, was ich Bruchteile von Sekunden zuvor schon gespürt hatte. Er leuchtete wie ein Tannenbaum.

Während dieser fünfzig Minuten verlor er zweimal die Kontrolle über den Körper, nicht aber über den Gesichtsausdruck. Lediglich die Pupillen erweiterten sich mächtig, etwa so, als stände er unter Drogen, und er heftete den Blick fest auf meine Augen. Aber ich sah ganz genau die Entspannung, die dann über seine Züge glitt, spürte alles körperlich und ich brauchte keine weitere Bestätigung mehr.

Erinnerungen an Wolfgang streiften mich und meine Gedanken wanderten viele Jahre zurück. Das eben

Wahrgenommene, ich hatte es schon einmal erlebt. Auch er hatte den Bogen raus, seine Mimik total unter Kontrolle zu behalten bis hin zu diesem einen Augenblick, dem Moment, in dem Entspannung einsetzte. Und die spiegelte sich klar und deutlich wider in seinem Gesichtsausdruck.

Wie ähnlich die beiden doch waren. Damals wäre ich allerdings nicht auf die Idee gekommen, Wolfgang als sexsüchtig zu bezeichnen, ich hielt ihn nur einfach für hyperaktiv. Wobei sich mir gerade die Frage stellt, wo denn da eigentlich die Grenze liegen sollte.

Schade, dass er damals nicht mit mir über seine Schwierigkeiten sprechen konnte. Ich hätte ein ganz anderes Verständnis für ihn aufbringen können, ähnlich wie jetzt bei Andreas. Und in meiner momentanen Situation dürfte ein wenig mehr Wissen auch nicht schaden. So hatte ich mir alles neu zu erarbeiten, aber es wäre natürlich zeitsparender, wenn ich das eine oder andere Kind schon hätte beim Namen nennen können. Hätte, wenn und aber. Ist aber nicht so gewesen.

Jetzt nahm ich also wieder diese Dinge wahr, diesmal aber ganz bewusst. Ich besaß die Fähigkeit, über sie nachzudenken, hätte auch darüber sprechen können, aber mit wem? Kein Mensch da, weit und breit. Andreas schied als Gesprächspartner aus und, ehrlich gesagt, dafür hatte ich in diesem Fall auch vollstes Verständnis. Das wäre mir auch unangenehm an seiner Stelle, glaube ich.

Ich ahnte aber auch, dass es in *der* Form nicht mehr allzu lange weitergehen könnte mit uns beiden. Die Dinge würden sich verändern, ich spürte es ganz genau, ich hatte nur keine Ahnung, wie.

„Tschüss, Lilly, wir fliegen morgen." Ach Gott ja, die gefühlten drei Jahre Trennung, standen mir bevor. „Andreas, dann wünsche ich euch beiden einen schönen Urlaub, und kommt gesund und erholt wieder nach Hause."

Ich wusste nicht, dass das die grausamsten drei Wochen meines Lebens werden sollten.

Kapitel 12

Der nächste Morgen begann äußerst übel. Das Wetter zeigte sich genauso wie man es Ende November auch erwartet, nämlich neblig-grau, nass und trübe. Bereits vor dem Frühstück passierte bald eine Katastrophe. Ich stolperte oben, am Anfang der Treppe, und sah mich schon stürzen und mit zerbrochenen Gelenken in der Kurve auf halber Höhe liegenbleiben. Es ging gerade noch gut, ich konnte mich zum Glück am dort parkenden Treppenlift festhalten.

Die Stimmung zwischen Toni und mir war äußerst angespannt. Toni hatte extrem schlecht geschlafen, wie er mir berichtete, ein Backenzahn machte Theater und soll ihn die halbe Nacht lang auf Trab gehalten haben. Zweimal ging er hinunter in die Küche und hatte versucht, das Elend mit einem in Wodka getränkten Tupfer in Schach zu halten. Leider blieb diese Prozedur ohne anhaltende Wirkung.

Männer und Schmerzen, das ist ein Kapitel für sich. Es dürfte einfacher sein, drei fiebrige Kinder um sich zu haben, als einen kranken Mann. Der kleinste Schnupfen und es würde unumgänglich sein, den Notarzt zu rufen. Da bildete *mein* Mann keine

Ausnahme. Und bei Zahnschmerzen ist er besonders gereizt, da kann kein Wort tröstlich sein.

Die Stimmung bei uns zu Hause war an dem Morgen also genauso mies wie das Wetter draußen. Alles passte zusammen. Andreas würde heute abreisen. Und ich hatte keinen blassen Schimmer davon, wie ich diesen grässlichen Tag überstehen sollte.

Selbst meine morgendliche Schnitte Vollkornbrot weigerte sich beharrlich, mir einen Genuss zu verschaffen. Hart wie Stein. Und die blöde Apfelsine wollte sich nicht von ihrer dicken, weißen Innenhaut trennen, zusätzlich steckte sie noch voller Kerne. Hervorragend! Dass Toni den Kaffee viel zu dünn gekocht hatte, fiel schon fast nicht mehr auf. Ich war allerdings gut damit beraten, meine Kritik diesbezüglich, für mich zu behalten, denn hätte ich mir jetzt einen neuen aufgesetzt, wäre Toni mit Sicherheit vor Ärger richtig geplatzt.

Nachdem wir dieses überaus erbauliche Frühstück beendet hatten, fuhr ich mit dem Treppenlift wieder nach oben. Dabei ging meine *Serie* weiter. Ich klemmte mir das neue Kniegelenk am Treppengeländer. Es handelte sich aber nur um eine Stauchung. Noch nicht genug, es folgte Schreck Nummer drei. Oben angekommen, muss ich mit Hilfe des Schalthebels den Sitz um neunzig Grad schwenken, um dort bequem wieder aussteigen zu können. Bei dieser Gelegenheit quetschte ich mir den Daumen derart heftig, dass auch sofortige Kühlung das Schwarzwerden des kompletten Nagels nicht mehr verhindern konnte. Stand da womöglich eine Weiche für mich auf negativ?

Andreas war zu dem Zeitpunkt noch nicht abgereist. Sie brauchten erst nachmittags am Flughafen zu sein, da die Maschine erst gegen sechzehn Uhr starten sollte. Ich schlich zu ihm und versuchte, mich zum Abschied noch einmal bei ihm anzukuscheln, da traf mich ein harter Schlag an den Kopf, etwa so, als würde eine Faust mit aller Kraft auf mich herabsausen. Erschüttert zog ich mich kommentarlos zurück.

Ich konzentrierte mich verstärkt auf Toni und mein reales Leben. Die letzte Operation sollte im Januar endlich über die Bühne gehen, dann dürfte ich hinterher wieder fit wie ein Turnschuh sein. Derzeit lief aber eben noch ein Reifen auf *platt*, so dass ich mich nur in einem äußerst kleinen Radius zu Hause und in der Umgebung bewegen konnte. Das machte mir doch zunehmend zu schaffen.

Am nächsten Tag meldete sich Andreas. Sein *Melden* sah übrigens immer so aus, dass ich ein leichtes Ziehen an meiner linken Knie-Narbe verspürte, etwa so, wie ein sanftes Überwegstreichen mit den Fingernägeln an dieser Stelle. Sanft bedeutete, er fühlte sich normal entspannt. Fiel die Berührung jedoch kräftiger aus, wies das auf ungeduldig bis genervt hin und war sie schon fast schmerzhaft, konnte ich sicher sein, Andreas schwebte entweder total in Euphorie oder stand gerade unter erheblichem Stress. Im Laufe der Zeit sammelte ich diesbezüglich meine Erfahrungen und lernte, die unterschiedlichen Anzeichen einzuordnen.

Sein *Anklopfen* fiel zaghaft und vorsichtig aus, kaum wahrzunehmen. „Ja, Andreas?" „Lilly, es tut mir so leid. Ich möchte mich entschuldigen." „Ist in Ordnung. Sieh aber zu, dass so etwas nie wieder vorkommt, hörst du." Aber ich sperrte mich dagegen, unverzüglich zur Tagesordnung zurückzukehren. Er sollte langsam begreifen, dass sein übles Verhalten vom Vortag nicht von mir akzeptiert werden konnte. Ich nahm zwar verstärkt Unsicherheit bei ihm wahr und wollte ihm auch die Zerknirschtheit nicht absprechen. Aber Mitgefühl für mich zu empfinden oder Scham, für das, was er getan hatte, sorry, da sah ich nichts, das nahm ich ihm nicht ab.

Erst viel später ging ich zu ihm, streichelte ihm über das Haar und spürte wieder einmal mehr, wie ausgehungert er nach dieser zarten, unschuldigen Geste zu sein schien. Es war der *Kleine*, der sich danach sehnte.

Inzwischen wurde es Abend und ich spürte seine Sehnsucht. Wir liebten uns. Ich lernte niemals zuvor einen Mann kennen, der über eine solche Zärtlichkeit verfügte. Er hatte es aber auch viel leichter als alle anderen, konnte er doch auch meine Gefühle wahrnehmen, hörte alle Gedanken, und wusste somit zu jedem Zeitpunkt ganz eindeutig, was ich wollte, als logische Konsequenz daraus. Damit war er seinen Geschlechtsgenossen natürlich um Meilen voraus.

Wir liebten uns viele, viele Stunden, für ihn ja kein Problem, wie bereits erwähnt. Ganz anders bei mir. Da stellt sich nach ein- oder zweimal immer so ein schönes Gefühl von Zufriedenheit ein. Jetzt noch ein wenig kuscheln und gut wäre es gewesen. Bei ihm nicht. Andreas schien Befriedigung hinterher nicht zu verspüren oder das angenehme Empfinden, sich total ausgepowert zu haben. Es musste weitergehen, er wurde immer euphorischer und ich versuchte, ihn vorsichtig etwas zu bremsen, bemüht, ein Gespräch mit ihm zu beginnen – es nützte nichts. Er wollte unbedingt noch mehr.

„Bärchen, ich bin völlig platt, ich würde jetzt eigentlich nur noch gern den Abend so ausklingen lassen, ist das ok für dich?" Keine Antwort. Er wendete sich beleidigt ab. Ich spürte wieder, wie diese imaginäre Tür zugeschlagen wurde, ein Ruck, ein Knall, Tür zu und weg war er. Aber diesmal kam es anders als sonst. Es entstand keine Stille wie üblich an dieser Stelle, nein, er bekam scheinbar die Tür nicht mehr richtig zugezogen, jedenfalls hörte ich weiterhin alles, was dort vor sich ging, und spürte ganz genau, dass er mit Laura schlief.

Mir blieb regelrecht die Luft weg. Konnte es so etwas geben? Empörung kroch in mir hoch, Wut, Verzweiflung, alle schlimmen Gefühle dieser Welt, aber es nützte mir nichts, ich bekam leider mit, was da lief, und ich starb tausend Tode dabei. Ich wusste ja, dass er in einer Beziehung lebte, den Rest konnte ich mir natürlich denken, musste es mir aber zwangsläufig nicht so unbedingt bildlich vorstellen. Ich hielt es nicht mehr aus, brach weinend zusammen, hatte mich noch nie in meinem Leben so gedemütigt gefühlt, regelrecht zerstört. Ich wollte das so nicht mehr.

Laura und Andreas liebten sich meistens morgens, am späten Vormittag, nachmittags und abends. Und das für etwa jeweils zwei Stunden. Da blieb ja kaum noch Raum für andere Dinge. Das ging mich nichts an. Aber es ging mich sehr wohl etwas an, dass ich den Eindruck hatte, auf irgendeine Weise missbraucht zu werden. Ja, es fühlte sich schön an, mit ihm zusammen zu sein, aber was suchte er dann bei mir, wenn er doch zu Hause alles zu haben schien? Was?

Geübt darin, meinen Ärger aufschieben zu können, platzte mir am nächsten Tag der Kragen und ich fuhr ihn an: „Kannst du dir ausmalen, wie ich mich dabei fühle? Scheußlich, ganz scheußlich! Wir lieben uns bis zur Verblödung und dann fällt ein für dich unbequemes Wort, und du machst dich sang- und klanglos aus dem Staub. Ist das deine Art, Probleme zu lösen? Anstatt mit mir zu reden, einfach davonzulaufen?" Er, kleinlaut: „Nein." „Dann möchte ich dich freundlichst bitten, dich so nicht wieder zu benehmen und mir ein klein wenig mehr Respekt entgegenzubringen, falls du überhaupt wissen solltest, was das ist. Ansonsten trennen sich nämlich unsere Wege."

Eine groteske Vorstellung. So schräge, dass sie bereits wieder zum Lachen reizte. Wie sollte das denn gehen, bitte schön? Wie trennt man sich von so etwas wie einer Dual-Seele, wie dem Umstand entgehen, dass die eigenen Gedanken mitgehört werden können? Keine Ahnung. Ich ging jedenfalls das große Risiko ein, den auf meine Worte hin zu erwartenden Rückschlag nicht verkraften zu können.

Am Abend begann das Spiel von neuem, und zwar dermaßen zärtlich, dass ich keinerlei Abwehrstrategien mehr parat hatte. Punkt dreiundzwanzig Uhr war Schluss, er verschwand. Völlig verdutzt fragte ich: „Andreas, bist du da? Was ist passiert?" „Nichts, ich bin bei Laura."

Den Anfall, der daraufhin folgte, werde ich niemals vergessen. Er gebärdete sich, entgegen meinen sonstigen Gepflogenheiten, als unaufschiebbar. „Du Scheusal!", schrie ich ihn an. Und den weiteren Verlauf dieses *Gespräches* kann sich jeder lebhaft vorstellen.

Mir ist schon bewusst, dass Auseinandersetzungen solcher Art mehr als nur kontraproduktiv sind, aber ich rastete komplett aus, hatte mich leider emotional nicht mehr unter Kontrolle. Ich fühlte mich einfach nur verletzt. Andreas hörte sich meinen *Vortrag* in aller Ruhe an und sagte dann: Lilly, ich glaube, es hat keinen Zweck mehr mit uns, wir sollten uns trennen." Absturz.

Eine Umdrehung zuviel für mich. *Ich* wusste es, Andreas sicherlich auch. Es folgte nur noch der Nervenzusammenbruch.

Toni beschlich eine Unruhe. „Das sind ja üble Tiefs, die du da durchlebst." Er gab mir fünfzehn Tropfen von einem starken Beruhigungsmittel, danach schlief ich ein. Im Traum sah ich dann schreckliche Bilder. Zum Beispiel eine Todesanzeige, wie man sie samstags in der Tageszeitung findet. An und für sich ja nichts Ungewöhnliches, nur, dass die *meinen* Namen enthielt, *mein* Geburtsdatum und *mein* Sterbedatum, den morgigen Tag. Ich sah einen Leichenwagen auf und ab fahren und ein Bild von einer alten, runzligen Frau, die strähnige Haare hatte und Omas Unterröcke trug. Keinerlei Ähnlichkeiten also mit mir und doch wusste ich genau, dass ich das sein sollte. Versuchte da jemand, mich hässlich zu zeichnen und ad acta zu legen? Tränen.

Er meldete sich natürlich wieder. Es tat höllisch weh, etwa so, als ob er mir mit den Fingernägeln die Narbe aufreißen wollte und dann nahm er sich einfach, was er brauchte. Sex. Er fragte nicht, er nahm es sich. Seine kurze Erklärung: „Mit Laura, das klappt nicht mehr so gut wie vorher. Er klemmt. Komisch, Lilly, bei dir funktioniert es wie immer, da klemmt nichts, ganz im Gegenteil. Merkwürdig."

„Geh weg", sagte ich zu ihm. „Geh einfach weg und komm nie wieder!"

Tränen der Wut wechselten sich bei mir ab mit Momenten der Verzweiflung. Ich wollte raus aus diesem Horror-Trip, wusste aber nicht, wie. Apathie ergriff mich und hatte etwas Ruhiges, Leises, Tröstliches. Sollte ich mir das Leben nehmen?

Er war nicht weg. Ich spürte die ganze Zeit über seine Nähe. „Nein, Lilly, bitte mach das nicht." „Aber wenn das die Lösung für uns beide wäre, warum eigentlich nicht?", antwortete ich. „Weil ich dich liebe, mehr als alles Andere auf der Welt und mehr als Laura. Ich kann ein Leben ohne dich nicht mehr ertragen. Bleib bei mir bitte!"

Kapitel 13

In unserem Bekanntenkreis konnte ich schon so einige Male Beziehungen erleben, die immer nach dem gleichen Muster abliefen. Erst Honeymoon und himmelhochjauchzend, dann schwere Streitereien bis hin zur Trennung. Danach folgte eine Zeit lang Funkstille, bis das ganze Spiel dann wieder von vorne losging. Für solche Sperenzchen hatte ich immer wenig Verständnis, konnte mir überhaupt nicht vorstellen, so etwas jemals mitzuerleben oder sogar zu brauchen, wie scheinbar Teile der Menschheit um mich herum. Wie falsch ich lag. Ich saß mitten drin.

Das wusste Toni natürlich alles nicht, der litt nur zunehmend unter meinen *Zuständen* und schlug mir vor, zum Arzt zu gehen, um mir psychologischen Beistand zu suchen. Ja, nach Hilfe verspürte ich tiefe Sehnsucht, insbesondere danach, endlich einmal über die Dinge, die mich betrafen, sprechen zu können. Schon lange hatte ich das Gefühl, an allem ersticken zu müssen, wenn ich nicht bald Gelegenheit zum Reden bekäme.

Andreas zog es ja vor, zu schweigen, und Toni würde mich nicht verstehen. Aber was könnte ich zu einem Fachmann denn sagen? Etwa: „Herr Doktor, ich sehe

Bilder?" Oder: „Ich nehme die Gedanken und Gefühle eines Anderen wahr?" Sollte ich mir diesen Stempel auf der Stirn abholen – und was dann? Könnte das etwas ändern? Ich fühlte mich unentschlossen, aber dennoch zu einem Kompromiss bereit. Ich besorgte mir neue Tropfen und eine Einweisung in eine psychiatrische Klinik. Sollte es noch schlimmer mit mir werden, dann wollte ich dort Hilfe suchen.

Aber erst einmal tat mir Ablenkung unheimlich gut. Es war Adventszeit und ich bat Toni, die Kiste mit dem *Weihnachtsgebamsel* vom Boden zu holen. Das erledigte er gerne für mich, wusste er doch, dass ich daraufhin mindestens zwei Tage damit beschäftigt wäre, die ganze Hütte auf Hochglanz zu polieren und festlich zu dekorieren. Meine Freundin Nadine kam mit den beiden Mäusen zu Besuch, wir zündeten den Kamin ein wenig an und verbrachten mit Glühwein und Plätzchen einen tollen Nachmittag.

Nadine und Rüdiger haben wir vor vierzehn Jahren auf dem Campingplatz kennengelernt. Sie hatten damals gerade ihr erstes Baby bekommen und aus Sicherheitsgründen ihr geliebtes Segelboot verkauft. Es schien sicherer zu sein, das Kind an Land groß werden zu lassen, ein Wohnwagen wäre als Unterkunft an den Wochenenden auch absolut ok. Unser Stellplatz lag direkt gegenüber von ihnen und so lernten wir die neuen Zeltplatznachbarn im Laufe der Zeit besser kennen.

Sie kamen, genau wie wir, aus Hamburg, liebten das Meer, reisten gerne und trugen sich auch mit dem Gedanken, dort eines fernen Tages für immer hinzuziehen. Da passte vieles und es begann eine schöne Freundschaft zwischen uns.

Die kleine Cosima konnte gerade auf ihren Beinchen alleine laufen, als sie ihre Vorliebe für meine Kosmetik-Töpfchen entdeckte. Die standen auf einer Kommode im Wohnwagen, genau in Augenhöhe zu ihr. Hingebungsvoll schmierte sie sich mit den kleinen Händchen die Creme ins Gesicht und betrachtete das Ergebnis stets begeistert im Spiegel. Dieses Bild werde ich nicht los. Cosima ist heute, mit fünfzehn Jahren, schon eine junge Dame, aber ich sehe sie immer noch so vor mir, wie sie da steht, und glücklich in den Spiegel hineinschaut.

Sechs Jahre nach ihr kam ihre Schwester zur Welt. Anna. Sie ist heute zwar schon neun, aber wenn ich an sie denke, sehe ich, wie sie in ihrer Babykarre liegt, mich mit den großen Augen anschaut, und nicht den leisesten Versuch unternimmt, zu sprechen. Kein Ton kam über ihre Lippen und ich hatte echt die Befürchtung, dass da etwas nicht stimmen könnte. Bis zu ihrem zweiten Lebensjahr blieb sie stumm. Aber dann! Dann holte sie alles nach und fing an zu plappern - wie ein Wasserfall.

Ja, so ein Besuch mit den Kindern, gerade in der Vorweihnachtszeit, das machte mir richtig Spaß und war ein wundervoller Rausreißer für mich, so ein Nachmittag mit Glühwein und Plätzchen.

Andreas zeigte sich, wie üblich, nach so einem Zusammentreffen maulig, aber um nichts in der Welt wollte ich diesen Fehler ein zweites Mal begehen und mir wegen einer Beziehung die sozialen Kontakte zerlegen. Da bekommt er mich nicht hin. Never. Ich sagte ihm klipp und klar, dass derartige Besuche ein wichtiger Bestandteil meines Lebens seien, und dass ich unter keinen Umständen davon ablassen werde. Nirgendwo sonst könnte ich so gut die leeren Batterien wieder aufladen.

Wir verbrachten die nächsten drei Tage überwiegend zusammen. Zu Anfang störte es mich unendlich, dass ich selbst im Bad nicht allein sein konnte, da wünschte ich mir schon ein wenig mehr Intimsphäre. Denn er bekam alles mit, vom Zähne putzen an bis hin zum morgendlichen Toilettengang. Das verhielt sich andersherum nicht so. Ich sah nicht, was er gerade machte, hörte auch nicht ständig seine Gedanken, so wie er bei mir, sondern nahm nur wahr, was er mir mental mitteilte. Also, er musste sich konzentrieren auf mich, nur dann kam auch etwas bei mir an.

„Kannst du dir vorstellen, schon einmal gelebt zu haben?", fragte ich ihn. „Ja, gut denkbar." „Ok, dann war ich sicher früher ein Eichhörnchen, immer auf der Suche nach essbarem und mit dem Hang, ein dickes Lager dafür anzulegen. Und du?" Das Bild eines Bären tauchte vor mir auf. „Na klar, sagte ich, wie blöd von mir, denn nicht umsonst nenne ich dich *Bärchen*." „Bärchen ist schön, mein kleines Lilly-Mäuschen!" Ich musste lachen. Von einem Mäuschen fühlte ich mich dann doch sieben Meilen weit entfernt, aber für Männer schien diese Wortwahl recht praktisch zu sein. Es passieren, rein aus sprach-technischen Gründen, wesentlich weniger Fehler. Ich war schon öfter *Mäuschen*.

Auch dieses Mal hielt die harmonische Stimmung nicht allzu lange an. Erstaunlich, die schien am Tag mehrmals zu wechseln, so dass es niemals Momente der Sicherheit gab. Jederzeit konnte das Gespenst, das da in der Ecke lauerte, aufs Neue zuschlagen. Und zwar recht gründlich.

Die folgenden drei Tage möchte ich als den wahren Irrsinn bezeichnen. Es drehte sich alles um Sex, so lautete das zentrale Thema, er bekam einfach nicht genug davon. Ich spürte seine Sehnsucht, die echt unerträglich zu sein schien, die etwas Quälendes hatte, für die es scheinbar keinerlei Ziel gab, und auch keine Form der Zufriedenheit. Er war verrückt nach mir, ich kann es nicht anders formulieren, und wenn er es nicht nach *mir* war, dann auf jeden Fall nach etwas, das ich ihm zu geben vermochte. Mein *Wunderkörper* konnte der Punkt der Anziehung für ihn nicht sein.

Von Laura hörte ich in den Tagen nichts. Sie schien nicht mehr existent zu sein. Ich fragte mich, wie das gehen mag, zusammen in Urlaub zu sein, und tagelang ist der Partner gedanklich abwesend. Fällt das nicht auf? Und da gäbe es auch noch ganz andere Dinge, die *mir* in dem Fall am Lebensgefährten nicht entgehen würden.

Aber das sollten nun wirklich nicht meine Probleme sein. Der *kleine* Andreas tauchte von da an hin und wieder bei mir auf, der, der so bitterlich geweint hatte in meinen Armen. Er kuschelte sich bei mir an und schien die Nähe zu mir zu genießen, wozu der *Große* nicht in der Lage zu sein schien. Für den gab es ausschließlich Sex. So angenehme Stimmungen wie Ausgelassenheit oder Fröhlichkeit konnten beide nicht richtig empfinden. Warum sonst machten sie so ernste Gesichter?

Mitunter, wenn ich lauthals anfing zu lachen, weil mich beispielsweise im Fernsehen etwas dazu reizte, merkte ich, wie er sich verunsichert zurückzog. Mag sein, ich hatte ein weiteres Puzzle-Steinchen gefunden, das Auskunft darüber gab, dass er früher des Öfteren ausgelacht worden ist.

Tage des Lebens, in denen ich mehr Nähe zu einem anderen Menschen verspürte als jemals zuvor. Auch ich liebte Andreas mehr als alles Sonstige auf der Welt, da lag Monumentales drin, etwas, dass diese dicken Wurzeln zwischen uns hat auf wundersame Weise wachsen lassen. Ich weiß, das klingt richtig blöde, aber so fühlt es sich für mich eben an. Genau so.

Seine Nähe nahm ich als Wärme in meinem Körper wahr, mal mehr, mal weniger, bevorzugt im rechten Bein, dem ehemaligen Arbeitsfeld. Aber ich spürte auch wieder diese abgrundtiefe Traurigkeit.

„Was ist los, mein Engel?" Doch er antwortete nicht. Ich sprach den *Kleinen* an, meinte: „Komm, mein Schatz, erzähl mir, was los ist mit ihm." Ganz leise, fast tonlos sagte er mit seinem zarten, niedlichen Stimmchen: „Der weint."

Das verunsicherte mich und ich fragte: „Andreas?" Keine Antwort. Ich strich im vorsichtig über das Haar. „Warum weinst du?" Er sagte nichts, aber der *Kleine* antwortete für ihn: „Weil er dich so lieb hat." Ich ließ ihn in Ruhe. Männer, die weinen, wollen nicht reden. Er würde schon kommen.

Gegen Abend schlug die Wärme, die ich tagsüber verspürte, in bittere Kälte um. Aber es war nicht wie sonst. Es fühlte sich an wie ein Krieg zwischen Laura und Andreas, wurde immer hektischer, nichts schien zu gelingen und von Spaß konnte wahrlich auch keine Rede sein. Da tobte regelrecht ein Kampf. Und ich spürte seine Sehnsucht, ein ganz leichtes Ziehen in meinem Herzen. So fühlte es sich an, wenn er sich nach mir sehnte.

Kaum, dass ich diesen Impuls wahrgenommen hatte, bohrte sich etwas mit einem stechenden Schmerz in mein Herz. Eine glühende Nadel? Ein Dolch? Er stach auf mich ein! Mein Verstand hatte die Oberhand noch nicht so ganz gewonnen, zu entsetzlich war diese Vorstellung für mich. Der Mensch, den ich mehr liebte als irgendetwas auf der Welt, versuchte er gerade, mich zu töten? „Andreas, was tust du?" „Ich reiße dir dein Herz raus."

Ich hatte Mühe zu atmen, das Begreifen wollte nicht einsetzen, ich fühlte mich wie gelähmt. Klirrende Kälte hielt mich fest umschlossen und füllte den ganzen Körper aus. Das, was ich sonst als *seine* Wärme empfunden hatte, verkehrte sich jetzt ins konkrete Gegenteil. Eine Injektionsnadel bohrte sich in meine rechte Hand, genau da, wo immer die Braunüle bei einer Vollnarkose gelegt wird. Ich riss sie ihm aus der Hand, wollte nicht abwarten, was das werden sollte. Fäuste schlugen auf meinen Körper ein. Stechende Schmerzen im Unterbauch. „Ich reiße dir die Eierstöcke raus!"

Mein Verstand kam endlich zurück. Er sagte mir, kein Mensch sei in der Lage, mich aus der Ferne derart zu foltern, es funktioniert nicht, bleibe ganz ruhig. Ich konzentrierte mich immer genau auf die Stelle, an der gerade eine Attacke stattfand und machte in Gedanken mit einer kleinen Eisenplatte zu. Kein Mensch kommt, ohne dass ich es zulasse, in meinen Körper! Und gegen diese massiven Fausthiebe füllte ich mich komplett mit Beton aus, da konnte dann jeder Schlag abprallen. Andreas aber geriet zunehmend außer sich und ich versuchte, beruhigend auf ihn einzureden. „Du hast mein Leben zerstört!" ‚sagte er tonlos und drückte mir immer weiter die Kehle zu. Kein Reden half, seine Hände legten sich wie Schraubstöcke um meinen Hals, ich spürte, wie die Kräfte allmählich anfingen, zu schwinden.

Ich konnte nicht mehr. Ich wollte auch nicht mehr. Ich sah ihm ruhig in die Augen und sagte: „Ja, bring es zu Ende, dann haben wir beide endlich Ruhe." Ich verspürte Verwirrtheit, Entsetzen, möglicherweise Schamgefühl? Keine Ahnung. Die Beruhigungstropfen standen auf meinem Nachttisch und mit zitternden Fingern zählte ich fünfzehn Stück ab.

Der Schlaf, in den ich fiel, war furchtbar unruhig. Schwere Albträume schüttelten mich durch und ich schreckte erneut hoch: Die Nadel! Da war sie wieder, dieses Mal nahm ich den Einstich in der Leistenbeuge wahr, irgendetwas floss da. Dann spürte ich abermals den Dolchstoß in meinem Herzen. Aber nach dem zweiten Hieb hatte ich mich bereits wieder gefangen und ich schlug zu. In Gedanken hatte ich mir den schweren Messingleuchter geschnappt, den mir Jochen seinerzeit vermacht hatte, umfasste ihn an einem Arm und ließ ihn kräftig auf seinen Schädel krachen. Treffer, aber der löste außer Erstaunen keinerlei Wirkung aus. Ich schlug immer weiter zu. Wieder und wieder. Es war wie im Horrorfilm.

Andreas schüttelte seinen Kopf, als habe ihn lediglich eine Stubenfliege belästigt, und ich spürte, wie seine

Erregung wuchs. Ich versuchte, ihn mit einer Schnur zu erwürgen, aber ich hatte körperlich keine Chance gegen ihn. Er vergewaltigte mich. Ich schrie, ich tobte, ich wehrte mich – das schien aber nur Wasser auf die Mühlen zu sein, ich merkte nämlich, wie er darauf regelrecht abfuhr. Diese Erkenntnis traf mich wie ein Keulenschlag! Ich hatte es anscheinend mit einem Irren zu tun, jemand, der sich am Schmerz und am Elend eines anderen Menschen ergötzen konnte.

Es war vorbei. Gelöscht. Ich fühlte mich seltsam leer, aber mit der Zeit setzten doch die Tränen ein. Ich weinte und weinte. Ich sah den *Kleinen*, der sich völlig verstört zeigte, und spürte einen unangenehmen Druck - ja, wo denn eigentlich - ich glaube, in meiner Gebärmutter. Das Kerlchen hatte sich wie betäubt dort zusammengerollt, den Daumen tröstend in seinem Mund, das verweinte Gesicht entspannt und leicht entrückt. Er schlief. Ich wusste, ich bräuchte ihn nicht anzusprechen, er würde mich nicht hören können. Er hatte sich scheinbar zurückgezogen, in seine kleine, heile Welt.

Ich mochte das nicht haben! Auf gar keinen Fall! Dieser Druck in meinem Uterus fühlte sich unangenehm an, lästig. Ich wollte ihn nur zu gerne wieder abschütteln, aber wie? Wie sollte ich die Schreckgespenster je vertreiben können? Ich wusste es nicht. Die Stunden vergingen, aber alles Nachdenken brachte mich nicht wirklich weiter.

Plötzlich wurde es warm im rechten Knie. Andreas. Er hatte den Kopf an meine Narbe gelegt und streichelte ganz vorsichtig mein Bein, das direkt vor seinem Gesicht lag, zaghaft, fast ängstlich, eine Geste rührender Hilflosigkeit. Ungefähr so, als würde ein kleines Kind versuchen, die weinende Mutter zu trösten, mit der Situation überfordert, also nicht wissend, wie es damit umgehen sollte. Was wird siegen in mir? Der Impuls, zu sagen, er möge verschwinden und sich nie mehr blicken lassen oder mein Mitgefühl mit diesem bedauernswerten Wesen?

Ich fühlte mich einmal wieder hin und hergerissen. Auf der einen Seite hatte ich das Bedürfnis, meine arme Seele vor derartigen Übergriffen zu schützen. Auf der anderen Seite stand aber Andreas mit den massiven Problemen, verbunden mit der Befürchtung, außer mir könnte niemand da sein, der ihm an der Stelle weiterhelfen würde.

Tränen liefen über mein Bein. Er rührte sich nicht. Ich weiß nicht, wie viel Zeit inzwischen verging, bis ich ihm schließlich zärtlich über das Haar strich.

„Verzeih mir, bitte Lilly, verzeih mir!", stammelte er und ich antwortete: „Ich weiß nicht, ob meine Seele das eines Tages schaffen wird, ich weiß es wirklich nicht. Aber es könnte sein, dass wenigstens der Freund in mir überlebt und für den Fall sage ich dir, ich lasse dich damit nicht im Regen stehen. Ich lasse dich nicht im Stich. Niemals, wirst du das erleben, in hundert Jahren nicht. Wir packen das entweder zusammen, oder keiner von uns wird es jemals schaffen. Du *bist* nicht allein! *Niemals mehr.*

Kapitel 14

Es war inzwischen Mitte Dezember geworden und mir ging es psychisch schlecht. Spätestens nach zwei Tagen kam der nächste Weinkrampf, den Toni auf die, vielleicht doch in zu kurzen Abständen erhaltenen Vollnarkosen, schob. Er meinte, drei so schwere Eingriffe in weniger als einem Jahr, wären zu viel für mich gewesen. Möglicherweise hatte er Recht, möglicherweise aber auch nicht.

Nach wie vor hatte ich das dringende Bedürfnis, mit jemandem über die laufenden *Vorfälle* zu sprechen, nur, mit wem? Eine liebe Nachbarin, die ich eher als Freundin ansehe, ist von Beruf Diplom-Psychologin. Das wäre natürlich eine Möglichkeit. Als ich wieder einmal richtig tief durchhing, auf Grund erfolgter Trennungsandrohungen seitens Andreas, rief ich sie mittags an und sprach auf ihre Mailbox, teilte ihr mit, dass es mir nicht gut gehe, und bat sie um Rückruf.

Gleich nach Dienstschluss, um kurz nach fünf, klingelte es bei uns an der Tür. Carola. Toni öffnete ihr und ließ sie zu mir ins Schlafzimmer hinaufkommen, kochte uns einen Kaffee, und ging dann in den Nebenraum an den Computer. Ich fühlte mich noch ziemlich angeschlagen und ich spürte ihren besorgten Blick. Jetzt hätte ich reden können – doch wo, um alles in der Welt, sollte ich beginnen? Wie eine große, glatte Kugel lagen die Ereignisse vor mir und wohin ich auch schaute, ich fand keinen Anfang.

Carola fand den Plan B, mit der Einweisung auf dem Nachttisch liegend, gut. Sie sah sich die Tropfen näher an und meinte, die sollte ich ruhig ein bis zweimal am Tag vorsorglich nehmen, damit sich meine Stimmung besser gar nicht erst so heftig aufschaukelt. Und psychologische Unterstützung für einen doch etwas längeren Zeitraum, befürwortete sie natürlich voll und ganz.

Ich beruhigte mich, mein Verstand setzte wieder ein und ich begriff, dass Andreas fürchterliche Probleme haben musste, mehr, als ich es mir zum gegenwärtigen Zeitpunkt überhaupt vorstellen konnte. Es handelte sich um *seine* Schwierigkeiten. Ich hatte zwar welche an ähnlicher Stelle, aber dieses Jammertal, das ich da gerade durchschritt, gehörte definitiv nicht zu mir.

Sollte ich ihm auch nur ansatzweise behilflich sein können bei der Lösung, dann funktionierte das nur unter der Bedingung, dass ich *meine* Probleme erst einmal ganz weit hinten anstelle. Indem ich versuche, diese blöden, lästigen Stimmungsschwankungen von mir fernzuhalten, denn sie sind nicht meine. Ein von mir durchlebtes Tief kam erfahrungsgemäß bei Andreas auch noch an, zeitverzögert, der Umweg über mich spielte also überhaupt keine Rolle, schien überflüssig zu sein und erschwerte die Sache nur, weil es mich in meinem Denken und Handeln beeinträchtigte.

Ich stellte mir das Ganze bildlich vor. Er wusste, mit welchem Text er eine Lawine bei mir auslösen konnte. Und anstatt emotional zu reagieren, postierte ich dort in Gedanken einen Eimer und ließ alles rein laufen, was von ihm kam, achtete darauf, dass mich nichts davon persönlich traf. Dann nahm ich den Kübel mit dem gesamten Inhalt hoch und schüttete ihm den vorsichtig über die Füße, so dass er in einer tiefen Pfütze stand. *Dein* Zusammenbruch steht bevor, nicht meiner. So gingen wir beide nicht gleichzeitig unter, einer konnte sich kümmern.

Auf wundersame Weise wuchsen zwischen unseren Seelen dicke Wurzeln, die entgegen allen sonstigen Erfahrungen *unkaputtbar* zu sein schienen. Das fühlte Andreas sicherlich auch, welchen Grund könnte er sonst dafür haben, wie ein Berserker in immer wiederkehrenden Intervallen wider diesen Wildwuchs anzukämpfen? Etwas von ihm nicht Zerstörbares schien er auf seiner Festplatte nicht zu akzeptieren, zeitweise zumindest. Und je mehr er gegen meine Liebe wütete, desto stärker wurde ich in dieser Annahme bestätigt. Ich sagte zu ihm: „Mein Herz, man kämpft nicht gegen die Gefühle eines Anderen an, die könnten einem im besten Fall an der Backe entlang rutschen. Nein, man wütet immer nur gegen die eigenen Emotionen an. Hast du da eigentlich schon mal drüber nachgedacht?" Schweigen im Walde.

Ich jedenfalls fühlte mich zum ersten Mal in meinem Leben so etwas wie geerdet, tief verbunden mit mir selbst. Ich empfand eine wundervolle, unauflösliche Verbindung zu dem Menschen, den ich liebte. „Aber wüte ruhig weiter mit deiner Axt herum wie ein Verrückter, versuche weiterhin, alles, was wichtig ist, zu zerstören. Ich bin ganz sicher, es wird dir nicht gelingen." Meine Liebe schien jedenfalls unzerstörbar zu sein.

„Du glaubst, wenn du mich aus deinem Leben löscht, dann findet es ein Ende? Kann es nicht. Es geht nämlich um dich, und *nur* um dich. *Ich* bin bloß eine Randfigur in diesem Spiel, bin austauschbar, und nach mir und Laura werden noch einige andere kommen. Was machst du dann? Willst du die alle auslöschen? Ich glaube, es wird Zeit für dich zu begreifen, dass es Dinge gibt, die du nicht manipulieren kannst. Meine Liebe ist und bleibt. Was du mit deiner anfängst, das entscheidest nur du."

„Lilly, ich verstehe es nicht! Ich habe noch niemals zuvor so tiefe Gefühle für irgendeinen Menschen verspürt, auch Laura gegenüber nicht, das ist ganz was Anderes." Ich hakte gleich ein „Aber das erzählen wir niemandem, weder Toni noch Laura, es reicht, wenn wir das wissen." „Ja, das reicht, da hast du Recht", stimmte er mir daraufhin zu.

Ganz klar, *er* hatte an der Stelle ein Problem und ich würde ihm da auch weiterhin durchhelfen, allen Scheußlichkeiten und Grausamkeiten, die er mir gegenüber an den Tag legte, zum Trotz.

Also, welche Puzzle-Teilchen hatte ich denn bis jetzt zusammengeklaubt? Er verhält sich schüchtern, gefühllos, braucht viel Sex, ansonsten wird er äußerst aggressiv, interessiert sich zwar ausschließlich für intelligente Frauen, hat aber, denke ich, Angst vor ihrer Dominanz. Er neigt zur Gewalt, auf jeden Fall machen ihn entsprechende Fantasien an. Er kann unendlich zärtlich sein, legt keinerlei Reue an den Tag, zeigt kein Mitgefühl, egal ob Mensch oder Tier, ist total egoistisch und holt alles für sich heraus, ohne Rücksicht auf Verluste. Er hält sich weder an Versprechen noch an Abmachungen. Oh Mann! Das gefiel mir überhaupt nicht.

Restlos auf die Palme brachte es mich, dass er zwischen seinem Verhalten und meinem Befinden so absolut keinen Zusammenhang erkennen konnte. Ja, klar, er ist nicht zuständig für mein Wohlbefinden. Aber er ist auf jeden Fall verantwortlich dafür, was er selbst macht und sagt. Wie sieht es aus mit Rücksichtnahme und Einfühlungsvermögen? Was ist damit los? Und trotz aller Intelligenz - Gespräche, bezüglich der eben genannten zwei Punkte, tropften an ihm scheinbar ab wie Wasserperlen an der Glasscheibe meiner Duschkabine. Rückstandslos. Nichts bleibt.

Da ich jedoch zu jeder Zeit weiß, wer ich bin und welche Gedanken und Wünsche zu mir gehören, kann ich es ganz genau erkennen, falls sich etwas einschleicht, das mir fremd erscheint. Und dagegen wehre ich mich dann unverzüglich. „Du lässt bitte meine Festplatte in Ruhe! Ich akzeptiere es nicht! Du siehst doch, dass ich es sofort bemerke, wenn du etwas vorhast. Frag mich doch einfach, rede mit mir." Er entschuldigte sich dann immer, gelobte Besserung, aber der Glaube daran fehlte mir irgendwie.

Ich war aber auch stolz auf mich! So ein schweres Unterfangen und ich hatte das Gefühl, doch voranzukommen. Selbst Andreas meinte, ich sei die tollste Frau, die ihm je begegnet ist. Das glaubte ich ihm. Die wenigsten Menschen zeigen bei so vielen Problemen ein solches Durchhaltevermögen.

Das Thema *Schwingungen* blieb aber ein Kapitel für sich. Die spürte ich ja, als wir uns im Oktober das erste Mal liebten, danach nicht mehr. Nach den grausamen Erlebnissen in der Karibik tauchten sie allerdings wieder auf, insbesondere dann, wenn ich Musik hörte, die Andreas ja unweigerlich mitbekam. Kurze Anflüge von Schwingungen, ausgesprochen schön, aber immer nur in relativ knappen Abschnitten. Bis der Tag kam, an dem es uns durch die Klänge regelrecht die Füße wegriss. Plötzlich stellte er sich nicht mehr auf die Bremse, sondern ließ den Karren voll abfahren. Wurde er mutiger?

Sein Surf-Urlaub näherte sich dem Ende. Mails zu schreiben verlief im Sande, vermutlich klappte es mit dem Empfang dort nicht, ich erhielt zumindest keine Antwort. Aber, wie er schon zu Hause angekündigt hatte, *ein bisschen hin und hermachen*, das hatte ja gut geklappt. Jedenfalls vergingen die drei Wochen der Trennung, vor denen ich mich zutiefst gefürchtet hatte, wie im Flug. Nichts blieb mehr von den gefühlten drei Jahren übrig.

Wie würde es sein, wenn wir uns nun in Kürze erstmalig danach wieder begegneten? Die erste Lymphdrainage nach Jamaika, wie mochte sich die wohl anfühlen? Meine Horrorvorstellung war die, Andreas würde zur Tür hereinkommen, mir artig die Hände reichen und wie immer fragen: „Na, Lilly, wie ist es *dir* in der Zwischenzeit so ergangen?", oder ähnlich Unverbindliches, was darauf schließen ließe, dass er es nicht genau wüsste, wie es mir geht.

Aber, wie auch immer, ich wollte wachsam bleiben, hatte vor, den Verstand permanent eingeschaltet zu lassen, und durfte es auf keinen Fall mehr zulassen, dass meine Emotionen mich dermaßen überrennen, bis praktisch nichts mehr geht. Bei der Liebe, ok, da gebe ich die Kontrolle gerne einmal ab, aber diese erlebten Zusammenbrüche müssten aufhören. Die fühlten sich auch mehr als fremd für mich an, so, als säße da jemand an einem Schaltpult und betätigt nach und nach die erforderlichen Hebel, bis er unweigerlich kommt, der Zusammenbruch. Klick. Und der kam, so sicher wie das Amen in der Kirche. Ziel erreicht.

Ich muss es zugeben, ich hatte teilweise Angst. Durfte ich doch soeben am eigenen Leib erst erfahren, wie es sich anfühlen mag, beseitigt zu werden. Ich wusste nicht, ob es sich bei ihm wirklich um einen gewalttätigen Menschen handelt, ob er bereit war, aufkeimende Mordgelüste in die Realität umzusetzen. Drohte mir unter Umständen Gefahr? Wie konnte ich das wissen? Ich legte mir vorsichtshalber auch hier einen Plan B zurecht für den Fall, dass sich die Attacken wiederholen sollten oder für den Fall, dass in der Realität irgendwelche Ungereimtheiten auftauchten, wie zum Beispiel ein Unfall oder Ähnliches.

Plan B sah vor, Kontakt mit Verwandten von Andreas aufzunehmen, als Art Risiko-Absicherung. Sollte mir wahrhaftig etwas zustoßen, dann wüsste wenigstens irgendjemand auf der Welt, warum. Sein Bruder ist tätig in leitender Position und beschäftigt sich mit Kindern, die verhaltensauffällig sind. Ich könnte eine Verabredung zum Kaffee mit ihm treffen, ihm sagen, dass ich gerade in einer Krisen-Situation stecke und deshalb dringend ein paar Auskünfte bräuchte, um einem möglichen Schaden gezielt aus dem Weg gehen zu können. Ein gelungener Einfall, meine ich.

Speziell interessierte mich die Frage, ob Andreas in jungen Jahren soziales Verhalten anderen Kindern gegenüber gezeigt hatte. Zum Beispiel: Ein

Spielkamerad stolpert, Knie blutet, Kind weint. Was macht Andreas? Geht er hin und tröstet es oder nimmt er ihm den Lolli weg - nach dem Motto - wer weint, hat sowieso keine Zeit zum Lutschen? Da hätte ich zu gerne eine Antwort drauf erhalten.

Interessant wäre es auch gewesen, zu erfahren, ob er Tiere gequält hat. Also, über das normale Maß hinaus. Fast jedes Kind schneidet einmal einen Regenwurm durch, um zu gucken, was passiert, aber das meine ich nicht. Ich denke an Schlimmeres. Unter Umständen ist er ja auch als Jugendlicher mit dem Gesetz häufiger in Konflikt gekommen, weil er damit Probleme hatte, Schuld empfinden zu können. Das hatte ich mir vorgenommen, in Erfahrung zu bringen, sollte mir real etwas zustoßen.

Außerdem weiß ich aus seinen Erzählungen, dass ein Freund der Eltern Psychotherapeut zu sein scheint. Mit dem habe er mehrfach gesprochen, der wird ihn also kennen. Ja, ich wollte mich wehren. Ganz sicher.

Und zusätzlich könnte man dann noch seinen Schwiegervater in spe kontaktieren, ihm mitteilen, er möge tunlichst einmal den *Werdegang* seines Schwiegersohns beleuchten, falls es seiner Tochter psychisch schlecht gehen sollte. Egal, ob sie nun an unerklärlichen Zusammenbrüchen leiden würde, an Depressionen oder einfach nur daran, von Freunden und Familie abgespalten worden zu sein. *Und* er müsste sorgsam mit seinen 200 Millionen umgehen...

Das Ganze wollte ich dann auch noch in Text-Form beim Anwalt hinterlegen für den Fall meines Todes, egal ob es sich um einen Unfall oder scheinbar um einen Suizid handele. Ich gebe niemals völlig kampflos auf!

Als würden diese *Androhungen* bereits ihre Wirkung entfalten - es gab keine weiteren Attacken mehr gegen mich. Oder hatte sich da jemand womöglich geschämt, es derart übel getrieben zu haben, oder geschah es nur aus Angst vor zu erwartenden Konsequenzen?

Was auch immer, ich fand wieder zu meiner üblichen Ruhe zurück und fühlte mich unglaublich erleichtert. Plan B in die Tat umzusetzen, wäre mir sicherlich nicht leicht gefallen. Die Vorstellung, ich könnte Andreas vor seiner Familie und vor Freunden als einen Menschen outen, der nicht ganz richtig tickt, dieser Gedanke schon allein ginge mir mächtig gegen den Strich. Doch bei akuter Gefahr hätte ich das gemacht. Soweit bin ich dann doch Egoist. Ich würde einen Anderen mit in den Abgrund ziehen, bevor ich durch denjenigen Schaden erleiden müsste.

Der Karibik-Urlaub ging zu Ende, Andreas und Laura traten ihre lange Heimfahrt an. Diese zwei Tage andauernde Rückreise verbrachte Andreas mit mir, logisch, denn auf Flughäfen und in Flugzeugen war Liebe machen *in echt* ja schlecht möglich.

Kapitel 15

17. Dezember 2014 und ich stand auf dem Therapie-Plan bei Andreas für achtzehn Uhr. Ich glaubte nicht an sein Erscheinen, nein, ich spürte genau, dass er nicht die Absicht hatte zu kommen. Bis um halb sieben konnte ich meine Stimmung aufrecht erhalten, danach bröckelte sie komplett weg. Ich wurde geradezu hysterisch, hielt den Gedanken, ihn nicht zu sehen, kaum aus. Ich weinte, ich schrie, ich bat ihn mental, *nicht* einfach an der Abfahrt zu uns vorbeizufahren. Wir lagen quasi an der Strecke auf seinem täglichen Nachhauseweg, zwei Kilometer Umweg, und er wäre hier. Aber ich spürte, er fuhr vorbei. Ich weinte, weinte, bat ihn, zu kommen. „Ich halte es nicht aus, wenn du nicht auftauchst!" „Lilly, die Kreuzung liegt schon hinter mir, aber ich kehre sofort um." Fünfzehn Minuten später klingelte er an der Tür, er hatte jetzt eine Stunde Verspätung.

Ich sah schrecklich verheult aus, hatte gerade noch Gelegenheit, mir ein wenig kaltes Wasser über das Gesicht zu spritzen, da kam er auch schon nach oben. Er sollte heute nicht arbeiten, ich hatte in keinerlei Weise die Absicht, mich heulend vor ihm in mein Bett zu legen. Ich hatte eine dunkelrote Nickihose angezogen und den gemütlichen, anthrazitfarbenen Nietenpullover. Gegenüber sollte er mir sitzen, und deshalb hatte ich ihm statt des Hockers, auf dem er sonst Platz nahm, den bequemen Lederstuhl mit den Armlehnen aus dem Büro geholt. Er sollte vernünftig sitzen und ich wollte vernünftig mit ihm reden.

„Lilly, sorry, aber du siehst aus wie ein Häufchen Elend." „Ja", meinte ich, „genauso fühle ich mich auch. Aber du strahlst auch nicht gerade dreiwöchige Sommerfrische aus." Er wirkte erschöpft und in seinem Gesicht fand sich keine Spur von Bräune, nein, er sah eher blass aus. „Was ist passiert, Lilly?"

Wollte er mich jetzt verschaukeln? Ich sagte: „Du kannst dir nicht denken, was mich so erschüttert?" „Nein." „Und warum kommst du eine Stunde zu spät?" „Ich war in Gedanken, fuhr an der Abfahrt vorbei, weil ich dich total vergessen hatte, und bin dann aber umgekehrt."

Ich hatte mir fest vorgenommen, ihn auf keinen Fall in meine Gemütslage hineinblicken zu lassen, aber an dieser Stelle liefen mir wieder die Tränen aus den Augen. „Komm Lilly, ich erzähl dir von Jamaika." Vermutlich wollte er mich beruhigen. „Stell dir doch vor", sagte er, „wir laufen durch die Straßen, und da hält mich so ein Typ an und teilt mir auf Englisch mit, er kenne den Namen meiner Mutter. Ute. Er erklärte, meine Mutter heiße Ute. Mir fiel echt der Unterkiefer runter, woher wusste der das? Das konnte der nicht wissen, darum fragte ich ihn, wieso er den Namen kenne. Ich hätte es ihm gesagt, meinte er. Er hätte mich danach gefragt und ich soll ihm die Antwort auf die Frage daraufhin gegeben haben. Ute."

Hin und wieder beschlich mich das ungute Gefühl, dass vielleicht doch mit meiner psychischen Gesundheit nicht alles in Ordnung wäre. Manche Vorkommnisse erschienen mir zu unwahrscheinlich, einige Dinge zu schwer nachvollziehbar. Aber dann so eine Geschichte wie eben zu hören zu bekommen, rückte schlagartig alles wieder gerade. Es ist wie es ist! Die innere Stimme lügt nicht, ich brauche nicht zu zweifeln.

Andreas sah mir fest in die Augen und sagte: „Du *bist* nicht verrückt, meine liebe Lilly. *Du bist nicht verrückt!*" Nein, ich hatte es weder ernsthaft geglaubt, noch hatte ich ihm Derartiges zu verstehen gegeben. Warum, zum Teufel, sagte er dann so etwas zu mir? Wieso? Weshalb?

Vorsichtig schob ich die Hand zu ihm rüber. Er nahm sie zögerlich und das komische ist, ich kann bis heute kein Gefühl zu dieser Situation entwickeln. Ich sehe die Szene vor mir, merke, wie ich ihm meine Hand reiche, realisiere auch, dass er sie nimmt – doch von da an verliert sich jede Spur. Ich kann noch so intensiv in mich hineinhorchen, es kommt nicht eine Antwort auf die Frage: Was empfand ich dabei? Wie fühlte sich das an? Warm? Kalt? Hielt er die Hand einfach nur, oder hat er sie sogar gestreichelt? Ich weiß es beim besten Willen nicht. Das sah nach einem gefühlsmäßigen Blackout aus. Aber nicht nach meinem! Bei mir kommt so etwas nicht vor, oder besser gesagt, ich lösche keine Dinge von der Festplatte, egal ob angenehm oder unangenehm. So verhalte ich mich überhaupt nicht, das bin ich nicht.

Aber zurück zu unserer persönlichen Begegnung. „Lilly, was quält dich so, sag es mir, bitte." „Ich kann nicht. Ich kann es nicht aussprechen." Er ließ jedoch nicht locker. Seine Stimme wurde viel leiser, etwas einschmeichelnder aber auch erheblich eindringlicher. Er wollte es wissen. „Sag es mir!" Es vergingen Minuten. „Spuck es aus, Lilly, ich spüre doch, dass du gleich redest, ich spüre es direkt auf meiner Zungenspitze!" Gut: „Also, mich quält der Verdacht, dass du dich scheinbar an nichts mehr erinnerst." „An was *sollte* ich mich denn erinnern?" „Na, zum Beispiel an die viele Zeit, die wir miteinander verbracht haben. Es fällt mir ganz, ganz schwer zu glauben, dass du davon nichts mehr weißt." Stille. Nachdenken.

Sein Gesichtsausdruck war wie immer, sagte eher wenig. Nur die Augen bekamen etwas Weiches, warmes. Nicht zu vergleichen mit meiner letzten Wahrnehmung dieser Art. Da dachte ich noch, ich hätte mich eventuell geirrt, hätte das in seinen Augen gesehen, was ich nur zu gern hätte sehen *wollen*.

Andreas legte den Kopf leicht zur Seite und sagte nachdenklich: „Lilly, mir sind drei Tage in meiner Erinnerung abhandengekommen. Ich weiß immer und zu jedem Zeitpunkt wo ich war, was ich gemacht habe, wie spät es ist - und das, ohne Uhr, aber von *der* Reise fehlen mir genau drei Tage. Ich weiß nicht, was ich da getan habe, ich weiß es beim besten Willen nicht."

Wut kam in mir hoch. Am liebsten hätte ich ihm entgegengeschleudert: „Aber ich weiß es, was du in der besagten Zeit gemacht hast! Du könntest mich ja danach fragen, aber dazu fehlt dir der Mut. Die Antwort wäre nämlich die, dass wir uns geliebt haben bis zur Bewusstlosigkeit. Und wenn du es nicht glaubst, dann wirf doch nachträglich mal einen Blick auf das Bettlaken um dich herum – na, da sollte dir doch *eigentlich* jetzt ein Licht aufgehen."

Ich sagte es nicht. Aber das musste ich auch nicht. Er verstand mich auch so. Statt dessen entgegnete er: „Tja, da sitzen sich wohl zwei Seelen gegenüber, die schrecklich nackt sind." „Nein", entfuhr es mir, „meine ist viel nackter als deine. Du hast immerhin noch dein Visier auf." „Ja", sagte er, „das ist eben mein Problem." „Behalte es ruhig auf", antwortete ich ihm, „wenn du dich dann sicherer fühlst, dann von mir aus auch mit Visier."

Die Zeit war um. Als er aufstand um zu gehen, zeigte er mit einer Geste, die mehr als Abscheu ausdrückte, auf den Armlehnstuhl, auf dem er gerade eben noch gesessen hatte und sagte: „Aber nächstes Mal möchte ich gerne wieder meinen Hocker haben, Lilly, nicht ein weiteres Mal auf den Stuhl von Dr. Freud."

Wir lachten beide. Aber mir viel schon auf, wie vehement er sich gegen alles wehrte, das auch nur nach Psychologie roch. Wer war hier der Patient und wer Dr. Freud? Für diesen Tag ging die Runde, so glaube ich, komplett an ihn.

Was sein blasses Aussehen anging, versuchte er mir zu erklären, dass beide im Urlaub eine Fischvergiftung gehabt haben sollen. Laura habe viel geweint und litt an Heimweh, wollte gern nach Hause. Sie zogen auch in Erwägung, die Reise vorzeitig abzubrechen. Ich glaubte dieses Märchen von der Fischvergiftung nicht, kannte ich doch die wahren Gründe für Lauras Kummer. Wenn mein Mann neben mir tagelang psychisch nicht anwesend zu sein scheint und er trotz sexueller Hyperaktivität permanent nicht *zu Potte kommt*, ja, da würde ich dann auch verzweifeln.

Für mich liegt es also ganz klar auf der Hand, seine Seele will es nur noch mit Liebe und sein bestes Stück verweigert regelrecht den Dienst, wenn er einzig und allein als Erfüllungsgehilfe der Sucht missbraucht wird. Und er spürte das sicherlich auch, zumindest wird ihm die Zufriedenheit danach nicht entgangen sein. Kein leichtes Kapitel.

Die Dinge zu hinterfragen und zu durchschauen, dürfte mit Sicherheit für ihn genauso schwierig sein.

Ich gehe mit Begriffen wie *sein* Defizit, *mein* Defizit, *sein* Trauma, *mein* Trauma, ganz anders um. Das leuchtet mir völlig ein, dass das alles schrecklich unsicher macht.

Vielleicht gibt es ja doch so etwas wie eine ausgleichende Gerechtigkeit. Ich, für meinen Teil, hatte genau an der Ecke einen schweren Mangel erlitten und ich gehe davon aus, dass es sich bei Andreas ähnlich verhält. Warum sonst sollte er diese große Sucht nach Liebe haben? Ich bin im Laufe der Zeit zu der Ansicht gelangt, dass wir beide unsere Schrammen an genau der gleichen Stelle abbekommen haben. Und wenn man die Menschen fragt, was ihnen im Leben das absolut Wichtigste ist, dann hört man als Antwort: Liebe.

Und noch etwas kam mir seltsam vor. Andreas schien kaum zu schlafen. Wann immer ich wachlag, spürte ich seine Nähe, ganz selten, dass er schlief. Aber wenn, dann nahm ich ein schweres Gefühl im Kopf wahr, so, als würde der einem jeden Moment auf die Schulter fallen. Und wenn in so einem Augenblick bei uns zu Hause etwas zu Boden schepperte, ich laut nieste oder es klingelte, dann merkte ich, dass er munter wurde. Ich dagegen brauche meine acht bis neun Stunden Schlaf, erst dann wache ich erfrischt und mit neuer Kraft wieder auf. Ich kannte allerdings schon einmal zwei Menschen, deren Schlafbedürfnis nicht sonderlich groß ausfiel. Der eine hieß Jochen und der andere Wolfgang und beiden reichten jeweils drei bis vier Stunden.

Ich hielt Andreas also mit meinen psychologischen Überlegungen voll auf dem Laufenden, kam mir mitunter vor wie ein Trüffelschwein, das um ihn herum die Erde aufwühlt. „Bärchen, ist das ok für dich, wenn ich hier ein wenig grabe?", fragte ich so manches Mal. Ich hatte nicht die Absicht, ihm ungefragt den Boden unter den Füßen zu zerlegen, ich fand es schon wichtig, dass er sich mit dem, was ich machte, auch einverstanden erklärte. Widerstand nahm ich häufiger wahr. Ich glaube, er wollte das eine oder das andere gar nicht so genau wissen.

Doch mit dem Wunsch ist man bei mir sowieso an der falschen Adresse, denn ich bin Perfektionist. Und wenn ich schon grabe, dann bis zum Erfolg. Schließlich hingen unsere Seelen irgendwie zusammen, waren an irgendeiner Stelle zusammengewachsen und ich wusste genau, dass eine Lösung immer nur uns gemeinsam betreffen konnte. Und stehen zu bleiben ging genauso wenig wie rückwärts zu gehen, es gab nur ein voran, und zwar für uns beide.

Wie oft hatte ich zu ihm gesagt: „Mein Herz, wir schaffen das! Ich bin bei dir, *du bist nicht allein*." Ich spürte jedes Mal, wie ihn dann immer ein schönes Gefühl von Ruhe durchströmte. Ruhe, die er sonst kaum kannte, und wenn ich dann noch leicht über seine Stirn streichelte, kam er mir oft vor wie ein großes Baby, das jeden Moment einschlafen will. Eines der Lieder, die wir gern gemeinsam hörten, heißt

Unchained Melody, wo es in einer der Strophen *I've hungered for your touch* lautet. Genau das war er, so wie ich auch, hungered for your touch.

Zeitweise kam es mir aber auch so vor, als hätte ich es mit zwei völlig unterschiedlichen Menschen zu tun. Der Eine vom Sex besessen, manipulativ, grausam, egoistisch und ohne jedes Mitgefühl, und der Andere äußerst sensibel, zärtlich, mit ganz viel Sehnsucht nach Nähe und Wärme. Wie ging das zusammen? Keine Ahnung. Aber nachdem ich vor ewigen Zeiten einmal gehört hatte, dass es einen Psychotherapeuten geben soll, der eine multiple Persönlichkeit ist und der damit umgehen kann und seinem Job nachgeht, ja, demnach scheint wohl einiges möglich zu sein.

Ich fing jedenfalls an, ausschließlich an das Gute in ihm zu glauben. Alles was den *Drecksack* betraf, nahm ich mir vor, genauer zu beleuchten und mit ihm zu besprechen. Viel Arbeit lag da vor uns, ich sah es natürlich auch, aber die Hoffnung stirbt ja bekanntlich immer zuletzt.

Ja, da lag in der Tat ein riesiges Pensum vor uns. Nur, wie sollten wir das jemals bearbeitet bekommen – Andreas kam zum nächsten Termin nicht. Er blieb kommentarlos weg. Hatte er keine Lust mehr, sich weiterhin um mein Bein zu kümmern, trotz festgesetzter Therapie-Zeiten? Oder saß ihm *Dr. Freud* im Nacken? Egal, ich wollte jedenfalls nicht hinter ihm herlaufen, niemals dürfte ich ihn derart bedrängen.

Natürlich war ich verzweifelt, natürlich zerschmetterte es mich am Boden, aber ich fühlte auch ganz genau, dass er das spürte. Er wusste, wie es mir in diesem Moment damit ging.

Gerade beim letzten Besuch hatte ich die nächsten zwölf Behandlungen unterschrieben und meine Gebührenanteile zu den Rezepten bezahlt. Schade, dass ich die Leistungen nicht mehr erhalten sollte. Ich hatte aber nicht die Absicht, deswegen in seiner Firma eine Welle zu machen. Der Gedanke, ihm damit Ärger zu bereiten, behagte mir partout nicht. Ich konnte mir denken, wie sein Chef darauf reagieren dürfte und die Vorstellung, er sollte deshalb, oder besser gesagt, meinetwegen, den Arbeitsplatz verlieren, der fühlte sich unerträglich für mich an. Nein, meine Emotionen nach hinten, seine Interessen nach vorn. Klar wäre er dann selbst dran Schuld, wenn der Job flöten ginge, aber ich glaube, die Probleme sind so schon groß genug, da wollte nicht ausgerechnet ich das Zünglein an der Waage des Schicksals sein.

Drei Wochen Zeit lagen noch vor mir bis zu meiner letzten Operation. Danach würde ich mich um die Angelegenheit kümmern, ich kannte ja die wahren Gründe für dieses scheinbar verantwortungslose Verhalten. Wir blieben in Verbindung, gedanklich, wie stets, der Schnitt in der Realität schien der Sache keinerlei Abbruch zu leisten. Weder eine Entschuldigung, noch eine Erklärung, nichts.

Aber jetzt stand erst einmal das Weihnachtsfest auf dem Plan. Wie in jedem Jahr, besuchten Toni und ich meine Eltern an Heiligabend. Tobias konnte leider nicht kommen, er hatte etwas anderes vor und das fand ich richtig traurig. Ich finde, zu den Feiertagen sollte die Familie beisammen sein. Und wenn wir uns erst am zweiten Weihnachtstag treffen, dann ist es das für mich nicht mehr, komischerweise, für mich zählt nur ein einziger Tag, und das ist eben Heiligabend.

Na gut, dann leider eben ohne Tobi. Unsere Eltern sind ja schon etwas betagter, so dass wir an dem Tag von einer aufwändigen Kocherei absehen. Zu uns nach Hause möchten sie nicht kommen, Vater mag nicht mehr so weit fahren, sonst könnte ich die Arbeit übernehmen. Also gibt es dann seit einigen Jahren ein paar nette Kleinigkeiten als Imbiss. Das ist mir mehr als Recht, Toni und ich, wir essen beide nicht gern abends so umfangreich. Am frühen Nachmittag trafen wir bei ihnen ein.

Wir hatten gerade unseren Kaffee ausgetrunken, als Andreas sich auf die ihm eigene Weise bei mir meldete. „Ja, Bärchen?" Statt einer Antwort hörte ich ein Lied. Oh Tannenbaum. Er sang ein Weihnachtslied für mich. Ich sah einen wundervollen Baum vor mir auftauchen, der ohne weiteres auch bei Beate Uhse im Schaufenster hätte stehen können. So etwas sah ich noch niemals zuvor. Hübsch geschmückt mit der üblichen Weihnachtsdeko, klemmten in regelmäßigen Abständen statt der Kerzen kleine Gummi-Penisse an den Zweigen und die leuchteten an den Spitzen. Das wirkte äußerst kreativ aber, ohne Frage, das entsprang nicht meiner sexuellen Fantasie, das erschien mir sonnenklar. Die Idee fand ich aber richtig nett und ich freute mich natürlich darüber, dass er an mich dachte.

Meine Eltern verstanden es bestens, ihre kaputte Welt zu den Feiertagen, wie übrigens auch zu den Geburtstagen, heil aussehen zu lassen. Kein noch so leiser Missklang trübte anscheinend die Stimmung. Sie griffen zielsicher in die Schublade *Weihnachten* und da kam es dann völlig harmonisch, wie von ihnen persönlich zusammengesetzt, heraus, genauso wie es im Grunde genommen ja auch sein sollte.

Nur Fotos konnten diese Täuschung entlarven, denn ein geübter Blick war bestimmt in der Lage, ganz genau auf den Bildern zu erkennen, was sich in unserer kleinen Familie in Wirklichkeit abspielte. Alle Personen wirkten wie aufgestellt, ohne Leben und ohne jeglichen Bezug zueinander. Selbst wenn wir, was aber eher selten geschah, ganz nah beieinander standen oder uns umarmten, sah es so aus, als würden unsichtbare Glaswände uns voneinander trennen. Ich sehe es, Toni sieht es übrigens auch, der Rest erkennt es nicht.

Nach der Bescherung liebten wir uns, Andreas und ich, nicht ganz einfach, auf nur einer Spur. Mein reales Leben lief hier gerade unter dem Tannenbaum ab und gleichzeitig erforderte die *Beziehung* zu Andreas volle

Konzentration. Und ich kann mich ja, wie ich schon sagte, ganz schlecht auf zwei Sachen zugleich konzentrieren.

Also, wenn ich da an meine Freundin Nadine denke mit ihrem Mann, den beiden Kindern und der großen restlichen Familie, dann komme ich mir mit nur einer Spur echt spartanisch ausgestattet vor. Bei Nadine kann der Fernseher laufen, sie steht am Herd und kocht, beantwortet die Fragen der Kinder zu den Hausaufgaben, in der einen Hand das Handy, denn da sitze ich drin und spreche mit ihr. Diese Form der Informationsberieselung könnte ich keine zehn Minuten aushalten, Stress pur, ich fühle Fluchtimpulse in mir aufsteigen - nichts wie weg! Aber es scheint zu gehen, so wie auch Andreas ständig und fast zu jedem Zeitpunkt für mich ein offenes Ohr hat, wenn er es denn will.

Selbst bei einer konzentrierten Unterhaltung tauchen bei mir beim Zuhören schon Probleme auf, wenn im Hintergrund Musik dudelt. Das nervt mich total und ich schalte die dann aus. Anders, wenn wir nur miteinander plaudern, dann stört mich das auch nicht. Bereits als Kind hatte ich diese Marotte. Die Geschichte vom Zirkusbesuch bekomme ich auch heute noch vorgehalten. Die Musik war mir zu laut, so dass ich mir voller Verzweiflung die Ohren zugehalten hatte wegen der Geräuschbelästigung. Zu laut, viel zu laut! Und das bei dem teuren Eintritt. Li-a-ne !

Aber selbst Andreas erwischte ich zweimal dabei, kein offenes Ohr für mich zu haben. Das eine Mal hatte er ein schwieriges Telefonat am Wickel und das zweite Mal hielt ihm der *Alte*, also sein Chef, gerade einen Vortrag. „Sorry, Lilly-Mäuschen, da ist dann auch *meine* Konzentration behindert", räumte er ein.

Die Feiertage gingen zu Ende, genauso wie das alte Jahr, und mein Krankenhaustermin stand kurz bevor. Einmal noch diese Tortur, und das neue Leben konnte beginnen. Endlich wieder aufrecht gehen können und nicht mehr verkrümmt sein, endlich keine Schmerzen mehr.

Alle um mich herum freuten sich mit mir, wünschten mir für die Zeit, die da vor mir lag, viel Glück, lebten in froher Erwartung darauf, mich bald munter und gesund wieder zu sehen. Nur Andreas, der ließ mich in der Realität bös im Stich. Solche Kaltschnäuzigkeit hätte ich ihm niemals zugetraut. Es tat der Gedanke höllisch weh, als Mensch völlig von ihm ignoriert zu werden. Mir fiel wieder ein, scheinbar *Persona non grata* für ihn zu sein, ein überaus ekelhaftes Gefühl!

Er liebt mich mehr als alles Andere auf der Welt, möchte mir in der Realität aber nicht über den Weg laufen? Der Rest kann weitergehen wie bisher? Wie soll man das verstehen? Da fehlten wohl doch noch so einige Mosaik-Steinchen.

Kapitel 16

Das neue Jahr hatte begonnen. Toni und ich verbrachten auch in diesem Jahr die Silvesternacht allein bei uns zu Hause. Da wir beide aber keine ausgesprochenen Nachtmenschen sind, die es locker bis zum Morgengrauen auf einer Feier aushalten, genießen wir den Luxus, ins Bett gehen zu können, wann immer wir es wollen. Nichts ist für mich schlimmer, als dass ich mir eine Pappnase aufsetzen müsste mit dem dazugehörigen fröhlichen Gesicht, nur weil es ein bestimmter Tag im Jahr ist. Auf das neue Jahr lässt es sich auch am nächsten Tag noch anstoßen und den Magen kann ich mir mit dem mitternächtlichen Berliner auf diese Weise auch nicht verrenken. Alles gut. Zum Glück ist Toni da genauso gestrickt wie ich.

Am Neujahrstag bekommt er oftmals seinen geliebten *Karpfen blau* zum Mittag. Mein Fall ist das nicht, aber, wenn ich anstatt des Karpfens geräucherten Lachs esse, dann passen die Kartoffeln und die Meerrettichsahne auch bestens dazu.

Drei Tage später hatte Toni Geburtstag. Man sieht es ihm in der Tat nicht an, dass er schon sechsundsiebzig geworden ist, er hat sich ausgesprochen gut gehalten, bin ich der Meinung. Andere sehen das anscheinend ähnlich, man hält ihn glatt für zehn Jahre jünger. Seine Sportlichkeit kommt ihm da vermutlich zu Gute, viel laufen, Rad fahren und so weiter. Selbst durch weichen Sand geht er, ohne aus der Puste zu kommen – ich hasse weichen Sand!

Das wurde wahrhaftig wieder einmal ein schöner Tag, sein Geburtstag, was vorher immer nicht so recht vorstellbar ist, sind doch alle Festlichkeiten absolviert und kein Mensch verspürt mehr richtig Lust auf eine Feier. Aber wenn ich merke, dass jeder einzelne Gast sich wohlfühlt, dass alle Leute untereinander gute Gesprächsthemen finden, dann bin ich echt glücklich und kann auch völlig entspannt den Tag genießen.

Es wurde ein erfreulicher Start für Toni in ein neues Lebensjahr und für mich eine schöne Erinnerung auf dem *Gang nach Kanossa*, sprich ins Krankenhaus.

In dieser Klinik war ich ja bereits so etwas wie ein Stammkunde. Ich kam immer auf die gleiche Station, das funktionierte automatisch, aber um ein Zimmer mit Meerblick zu bekommen, hatte ich bei der Anmeldung von Operation und Unterbringung schon ein wenig *verbale Überzeugungsarbeit* zu leisten. Auch diesmal klappte es, zum Glück.

Meistens konnte ich es mir auch noch aussuchen, ob ich das Bett direkt am Fenster oder lieber das an der Wand zum Bad haben wollte. Na ja, das richtete sich aber danach, auf welcher Seite bei mir operiert werden sollte. Schließlich musste das Bett von rechts oder von links her zugänglich sein, das neue Gelenk, oder, besser gesagt, das ganze Operationsfeld, wollte ja im Anschluss gut versorgt werden. Schläuche ziehen, Verband wechseln, Wunde versorgen – das volle Programm halt.

Aber zunächst einmal musste ich die Aufnahme hinter mich bringen. So ein Tag ist mit seinen diversen Untersuchungen, Arztgesprächen und der endlosen Lauferei über noch endlos längere Flure, schon eine richtige Herausforderung. Noch brauchte ich hierfür den Rollstuhl. Aber beim Rausgehen, *das* wusste ich bereits ganz genau, da wollte ich gerade und aufrecht auf meinen eigenen Beinen laufen!

Und auf den blöden Schmerzkatheter, der einem bei der Knie-OP immer angeboten wird, würde ich dieses Mal verzichten. Die zusätzliche Methode der lokalen Betäubung brachte für mich mehr Nachteile als Vorteile. Dann müsste ich eben in den ersten Tagen etwas stärkere Schmerzen ertragen, aber das geht ja vorbei. Ich wollte das in Kauf nehmen.

Ich schlug die Augen auf. Mein Blick fiel auf die Uhr an der Wand und mir wurde schlagartig klar, ich konnte mich nicht im Jenseits befinden, denn ich glaube nicht, dass es dort Uhren gibt. Ich hatte es also geschafft! Ich lag im Aufwachraum und sah meinem neuen Dasein entgegen mit vier tollen Gelenken, dem Leben mit Toni und mit der *Beziehung* zu Andreas. Glück!

Toni wartete schon im Zimmer auf der Station auf mich. Wir hatten zwar vereinbart, dass er erst etwas später zu mir kommen sollte, aber er schaffte es wieder einmal nicht, sich an diese Abmachung zu halten. Ich finde es nämlich schade, wenn man sich nach dem Besuch kaum noch an etwas erinnern kann, weil man noch zu weggetreten ist, in den ersten Stunden nach der Vollnarkose.

Aber schön ist es dann doch, einen lieben Menschen bei sich zu haben. Eine Hand zu spüren, die einen streichelt und nicht das Gefühl zu haben, allein zu sein. Und der hübsche Blumenstrauß auf meinem Nachttisch erinnerte mich immer an ihn.

Es folgten zehn Tage Krankenhaus, die sich als äußerst schwerer Kampf entpuppten, viel härter als die Aufenthalte zuvor, denn von da an war ich wieder in der Lage, mich gerade aufzurichten. Also theoretisch ging das, praktisch sah es allerdings so aus, dass die komplette Muskulatur derartige Streckbewegungen im Grunde genommen nicht mehr ausführen wollte. Warum sollte sie auch, nach mehr als zehn Jahren Verkümmerung? Ok, *die* wollte es nicht, aber *ich*!

Auch Andreas besuchte mich dort - auf unserer gemeinsamen Ebene. Vorsichtig streichelte er mir über das Haar und wir liebten uns. Selbst auf gedanklicher Schiene erwies sich das als nicht ganz so einfach, fühlte sich mein Körper doch an, als hätte er unter einem Trecker gelegen und diese Tatsache konnte ich nicht restlos ausblenden. Seine Art, Trost zu spenden, erstreckte sich eben darauf, Liebe zu machen. Es fehlten ihm scheinbar die Worte. Ich bin sicher, er nahm meine unsagbare Erschöpfung wahr, spürte die Verzweiflung, die sich hin und wieder ganz krass bemerkbar machte. Aber die viele Liebe nahm er natürlich auch wahr.

Andreas hatte nach der Weihnachtspause seine Arbeit in der Praxis wieder antreten müssen und wann immer ich Gelegenheit dazu hatte, verbrachte ich dort Zeit mit ihm. Mir fiel auf, dass er besonders vor dem Eintreffen seiner sogenannten VIP-Patienten heftig unter Stress geriet, ich nahm Angst wahr, ganz deutlich. "Spürst du, dass du Angst hast?", fragte ich ihn. „Nö." „Aber ich", antwortete ich. „Die Unruhe, dieses Unbehagen in der Magengegend und das leichte Getöse im Gedärm, Bärchen, spürst du das nicht?" „Doch, das merke ich auch, Lilly." Angst, da brachte mich keiner von ab. Und da gesellte sich noch etwas hinzu, nämlich sexuelle Erregung. Ich wollte das nicht glauben! Ich wünschte, ich würde mich irren in meiner Wahrnehmung. Da lagen vor ihm Patienten in Erwartung auf eine gute, neutrale Behandlung, Lymphdrainage, Massage, Krankengymnastik – was weiß ich, und Andreas war *geflaggt bis über die Toppen.*

Ich bin ja eine Frau, war das auch schon immer, und werde auch niemals etwas anderes sein. Ich *kann* es also nicht wissen, wie sich das anfühlt, aber ich *weiß* es, weil ich es körperlich spürte. Der Druck gegen die Leiste, dieses Pochen, und dann der Überschlag. Und ich weiß seit dem noch etwas – er ist das, was man im Allgemeinen so als *Linksträger* bezeichnet.

Aber viel wichtiger sind die Fragen: Was geht hier vor? Warum ist das so? Andreas' Sex-Sucht wird beflügelt durch seine VIP-Patienten, alle weiblich und nicht dumm. Der Auslöser für so einen *Anfall* scheint also Angst zu sein. Könnte sich das womöglich um Furcht vor der Dominanz einer intelligenten Frau handeln oder überhaupt um Angst vor einer zu starken Persönlichkeit? Der Vater fällt mir spontan ein. Und auf einem meiner Puzzle-Steinchen steht ja auch drauf – *ist wahrscheinlich in der Kindheit sexuell missbraucht worden.*

„Andreas, könnte es sein, dass du als Kind schlimme Sachen erleiden musstest, körperlich, meine ich?" Langes Schweigen, mir wurde ganz mulmig, das hörte sich nach einer Antwort an. „Was ist passiert, mein Engel?", setzte ich vorsichtig nach. „Bitte erzähle es mir!" Stille. „Was ist passiert, was?"

„Was passiert ist? Nun, der Alte hat mir seinen Gott verdammten Pisser in den Arsch gesteckt, das ist passiert!" Oh je. Das klang nicht nach meinen Worten, solche Vokabeln benutze ich nicht. Aber ich hatte es befürchtet, ich hatte Recht mit der Vorahnung, ich verstand nur nicht ganz, wen er meinte mit der *Alte*. Hatte er seinen Vater dabei im Auge oder einen Onkel, von dem er mir einmal erzählt hatte und auf den er nicht gut zu sprechen war?

Aber im Moment kam es nur darauf an, klarzustellen und zu erkennen, dass es sich um einen unhaltbaren Zustand handelte, wenn er, als Therapeut, durch die Nacktheit und die Wehrlosigkeit einer vor ihm liegenden Patientin sexuell stimuliert wurde. Geht gar nicht! Ich war richtig entsetzt, bemühte mich aber um Fassung. Es tat mir in der Seele weh, solche Dinge gehört zu haben.

Hatte ich überhaupt ein Recht dazu, derart in seinem tiefsten Innern herumzuwühlen? War das richtig? „Mach ruhig, Mäuschen, schlimmer kann es doch nicht werden." Diesen Satz hörte ich so einige Male.

Ich spürte aber auch, dass er derartige Situationen anscheinend als völlig normal ansah, zumindest nahm ich keinerlei Anzeichen von Peinlichkeit, Reue, Scham oder auch nur von Mitgefühl mit den missbrauchten Patienten wahr, nichts dergleichen. Wurde hier ein Opfer zum Täter?

Gleichzeitig hatte ich auch noch genug mit mir selbst am Hut, bemühte ich mich doch, meinen Körper, in Sachen Bewegung, wieder auf Vordermann zu bringen. Die Schmerzen hielten sich, zum Glück, dank der guten Medikamente in Grenzen, so dass ich alle Kraft in die neue Mobilität geben konnte. Und das gestaltete sich bei mir leider erheblich schwieriger als bei meinen Mitpatienten, denn die hatten nur ein Gelenk neu eingesetzt bekommen, verfügten aber jeder noch über drei weitere, denen sie beim Gehen vertrauen konnten. Das sah bei mir zur Zeit noch etwas übler aus. Ein Scharnier war neu und auf drei durfte ich mich noch nicht verlassen, da sie noch nicht voll austherapiert waren. Das machte mir das Vorankommen so richtig schwer. Aber ich bin ja kämpfen gewohnt.

Meine Psyche, ich muss es zugeben, reagierte nach wie vor etwas angeschlagen. Jedes Mal, wenn ich mit Andreas eine innige Zeit hatte, kam anschließend, so sicher wie das Amen in der Kirche, die Keule. Der Ablauf war immer derselbe. Er bombardierte mich aus heiterem Himmel mit Lieblosigkeiten, Egoismus und Rücksichtslosigkeiten, gerade so, als hätte ich keine Gefühle oder, genauer gesagt, keine Seele. Auf jeden Fall glaubte er scheinbar, immer wieder gnadenlos auf mir herumtrampeln zu können.

Besonders schwer ertrug ich sein plötzliches Abtauchen, ohne einen Ton zu sagen. Ein gemütliches *Hinterher* schien er nicht zu kennen, statt dessen klinkte er sich einfach aus, war nicht mehr da. Das schockierte mich so heftig, dass ich nur noch emotional reagieren konnte, indem ich ihn anfuhr: „Was denkst du dir denn bloß, wenn du dich so Knall auf Fall vom Acker machst? Hast du eine Ahnung, wie massiv mich das verletzt? Ich fühle mich dabei wie eine aufblasbare Gummipuppe, die man bei Bedarf aus dem Schrank holt und die dann ganz eilig wieder dahin zurück gestopft wird. Kannst du dir vorstellen, wie entsetzlich sich das anfühlt? Schlecht. Ganz, ganz schlecht!"

Ich erhielt auf Texte dieser Art nie eine Antwort, aber ich wusste, dass er mich hörte und ich nahm auch wahr, dass er sich in seiner Haut nicht mehr so wohlzufühlen schien. Ich spürte Verstörtheit. Das sollte erst einmal genug sein.

Ja, ich war sauer! Und auf keinen Fall bereit, immer und ausschließlich *nur* auf seine Belange einzugehen. Mitunter wollte auch ich Dampf ablassen, so wie eben. Es gibt Grenzen. Und *diese* Grenzlinie war ich nicht gewillt, überschreiten zu lassen. Das musste er begreifen, Schmerz hin, Schmerz her.

Mit einmal verspürte ich abermals einen lästigen Druck in meinem Unterbauch. Der *Kleine*. Er hatte sich wieder verkrochen in seiner Höhle und der *Große* war nicht mehr in der Lage, zu sprechen.

Vage Vermutungen, dass hier etwas bei Andreas unbewusst abzulaufen schien, drängten sich mir auf. Machte er sich niemals Gedanken an dieser Stelle? Ok, ich kannte seine tiefe Abneigung gegen alles Psychologische, aber als viel wahrscheinlicher sah ich es an, dass er Angst hat vor dem Unterbewusstsein. Ich denke an die Furcht vor dem Keller.

Stundenlang hörte ich dann nichts mehr von ihm, danach kam, quasi als Sahnehäubchen auf das anstrengende Gespräch, der Satz: „Lilly, ich glaube, das hat keinen Zweck mehr mit uns beiden, ich will dich nicht mehr sehen!" Den Text ertrug ich nicht. Da hatte er mich dann. Zusammenbruch.

Ich merkte genau, dass er meine Krise aufmerksam beobachtete. Ich spürte verschiedene Empfindungen bei ihm gleichzeitig. Faszination, Erstaunen, etwa auch Verachtung für meine Schwäche? Das wirkte so grausam!

Mir fiel der *Brunnen-Traum* wieder ein, in dem ich abstürze und er steht einfach nur mit verschränkten Armen da und schaut mir seelenruhig dabei zu.

Hin und wieder kam schon der Wunsch in mir auf, so nicht weiter leben zu wollen. Aber kaum hatte ich diesen Gedanken zu Ende gedacht, merkte ich, wie er zaghaft anklopfte. „Ja?" „Es tut mir leid, Lilly, es tut mir wirklich leid. Und es stimmt so auch nicht. Ich möchte nicht mehr ohne dich sein, ich kann mir nicht mehr vorstellen, jemals wieder so einsam zu sein. Verzeihst du mir?"

Ich hatte dieses *tut mir leid* jetzt schon recht häufig gehört. Wie sollte ich den Satz denn noch ernst nehmen? Warum setzte denn hier nicht allmählich ein Lernprozess ein, der ein *nächstes* Mal dieser Art verhindern konnte? Keine Ahnung, und davon reichlich. Es fühlte sich eher so an, als hätte er irgendwann einmal gelernt, wann er ein *tut mir leid* verbal vorzubringen hat, um ernsthafte Konsequenzen zu vermeiden. Zum Beispiel die, dass ich ihn doch noch eines Tages verlassen könnte.

Meine Reha-Maßnahme, die sich nahtlos an den Krankenhausaufenthalt anschloss, empfand ich als unendlich hart.

Tag zwei lag mit seinen vielen Anwendungen und den weiten Wegen, die ich zu Fuß zurücklegen musste, wie ein riesig hoher Berg aus Sand vor mir. Und ich saß da mit einem winzigen Teelöffel in der Hand und wollte hindurch. Da hatte ich schon verdammt tief in meine kleine Trickkiste zu greifen, um das zu schaffen.

Ich blendete morgens das volle Tagespensum aus und konzentrierte mich nur auf die eine und einzige Sache, die da gerade vor mir lag. Nur auf die. Schritt für Schritt einen Termin abhäkeln und dann hinlegen und ruhig atmen. Dann die nächste Anwendung und so weiter, bis der Abend kam und ich endlich den Tag geschafft hatte. So trug ich den *Berg des Grauens* ab. Und ich hatte auch hier einen Plan B: Wenn es überhaupt nicht mehr ginge, sollte ich Toni anrufen, der könnte in dreißig Minuten bei mir sein, um mich abzuholen. Reha beendet, Lilly nach Hause. Aber ich biss mich tapfer durch.

In Andreas Verhalten bemerkte ich Veränderungen. Immer klopfte er bei mir an, wenn er Zeit hatte, meist um Liebe zu machen. Äußerst ungünstig natürlich, in der anstrengenden Reha, benötigte ich doch meine volle Konzentration stets für die Anwendungen. Aber immer häufiger kam er auch, wenn er sich einfach nur traurig fühlte und liebevolle Zuwendung oder Trost brauchte. Dann streichelte ich ihn ein wenig, redete mit ihm und ich spürte, wie es ihm besser zu gehen schien. Eine unbekannte Seite. Er zeigte in der Tat ein ganz neues Verhalten, wartete, bis ich wieder auf dem Zimmer war. Das freute mich riesig! Lernte da jemand, Rücksicht auf mich und meine Belange zu nehmen?

Was jedoch Besuch anging, mussten wir noch so einiges üben. Ätzend! Er wollte mir doch wahrlich Tonis Kommen vermiesen. Wenn ich auf sein Anklopfen dann nicht mehr reagierte, ich hatte ihm gesagt, ich habe Besuch, dann wurde er massiv, ließ nicht locker. Das schmerzte dann am Bein schon richtig und ich hatte Mühe, mich auf Toni zu konzentrieren, bei der Bedrängnis. Und meine Laune sank. Schade, freute ich mich doch so außerordentlich auf seine Besuche. Andreas wollte stören. Eifersucht.

Derartige Erkenntnis ließ den Ärger in mir aber auch rasch wieder abklingen, so dass ich hinterher vernünftig mit ihm sprechen konnte. Ich war überhaupt nicht gewillt, mir dieses Verhalten eines bockigen Kindes gefallen zu lassen, und sagte ihm, dass ein erwachsener Mensch so etwas aushalten müsste. Ich redete freundlich aber bestimmt und wusste, dass er jetzt ein bis zwei Stunden herum maulen dürfte. Damit kam ich aber immer besser klar.

Wie ich schon sagte, nahm ich die Gegenwart von Andreas als ein Gefühl von Wärme in meinem rechten Oberschenkel wahr. Fehlte das, dann schlief er entweder, oder er hatte sich bewusst zurückgezogen. Dieses *Zurückziehen* ging meist einher mit dem Geräusch einer zuschlagenden Tür, ganz besonders deutlich zu spüren, wenn er wütend war. Tür zu, Energie weg, aus die Maus. In die Krise geriet ich dadurch jedoch nur noch, wenn er sich so nach einer Trennungsankündigung verhielt.

Aber nicht nur er lernte, auch ich kam vorwärts. Ich fühlte mich mehr und mehr dazu in der Lage, seinen Wunsch nach Distanz zu mir zu erfüllen und ich hielt es trotz der Verzweiflung und trotz aller Traurigkeit aus, keinen Kontakt zu ihm erneut aufzunehmen. Diese Entwicklung betrachtete ich als riesengroßen Gewinn für mich. Und außerdem darf jeder Mensch schließlich so leben, wie er es gern möchte. Und wenn es für mich in seinem Alltag keinen Platz mehr zu geben scheint, dann soll das in Gottes Namen so sein, ich wollte es dann respektieren.

Er war es, der auf die ihm eigene Weise nach einiger Zeit wieder die Verbindung zu mir suchte und machte sich dann, in dem Versuch, mich in der unglücklichen Lage zu trösten, liebevoll an meinem Bein zu schaffen.

Kapitel 17

Montagmorgen, acht Uhr, Dienstbeginn für Andreas und ich spüre seine Nervosität. „Was ist los, Bärchen? Geht es dir nicht gut?" „Weiß nicht." Das war typisch für ihn. Fragen, die sich auf die Befindlichkeit bezogen, die konnte er nie richtig beantworten. Ich ließ nicht locker: „Andreas, da ist eine starke Nervosität in dir. Gibt es irgendetwas, dass dich jetzt gerade, in diesem Moment, beunruhigt?" Keine Antwort.

Doch so kämen wir nicht einen einzigen Millimeter voran. Mir schwante etwas. Montags und donnerstags standen vermehrt seine VIP-Patienten auf dem Plan und wie das so im einzelnen aussieht, wusste ich ja bereits. „Mein Herz, wann kommt sie?" „Um neun." „Ok, und danke für die Offenheit. Möchtest du weiterhin bis an dein Lebensende schutzlos vor dir liegende Patienten im Geiste missbrauchen oder möchtest du gerne damit aufhören?" Als Reaktion kam endlich einmal ein ganzer Satz: „Ich kann so nicht mehr weiterleben, Lilly."

Da erwachte das *Trüffelschwein* in mir. Wie lange hatte ich auf so eine Antwort gewartet! Gut, echte Begeisterung, was Veränderungen anbelangt, sieht zwar anders aus aber für den Anfang fand ich das doch gar nicht so schlecht. Auf jeden Fall hielt ich es für wichtig, dass der Anstoß von *ihm* ausging, es konnte nämlich überhaupt keinen Sinn ergeben, wenn *ich* ihm sagte, dieses oder jenes solle dringendst geändert werden. Für mich würde das nur einen großen Berg an Arbeit bedeuten mit dem Hinfühlen und dem Suchen von Zusammenhängen, da musste er schon bereit sein, mitzumachen. „Packen wir es gemeinsam an?", fragte ich ihn. „Ja", entgegnete er, „glaubst du, dass wir das schaffen?" „Natürlich schaffen wir das, mein Engel, du weißt doch, alles was uns nicht umbringt, macht uns stärker. *Learning by burning*, let's go!"

Die Unruhe weitete sich etwas später zur Angst aus. „Ist sie da?" „Ja." In den nächsten Minuten steigerte sich seine Erregung. „Was fühlst du denn gerade?" „Ich hab einen hoch, Lilly." Blöde Frage, merkte ich es doch ganz genau, aber zum ersten Mal, seit wir uns kennen, sprach er offen darüber. Und kurz zuvor nahm ich bei ihm einen heftigen Druck im Kopf wahr, etwa so, als würde eine Stahlklammer zu eng zusammen gezogen werden.

Wo saß bloß der Auslöser für diesen Zug, der sich gerade in Bewegung setzte? War es die Wehrlosigkeit, die Nacktheit, das ihm uneingeschränkt entgegen gebrachte Vertrauen gepaart mit Intelligenz und dominantem Verhalten der Frauen? Irgendwo da musste die Antwort liegen. Und dieser Druck im Kopf, das kannte ich ja aus meinen eigenen Erfahrungen mit ihm, stellten immer den Ausdruck seines Versuches dar, sich in die Gedanken und somit in die Gefühle eines Menschen einzuschleichen oder, besser gesagt, hineinzubohren. Diese Formulierung habe ich bewusst so gewählt, denn die Worte *sich hinein zu versetzen* würden eine derartige Vorgehensweise nicht zutreffend beschreiben. Dann wäre es ja etwas Gutes, aber sich hineinzubohren in eine Sache ohne das Einverständnis seines Gegenübers – das ist ein Akt der Gewalt.

Wenn er in dem Moment versuchen sollte dort auf der Festplatte der Patientin Text abzuladen, dann könnten es Sätze sein wie: „Du *willst* es. Du willst es *jetzt* und du willst *mich*!" Und ich armes, ahnungsloses Schaf hatte diese Suggestionen auch gehört, damals, als sie noch mir galten, denn nicht umsonst sprangen daraufhin alle zweihundert Osram-Birnchen, wie bei einer Festtagsbeleuchtung, gleichzeitig an.

Angst, also. Und die veranlasste ihn zum psychischen Eintauchen in die Persönlichkeit eines Menschen, wurde so anscheinend umgewandelt in Macht. Macht, die er dringend brauchte, um sich nicht mehr unterlegen zu fühlen? Und half ihm seine körperliche Erregung dabei, den Status quo zu erhalten? Deshalb die Sex-Sucht? Mein Gott, das ist ja richtig spannend. Da kommt kein Drama im Fernsehen mit. Und Andreas konnte man nichts ansehen, kein Wunder, es suchte ja auch niemand nach irgendwelchen Anzeichen. Ich sagte zu ihm: „Ok, mein Herz, jetzt versuche bitte, nicht vom

Kopf her einzutauchen. Ganz locker bleiben und das Hirn auf Durchzug schalten, am besten, du denkst an überhaupt nichts. Kriegst du das hin, was meinst du?"
Er: „Ich bemühe mich."

Gut. Mitunter legte sich die Erregung während oder durch diese Übung, keine Ahnung, aber das hatte dann hin und wieder Konsequenzen. „Lilly, ich glaube, ich kippe gleich um." Ich merkte es natürlich auch. Kreislaufstörungen, schoss es mir durch den Kopf, so fühlt man sich, wenn man betrunken ist oder wenn sich Panikattacken ankündigen.

Ich spürte, dass er schwankte. „Nein, Andreas, du kannst nicht umkippen! Ich stehe direkt hinter dir und halte dich fest. Es passiert nichts! Bleibe ganz ruhig, arbeite einfach weiter und konzentriere dich nur auf deine Atmung. Atme ganz langsam tief ein und ganz langsam tief wieder aus. Und noch einmal." Das Schwanken nahm zu. „Andreas, ich stemme zwar keine hundertzwanzig Kilo, so wie du, aber ich stehe ganz fest und sicher hinter dir. Es kann nichts passieren! Komm, wir zählen jedes Einatmen, mach einfach mit." Das kam mir selbst zwar etwas blöde vor, aber es stellte den verzweifelten Versuch dar, ihn abzulenken. Wir zählten und zählten und zählten. Mit der Zeit wurde er erheblich ruhiger.

„Bitte konzentriere dich doch jetzt einmal auf deine nähere Umgebung. Schau dich ganz bewusst um. Oben bleiben mit dem Verstand. Was siehst du? Beschreibe das doch, damit ich mir ein Bild machen kann von deinem Arbeitsplatz." Er zählte auf, was er alles sah. Ich fragte nach. Zum Beispiel der silbern farbige Bilderrahmen, den er gerade erwähnte, sah der eher glatt, also modern aus, oder hatte er mehr Rillen und sonstige Schnörkeleien? Oder das Fenster. Hatte es Gardinen davor, Jalousien, oder hatte man freie Sicht nach draußen? Ja, es funktionierte. So manches mal bekamen wir eine solche Situation regelrecht entschärft.

Dem Himmel sei Dank, dass wir über die gleiche Sprache verfügen. Wenn ich A sagte, verstand er auch A und wenn ich B sagte, begriff er auch, was ich damit meinte. Wenn ich ihm vorschlug, frische Luft durch das Gehirn zu pusten, dann nahm ich deutlich die Entspannung in seinem Kopf wahr und den Luftzug, der daraufhin folgte. Er konnte solche Vorstellungen umsetzen und ohne diese Fähigkeit, dürften wohl alle Versuche, zu helfen, zum Scheitern verurteilt sein.

Nie hätte ich geglaubt, dass meine Panikattacken von damals noch einmal einen Sinn ergeben sollten, oder besser gesagt, die Übungen, mit deren Hilfe ich sie zu überwinden gelernt hatte, im Alleingang. Derartige Attacken möchte ich als Überfälle des eigenen Unterbewusstseins bezeichnen. Und will man wissen, was dahinter steht, also hinter der Sucht, dann sollte man besser einfach stehenbleiben anstatt in diese zu flüchten.

Genau das hatte ich ja getan. Kurz bevor ich Andreas kennenlernte, hatte ich den Hang, mich in Sachen Arbeit so tief in die Bauvorhaben hineinzuhängen, dass man dieses Verhalten durchaus als Workaholic-Manier bezeichnen konnte.

Meine Güte, was hatte ich mir nicht alles angelesen, um mir, zum Beispiel, für das komplizierte Thema *Verblendmauerwerk* - wichtig für unseren geplanten Neubau - das entsprechende Know-how anzueignen. Bin ich etwa Maurer oder Architekt? Ich brauche das nicht alles zu wissen, es reicht aus, zu erkennen, welchen Klinker ich mag und welchen nicht. *Ich* tauche dann allerdings so tief in die Materie ein, bis ich auch noch weiss, warum ich den einen bestimmten Stein *nicht* nehmen sollte, den anderen aber schon. Weshalb mir die eine, spezielle Art der Steinsetzung gefällt, die andere weniger. Und, warum hellere Fugen oft eine bessere Wirkung erzielen als dunkle.

Diese Vorgehensweise, mich dermaßen in den Dingen zu verlieren, eignet sich bestens dazu, alles Andere, um mich herum, weit auf Distanz zu halten. Das scheint der tiefere Sinn solcher Aktivitäten zu sein.

Und ich erinnere mich noch ganz genau, dass ich spürte, je näher Andreas mir kam, desto verbissener kämpfte ich auf die hier eben beschriebene Weise dagegen an. Ich hatte Angst. Angst davor, falls ich einfach stehen bleiben sollte, überrollt zu werden. Von Gefühlen, die ich niemals mehr wieder im Leben auch nur ansatzweise wahrnehmen wollte – nach der Zeit mit Jochen und Wolfgang.

Ich glaube, dieses Verhalten stellte den verzweifelten Versuch dar, die Lawine, die da auf mich zuzurollen drohte, aufzuhalten. Und Andreas spürte das. Ganz sicher fing er auf, dass die Aktivitäten in meinem Kopf so eine Art Notanker für mich waren, denn er sah mich einmal eindringlich an und fragte: „Warum machst du das, Lilly?"

Damals konnte ich ihm darauf keine vernünftige Antwort geben. Ich wusste sie ganz einfach nicht. Aber je länger ich über diese doch recht simple Frage nachdachte, desto klarer erschien mir die Antwort und ich fasste den Entschluss, stehen zu bleiben. Ich wollte stehen bleiben und schauen, was passiert, ungeachtet des Risikos, dass mich dabei etwas auf unangenehme Weise überfahren könnte.

Ich stellte also meine Aktivitäten ein, das Essen gleich mit, denn die Ess-Sucht wollte ich bei der Gelegenheit auch noch in den Griff bekommen, so wie Andreas seine Sex-Sucht besiegen wird. Jeder Schutzwall bröckelt weg, wenn man ihm die Chance dazu gibt. In so einem Fall heißt es also: Arme runter, den Ball nicht annehmen, sich einfach passiv verhalten und hin fühlen. Genau das haben wir ja gerade bei ihm gemacht. Danach kam Schutzwall Nummer zwei, nämlich die blöden Panikattacken. Und dann die Angst. Wovor nur? Wüsste ich darauf eine passende Antwort, wir wären im Ziel. Wir haben den Marathonlauf noch nicht komplett absolviert aber zumindest sehe ich die Zielfahnen da vorne schon am Horizont im Winde flattern. Ich finde, das ist etwas.

So ein Arbeitstag wurde auf diese Weise fürchterlich anstrengend. Morgens schauten wir kurz im Terminplan nach, ob womöglich im Laufe des Tages *Gefahr in Anmarsch* ist. Doch so ganz konnte ich mich da auf seine Aussagen auch nicht immer verlassen. Er versuchte, mich häufiger auf falsche Fährten zu locken, und ich fuhr besser damit, ausschließlich meinen Wahrnehmungen zu vertrauen.

Mit den Übungen zur Ablenkung schien er allein inzwischen ganz gut klar zu kommen. Wenn ihm aber schwindelig wurde und er umzufallen drohte, dann griff ich sofort ein, egal, womit ich mich gerade beschäftigte. Das machte mein Leben ausgesprochen schwierig. Aber so ein Notfall hatte absolute Priorität. Wir werden es schaffen! Niemals aufgeben.

Ich hatte den Eindruck, als käme er mit aufsteigenden Ängsten schlecht zurecht. Ob da unter Umständen Bilder nützen könnten? Ich verpasste der Bedrohung Namen. Auch auf die Gefahr hin, dass ich mich bei Andreas mit diesem Vorgehen lächerlich machen sollte. Dann ist das eben so. Doch wenn es hilft - egal, die Angst bekam jetzt einen Namen, oder besser noch, zwei, denn sie kamen stets zu zweit. Herr Missbrauch und Frau Angst.

Herr Missbrauch, ein kleines, schmächtiges zwanzig Kilo stemmendes Männchen mit Schlabberbauch, Assi-Kleidung, unrasiert und ungekämmt, sah aus wie eine Witzblattfigur. „Bärchen, und von dem willst du dich einschüchtern lassen? Schau ihn dir an, diesen Trottel! Der kann dir doch nichts!" Nein, aber er versuchte es, indem er Andreas an damals erinnerte, an die schlimmen Dinge, die man ihm antat, als er noch ganz klein war, an die seelischen Wunden, die er dadurch erlitten hatte und an den körperlichen Schmerz. All das wühlte Herr Missbrauch wieder auf, wenn ein wehrloser, nackter, schutzbedürftiger Patient vor Andreas lag. Dieser Mistkerl wusste ganz genau, er bräuchte nur abzuwarten, bis die Erinnerungen an das erlittene Elend so groß werden würden, dass Andreas aus seiner Opferrolle ausbrechen müsste – hinein in die Rolle des Täters.

„Mein Engel, der kann dir nichts mehr anhaben! Damals ist vorbei und heute wagt es kein Mensch mehr, dir so etwas anzutun. Aber zur Sicherheit binden wir den kleinen Wicht da in der Ecke noch fest. So, festgezurrt, das Tau. Der rührt sich nicht mehr. Und vorsichtshalber machen wir das Gleiche jetzt noch mit Frau Angst. Diese Vogelscheuche mit den langen, strähnigen Haaren stellen wir in die andere Ecke des Raumes, so, dass du die beiden Figuren immer im Blickfeld behalten kannst, wenn du arbeitest. Auch die binden wir dort fest."

Ich glaube, dass Frau Angst Andreas in Wirklichkeit nur vor dem bewahren wollte, was er bisher immer getan hatte. Ich bin aber ebenso der Meinung, es hätte ihn ein wenig überfordert, noch einmal um die Ecke denken zu müssen. Egal. Fakt ist, er fürchtet sich vor dieser Figur und somit stellt sie für ihn einen potenziellen Feind dar. Und der wurde sicherheitshalber in der anderen Ecke auch noch kaltgestellt.

Immer wenn so ein *Anfall* nahte, konzentrierten wir uns voll und ganz auf das Atmen, das Zählen und das bewusste Betrachten dieser beiden Gestalten – bis die Gefahr fürs Erste gebannt schien.

Stolz! Ich empfand eine unglaubliche Achtung vor ihm! Ich weiß wie man sich fühlt, wenn man vor Angst bald irre wird, ich weiß wie viel Konzentration und Kraft es erfordert, solche Überfälle abzuwehren. Da fällt es schon schwer, die Aggressoren auch noch als Verbündete anzusehen, die einem genau genommen bloß etwas mitteilen wollen. Die zu bekämpfen, sie platt zu machen, dürfte sich als wenig sinnvoll erweisen. Aber wenn es ihm gelänge, ihre Anwesenheit dort in der Ecke einfach nur zur Kenntnis zu nehmen und zu akzeptieren, wissend, dass so keinerlei Gefahr mehr von ihnen ausgeht - das wäre doch absolut grandios!

„Mein Engel, wie geht es dir?" „Lilly, wir schaffen das! Ich glaube, wir wuppen das. Ich wüsste nicht, wie ich das ohne dich hinbekommen sollte, kleine Maus.

Wir schaffen das hundertprozentig. Gemeinsam. Ich danke dir von ganzem Herzen. Wie kann ich das jemals im Leben wieder bei dir gutmachen?"

Andreas war also nicht nur körperlich stark, er war es auch psychisch. Er zog voll mit. Monatelang hatte ich das Gefühl, ich ziehe seinen Karren allein aus dem Dreck und von da an kam er streckenweise auch schon ohne mich gut zurecht. Ich empfand unglaubliches Glück darüber, dass ich die schlauen Erkenntnisse der vielen Bücher, die ich damals aufmerksam gelesen hatte, sinnvoll weitergeben durfte. Er konnte alles gebrauchen und ganz besonders die eigene Erfahrung, dass man Gefühle, wenn sie ihn überrollen wollen, durch simples Wahrnehmen und Einschalten seines Verstandes unter Kontrolle bekommen kann. „Du bist dem nicht hilflos ausgeliefert, Andreas. *Du allein* bist Herr in deinem Haus, niemand sonst!"

An manchen Tagen jedoch fühlte er sich schon morgens angeschlagen. Er war nervös, schwankte stark, lag total neben der Spur und musste deshalb zu Hause bleiben. Für mich bot sich dann dadurch eine gute Gelegenheit, mich wieder einmal vom Wahrheitsgehalt solcher Informationen zu überzeugen. Hier ging ja schon oft einiges daneben. Auf dem Weg zum Einkaufen fuhr ich dann kurz an der Praxis vorbei, um zu schauen, ob sein Auto auch tatsächlich nicht dort vor der Tür stand. Nein, stand es nicht, er hatte die Wahrheit gesagt. Das änderte sich aber bald.

Aber die Entschärfung solch problematischer Situationen stellte mich erst einmal zufrieden und er dürfte das auch so gesehen haben, weil er doch spüren musste, dass es ihm Macht verschafft. Macht über sich selbst. Ich teilte ihm jedoch auch meine Befürchtung mit, dass das noch nicht alles gewesen sein wird. Die beiden, Herr Missbrauch und Frau Angst, die hatten bislang nur einen *Fuß* in die Tür gestellt, da käme sicherlich noch so manches hinterhergekrochen. Gefühle, vermutete ich, die alle noch an die frische Luft drängten. Aber was immer da auch sonst noch auftauchen sollte, wir würden damit fertig werden.

Drei Wochen Reha gingen zu Ende. Ich schickte Andreas eine Mail, in der ich ihm mitteilte, dass ich in zwei Tagen nach Hause käme. Ich hielt den Text neutral, weder *Bärchen* noch Ähnliches. Unverzüglich kam die Antwort: „Schluss jetzt damit. Es wird keine weiteren Behandlungen mehr geben, keinerlei Zusammenkünfte irgendwelcher Art. Ich wünsche dir und Toni alles Gute. A."

Hm. Eine Stunde bevor ich diese Mail erhielt, hatten wir uns noch bis zum blödewerden geliebt. Ich bat weder um weitere Behandlung noch um irgend ein sonstiges Treffen. Keine Rede davon. Was, also, sollte das? Das funkte mir mein Gehirn noch kurz zu, bevor mich der eben gelesene Text wie ein Faustschlag voll erwischte. Der traf mich an *meiner* Trauma-Kante. Ich hatte erneut dieses unerträgliche Gefühl, wieder einmal nur benutzt worden zu sein. Von der Zeit, die ich mir für ihn vom realen Leben abzweigte, will ich gar nicht sprechen, das geschah freiwillig, gerne, ein Geschenk, um es einmal so auszudrücken.

Und ich rechnete mit keinerlei Gegenleistung. Doch, Respekt. Ich erwartete von ihm, mit Respekt behandelt zu werden und nicht wie ein lästiges, oder noch besser ausgedrückt, wie ein überflüssiges Insekt.

Es fühlte sich an, als läge meine Seele gerade im Sterben. Unfassbare Enttäuschung und grenzenlose Traurigkeit breiteten sich in mir aus und es blieb keinerlei Raum mehr für andere Gefühle. Andreas war weg. Ich spürte seine Energie nicht mehr und das war auch gut so.

Ohne ihn zu leben, kam mir nicht nur völlig fremd vor, es gesellte sich auch noch Leere zu den ohnehin schon dummen Empfindungen. Und Gleichgültigkeit. Nichts bereitete mir noch Freude. Und am nächsten Tag sollte ich entlassen werden, zurück zu Toni, zurück in mein altes und doch neues Dasein. Ich antwortete Andreas kurz: „Hallo, tut mir leid, wenn ich dir das Leben schwergemacht habe, das lag nicht in meiner Absicht. Nur, dummerweise, fand ich keinen Aus-Knopf, ich hätte ihn sonst betätigt. Ich wünsche Euch auch alles Gute. Liebe Grüße, Lilly." Danach zog ich mich wieder zurück in den Kokon aus nichts.

Mein Zimmer lag im achten Stock und hatte einen riesigen Balkon hin zur Ostsee. Schnee lag überall, es herrschte bitter eisige Kälte, das Kurgelände lag hell erleuchtet vor mir und man hatte freie Sicht über das Meer. Im Grunde genommen schön, doch diese Erkenntnis tauchte nur im Kopf auf. Aus meiner Dumpfheit heraus bahnte sich ein Druck an die Oberfläche, der unerträglich zu werden schien. Ich hielt es nicht mehr aus. Fünf Schritte trennten mich von der Balkontür. Dann noch einmal zwei oder drei bis zum Geländer. Acht Stockwerke, das bedeutete eine Höhe von mindestens zwanzig Metern. So viel Schnee konnte da unten gar nicht liegen, um den Aufprall ernsthaft abzumildern. Das dürfte also gehen.

Aber, ehrlich gesagt, *wollte* ich überhaupt nicht tot sein, nur diesen blöden Druck, den musste ich unbedingt loswerden. Ich dachte an Toni. Das wäre natürlich schlimm für ihn, jetzt, nachdem ich ja genau betrachtet alles überstanden hatte. Mag sein, es könnte ihn mit der Zeit trösten, dass er nicht mehr so viel Frischluft im Haus ertragen müsste. Und mit der Kaffeekanne dürfte er dann auch den Boden in der Küche voll kleckern, ich könnte ja niemals mehr etwas dazu sagen.

Stunden vergingen, ich spürte Andreas' Nähe wieder. Der *Kleine* schlich herbei, kuschelte sich an mich, seine Tränen liefen an meinem Hals entlang. „Warum weinst du, *Kleiner*?" Wieso sollte ich ihn ignorieren, er konnte ja nichts dafür. „Weil *er* weint", lautete die Antwort. Das fiel mir natürlich nicht auf, denn ich hatte aufgehört, hinzufühlen. Aber jetzt nahm ich es auch wahr. Andreas wurde regelrecht durchgeschüttelt von Weinkrämpfen. Noch einer, der leidet, dachte ich und streichelte ihm über das Haar. „Bitte geh nicht, Lilly, ich lass dich nicht ziehen. Ich liebe dich echt mehr als alles Andere auf der Welt, das musst du mir glauben. Ich weiß einfach nicht, wie es weitergehen soll, mit dir und Laura, ich weiß es nicht." Ich glaubte ihm. Ich ahnte es ja. Und ich spürte den lästigen Druck in meinem Unterbauch. Der *Kleine*.

Ich überstand diese Nacht. Am kommenden Morgen fuhr ich nach Hause und versuchte wieder den Einstieg zu finden in den täglichen Ablauf unseres gemeinsamen Lebens. Man ist immer noch im Krankenhaustrott, die ersten Tage nach der Abreise. Man denkt viel an die Mitpatienten, die Gedanken kreisen regelrecht noch in diesen anderen Bahnen, die Gerüche hängen einem noch in der Nase und nur ganz langsam kehrt die Erkenntnis ins Bewusstsein zurück, dass man wieder zu Hause ist.

Toni zeigte sich erleichtert und glücklich, Andreas verhielt sich wie immer, aber er hatte offenbar mehr Ruhe mit meiner Existenz gefunden, zumindest hörten die Versuche, ohne mich zu leben, vorerst auf. Ich verwendete viel Kraft für mein Lauftraining, das ich, der Witterung zum Trotz, konsequent durchzog. Das gab mir die Lebensfreude zurück, zumindest stufte ich die kleinen glücklichen Momente nach dem Training als solche ein. Zu schön, am späteren Nachmittag auf dem Deich am Meer entlangzulaufen! Wenn die tief stehende Sonne gerade noch schräg genug auf das Wasser fällt, um dieses wunderschöne Glitzern auf die Oberfläche zu zaubern. Das kann ich stundenlang genießen. Ein Anblick, der mich zutiefst berührt und der mir immer wieder wohlige Gänsehaut verschafft. Glücksgefühle.

Es ist übrigens kein Scherz, ich spüre es, wenn Endorphine rieseln. Das fühlt sich in der linken Hälfte des Kopfes an wie leichter, angenehmer Schneefall, ein Phänomen, das mindestens schon seit zwanzig Jahren bei mir auftritt. Und dass Dopamin in der rechten Kopfseite produziert wird, weiß ich, seit ich Andreas kenne. Wir beide sprachen darüber, als er noch zu mir nach Hause kam, er kann die Ausschüttung dieser Hormone auch körperlich wahrnehmen.

Aber am wichtigsten war es mir im Augenblick, zu spüren, dass Toni sich zunehmend entspannte, wieder mehr Freude am Leben verspürte. Ich kochte für ihn mittags besonders schöne Sachen, er isst unglaublich gern, was man ihm nicht im geringsten ansieht, dem Glückspilz.

Der Frühling kam und wir schmiedeten Pläne. Wir wollten vieles nachholen, hatte ich doch in den letzten zehn Jahren auf so manches verzichten müssen wegen meiner körperlichen Gebrechlichkeit. In den Monaten Januar und Februar sind wir meist für sechs Wochen nach Teneriffa geflogen. Wir mieteten uns dort einen netten Bungalow, natürlich mit Meerblick, und ich achtete darauf, dass es dort einen beheizten Pool gab. Entweder einen Gemeinschaftspool für mehrere Häuser zusammen oder aber einen für uns ganz allein. Ich brauchte einen vernünftigen Einstieg. Eine richtige Treppe kam mir da entgegen, eine schlichte Einstiegsleiter war für mich und meine Behinderung eher ungünstig.

Die Räumlichkeiten mussten ebenerdig sein, ein Parkplatz immer direkt vor unserer Tür liegen – dann wurden es meistens entspannte Wochen. Bis auf das letzte Mal. *Der* Urlaub entwickelte sich zu einer glatten Katastrophe, nichts ging mehr, ich hatte nur noch Schmerzen, nie wieder durfte es so etwas geben.

Ja, wir versäumten viel. Zehn kostbare Jahre, die an uns vorbeiliefen. Wir wollten alles nachholen, Toni und ich. *Alles*!

Kapitel 18

Jeder von uns kennt den Satz – wir liegen auf der gleichen Wellenlänge. Und das ist ja bekanntlich schon viel, wenn das zwischen den Menschen der Fall ist. Bei Andreas und mir ging das Ganze jedoch noch einen Schritt weiter. Wir fühlten dasselbe. Und wie verhielt es sich mit unseren Gedanken? Waren auch die gleich? Keine Ahnung. Jedenfalls konnten wir gemeinsam richtig schön in Schwingungen geraten, das zeigte sich am besten dann, wenn wir zusammen Musik hörten. Es funktionierte nicht, wenn ich ohne ihn den Klängen lauschte, den Unterschied spürte ich genau. Und er natürlich auch. Nur wenn wir uns beide bewusst auf die Situation einließen, konnten wundervolle Melodien in der Lage sein, uns regelrecht den Boden unter den Füßen wegzureißen.

Andreas hatte Angst vor diesen Schwingungen. Als wir uns im Oktober zum ersten Mal liebten, nahm ich sie auch erstmalig wahr, danach ging, zumindest er, der Sache aus dem Weg. Vermutlich empfand er das Ganze als unheimlich, hatte regelrecht Panik davor, von den Wellen mitgezogen zu werden. Ich nicht. Ich fand es wunderschön.

Es sind seit dem ersten Erlebnis ja einige Monate ins Land gegangen und ich stelle fest, dass Andreas mit diesen *Erscheinungen* regelrecht experimentierte. Ganz bewusst ließ er sich umwerfen. Wie jemand, der todesmutig mit offenen Augen in eine extrem hohe Brandungswelle läuft, nur um zu sehen, was passiert. Er bat mich, unsere Musik einzuschalten, Leonard Cohen mit dem Titel Halleluja, und er gab sich den Schwingungen hin, hielt es aus bis zum Ende, fiel dann aber in eine Art Erstarrung. „Was ist los, mein Herz, hat es dich umgehauen?" „Ja, du, ich kann überhaupt nicht mehr klar denken. So etwas habe ich noch nie erlebt." Nein, ich auch nicht, aber das wusste er ja bereits. Er übte weiter, Musik zu hören, einmal mit und dann wieder ohne Schwingungen. Er hatte also durchaus Möglichkeiten, sie zuzulassen, oder aber nicht. Das gelang mir nicht. Kein Schaltknopf vorhanden.

Und er stellte bald fest, dass wir bei der Liebe diese Gefühle auch haben konnten, egal ob die Musik spielte oder nicht. Und natürlich kam er schnell dahinter: Das ist es! Alles andere schmeckt wie *kalter Kaffee*. Und je mehr er das übte, desto deutlicher wurde es für ihn: Da funktionierte etwas ausschließlich zwischen uns beiden, weder bei einer Begegnung mit Laura noch bei sich selbst, war er in der Lage, derartige Empfindungen wahrzunehmen. Unglaublich schön, dass er es immer öfter schaffte, sich den Naturgewalten auszusetzen und somit zu begreifen, dass es nicht bedrohlich ist.

Andreas litt nicht mehr unter der Ohnmacht den Gefühlen gegenüber, sondern er genoss es regelrecht, sie steuern zu können, zumindest was die Frage nach ja oder nein betraf. Und stopp. *Die* Taste hatte er offensichtlich auch.

Mit dem Sprechen haperte es an der Stelle aber gewaltig. Was immer ich ihn in Bezug auf dieses Thema fragte, ich erhielt niemals eine Antwort, nicht einmal eine ausweichende. Entweder hörte er meine Frage nicht, er empfand sie als unangenehm, oder sie prallte aus irgend einem anderen, mir unverständlichen Grund, einfach an ihm ab. Wie die Wasserperlen an meiner Duschkabinentür. Keine Ahnung. Aber seinen Mut bewunderte ich trotzdem, oder gerade deswegen. Sich mit einem scheinbar unerfreulichen Kapitel auseinanderzusetzen erfordert immer ein großes Maß an Zivilcourage, und die hatte er!

Leider konnte er oft kein Ende finden. Er übertrieb es maßlos, sich in die Brandungswellen hineinzubegeben. Im Klartext hieß das - Liebe ohne Ende.

Hatte unter Umständen seine Sucht einen neuen Kick gefunden? Das fühlte sich fast so an. Wenn ein Alkoholiker ein edles Tröpfchen bekommt, das er vorher noch nicht kannte, keiner wird glauben, dass die Flasche nach einigen Gläsern wieder verschlossen in den Schrank zurückgestellt wird. No. Die wird dann leergemacht, so wie bei mir der Pralinenkasten, nur, dass ich anschließend nicht bewusstlos in der Ecke liege. Aber genau so schien es Andreas dann zu gehen. Platt, völlig fertig, fühlte sich ganz so an wie ein psychischer Zusammenbruch.

Übel kam es, wenn ich vorsichtig fragte: „Bärchen, meinst du nicht, wir sollten mal ein kleines Päuschen einlegen?" Der Alkoholiker hört an dieser Stelle ganz gewiss, er solle doch gefälligst die Flasche wegstellen, es sei genug. So konnte ich unweigerlich davon ausgehen, dass Andreas sich beleidigt zurückziehen würde. Entweder machte er dann mit Laura weiter oder allein. Egal, bis zum Zusammenbruch.

Also, wenn seine Sexsucht durch die Schwingungen neue Nahrung fand, dann schien das für unsere Bemühungen, da mehr Ruhe hineinzubekommen, in der Tat kontraproduktiv zu sein. Ich für meinen Teil verspüre nach der Liebe immer eine angenehme, tiefe Zufriedenheit, die ich bei Andreas leider vermisste. Doch alles was ich an Gefühlen bei mir wahrnahm, das traf bei ihm auch ein, zeitverzögert allerdings. Über diesen Umstand wollte ich bei nächster Gelegenheit ausführlich mit ihm sprechen. Es musste doch möglich sein mit ihm genau darüber zu reden, und zwar, *bevor* er weglief und weitermachte. Zeit zu gewinnen zwischen den *einzelnen Durchgängen*, das würde doch echt hilfreich sein.

Die Erinnerung an eine frühere Nachbarin holte mich ein. Die sicherste Methode, mir ihren lebenslänglichen Hass zuzuziehen, erreichte ich mit der Frage, ob es denn in der Tat gut sein könnte, morgens um zehn schon das erste Bierchen zu trinken. Solche Taktlosigkeit sollte mir natürlich nie wieder passieren. Aber in Bezug auf Andreas lag ich dann mit der Bitte um eine Pause recht nah dran. So betrachtet nahm ich ihm dann das stundenlange Beleidigtsein nicht besonders übel, sondern sah es als ganz großen Gewinn an, dass er den Groll darüber nach kurzer Zeit bereits abgeschüttelt zu haben schien.

Ja, wenn Toni mitten beim Schokolade essen zu mir sagt, es müsste jetzt reichen, dann knicke ich auch erst einmal gekränkt ein. Habe mich aber sofort wieder im Griff und stimme ihm zu, packe den Rest der Tafel fein säuberlich in das Papier zurück, fühle mich allerdings beschämt bis verärgert darüber, dass ich nicht von selber darauf gekommen bin.

Nach der *Schwingungs-Arie* verstand ich aber plötzlich, dass Andreas mich vorher vermutlich als potenzielle Gefahr betrachtet haben musste. Denn ohne jegliche Bremsmechanismen fühlte er sich mir gegenüber anscheinend völlig ausgeliefert, aber mit Möglichkeiten der Kontrolle schien es ok für ihn zu sein. Kein Wunder, dass er mich so oft aus seinem Leben verbannen wollte. Der Faktor Liebe spielte bislang keinerlei Rolle für ihn?

Da lebt jemand also seit Jahren in einer festen Beziehung, ohne jeglichen Bezug zu tiefen Gefühlen, und das mit einer – drücke ich es einmal ganz vorsichtig aus – mit einer derart schwierigen Sexualität? Die Frau, seine Freundin, ist ja nicht blöde, im Gegenteil, sie hat Abitur, hat studiert, promoviert gerade und steht beruflich am Beginn einer großen Karriere. Gut, beziehungsabhängig wird sie schon sein, aber trotzdem kann es ihr doch nicht entgehen, dass ihr Freund sexsüchtig ist. An normalen Arbeitstagen fällt das offenbar nicht so drastisch auf, da wird in der Praxis während der Behandlungen ohne Frage eine Menge abgefedert. Zwischendurch noch die schönen Zeiten mit mir, aber dann, dann müsste sie doch im Grunde genommen merken, was da läuft. Spätestens doch aber an den Wochen-Enden.

Ich glaube, der komplette Tagesablauf von Laura und Andreas richtet sich ausschließlich *danach*. Mir fiel es auf, dass sie über lange Zeiträume hinweg selten gemeinsam etwas unternahmen, und wenn, dann immer nur für ein oder zwei Stunden. Damit man sich dann, um jeden Preis, wieder rechtzeitig auf der Matratze einfände? Gemütliche Zusammenkünfte mit Freunden, oder so, ließen sich bislang auch noch nicht ausmachen. Entweder verheimlichte er mir solche Treffen oder es gab sie tatsächlich kaum. Das könnte zum Beispiel eine Erklärung für die massive Eifersucht sein, wenn so etwas bei Toni und mir anlag.

Ein Gedanke drängt sich bei mir in den Vordergrund: Exakt eine halbe Stunde, bevor Laura von der Arbeit nach Hause kommt, spüre ich immer eine spezielle Art von Wärme und Vibration im Körper, die nur dann in genau der Form auftritt. Und einen Druck in meinem Kopf, der ganz deutlich darauf hindeutet, dass etwas auf die Festplatte geladen wird. Bei Laura! Das ist nicht bei mir, das klappt doch eh nicht und Andreas hat das mittlerweile begriffen, er lädt bei ihr ab. Augenblicklich wird es mir klar. Der Satz – Du willst es, du willst es jetzt, und zwar nur mich - fällt mir schlagartig ein. Heizt Andreas ihr schon mal den *Ofen auf*, eine halbe Stunde vor Feierabend, und lädt bei der Gelegenheit auch gleich den passenden Text hoch?

Die arme Laura. Somit hätte sie jetzt den *Schwarzen Peter* in die Hand bekommen. Trotz aller Intelligenz könnte sie sich nicht, weil ferngesteuert, gegen die empfangenen Impulse wehren. Sie eilt schnell nach Hause, wo dann die Korken richtig knallen können, bei stundenlanger Liebe, begleitet von Sätzen wie: Ach, mein Mäuschen, ich bin krank vor Sehnsucht nach dir, möchte den ganzen, langen Tag überhaupt nichts anderes machen. Der Text könnte sich in Ruhe paaren mit ihrem Gefühl, *sie* sei diejenige, die ohne jegliche Kontrolle ist. Und derart beeinflusst dürfte echt jeder blind sein vor der Realität. *Der* Schachzug, sollte es einer sein, der bewusst gemacht wird, wäre jedenfalls genial. Und in dem Zusammenhang kann ich es verstehen, dass Männer ihre Liebste gern *Mäuschen* nennen. Kein böses Verplappern möglich, mit diesem Kosenamen.

Hin und wieder fragte Andreas mich, was Toni und ich uns abends im Fernsehen anschauen werden, eine Frage, die er überhaupt nicht zu stellen bräuchte, wusste er doch auch so stets, was bei uns auf dem Programm stand. Aber vermutlich wollte er mir damit signalisieren, dass er bei mir sein werde, was wiederum auch nicht nötig tat, spürte ich doch sowieso immer seine Anwesenheit, wenn er mir zur Fernsehzeit Gesellschaft leistete.

Mir fiel auf, dass er sich extrem stark mit einer Figur identifizieren konnte und dann in der Rolle regelrecht mitging, besser gesagt, mitlitt. Ich bevorzuge ernst zu nehmende Dramen, die mindestens mit drei Sternen ausgezeichnet sind. Wenn die dann auch noch autobiografische Züge tragen, kann kaum noch etwas schiefgehen. Das gefiel ihm.

Beim Einsetzen stimmungsvoller Musik erwachte oftmals auch seine Sehnsucht, und zwar, einige Sekunden *bevor* die Töne erklangen. Ich bleibe dabei, wie damals, als bei mir das Telefon im Schlafzimmer klingelte, während er neben mir saß: Andreas hörte das Klingeln *vorher*.

Zu derart schönen Klängen gehörten dann natürlich auch Schwingungen dazu. Das konnten wir ja inzwischen beide genießen. Visuelle Reize, das mochte eine Liebesszene sein oder auch nur ein kurzer Moment, in dem jemand nackt im Bild auftauchte, wurden spontan umgesetzt. Keine Zeitverzögerung.

Sofort gingen die Lampen bei ihm an. Es erinnerte mich an meine zweihundert Osram-Birnchen, die sich bei mir immer dann einschalteten, wenn ich an ihn dachte. Damals, vor gefühlten zwanzig Jahren, in Wirklichkeit handelte es sich aber nur um wenige Monate.

Toni und ich sehen auch gerne Kabarett-Sendungen, Satire also, da gibt es zwar musikalisch wenig zu genießen, aber ich kann wieder einmal so richtig lachen. Das fehlte mir, ich merkte das an solchen Beiträgen ganz deutlich. Andreas schien von diesen Satire-Sendungen nicht allzu viel zu halten, der Grad der Begeisterung hielt sich zumindest in Grenzen. Warum? Er ist ein intelligenter Mensch, interessiert und meines Erachtens auch aufgeschlossen, wieso laufen ihm sozialkritische Themen, Sarkasmus und Zynismus die Backe entlang?

Richtig schwierig wurde es, wenn ich laut anfing, zu lachen. Schweigen machte sich auf der anderen Seite breit. „Andreas, was ist los? Klang das eben für dich nicht komisch?" Er hatte sich total beleidigt zurückgezogen. „Bärchen, liebes, liebes Bärchen, ich habe eben nicht über dich gelacht, sondern über den Auftritt im Fernsehen, auf keinen Fall über dich!"

Meine Gedanken fingen an zu kreiseln, sammelten sich alle an einer ganz konkreten Stelle. „Warum haben sie dich damals ausgelacht, mein Herz?" Stille. Ich hakte vorsichtig nach: „Weil du so oft ins Bett machtest?" „Ja, auch, und weil er immer stand." Wusste ich es doch. Leise sagte ich zu ihm: „Das ist vorbei, du, das ist lange schon vorbei, aber es ist wichtig, dass du den Kummer darüber heute spürst." Ich strich ihm zärtlich über das Haar, er liebte diese Berührung ja genau so sehr wie ich.

Hin und wieder sahen wir auch Tierfilme, die ich immer dann besonders rührend finde, wenn Tierbabys die Hauptdarsteller abgeben. Niemals kann ich mich daran sattsehen, wenn diese kleinen, tapsigen Wesen ungeschickt übereinander purzeln oder wenn sie in andere lustige Szenen verwickelt sind. Einmal fragte Andreas mich: „Was ist damit, Lilly?" Ich antwortete ihm: „Die finde ich zu niedlich! Süß, wie die Kleinen da miteinander kuscheln. Empfindest du das nicht, mein Engel?"

Wochen später begegnete uns eine ähnliche Szene wieder. Andreas fragte: „Da geht dir jetzt das Herz auf, Mäuschen, das findest du niedlich, richtig?" Sein Tonfall klang ganz sanft und weich, ganz so, als ginge es ihm genau so.

Inzwischen war der Frühling gekommen, die für mich allerschönste Zeit des Jahres, und ich lebte als absolut gesunder Mensch mit vier neuen Gelenken. Wie schön! Mein tägliches Lauftraining am Meer entlang führte ich ja tapfer weiter.

Ich hatte allerdings die mir inzwischen verhassten Gehhilfen gegen schöne neue Nordic Walking - Stöcke ausgetauscht. Die sollten mir auf längeren Etappen ein kleines Gefühl von Sicherheit geben. Ich war so stolz auf die Strecke von 1,2 Kilometern, die ich in wenigen Minuten hinlegte. Anfangs noch mit einer Pause zwischendurch auf einer Bank, kurze Zeit darauf schaffte ich die Distanz dann aber nonstop. Meine Laufstrecke führt an der Ostsee auf dem Deich entlang, ein schmaler, aber, zum Glück, eben gepflasterter Fahrweg angrenzend an die Sanddünen.

Der Blick auf die See ist für mich bei jedem Wetter faszinierend, egal ob das Wasser an ruhigen, sonnigen Tagen glänzt wie flüssiges Silber, oder ob Sturm die Gischt wütend an den Strand wirft. Ein wundervolles Schauspiel, und ich hatte endlich wieder das Gefühl, mit der Natur eins zu sein.

Toni wollte mich beim Laufen gern begleiten, aber, um ehrlich zu sein, ich hatte wahrhaftig keine Lust, mich durch seinen wesentlich schnelleren Schritt ständig aus dem Tritt bringen zu lassen. Und nahm er mein Geh-Tempo an, dann fühlte er sich ausgebremst. Das brachte uns also beiden nichts, besser schien es demnach zu sein, jeder würde für sich laufen. Zusammen an den Deich zu fahren, ok, dann aber trennten sich unsere Wege wieder, und ich sammelte ihn später an einer verabredeten Stelle ein.

Das Austauschen der Gehhilfen gegen die Stöcke sah aber einfacher aus, als es war. Mich packte maßlose Enttäuschung über meine Leistung, brauchte ich doch bereits nach dreihundert Metern eine Pause, nach sechshundert Metern war ich total fertig, und den gottverdammten Rückweg konnte ich nur noch heulend und fluchend hinter mich bringen. Spürte ich da etwa Sehnsucht nach den Gehhilfen? Ich fing ja bei null wieder an! Halt, nein, ich fing bei fünfzig Prozent an, das ist ein himmelweiter Unterschied und den hatte ich zu akzeptieren. Der Wechsel zwang mich, von nun an mein komplettes Körpergewicht auf die Beine zu übertragen, ohne Chance, etwas davon über die Arme auf die Gehhilfen verlagern zu können. Das hatte ich voll unterschätzt, aber gut, dann ging es halt weiter bei fünfzig Prozent.

Im Juni konnte ich zum ersten Mal nach drei Jahren wieder in der Ostsee baden. Ich glaube, in dem Moment war ich der glücklichste Mensch auf diesem Planeten. Den festen Sand unter den Füßen spürend, das warme Wasser in sanfter Berührung um mich herum, wiedergewonnene Freiheit, Glück. Wie oft hatte ich in meinem Krankenhausbett gelegen und in Zeiten völliger Niedergeschlagenheit diesen Augenblick herbeigesehnt. Da verzweifelt im Bett liegend hatte ich es gespürt, das schöne, warme Wasser und den Sand zwischen meinen Zehen. Ich kann nicht sagen, wie oft mich diese Vorstellung getröstet hatte.

Kapitel 19

Ich nahm mir fest vor, die Lösung *meiner* Probleme erst einmal hinten anzustellen, speziell denke ich an die Auseinandersetzung mit meinem Trauma. Aber immer häufiger spüre ich, wie heftige Wut in mir aufsteigt und ich wehre mich dagegen, dass Toni das alles ertragen muss. Ich merke, dass ich oft unnachgiebig bin, stur könnte man sagen, und das zwingt mich jetzt, näher hinzusehen.

Intoleranz und Wutausbrüche sind recht neu für mich. Da hatte ich aber lange Zeit nie ernsthaft ein Thema mit und klar ist mir auch, dass Toni auf keinen Fall für diese Ausbrüche verantwortlich sein kann, allenfalls ist er der Auslöser.

Ich kenne aber jemanden, der an der Stelle regelrecht *geglättet* wirkt, der zu keiner Zeit hemmungslos herumschreit, niemals offen kritisiert und schon gar nicht vor Wut schäumt. Andreas. Wenn ich einmal die körperlichen Angriffe, die er während seiner Karibik-Reise gegen mich getätigt hatte, außer Acht lasse, dann habe ich ihn niemals richtig wütend erlebt. Reagiere ich womöglich deswegen so heftig, was das Thema Wut anbelangt?

Unten im Wohnzimmer steht meine psychologische Sammlung, Bücher, von denen ich mich bis heute nicht trennte, obwohl sie zum Teil schon dreißig Jahre auf dem Buckel haben. Beispielsweise das Buch „Wohin mit meiner Wut?" Es ist furchtbar lang her, dass ich es zuletzt in der Hand hatte. Ich schlage zwar oft etwas nach, wenn ich gerade an einem besonderen Thema dran bin, aber Wut – nö, da hatte ich seit ewigen Zeiten nichts mit am Hut.

Entsprechend dünn fiel auch mein *Background* aus. Das schrie geradewegs nach Änderung und darum nahm ich mir vor, es noch einmal zu lesen. Leider eignete sich diese Lektüre nicht, mich zu beruhigen, in keinerlei Weise, ich wurde immer aggressiver. Was war bloß los mit mir? Ich bin kein Mensch, der ständig seinen Ärger unter die Teppichkante kehrt, insofern kann sich da bei mir auch nicht großartig irgendetwas aufgestaut haben. Ich legte eine Kleinlichkeit an den Tag, vor der ich selbst erschrak, und fing an, Toni wegen Nichtigkeiten zu kritisieren. Deshalb brauchte ich mich über den ständigen Streit nicht zu wundern. Toni ist zwar ein gutmütiger Mensch, aber alles lässt er sich auch nicht gefallen.

„Bärchen, was ist nur los mit mir? Ich schäume vor Wut, könnte mich an den Fingernägeln die Wände hochziehen und lasse keine Gelegenheit aus, einen Streit anzuzetteln. Spürst du das?" Andreas antwortete ganz ruhig: „Ja, mein Mäuschen, ich merke, dass bei euch Stress herrscht." Seine Ruhe ging mir auf den Nerv, brachte mich wieder auf die Palme: „Andreas, ich möchte nicht wissen, ob du merkst, dass wir uns streiten, ich will wissen, ob du meine Wut spürst!" Keine Antwort.

„Verdammt noch mal, kennst du so etwas denn gar nicht? Warum ist da bei dir ein Loch? Das ist doch unnormal. Jeder Mensch ist doch hin und wieder mal ärgerlich, nur bei dir nehme ich da so überhaupt nichts wahr. Hast du noch niemals den Wunsch verspürt, jemandem voller Wut den Schädel einzuschlagen?" Die Antwort, schlicht und kurz: „Nein."

Ich tobte: „Oh ja, ich schon! Was glaubst du, was ich gelegentlich für einen Hass auf meine Eltern habe. Wie die mich behandelt haben, die ganzen Jahre! Klar könnte ich das jetzt für mich rationalisieren, indem ich mir vor Augen halte, wie schwer sie es damals hatten. Aber ich trug für dieses Elend nicht die Verantwortung. Ich war nicht schuld daran! *Sie* hatten sich das Leben so eingerichtet, *sie* ließen mich im Stich und sorgten nicht dafür, dass aus mir ein glücklicher und zufriedener Mensch werden konnte.

S*ie sind schuld*! Mit welchem Recht bretterten sie ständig über meine Bedürfnisse hinweg? Sie haben mich von Anfang an abgelehnt, mich wie einen Wanderpokal weitergereicht, haben meine Seele mit Füßen getreten, haben mich gekränkt und gequält, beschimpft und beleidigt. Sie haben sich ausschließlich um sich selber gekümmert. Ich ging ihnen am Arsch vorbei! Und weißt du, mein Engel, was sie verdient haben? Nein? Dann zeige ich es dir jetzt mal, zu was ich fähig bin, wenn ich vor Wut so richtig koche!"

Andreas verhielt sich mucksmäuschenstill. Kein Ton war zu hören. Ich glaube, er hatte Angst, aber das interessierte mich ausnahmsweise einmal *nicht*. Ich hatte mich in Rage geredet und es sollten Taten folgen. Ich wollte ihnen die Schädel spalten, jetzt, sofort!

Ich stellte mir eine winzige Kammer vor, komplett weiß gekachelt, kein Fenster, kein Tageslicht, nur eine Deckenlampe gab ihr unerfreulich grellweißes Licht ab. Schlachtereien haben solche Räume, da werden Tiere getötet und weiterverarbeitet. Ich stellte zwei etwa achtzig Zentimeter hohe Hauklötze darin auf, so runde Teile eines dicken Baumstammes, die unten ganz eben abschließen, um fest auf dem Boden stehen zu können. Die wackelten keinen Millimeter hin und her. Eine herrliche Unterlage.

Mein Vater kam zuerst dran. Mit einem kräftigen Säbelhieb trennte ich seinen Kopf vom Körper, stellte ihn auf den Hauklotz, und empfand zum ersten Mal im Leben Glück darüber, diesem ausdruckslosen Blick zu begegnen. Nun hatte er ein Anrecht, so zu gucken! Das Blut lief am Baumstamm runter, tropfte auf den weißen Boden, bildete scheußliche rote Lachen. Fein, da sollte gleich noch mehr dazukommen! Ich nahm eine Axt in die Hand, nein, ich griff mit beiden Händen zu, um mehr Kraft aufbringen zu können. Ich spaltete ihm den Schädel. Ein Hieb folgte dem Nächsten. Jetzt spritzte nicht nur das Blut, es flogen auch Knochensplitter durch die Gegend, Gehirnmasse setzte sich an den schönen, hell gekachelten Wänden fest, und ich schlug und schlug und schlug. Bis der Kopf nur noch aus breiiger Masse bestand, bis das zu Lebzeiten bereits tot aussehende Gesicht nicht mehr erkennbar war. Das hatte aber gutgetan!

Und dann sie. Ein wenig zögerte ich. Sie trug nicht die Hauptschuld, das ahnte ich, aber sie war so etwas wie ein Mitläufer und *meine Mutter*. Sie hätte mich in jedem Fall beschützen müssen, auch gegen seine Tobsuchtsanfälle. Sie hatte es nicht getan. Er war ihr wichtiger. Sie hatte mich einfach geopfert, sie hatte es auch verdient.

Let's go! Dieselbe Prozedur. Kopf ab, Schädel auf den Hauklotz, der erste Schlag war für - du bist *fett und hässlich*. Der nächste für lass das, *du schaffst das sowieso nicht*, den dritten gab es für jede Umarmung, die nicht stattfand, und der vierte Hieb für diesen nichtssagenden, lieblosen Blick, immer wenn sie mich doch mal ansah. Und hier kommt jetzt der letzte Schlag, von Li-a-ne!

Mann, tat das gut! Warum hatte ich das eigentlich nicht schon viel früher gemacht? Ich spürte grenzenlose Erleichterung, gleichzeitig auch eine Art von Stille, die unter Umständen etwas von Erschütterung in sich trug.

Ich sah die Menge an Blut, das ganze Ausmaß des Schlachtfeldes, und weinte.

Andreas zupfte an meinem Bein. „Mensch, Lilly, das hätte ich dir jetzt aber nicht zugetraut, das war ja grauenvoll! Aber sie haben es verdient. Sei nicht traurig, es ist absolut in Ordnung so!"

Ich fühlte mich total erschöpft. Die Tränen liefen mir über das Gesicht, aber ich verspürte keine Verzweiflung über das, was ich getan hatte. Ein leichtes Gefühl von Scham, ich gebe es zu, aber ich wusste auch, dass das rasch wieder vorbeigehen dürfte.

„Ja, mein Herz, die Gedanken sind frei, es ist vollbracht und es ist gut so. Möchtest du das auch probieren?" Keine Antwort. „Bärchen, komm, ich leih dir *meinen Raum*. Das klebt da zwar alles noch an den Kacheln, aber dann wäre es doch zumindest ein Abwasch. Hier, ich stelle dir noch zwei Hauklötze daneben, da, die Axt, das Blut habe ich abgewischt, und jetzt kommt *dein* Auftritt." Keine Reaktion. „Andreas, sie haben dich genauso gequält und vernachlässigt! Denk an die Schritte, morgens um fünf auf dem Flur, und du wusstest, der wollte zu dir.

Du hörst, wie die Tür leise knarrt, sich dann wieder schließt. Du machst die Augen zu, um dich schlafend zu stellen, aber es nützt dir nichts. Schrei doch, beiße ihm in die Hand, wehre dich! Hier, nimm die Axt!" Ich nahm keinerlei Anzeichen von Wut bei Andreas wahr, oder womöglich doch, ich spürte eine heftige Erregung bei ihm, die sich mehrfach und mit voller Wucht entlud. War das seine Art und Weise, Zorn auszuleben? Er weinte ebenfalls. Wir hielten uns in den Armen und trauerten. Der *Kleine* war auch da. Er hatte es allerdings vorgezogen, sich in der geliebten Höhle zu verkriechen, völlig verstört und Schutz suchend.

Ich bin felsenfest davon überzeugt, dass wir an *dem* Tag beide einen wichtigen Schritt nach vorne gemacht haben. Meine Streitsucht ebbte nach *der* Aktion regelrecht wieder ab, zu Tonis großer Freude. Den weihte ich übrigens in dieses imaginäre Szenario ein. Er war richtig stolz auf mich und die eben erbrachte Leistung, kein Scherz, er meinte, das sei lange schon überfällig gewesen.

Andreas' Sexsucht wurde also von Wut gespeist und von Angst, ich verstand es. Wurde die Eßsucht bei mir womöglich auch von einer Wut angefacht, die ich bis dahin nie konkret bewusst empfunden hatte? Ja, um diese Frage sollte ich mich kümmern. Aber nicht jetzt. Später. Erst mussten wir Andreas durch sein Trauma schleusen, und dann wäre auch endlich wieder Zeit für mich da.

„Bärchen?" „Ja, Lilly-Mäuschen?" „Wie fühlst du dich?" „Tja, wie fühle ich mich jetzt?" Eine Antwort zu finden, fiel ihm offensichtlich wieder einmal schwer. „Na, zum Beispiel die spannende Frage, ob du Wut verspürtest bei dir." Er antwortete zögerlich: „Nö, ich fühle mich im Grunde wie immer, ein wenig erleichtert eventuell." Hm. Merkwürdig. Konnte es doch möglich sein, dass bei Andreas zwischen Bewusstsein und Unterbewusstsein keine Verbindung bestand, so dass er nicht merkte, was da ablief? Diesen Verdacht hatte ich ja schon einmal.

Das stelle ich mir vor wie ein Haus mit zwei Etagen, aber es gibt keinerlei Treppe oder Schacht, wodurch die beiden Stockwerke miteinander verbunden wären. Jedes für sich völlig isoliert, aus Beton gegossen, kalt und ohne jeglichen Zusammenhang. Was oben geschieht – keiner weiß es, was unten vor sich geht – auch das bleibt im Verborgenen. Gibt es so etwas? Kann man so leben?

Aber hatte ich überhaupt das Recht, derartig in seiner Seele herumzuwühlen? Ich verspürte das dringende Bedürfnis, mit einem kräftigen Steinbohrer zwischen die beiden Geschosse vorsichtig Löcher zu bohren, gerade eben so groß, dass sich die alte, abgestandene Luft gegen neue, frische, austauschen könnte. Auf keinen Fall aber dürfte es passieren, dass sich die Jahrzehnte lang aufgestaute Wut schlagartig entlädt. Im Schnellkochtopf kommt es auch zur Katastrophe, wenn der Druck zu rasch steigt. Da könnte einem der ganze Kram ganz leicht unkontrolliert um die Ohren fliegen. Sah so unsere aktuelle Situation aus? Wäre ich dieser Aufgabe gewachsen?

„Bärchen, bist du überhaupt damit einverstanden, wenn ich hier abermals das Trüffelschwein spiele und dir den Boden unter den Füßen aufreiße?" Seine Antwort beruhigte mich: „Lilly, mach, ich glaube, du verstehst da was von." „Danke, mein Herz, für dein Vertrauen. Ich werde aber ganz sicher des Öfteren erneut der Überbringer schlechter Botschaften sein. Ich hoffe nur, dass du das dann wirst auseinanderhalten können, und nicht wieder auf mich losgehst. Früher köpfte man ja solche Abgesandte kurzerhand. Das haben wir aber hinter uns. Auf keinen Fall darf das nochmal passieren. Verstehst du, was ich damit sagen will?"

Nachdenklich erwiderte er: „Karibik?" Oh, bestand da doch eine Verbindung? Er wusste, was er getan hatte. „Ja, Andreas, genau das meine ich. Und du darfst nie vergessen, dass ausschließlich du der Baumeister deines Hauses bist. Ich kann im besten Fall erkennen, welche Materialien du verwendetest, aber wenn es darum geht einzusehen, dass irgendwelche Dinge marode sind und du sie besser flachmachen solltest, dann kann das nur passieren, wenn du es auch zulässt. Beim Abreißen bin ich dir gern behilflich, aber wie dann alles wieder neu aufgebaut wird, das bestimmst du ganz allein. Nur du. Niemand sonst.

Die Menschen um dich herum, mein Engel, die sind austauschbar, nimm als Beispiel Laura, nimm auch mich. Es werden danach noch einige kommen. Aber wenn du immer Herr im eigenen Haus bist, kann dir das egal bleiben. Wenn du jeder Zeit weißt, wer du bist, dann findest du stets deinen Rückzugsort. Und kein Ereignis kann dich im Leben mehr komplett aus der Bahn werfen, wenn du erst einmal auf der eigenen Spur fährst. Wir schaffen das, Bärchen, *du bist nicht allein.* Wir schaffen das!"

Ein wichtiges Mosaik-Steinchen schien gefunden zu sein. Wut und Angst speisen die Hypersexualität. Wut, die, wer weiß wie lange, verschüttet lag, denn er nahm sie nicht wahr. Jedenfalls nicht als Wut.

Andreas streichelte meine Narbe. Er weinte. Und ich mit ihm. Ich hatte eben meine Eltern erschlagen. Gut, genau betrachtet waren sie schon eine ganze Weile für mich tot, aber so deutlich hatte ich die Tatsache noch nie vor mir gesehen. Ich schaute auf die Hände. Blutig. Ich sah mich noch einmal um in dem gekachelten Schlachtraum, vier Köpfe auf den Hauklötzen, zwei davon total verunstaltet. Mir tat das Herz weh. Mitleid? Reue? Nein, beides nicht, sie hatten solche Behandlung verdient. Mit der Tat würde ich in Zukunft leben müssen. Ich besitze ein Gewissen. *Dieser* Umstand entfernt mich um Lichtjahre von meinen Erzeugern.

Unversehrt stehen die Köpfe von Andreas' Eltern noch da auf den Böcken. Ich kenne sie nicht, weiß also nicht, wie sie aussehen und doch erblicke ich sie beide vor mir. Aber wenn ich in der Tat in der Lage bin, die Dinge so zu sehen wie er sie sieht, dann wundert mich das nicht. Dann werden die Bilder schon stimmen. In dem Zusammenhang erinnere ich mich an einen

Vorfall, der mich hellauf erstaunte. Andreas glitt mit den Händen an meinen Oberschenkeln entlang, hinauf zu den Hüften, streichelte diese, und ich dachte: Wow, was für lange, schlanke Beine, was für eine schlanke Taille! Ich fühlte das ganz genau. Aber beides ist bei mir Fehlanzeige. Mein Körper sieht doch eher rundlich aus, dürfte sich somit auch total anders anfühlen.

Also nahm ich nicht nur wahr, was in ihm vorging, sondern auch das, was er physisch empfand. Das stand jetzt zweifelsfrei fest.

Richtig Sorgen machte ich mir inzwischen um die große Baustelle, die da anscheinend noch vor uns lag. Ich hatte, wer weiß wie oft, zu ihm gesagt, er möge nicht verzweifeln, wir werden das schon schaffen. Dass sich aber dieser *kleine Spaziergang* im Nachhinein als Marathonlauf entpuppen sollte, das hatte ich mir vor gut einem Jahr auch nicht so vorgestellt. Doch wir sind beide stark, wir geben niemals auf!

Mehr und mehr spürte ich diese tiefe Verbundenheit mit ihm, eine Liebe, die ich so noch nicht erlebt hatte. Andreas ging es genauso, derartiges empfand er für jemand anderen bisher auch noch nicht. Ich glaubte ihm das, ich fühlte es doch. Und trotz dieses Umstands gab es immer wieder die Versuche, aus unserer *Beziehung* auszubrechen. Ich glaube, er zeichnete mich in seinen Gedanken zuweilen als alt und hässlich, zog mir scheußliche Klamotten über, versuchte, mich mit negativen Gefühlen zu überschütten, um mich auf diese Weise auf Abstand zu halten.

Es tat verdammt weh. Aber ich brach an der Stelle nicht mehr zusammen. Mir war zu dem Zeitpunkt völlig klar, dass er nicht gegen *mich* und *meine* Liebe ankämpfte, er kämpfte gegen die *eigenen* Gefühle an. Damit hatte er Probleme. Das akzeptierte er für sich vermutlich nicht, vielleicht wegen Laura, vielleicht aber auch wegen der Sache an sich. Ich versuchte, ihm das genau so zu vermitteln, vergaß aber auch nicht, ihn darüber zu informieren, wie heftig mich diese Zurückweisungen kränkten. „Ich bin ein Mensch aus Fleisch und Blut, mein Engel, kein Schreckgespenst, das nur in der Fantasie besteht. Ich leide dann wirklich. Willst du das so? Liebemachen, schön und gut, aber du lässt mich am realen Leben von dir keinen Anteil nehmen. Du meldest dich nicht per Mail oder Anruf und gibst mir dadurch in der Realität das Gefühl, eine unerwünschte Person für dich zu sein. Ich kann das nicht verstehen. Fühlst du es nicht, wie sehr mich das verletzt?"

„Nein." Entweder wollte er mich jetzt mit der knappen Antwort zur Weißglut bringen, oder er verstand mich wahrhaftig nicht. Egal wie, ich sollte besser von Letzterem ausgehen, da stimmte etwas nicht, ich hatte aber noch keine Ahnung, was. Nur, es perlte wieder einmal Wasser an der Glasscheibe meiner Duschkabine ab. Rückstandslos.

Meine Gedanken in diese Richtung zu lenken, gab mir also den eigenen Empfindungen gegenüber den nötigen Abstand, nicht mehr so emotional zu reagieren wie am Anfang. Trennungsandrohungen kamen so gut wie gar nicht mehr vor, Fluchtversuche dagegen schon. Wie ein Hase schlug er dann Haken, belog mich, fütterte mich mit falschen Informationen, versuchte regelrecht, mich auf das Glatteis zu führen. Es nützte ihm nur nichts. „Bärchen, dir ist schon klar, dass du nicht vor mir wegläufst, sondern vor dir selbst?"

Diese richtig dicken Wurzeln, die da zwischen uns gewachsen waren, beruhigten mich ungemein. Deshalb spielte es für mich überhaupt keine Rolle, was er tat. *Mich* würde er nicht entwurzeln können. Nie mehr. Das ist *meine* Stabilität und die kann von außen nicht zerschlagen werden. Aber traurig machte es mich doch, zu sehen, wie massiv er zuweilen gegen sich selbst zu Kehr ging.

Meine Liebe zu spüren gab mir unendlich viel Kraft, und das Wissen um *seine* Liebe gab mir die notwendige Sicherheit, die ich brauchte, um mich vor den häufigen Abwehrmaßnahmen geschützt zu fühlen. Ich hing wieder im Kokon! Diesmal aber in einem Guten.

Ich glaube, beide haben wir spät gefunden, was uns von frühester Kindheit an zugestanden hätte. Unter Umständen gibt es ja doch so etwas wie eine ausgleichende Gerechtigkeit. Gut, das ist schon ein wenig spät, wenn wir - ich mit Ende fünfzig und

Andreas mit Anfang dreißig - doch noch in den Genuss kommen, diese herrlichen Schwingungen zu erleben. Ich bin echt sicher, dass das eine große Seltenheit zwischen zwei Menschen ist. Aber, wie heißt es doch so schön - besser spät, als nie.

Kapitel 20

Der Sommer kam und mit ihm rückte der Termin für unsere Kreuzfahrt näher. Ich hatte ja bereits vor einem dreiviertel Jahr diese Reise gebucht, als Leckerli, vor meine Nase gehängt, damit ich einen Ansporn haben sollte, alle Operationen so zügig wie möglich nacheinander abzuwickeln. Der Plan ging auf, die Fahrt lag nun vor uns.

Wir hatten wieder eine Balkonkabine gebucht, Toni und ich, diesmal auf Deck acht und etwa in der Mitte des Schiffes, denn da bleibt es bei höherem Wellengang am ruhigsten. Bequem ist es auch, wenn die Kabine nahe am mittleren Fahrstuhl liegt, dadurch halten sich die doch meist recht langen Wege auf so einem Dampfer in überschaubaren Grenzen. Diese Art der Überlegungen stammt noch aus Zeiten, als ich kaum mehr laufen konnte.

Ich bin erstaunt darüber, wie lange es doch dauert, den Status des Behindertseins aus dem Denken raus zu bekommen. Ich bin jetzt nicht mehr hinfällig, aber das muss ich mir ganz oft bewusst machen. Von alleine will diese Tatsache mein Gehirn nicht erreichen. Ich bin auf den Wegstrecken nicht mehr darauf angewiesen, dass ich alle paar Meter eine Sitzgelegenheit finden muss. „Ich bin nicht mehr krank. Ich kann laufen, auch über weitere Distanzen, ich brauche keine ständigen Pausen mehr, ich besitze zwei gesunde Beine." Das war mein Satz, den ich mir wieder und wieder auf die Festplatte spielte, und zwar solange, bis ich ihn verinnerlichte.

Eine Seereise ist wirklich eine schöne Sache. Man kann viel sehen von der Welt, kann sich interessante Dinge anschauen, während das Schiff im Hafen liegt. Oder auch nicht, dann ist der Entschluss, einen Cocktail auf dem eigenen Balkon zu trinken, auch nicht die schlechteste Entscheidung. Egal wie, wir schätzen diese Art zu reisen.

Meine Lieblingsreederei ist die mit den gelben Schornsteinen. Bislang haben wir uns dort immer recht wohlgefühlt. Italienisches Ambiente wirkt, ohne Frage, faszinierend, aber leider oft auch ein wenig überladen, kitschig, könnte man es auch nennen. Doch wenn ich dann den ersten Cappuccino an Bord trinke oder ein Eis vom Stand esse, oh ja, dann genieße ich das italienische Flair unbestritten. Darin sind die Neapolitaner, meiner Meinung nach, nicht zu übertreffen.

Wir sind ja schon viel gereist und haben in unzähligen Hotelbetten übernachtet, mal mehr, mal weniger komfortabel, aber auf *den* Schiffen sind die Betten nicht zu toppen. Alleine die Betthöhe ist echter Luxus, den ich sonst nur vom amerikanischen Standard her kenne. Die Matratze ist nicht zu hart, nicht zu weich, es gibt eine ausreichende Auswahl an Kissen, wir schlafen dort wie im Paradies. Die Größe der Kabine reicht gerade dazu aus, bequem um das Bett herumgehen zu können. Das Bad ist klein aber fein, und auf dem Balkon findet sich Platz für zwei Stühle und ein Tischchen. Bestens. Nur mit den Abmessungen des Kleiderschrankes stehe ich leider oftmals auf dem Kriegsfuß. Kein Mensch kann mir erzählen, dass die anderen alle mit dem Platzangebot klarkommen. Aber zum Glück variiert die Schrankgröße von Schiff zu Schiff.

Echt nervtötend sind die Lautsprecherdurchsagen in etlichen Sprachen. Zu Beginn jeder Reise ist das besonders schlimm, denn Gäste aus aller Herren Ländern wollen schließlich über den Reiseverlauf und die Gepflogenheiten an Bord informiert sein. Zum Glück lässt aber dieses Geplapper nach dem Ablegen zu achtzig Prozent nach.

Bevor das Schiff jedoch ablegt, findet für alle neu an Bord gekommenen Gäste die vorgeschriebene Seenotrettungsübung statt. Schrille Signaltöne und hektisches Stimmengewirr über die Lautsprecheranlage sorgen schon fast automatisch dafür, dass man seine Kabine fluchtartig, hoffentlich *mit* den angelegten Schwimmwesten, verlässt. Dieser Geräuschpegel, der direkt über den Köpfen der Fahrgäste aus den Lautsprecherboxen-Boxen quillt, ist absolut nicht erträglich.

Nach den Fluchtwegen halte ich übrigens beim Betreten unserer Kabine schon Ausschau. In jeder Tür hängt ein Plan, der einem ganz genau zeigt, auf welchem Deck die Rettungsboote vertäut sind. So informiert, kann ich völlig entspannt diese notwendige Übung antreten.

Toni ist immer wieder überrascht, wie wenig man von den mitreisenden 3500 Passagieren auf so einem Schiff wahrnimmt. In den Restaurants und Bars sieht es nicht anders aus als in normalen Hotels, in denen sich zeitgleich etwa fünfhundert Menschen aufhalten, plus Personal. Also, wir fühlten uns wohl. Das Schöne ist, dass jeder Gast am Abend beim Dinner seinen festen Sitzplatz zugewiesen bekommt, und man sich am edel gedeckten Tisch aufs allerfeinste verwöhnen lassen kann. Nein, ich bekomme keine Werbeprämie von der Reederei mit den gelben Schornsteinen, ich mag die einfach.

Der Wohlfühlfaktor so eines Urlaubs steht und fällt mit den Menschen, die abends mit uns zusammen beim Abendessen an einem Tisch sitzen. Bisher hatten wir damit unendliches Glück, diesmal auch. Der immer fröhliche Zugführer aus der Schweiz und seine Gattin wussten von ihren diversen Reisen genau so viel zu erzählen wie wir, das passte wieder, und die Chemie stimmte auch.

Ich fand es nur schade, dass mein Bruder auf diese Reise nicht mitkommen konnte. Auf unserer letzten

Kreuzfahrt durch die westliche Karibik war er mit von der Partie. Was hatten wir für einen Spaß! Brüderchen mag genau so gerne Cocktails wie ich, da haben wir uns die lange Cocktail-Karte richtig rauf und runter gearbeitet. Ganz im Gegensatz zu Toni, der lieber beim Bierchen bleibt. Da kann es in der Tat ratsam sein, das große Getränkepaket, all inclusive, von Anfang an gleich mitzubuchen. Wir gehören zwar nicht gerade zur Gruppe der Kampftrinker, aber pro Tag ein Glas frisch gepressten Orangensaft, einen kleinen Espresso und zwei Cocktails, und der Aufpreis hat sich in jedem Fall gelohnt.

Tobias wäre es in den norwegischen Fjorden mit großer Sicherheit zu kalt gewesen. Ich hatte das Wetter echt unterschätzt. Das Thermometer zeigte, man staune, mitten im Juli nur acht Grad an in Geiranger, da erschien etwas wärmere Kleidung durchaus angeraten. Die dicke Jacke, zum Beispiel. Gab ja genügend Platz im Schrank.

Andreas war traurig, dass er nicht bei mir sein konnte. An der Stelle wurde ich aber langsam abgebrühter. Was heißt *nicht bei mir sein können*? Spielt es irgendeine Rolle, wer von uns sich wo in der Welt aufhält? Völlig egal. Wir fühlen uns doch ohnehin immer und überall miteinander verbunden, egal ob Nordpol, Südpol oder russische Pampa – der Andere ist stets dabei. Das konnte ich also nicht nachvollziehen. Und warum *überhaupt* Traurigkeit? Laura und er wollten doch heiraten, in Kürze. Damals, als er noch real zu mir kam, hatte er ja von ihren Hochzeitsplänen erzählt. Das verstand ich nicht. „Bärchen, warum so bedrückt? Gut, ich bin auf Reisen, aber ihr heiratet in der nächsten Woche, das sind normalerweise die glücklichsten Tage im Leben, wieso also bist du so traurig?" Die Antwort betrachtete ich mit einer gewissen Skepsis: „Lilly, die Feier ist abgeblasen worden. Sie liebt mich nicht wirklich." Tja, das fiel mir sehr, sehr, schwer, das zu glauben.

Ich wurde aus Andreas nicht mehr so richtig schlau. Er liebt mich mehr als alles Andere auf der Welt, hatte mir allerdings in seiner letzten Mail praktisch guten Tag und guten Weg gewünscht. *Er* hatte unsere Pläne, gemeinsam an lukrativ scheinenden Bauvorhaben zu arbeiten, über den Haufen geworfen, *er* war aber auch immer derjenige, der stets nach einer angekündigten Trennung erneut den Kontakt zu mir aufgenommen hatte. Ganz klar ist, dass nur *er* allein durch seine Verweigerung ein kleines Stückchen Normalität zwischen uns verhindert. Da soll der Mensch nicht durchdrehen! Das scheint in weiten Teilen völlig unstimmig zu sein und kostet richtig Kraft, solch eine Fülle von Widersprüchlichkeiten.

Gut, anscheinend wollte er die Situation genau so haben, aber dann brauchte er mir auch nicht die Ohren vollzujammern: "Lilly, ich vermiss dich so sehr." Das tat ich schließlich auch, nur, da krähte kein Hahn nach.

Zum Glück gab es viel Abwechslung auf diesem Schiff, viel Unterhaltsames. Andreas leistete mir bei fast allen Unternehmungen Gesellschaft. Er war auch in der Lage, unterschiedliche Geschmacksrichtungen bei mir wahrzunehmen, da bot es sich glattweg an, heraus zu finden, welchen Cocktail er denn so am liebsten mochte. Und wenn ich der untergehenden Sonne auf dem Balkon nachschaute, dann bemerkte er so manches Mal sehnsuchtsvoll: „Oh Gott, ist das schön, Lilly, ich wünschte, ich könnte jetzt bei dir sein!"

Tja, mein Herz, nichts leichter als das. Dafür gibt es eine ganz einfache Lösung: *Ein einziges* Bauvorhaben erfolgreich abgewickelt, und als Bonbon obenauf zum geteilten Gewinn, könnte so eine Reise dazu kommen. Natürlich für vier Personen, so hätten wir alle etwas davon. Keine Sprengladung unter das reale Leben mit Toni! Genau so wenig wollte ich, dass Andreas Stress in seiner Beziehung bekommt. Ich hatte nie die Absicht, weitere Menschen in meine Probleme mit hineinzuziehen, es machte mir schon genug Mühe, die schwierige Vergangenheit sauber aufzuarbeiten. Warum sollten andere Leute darunter leiden? Nein, das durfte nie passieren!

Darüber, dass er in der Realität scheinbar keinen echten Kontakt zu mir haben wollte, bekam ich schon streckenweise richtig die Wut. Mit Hans und Franz tauschte er im Internet Mails aus, das sah im Grunde genommen doch nicht nach Kontaktarmut aus. Jeder kleine Haufen Fliegendreck auf der Gardinenstange wurde da mit allen möglichen Leuten besprochen, und was mich betraf – was war da los? Hatte er etwa Angst? Ich weiß es nicht, *ich weiß es einfach wirklich nicht.*

Die norwegischen Berge bildeten ein grandioses Stückchen Natur, wahrlich unglaublich beeindruckend! Smaragdgrüne Fjorde, eingerahmt von hohen, steilen Hängen, die das oben angesammelte Wasser in breiten Wasserfällen nach untenhin abgaben, von lautem Getöse begleitet. Welch ein großartiges Schauspiel!

Tiefe Wälder zogen sich kilometerweit an der Uferkante entlang durch eine oft recht menschenarme Gegend mit wenig Anzeichen von Zivilisation. Da wundert es mich nicht, dass so viele Skandinavier Alkoholiker sein sollen. Das wäre ich voraussichtlich auch, wenn ich da in der Einsamkeit ständig leben sollte. Alkoholabhängig oder depressiv. Oder beides. Aber um leere Batterien vollständig wieder aufzuladen, bot dieser Anblick genau das Richtige.

Natürlich gab es auch an Bord die Möglichkeit, Ausflüge zu buchen. Das war aber ein recht teures Vergnügen, zumal wir solch alberne Form des *Viehtriebs* schlichtweg ablehnen. So eine Tour erhält dann schnell den Charakter von Massenabfertigung, das versuchen wir weitgehend zu vermeiden.

Das haben wir früher, in jungen Jahren, auch so gemacht, als die Erfahrungen sich bei uns noch in Grenzen hielten. Heute lieben Toni und ich es eher individueller, das heißt, wir nehmen uns im Hafen ein Taxi, handeln den Preis aus, und lassen uns dann in der vorher vereinbarten Zeit alles Sehenswerte zeigen. Allerdings achte ich penibel darauf, dass uns der Taxi-Fahrer zum ersten sympathisch ist und zum zweiten, dass er ordentliches Englisch spricht, sonst kann so eine Fahrt echt zur Hölle werden. Und wenn dann alles so harmonisch verläuft, laden wir den Taxi-Fahrer auch gern zum Mittagessen ein, falls wir unterwegs ein nettes Lokal entdecken. Da kommt keine geplante Bustour, mit dem zum Teil nervtötenden Geschwafel eines Reiseleiters, jemals mit.

Niemals möchte ich auf diese positiven Erfahrungen auf den von uns privat organisierten Fahrten verzichten. Und von dem nicht unerheblichen Betrag, den wir auf die Weise eingespart haben, wollen wir mal gar nicht reden.

Dem abendlichen Dinner an Bord sahen wir immer mit Freude entgegen. Ja, wenn man schon mittags auf dem Landausflug etwas gegessen hatte, war man gut beraten, den einen oder anderen Gang dann ausfallen zu lassen. Aber, egal ob man etwas essen wollte oder nicht, es war immer wieder spannend, von unseren Tischnachbarn zu erfahren, was *sie* denn am Tage alles so erlebt haben. Da bin ich aber froh, dass die Weinkarte, speziell die Auswahl an Rotweinen, wahrlich gut sortiert war. So einen Abend mochten wir alle gerne am Tisch gemütlich ausklingen lassen.

Zum Glück hatte ich es schon vor Jahren hinbekommen, Toni das Tragen von Jackett und Krawatte schmackhaft zu machen. *Der* Grund, warum er sich lange gegen Kreuzfahrten zur Wehr setzte. In Sachen Kleiderordnung hat sich allerdings in den letzten Jahren viel dort geändert. Ein Smoking ist überhaupt nicht mehr erforderlich, ein dunkler Anzug kann, muss aber nicht unbedingt sein, denn eine schicke Hose und ein gedecktes Jackett sind allemal salonfähig. Wir Frauen haben mit unserer Garderobe ohnehin keine Probleme. Aber zur Vorsicht steht in der Bordzeitung, die am Abend immer unter der Tür durchgeschoben wird, ausführlich drin, wie man sich beim nächsten Dinner am besten kleiden sollte. Leger, elegant, festlich – da kann dann jeder ganz in Ruhe in seinen Schrank schauen.

Wenn man so in südlicheren Gefilden unterwegs ist, dann finde ich es richtig schön, abends, also nach Einbruch der Dunkelheit, auf dem Balkon zu sitzen und dem ständigen Rauschen der sich durch den Bug des Schiffes teilenden Wellen zu lauschen. Das entfällt leider auf so einer Nordkap-Tour wegen der Temperaturen.

Andreas und ich liebten uns auch weiterhin. Aber davon bekam ja niemand etwas mit. Kein so ganz leichter Akt, ihn aus seiner Niedergeschlagenheit heraus zu holen, ich hatte ihn noch nie zuvor derart traurig erlebt. Das sah wahrlich nicht nach einer

Hochzeitsstimmung aus. Aber wie auch immer, ich würde es mitbekommen, wenn das doch der Fall sein sollte. Knapp ein Jahr zuvor hatte Andreas' Schwester geheiratet und da gaben die Eltern in der Tageszeitung eine entsprechende Annonce auf. Das würden sie doch dann für ihren Sohn sicherlich auch machen, und, obwohl wir an unterschiedlichen Orten leben, könnte mir das nicht entgehen, denn die Familienanzeigen sind in den beiden Zeitungsausgaben die Gleichen.

Mir fiel es aber schon auf, dass er in dieser Zeit verstärkt versuchte, sich mit mir zu zanken. Wie er mich am besten auf die Palme brachte, das wusste er nur zu gut. Was ihn allerdings zunehmend verunsicherte, war meine wachsende Stabilität. Sobald er einen Streit anzettelte, begriff ich sofort, was er damit konkret erreichen wollte, wohin die Reise ganz einfach gehen sollte. Und das hatte mit mir und meiner Person überhaupt nichts zu tun, im Gegenteil, das betraf ausschließlich ihn, seine Gefühle und die Beziehung zu Laura. Und weil mir das so völlig klar war, konnte mich auch nichts von dem, was er machte oder sagte, ernsthaft mehr treffen.

Mein Kommentar: „Bärchen, du brauchst es gar nicht erst zu versuchen, mit mir einen Streit anzufangen. Soll ich dich ein wenig in Ruhe lassen? Möchtest du mehr Zeit für dich haben?" „Lilly, ich liebe dich, ich kann ohne dich sowieso nicht mehr leben." „Ja, mein Herz, das weiß ich, das geht mir ganz genauso", gab ich ihm zur Antwort. Nur die Verzweiflung in seinen Worten gefiel mir, ehrlich gesagt, überhaupt nicht.

  Der *Kleine* tauchte wieder auf, wollte sich gerne verkrümeln, ich spürte das an dem blöden Druck im Unterbauch. Aber diesmal war ich schneller. „Nein, nein", sagte ich, „nicht da rein. Dazu bist du jetzt viel zu groß, das ist nichts mehr für dich. Komm her, mein Schatz, ich nehme dich in die Arme, und immer wenn du dich traurig fühlst, dann kannst du dich jederzeit hier bei mir ankuscheln. Ist das ein Angebot?" Das niedliche, zarte, und ach so dünne Stimmchen sagte: „Ja." Er tat mir zwar entsetzlich leid, der arme Kerl, aber ich blieb hart und das Thema *Höhle* fand damit für alle Zeiten ein Ende.

  An dem *Kleinen* schätzte ich besonders seine absolute Ehrlichkeit. Fragte ich den *Großen*, zum Beispiel, wie es ihm gehe, wie er sich fühle, dann machte er oft den Eindruck, als sei er nicht in der Lage, mir eine zufriedenstellende Antwort geben zu können. Beim *Kleinen* verhielt sich das anders. Der wusste witzigerweise immer genau, was anlag, durch ihn erfuhr ich oftmals Dinge, die mir Andreas nicht unbedingt sagen wollte. Einmal erzählte er mir: „Er ist böse auf dich." Oh, spürbare Wut? Wundervoll! „Warum ist er denn böse auf mich?", fragte ich ihn. Die Antwort: „Weil du ihn immer ertappst. Er will dir vieles gar nicht sagen, aber das nützt nichts, du kriegst das trotzdem mit."

Da hatte ich Verständnis für, es fehlte echt die Privatsphäre, aber das ging ihm ja nicht alleine so. „Danke, *Kleiner*." Ich hatte das Bedürfnis, diesen Punkt mit Andreas abzuklären. „Bärchen, wenn ich auf dem Klo bin und Probleme dort habe, oder wenn ich mich mit Toni streite, dann bekommst du das ebenfalls alles mit. Kannst du dir vorstellen, dass mir das auch unangenehm ist? Es gibt auch für mich keine Rückzugsmöglichkeiten, ist das dann nicht mehr als gerecht, wenn es für beide Seiten gültig ist? Was meinst du?" Er, nachdenklich: „Du hast Recht, Lilly, du hast ja Recht, wir sitzen im selben Boot."

Zum Glück stieß ich also nicht auf die so oft vorgefundene Trennwand aus Glas, sondern ich erreichte sehrwohl seinen Verstand.

Ich empfand es als beruhigend zu wissen, dass er in einer festen Beziehung lebt, denn die Vorstellung, es wäre kein Mensch für ihn da, wenn es ihm einmal schlecht ginge, gefiel mir überhaupt nicht. Niemand würde ihm einen heißen Tee kochen, wenn er völlig erkältet wäre, keiner könnte ihn trösten oder einen Arzt rufen, falls notwendig, der Gedanke wäre in der Tat enorm belastend für mich.

Aber die Vorstellung einer *Honeymoonzeit* für Laura und ihn dürfte mich emotional auch etwas überfordern. Ich fühlte mich völlig hin und hergerissen, konnte erstaunlicherweise meine Gefühle diesbezüglich nicht richtig ordnen. Das passierte mir äußerst selten, ich weiß im Prinzip immer genau wie es in mir aussieht. Aber die deutlich wahrnehmbare Trauer von Andreas wollte und wollte einfach nicht ins Bild passen. So benahm sich niemand, der vor den glücklichsten Tagen seines Lebens stand. Ein halbes Jahr zuvor hatten sie angeblich die Feier sorgfältig geplant, verschickten Einladungen für die auswärtigen Gäste und buchten Hotelzimmer. Schwiegerpapa in spe wollte alle Rechnungen bezahlen, wie Andreas mir hoch erfreut erzählte, als wir uns das letzte Mal *in echt* begegneten. Ich blickte nicht mehr durch.

Sei es drum, ich hatte auf dieser schönen Reise immer allerbeste Gelegenheiten, mich gedanklich abzulenken um meine überlasteten Batterien erneut vollständig aufladen zu können. Und ich fühlte mich wieder in der Lage, zu laufen. Wie herrlich!

Ich war stolz auf mich. Viele Menschen an meiner Stelle hätten womöglich vor diesen vier Operationen kapituliert. Aber nicht ich. *Ich* hatte mich tapfer durchgebissen. Sich ohne Gehhilfen vorwärts bewegen zu können, tat richtig gut. Mit *den* Dingern hatte man sich schon rein optisch als Mensch mit Behinderung geoutet. Das lag nun endgültig hinter mir.

Ab und an, wenn ich etwas zu viel getrunken hatte oder wenn der Wellengang doch ein wenig heftiger ausfiel, freute ich mich darüber, dass ich mit Toni Hand in Hand die weiten Wege auf dem Schiff zurücklegen durfte. Das alleine gab mir schon mehr Sicherheit. Aber das Größte für mich war es, zu erleben, dass ich meine Wege nach Lust und Laune bewältigen konnte, ich musste in der Tat nicht mehr darauf achten, nur immer von Sitzgelegenheit zu Sitzgelegenheit zu eilen. Aber, wie schon erwähnt, es fiel mir nicht gerade leicht, von dieser Denkweise abzulassen.

Was Andreas anbelangte, hatte ich auch stark den Eindruck, dass ihm die erlernten Übungen, mit Herrn Missbrauch und Frau Angst umzugehen, weiterhin gute Dienste leisteten. Auch bei ihm hatte ich das Gefühl, dass er gut vorwärtskommen würde. Bis vor einigen Tagen jedenfalls, denn es fiel mir plötzlich auf, dass ich von seinen Bemühungen in eigener Sache nichts mehr so recht mitbekam. Seltsam. Arbeitete er nicht? „Andreas, bist du nicht in der Praxis?" Die erschütternde Antwort: „Nein, Lilly, stell dir vor, der Alte hat mich gefeuert."

Wumm! Diese Auskunft schüttelte mich richtig durch. Es ist immer übel, wenn man im Leben eine *tragende Säule* weggerissen bekommt, und neben einer Beziehung und einer Wohnung ist ein fester Arbeitsplatz ja auch so ein stützendes Element. „Und jetzt?" Andreas lachte. „Nein, Mäuschen, mach dir keine Sorgen, es ist alles in Ordnung, ich habe meinen Job noch, es war ein Scherz, glaub mir, es war nur ein Scherz." Er machte äußerst selten Späße, der einzige Grund dafür, dass ich ihm dieses Späßchen nicht allzu übel nahm.

Er schien es in letzter Zeit auch wieder vorzuziehen, Liebe ohne schöne Schwingungen zu erleben. Ich empfand die Verbindung zwischen uns so aber als nichts Besonderes mehr. Mir fehlte einfach der Zauber, dieses Einzigartige, ich weiß nicht, wie ich es sonst noch formulieren könnte. Das Bild, es regne Geschenke für uns vom Himmel, das schien dadurch zu verblassen. Und ich bemerkte es, dass für Laura zu allen möglichen und unmöglichen Zeiten der *Ofen angeheizt* wurde. Warum das? Arbeitete sie momentan nicht?

Meine innere Stimme ist mein bester Kumpel. Immer ehrlich, immer aufrichtig, mitunter zwar etwas rätselhaft, so dass es einige Erfahrungen braucht, die Verschlüsselungen richtig zu deuten. Aber *niemals* würde dieser Kumpel mich absichtlich auf falsche Fährten führen. Er genießt mein *absolutes* Vertrauen. Vertrauen, das Andreas allerdings komplett mit Füßen zu treten schien. Aber das erfuhr ich erst zwei Monate später, nach meinen Recherchen.

Kapitel 21

Mein Geburtstag war in diesem Jahr ein ganz besonderer Tag für mich. Zwar kein *runder* Jahrestag, aber mein erster seit langer Zeit wieder als gesunder Mensch. Neu geboren, könnte man sagen. Gut, genau betrachtet sah ich noch etwas adipös aus, aber ich hatte den festen Willen, bis zum nächsten Sommer wenigstens noch zwei Kleidergrößen zu verlieren. Und von da an würde ich mit Vorhaben dieser Art keine großen Probleme mehr haben, davon war ich felsenfest überzeugt.

Ausgerechnet an dem Tag aber wollte ich das Abnehmen nicht gerade beginnen. Ich hatte eine wunderschöne Feier in meinem Lieblingslokal geplant. Von allen Plätzen aus kann man die herrliche Sicht über die Steilküste hinweg zur Ostsee genießen. Zur Begrüßung sollten wir einen fruchtigen Cocktail serviert bekommen, danach eine Tomatensuppe mit hausgemachten Baguettes, dann die Fischplatte mit Zander-, Dorsch- und Schollen-Filets sowie zitroniger Sauce-Hollandaise und einer Estragon-Soße, dazu zwei Sorten Gemüse und zwei Kartoffel-Beilagen. Das Schlusslicht sollte für alle meine zwölf Gäste ein gemischtes Eis mit Sahne werden. So sah zumindest der Plan aus.

Um halb eins standen wir also mit dreizehn Personen vor unserem Lokal. Geschlossen. Ok, sie öffnen unter der Woche für gewöhnlich erst um fünfzehn Uhr, aber der Tag war nicht *gewöhnlich*, sondern er war mein Geburtstag. Und der Inhaber hatte sich für gute Stammkunden, die wir für ihn ja nun einmal waren, entschlossen, entgegen den sonstigen Gepflogenheiten, bereits um halb eins zu öffnen. Wir klopften laut, er öffnete auch, aber er hatte leider meine Buchung vergessen einzutragen.

Selbst tausend Entschuldigungen nützten mir nichts. Wir standen dort als Truppe vor der Tür und ich hatte überhaupt keine Lust, sein Angebot, für uns etwas auf die Schnelle zu improvisieren, anzunehmen. Schon rein aus Protest nicht, ich war richtig sauer!

Zum Glück gab es in der Nähe eine Alternative für uns. Auch mit tollem Meeresblick. Hier zauberte uns die Wirtin tausend Köstlichkeiten auf den Tisch, verwöhnte uns nach Strich und Faden. Alle meine Gäste fühlten sich pudelwohl, genossen die guten Speisen und die wunderbare Aussicht. Ein herrlicher, doch noch gelungener Tag, wurde das, keinesfalls dazu geeignet, Kalorien zu zählen.

Andreas schaute zwischendurch immer wieder einmal vorbei, nörgelte wie üblich nachmittags herum, wann ich denn endlich zu Hause wäre, aber davon ließ ich mich nicht mehr zur Eile antreiben. Es konnte nämlich gut möglich sein, dass er, entgegen allen Erwartungen, doch keine Zeit für mich haben würde, er sich um Laura kümmern müsste, und ich hätte mich dann in dem Fall völlig umsonst beeilt. Frust vorprogrammiert. Doch davon ließ ich mich schon lange nicht mehr beirren.

Ich konnte also wieder genießen, und vor uns lag ein wichtiger Termin: Die Auslieferung des von uns bestellten Wohnmobils sollte in Kürze stattfinden. Ich hatte mich im Nachhinein extrem darüber geärgert, dass wir einige Jahre zuvor unseren neuen Wohnwagen verkauft hatten. Meine Behinderung machte mir ja jeden Schritt zur Hölle, so dass ich mich nicht mehr dazu in der Lage sah, alle Arbeiten zu erledigen, die so ein Wohnwagen auf festem Standplatz erfordert. Völlig egal, ob es sich dabei um die alljährlichen Auf- und Abbauarbeiten handelte oder um die sonstigen Pflege- und Haushaltsarbeiten. Nichts ging mehr. Also trennten wir uns von dem schönen Teil.

Doch später fehlte er mir. Nachdem ich mich wieder gesund fühlte, packte mich unglaubliche Sehnsucht nach dem Strandleben und Toni ließ sich zum Glück dazu überreden, dass wir uns ein Wohnmobil kaufen. Auf der Bank gab es kaum Zinsen mehr fürs Geld, ein Umstand, den ich bestens für mich nutzen konnte, ich glaube, sonst hätte ich kein grünes Licht für diesen Kauf bekommen.

Nur, allzu klein durfte der Wagen dann für uns nicht sein. Toni mit seiner Größe und ich mit meiner Breite – da sollte schon im Vorwege auf einiges geachtet werden. Zum Beispiel darauf, dass die Betten auch lang genug sind. Kein Thema, für einen Menschen mit einer Durchschnittsgröße von 1,75 Metern, der bräuchte sich darüber niemals Gedanken zu machen. Wir schon. Toni benötigt ein Bett mit einer Länge von zwei Metern, andernfalls würde er Probleme haben, und mein Bett sollte mindestens achtzig Zentimeter breit sein, sonst hätte ich nachts beim Umdrehen welche.

Die Kaufentscheidung fiel auf den Adria Coral Plus, ein tolles Fahrzeug, in dem die Betten hinten längs in Fahrtrichtung angeordnet sind. Und er bietet uns beiden ausreichend Platz. Der Clou: Beim nächtlichen auf die Toilette gehen muss keiner von uns über den anderen drüber klettern, jeder kann bequem aufstehen, ohne *seine Mitreisenden* zu stören. Selbst der WC-Raum mit der Dusche ist breit genug, der riesige Kühlschrank ist auch echt Luxus, aber der größte Gewinn ist der eingebaute Backofen. Mit Grill. Es würde also nicht nötig sein, mit der Bratpfanne den Innenraum einzuräuchern.

Vor Wochen schon traten wir extra den Weg nach Hamburg an, um so ein Teil einmal Probe zu fahren. Ich saß noch niemals hinter dem Lenkrad eines so großen Fahrzeugs und Tonis Bedingung, was einen Kauf betraf, war die, dass *ich* den Wagen fahren müsste. Denn er hätte keinen Bock darauf. Ich wunderte mich, ehrlich gesagt, über mich selbst.

Ich weiß nämlich noch genau wie feucht sich damals meine Hände anfühlten und wie der Puls jagte, als ich vor Jahren mit unserem Auto, samt dahinter hängendem Trailer mit Boot, rückwärts Richtung Wasserkante manövrieren sollte. Auf einem schmalen Slip. Echte Schwerstarbeit für mich, und die tausend Gaffer mit ihren gut gemeinten Ratschlägen machten es auch nicht gerade leichter.

Aber *das* hier - eingestiegen, losgefahren und sich wohlgefühlt. Ohne mit der Wimper zu zucken. Da war Toni wieder einmal richtig stolz auf mich, hatte er es doch nicht gedacht, dass ich das so locker mache. Nein, die Länge von sieben Metern bereitete mir keinerlei Schwierigkeiten, nur in den Kurven musste ich den Bogen ein klein wenig großzügiger schlagen, damit man nicht an einem Verkehrsschild, oder Ähnlichem, hängen blieb. Nur vor der Breite von genau drei Metern und dreißig über alles, da sollte man Respekt haben, besonders auf ganz schmalen Straßen.

Unser Probefahrzeug hatte weder Navi noch Rückfahrkamera. Das ging gar nicht, das begriff ich sofort. Der Rückspiegel präsentierte mir zwar hübsch das Wageninnere, zeigte sich ansonsten aber ohne jeglichen Nutzen, da sich hinten keine Heckscheibe befand. Aber ich hatte mich bereits schlaugemacht. Ich wusste, dass es solche Dinger gibt als Rückfahr-

Spiegelersatzkamera. Das heißt, es ist dort ein Monitor eingebaut, der genauso aussieht wie ein Spiegel, und der ist via Kabel mit einer kleinen, am Heck des Fahrzeugs fest montierten Kamera verbunden, die zu jeder Zeit den rückwärtigen Verkehr im Auge behält. Und ich somit auch. Perfekt. Nicht ganz billig diese Lösung, aber da kam es nun wirklich nicht mehr drauf an. Das bereute ich nie!

Glücksmomente. „Bärchen, wie findest du das Teil?" Keine Antwort. „Hallo, Andreas, wie gefällt dir denn dieser Wagen? Ist der nicht irre schön?"

Ein langgezogenes jaaa kam mir entgegen. Echte Begeisterung sieht meines Erachtens anders aus. Aber das kannte ich ja bereits. Wenn ihm etwas nicht gefiel, oder er wenig Lust darauf verspürte, über eine besondere Angelegenheit zu sprechen, dann gab er am besten keinen Ton von sich. Das hatte mich anfangs echt verunsichert und eine schwache Persönlichkeit könnte daraus womöglich schließen, er stünde der Sache negativ gegenüber, und würde dann aus Vorsicht die Finger von dem Kauf lassen.

Aber das ist überhaupt nicht meine Art, ist es auch noch nie gewesen. Wenn es auch nur ein kleines Spürchen nach Manipulation riecht, dann geht der Schuss bei mir nach hinten los. Wie gut, dass unsere Kaufentscheidung schon feststand. Ich brauchte also keine Zustimmung mehr. Ich fand seine Art nur einfach blöde.

So, wir waren einen Schritt weiter. Wohnmobil ja, der Typ stand auch fest, aber wir hatten ganz konkrete Vorstellungen, was Ausstattung und Extras anging. Da musste ich noch reichlich im Internet suchen und verhandeln, aber nach zwei Wochen harter Arbeit schwebte das Wunschfahrzeug auf dem Papier fertig vor uns. Dem Abholtermin, sieben Tage später, fieberten wir regelrecht entgegen.

Wir hatten zweifach Glück. Ich bekam nicht nur unsere Preisvorstellung durch, nein, der Händler hatte seinen Sitz in nur zweihundert Kilometern Entfernung. Bestens. Vor einem Ausflug nach Bayern oder einem Gebiet, das ähnlich weit entfernt liegt, wäre uns doch ein wenig unbehaglich gewesen. Gott sei Dank blieb uns eine derartige Odyssee erspart.

Als der besagte Tag kam, machten wir uns auf in Richtung Autobahn, Toni und ich. Der heißeste Tag im Jahr übrigens, und draußen fiel einem das Atmen schwer. Die Zeit für die Übergabe war mit drei Stunden angesetzt, es wurden mehr als vier, und ich erinnere nicht mehr, wie viel Mineralwasser wir in der Zeit alle zu uns nahmen, einschließlich des netten Verkäufers. Aber schließlich war auch das überstanden und wir traten den Rückweg an in die Heimat. Ich vorweg und Toni mit unserem PKW hinterher.

Ich bekam bald die Krise, der Schweiß trat mir aus allen Poren, ich merkte, die Klima-Anlage funktionierte nicht. Entnervt steuerte ich einen Parkplatz an. Ein kleines Päuschen könnte nicht schaden und Kaffee hatten wir auch dabei. Aber selbst auf einer Bank im tiefsten Schatten hielten wir es kaum aus. Doch Toni fand den Knopf zum Einschalten der Klima-Anlage! Ganz simpel, wenn man es denn weiß.

Wir näherten uns dem Hamburger Raum, mussten den einmal von West nach Ost durchqueren, das schrie schlichtweg nach dem Einschalten des schönen, neuen Navigationsgerätes. Das klappte, schließlich hatte ich eben bei der Übergabe an der Stelle besonders gut aufgepasst. Womit das Gerät jedoch nicht richtig herausrücken wollte, war die Sprache. Der Vogel redete nicht mit mir. Ein dicker Pfeil wies mich zwar genau auf meinen momentanen Standort hin und das System zeigte an, wie denn die Straßen um mich herum alle so heißen, nur, was nützte mir das? Ich war furchtbar verärgert: „Wo ich *bin*, das weiß ich, du Eierkopf, aber sag mir doch um Himmelswillen, wo ich denn nun eigentlich hinfahren soll! *Wo abbiegen?*" Keinerlei Hinweis darauf, und kein einziger Ton kam aus seinem Lautsprecher. Ok, Einstellungssache, das musste dann warten, bis wir zu Hause wären.

Zwischendurch schaute ich mehrmals nach Andreas. Der sollte sich auf keinen Fall verlassen fühlen. Er verhielt sich mir gegenüber in letzter Zeit kälter als sonst, egoistischer, stellte sich total in den Vordergrund. Das fühlte sich nicht gut an. Wenn er Liebe suchte, war alles gut, kam ich aber zu ihm, wurde ich meistens abgewiesen. Außerdem wollte er anscheinend keine Musik mehr mit mir hören. Ich hatte mir meine Lieblingstitel ja alle auf dem Tablet runter geladen, und es erforderte nur ein paar Klicks, um diese zu aktivieren. Unchained Melody, zum Beispiel, I've hungered for your touch, der Strophe, die auf den Punkt genau unsere Sehnsüchte wiedergibt.

Er blockte mich aufs Härteste ab. Keine Musik, und wenn Liebe, dann ohne Schwingungen. Ich dachte, *den* Punkt hätten wir hinter uns gelassen, diese Angst vor den Schwingungen, ich verstand die Welt nicht mehr. Da fühlte *ich* mich dann traurig und frustriert. Was ging hier vor?

Ich hätte stutzig werden müssen, als er mich bat, das Lied Halleluja einzuschalten. Ich hörte leider nicht auf meine innere Stimme, sonst wäre mir das sicher nicht passiert. Wir liebten uns und ganz knapp vor dem musikalischen Ende war er weg. Einfach weg, nicht mehr anwesend! Fassungslosigkeit bei mir. Telefon? Besuch? Nein. Mein Gefühl nahm wahr, was los war. Andreas machte weiter. Mit *ihr*.

Wut kam in mir hoch! Kein Aufschub auf später! „Andreas, das soll doch wohl ein schlechter Scherz sein! Ich glaub das jetzt nicht!" Keine Antwort, wie hätte es anders sein können. „Was soll das?", setzte ich nach. „Lilly", entfuhr es ihm, „ lass mich in Ruhe."

Oh ja, das würde ich! Und zwar bis in alle Ewigkeit. Und wenn sie das nächste Mal keine Lust haben sollte, die süße Laura, dann könnte er es sich in Zukunft gefälligst selbst besorgen. Ich schäumte vor Wut! Aber ich wusste auch, was er wollte. Er dachte immer noch, er könnte unsere Liebe, also das, was er fühlte, wenn *wir* zusammen waren, in die Begegnung mit Laura transportieren. Er gab die Hoffnung einfach nicht auf! Wie dumm war er?

Er wollte diese schönen Gefühle, aber er wollte sie nicht mit mir. Träumte er davon, die lieber mit ihr zu genießen? Das tat *verdammt* weh! War er in der Tat bereit, mich zu opfern? Was, wenn ihm das Vorhaben gelänge? Würde er mich dann ohne mit der Wimper zu zucken *in die Tonne treten*? Sieht so die tiefe Liebe aus, die er, um seinen Worten Glauben zu schenken, für mich empfindet? ...mehr als jeden anderen Menschen auf der Welt? Ich war entsetzt.

Aber es schien nicht zu laufen wie geplant. Andreas wurde ausgesprochen hektisch, nichts wollte gelingen, keine Spuren von Zärtlichkeit oder von Gefühl. Es machte eher den Eindruck, als fände dort ein erbitterter Kampf statt. Das Ringen um einen zufriedenstellenden Abschluss? Nein, es geht nicht. Keine Chance, sich bei mir den nötigen Schwung zu holen, um das glorreiche Finale dann zu Hause zu genießen. Die Nummer hast du dir selbst verpatzt, mein Herz.

Zwei Stunden lang dauerte die Schlacht. Völlig verzweifelt meldete er sich bei mir. „Lilly, er klemmt, nichts geht mehr." Meine Erschütterung legte sich langsam. Ich verspürte gewiss keine Schadenfreude, das ist ein Zug, den ich bei mir so gut wie noch nie ausmachen konnte, aber traurig war ich über diesen Umstand natürlich auch nicht gerade. Es rückte meine Emotionen wieder auf *normal*, aber leid tat er mir doch. Ich hatte von den Schwierigkeiten in den Tagen zuvor schon eine unbestimmte Ahnung bekommen, wusste das Ganze aber nicht richtig einzuordnen.

„Mach das nie wieder!", fauchte ich, „das ist das Schmutzigste, das du einem anderen antun kannst. Merkst du das nicht selbst? Bist du überhaupt ein Mensch? Oder sitzt da in deiner Brust ein Eisklotz oder so etwas Ähnliches?" Ich merkte, dass er total am Boden zerstört war. Gut so, das hatte er jetzt einfach zu begreifen. Auch Laura war sauer. Kann ich verstehen. Da säuselt dir jemand zwei Stunden lang ins Ohr, er sei total verrückt nach dir, kommt aber die ganze Zeit über nicht *zu Potte?* Sorry, aber da käme ich mir auch veralbert vor.

Laura soll bei der Liebe recht wenig empfinden, so meinte Andreas einmal. Das wundert mich, ehrlich gesagt, nicht. Ich würde es ja auch nicht unbedingt erwarten, dass eine hochintelligente, vom Sport besessene und fleischlos essende Frau zu der Gruppe Menschen gehört, die genussfähig sind und in der Lage, dem Partner ganz, ganz viel zu geben. Ich glaube, da passt etwas nicht zusammen. Aber das nur am Rande, es soll nicht mein Konflikt sein.

Andreas' Problem schien es aber zu sein, dass er nicht akzeptieren wollte, dass die Liebe zwischen ihm und mir sich total anders anfühlt als zwischen ihm und Laura. Ich sagte zu ihm: „Andreas, du solltest das als gegeben hinnehmen. Es kann nur so sein, denn es hat ausschließlich mit dir zu tun, mit deinen Gefühlen, damit, dass du für die eine so empfindest und für die andere eben anders. Und nur das kann dann unterm Strich dabei herauskommen. Es kommt wirklich nur darauf an, was *du* für einen Menschen empfindest. In erster Linie geht es hier tatsächlich nur um dich. Aber es gibt noch eine zweite Linie, und auf der geht es darum, was der andere für dich empfindet.

Nehmen wir Laura. Du manipulierst sie komplett, glaubst, das sei von deiner Seite aus Liebe, und bist der Meinung, dasselbe kommt dann von ihr zurück. Das sehe ich anders. Ich denke, mit Liebe hat *das* absolut nichts zu tun, eher mit dem Gegenteil. Wer einem Menschen derart das Hirn verdreht, kann keine guten Gefühle für ihn hegen. Und wenn sie wüsste, was du da mit ihr machst, Bärchen, sei sicher, sie würde dich hassen. Da brauchst du dir die Frage, warum du körperlich Kälte spürst, wenn du sie berührst, gar nicht mehr zu stellen. Die Antwort liegt klar vor dir.

Und nicht sie ist schuld daran, oder irgend so ein Blödsinn, nein, *du* rufst in den Wald hinein, und genauso schallt es dann auch wieder heraus. Denk an das Beispiel mit den Birnen, Kirschen und Äpfeln.

Alles schmeckt recht unterschiedlich. Du bestellst dir doch auch nicht im Lokal Scampi und bist dann total sauer, weil die nicht den Geschmack von Grünkohl haben. So blöde kann man doch nicht sein! Wer Scampi bestellt, der bekommt auch welche, und die schmecken dann auch genau so. Und wenn du etwas anderes essen wolltest, dann hättest du das eben anders auswählen müssen." Wieso ging das eigentlich nicht in seinen Kopf rein?

Ein Gedanke beschlich mich und der ließ mich einfach nicht mehr los. Könnte es möglich sein, dass sich bisher für ihn alles gleich anfühlte? Immer dasselbe, egal mit wem, keine Unterschiede zu merken? Das gab mir echt zu denken. Hatte ich hier ein Puzzle-Teilchen in der Hand auf dem steht: Alles fühlt sich gleich an? Dann dürfte es für ihn in der Tat mehr als unerklärlich sein, die Dinge jetzt auf einmal unterschiedlich wahrzunehmen.

Ich brauchte mehr Zeit zum Nachdenken. Und ich verstand es abermals, wie wichtig es für mich war, meine eigenen Emotionen so weit als möglich heraus zu lassen. Die würden nur noch zusätzlichen Stress machen, und die Situation zeigte sich bereits kompliziert genug. Das fand Andreas anscheinend auch. Er suchte auf die ihm spezifische Art nach der Lösung – er wollte mit dem Kopf durch die Wand.

Wie ein Wahnsinniger ging er zu Kehr mit Laura, versuchte es, ohne Unterlass, Schwingungen in diese

Begegnung zu bekommen. Erfolglos. Die Lage wurde bei ihnen immer schwieriger.

Wie gesagt, ich brauchte viel mehr Zeit. Toni und ich unternahmen schon kleinere Fahrten mit unserem neuen Wohnmobil. Das lenkte mich super gut ab. Noch war Badewetter angesagt, wunderbar, bis an die Wasserkante heranzufahren an geeigneter Stelle, die Liegen raus, ab ins Wasser und danach schön in die Sonne legen zum Aufwärmen. Endlich konnte ich das herrliche Wetter wieder in vollen Zügen genießen und meine aufgewühlten Nerven kamen dadurch auch zur Ruhe.

Interessant fand ich auch die Kurztouren nach Dänemark. Beide angeln wir gerne, darum suchte ich uns eben hinter der dänischen Grenze einen hübsch angelegten See heraus, an dem man Forellen fischen kann. Das Mobil bekam seinen Stellplatz direkt am Ufer, Stühle kurz ausgepackt, und schon konnte der Angelspaß losgehen. Ich hatte alles gut vorbereitet. Um Speisen im Backofen zubereiten zu können, hatte ich mir eine Auflaufform besorgt, in die ich die mitgebrachten Zutaten einfach hineinzulegen bräuchte. Kartoffeln in Scheiben geschnitten, Wurzeln, Zucchini, Lauchzwiebeln, Knoblauch - das Ganze mit etwas Wein übergießen, mit gekörnter Brühe bestreuen und dann käme das Wichtigste, der Fisch. Der sollte ausgenommen und geputzt in der Mitte thronen. So sah zumindest der Plan. Er ging leider nicht auf, nichts hing an der Angel. Die Forellen hatten anscheinend kein Interesse daran, in unserem Backofen zu landen. Aber wir genossen das Essen trotzdem.

So eine kleine Spritztour über das Land tat richtig gut. Wir sahen nicht nur Neues, wir redeten auch viel miteinander, lachten häufig und hatten ganz einfach Spaß. Ich hatte überhaupt keine Lust, mich mit meinen Gedanken wieder zu verkriechen. Das bewahrte ich mir für zu Hause auf.

Da kam dann in mir verstärkt der Wunsch auf, zu lesen. Im Nebenzimmer steht eine Kommode, auf der sich die von mir noch nicht gelesenen Bücher regelrecht auftürmten. Toni liest enorm viel, ich früher, also bevor ich Andreas kennengelernt hatte, ebenfalls. Verständlicherweise fehlte mir für Romane oder ähnlich umfangreiche Lektüre freie Kapazität im Kopf, aber *ein* Thema ließ mich einfach nicht los: Forensische Psychologie. Das Sachgebiet, um das ich bis zu meinem achtundfünfzigsten Lebensjahr erfolgreich einen Bogen gemacht hatte. Warum eigentlich?

Speziell interessierte mich die Persönlichkeit der Psychopathen, darüber hatte ich Lust, mehr zu erfahren. Bisher vertrat ich in der Tat die Meinung, alle diese Menschen würden nachts herumlaufen und auf bestialische Art und Weise Frauen ermorden. Anschließend dann entspannt nach Hause gehen, um liebevoll die Kinder zu wecken, weil es Zeit wurde, sie für den Kindergarten fertig zu machen.

Ich glaube, diese Ansichtsweise ist zu schwarz-weiß. Da wird es noch viele Grautöne dazwischen geben, nur, mir fehlte diesbezüglich jedes Wissen. Dumm von mir, das besagte Thema gemieden zu haben, nur weil ich so lange Zeit die Meinung vertrat, damit überhaupt keine Berührungspunkte im Leben zu haben. Ich bin ja auch nicht schwul oder sexsüchtig, und auch hierzu hatte ich einiges gelesen, damals.

Also begann ich, bei google nach geeigneter Lektüre zu suchen. Ich wollte wissen, was ist ein Psychopath, oder, besser gesagt, wie ist so ein Mensch geartet, wie tickt er, woran erkennt man ihn, was geht in dem vor? Da gab es wahrhaftig eine unglaubliche Fülle an Informationen zu dem Thema. Zwei komplette Tage lang stöberte ich das Internet durch. Ich las ausführlich Buchbeschreibungen, Rezensionen, wissenschaftliche Berichte – ja, da gab es offensichtlich jede Menge Informationen für mich.

Am Ende kristallisierten sich drei Bücher heraus, die so aussahen, als könnten sie mir auf meine dringlichsten Fragen Antworten geben. Zwei davon bestellte ich über das Internet.

Die Lieferung kam schnell. Super, dann durfte es ja losgehen. Nur, zum größten Bedauern traf Buch Nummer eins doch nicht so ganz den Kern meiner Fragen. Ich hasse das! Da eiert jemand derart um ein so hoch brisantes Thema herum, ohne auf einen konkreten Punkt kommen zu wollen. Hier ging es überwiegend um Körpersprache und Mimik, Möglichkeiten der Verstellung und so weiter. Auch interessant, aber nicht das, was ich im Moment gerade wissen wollte.

Anders bei Buch Nummer zwei. Hier wurde ich fündig. Ich erfuhr, dass es vier verschiedene Arten von Psychopathen geben soll, erfuhr ebenfalls, wie diese sich verhalten, wie sie sich voneinander unterscheiden und woran ich sie erkenne. Während des Lesens bemerkte ich schon, wie meine Art und Weise, die Informationen aufzunehmen, sich deutlich veränderte. Ging ich auf Seite eins noch voller Elan an die Sache heran, so spürte ich, dass ich immer langsamer wurde. Nachdenklicher.

Das war kein Text mehr, der mich nichts anging. Das Thema betraf Menschen in meinem nahen Umfeld. Diese Erkenntnis konnte ich nicht mehr abschütteln. Am Ende des Buches gab es umfangreiche Fragebögen. Je hundert beantwortete Fragen zu jeder der vier Untergruppen geben klar Aufschluss darüber, um welche Kategorie von Psychopathen es sich handeln würde. Ich hatte, so meinte ich, niemanden im Visier. Ich las die Fragen bloß durch. Und an der erreichten Punktzahl sollte man sie dann erkennen. Mein Gehirn rechnete die Punkte mit, ich fühlte es. Gleichzeitig nahm ich eine unglaubliche Stille in mir wahr. Ungefähr so, als fiele leise Schnee, oder Weihnachten steht vor der Tür und die Welt draußen dreht sich langsamer. Papa. Mein Vater. Ein Psychopath.

Kapitel 22

Ich entwickelte ein ausgesprochenes Bedürfnis nach Ruhe. Meine *Entdeckungen* der letzten Zeit, völlig egal, wen sie im einzelnen betrafen, empfand ich als äußerst einschneidend. Deshalb beschäftigte ich mich wieder einmal ganz bewusst mit den Dingen, die mir viel Freude bereiteten, die dazu geeignet waren, mir Zufriedenheit und Erfüllung zu schenken.

Das Wetter zeigte sich jetzt von seiner grässlichsten Seite. Es wechselten sich Nebel, Regen und Sturm immer wieder ab, zum Verrücktwerden. Ich wollte zu gerne auf dem Deich laufen, doch jeden Tag durfte ich mich über eine neue Unpässlichkeit des Wetters ärgern. Es reichte mir. Ich buchte für Toni und für mich eine dreiwöchige Türkeireise. Losgehen sollte es zwar erst spät im November, aber die Vorfreude soll ja bekanntlich die schönste Freude sein. So sahen wir dann ungeduldig der Abreise entgegen.

Luft und Wasser sollten, wenn wir dort in Side ankommen würden, noch etwa zwanzig Grad betragen. Das klingt nach nicht viel. Doch wann erreicht die Ostsee im Sommer jemals diese Grad-Marke? Doch eher selten.

Ja, ich gebe es zu, ich wäre gern davongelaufen. Andreas hatte reichlich Probleme, die noch auf eine Lösung warteten, ich hatte welche, die damit in direktem Zusammenhang standen, und mein Vater hatte sich plötzlich als Psychopath entpuppt. Wer wird es mir da verdenken, dass sich Fluchtimpulse in mir regten?

Die Gedanken landeten wieder einmal bei den Fragebögen in meinem Buch. Nachdem ich mir einen starken Kaffee gekocht hatte, nahm ich mir diese Lektüre nochmals vor, ging alles wiederum sorgfältig durch, und gab sie Toni mit der Bitte, Papa im Auge behaltend, die Fragen doch auch einmal zu beantworten.

Er war ebenso erschüttert wie ich, aber am Ergebnis änderte es leider überhaupt nichts. Zweiundachtzig von achtundneunzig Fragen mit *ja* beantwortet, ergaben ein klares Ergebnis. Er ist nicht *möglicherweise* ein Psychopath, nein, auch die Vokabel *wahrscheinlich* trifft auf ihn nicht mehr zu. Er ist einer, und zwar definitiv. Mein Vater ist eine instabile Persönlichkeit. Und damit nicht genug, er zeigt auch noch starke Tendenzen hin zu zwei Untergruppen. Punkt.

Nun wurde mir aber einiges sehr viel klarer. Dass mit ihm etwas gar nicht stimmte, hatte ich schon lange erkannt, doch von da an wusste ich - er ist krank.

Das Hauptproblem bei einer solchen Störung ist das nicht Vorhandensein von Gefühlen, egal welcher Art. Ist man mit so einem Mangel überhaupt ein Mensch?

Wenn er schon bei sich nichts fühlt, dann ist er ganz gewiss auch nicht in der Lage, Emotionen bei anderen wahrzunehmen. Wie unheimlich. Ein Zombie? Eine menschliche Hülle aus Fleisch und Blut ohne – ja, ohne was – ohne Seele? Auf jeden Fall ein *Anti-Sozialer*.

Mitleid regte sich in mir. Ich sah das Elend der Kindheit meines Vaters vor mir. Er hatte damals als kleiner Knirps vermutlich einfach dichtgemacht, nach dem traumatischen Verlust beider Elternteile so kurz nacheinander. Seele zu, nie mehr wieder etwas fühlen, welch grausiges Spiel!

Ich sah die logische Konsequenz seines Defizits, nämlich die, dass er ohne die Hilfe eines Fachmanns nicht anders sein konnte, als er nun einmal war. Dazu hätte er aber erst einmal merken müssen, dass mit ihm etwas nicht stimmt. Ich erinnere mich noch gut daran, dass auf Andeutungen dieser Art damals bei uns zu Hause harte Sanktionen erfolgten, die Todesstrafe hatte man ja Gott sei Dank abgeschafft. Jede noch so zaghafte Bemerkung, irgendein Gefühl betreffend, wurde sofort im Keime erstickt.

Tja, die tausend Fragezeichen meiner verkorksten Kindheit kippten um wie Dominosteine, alle schön in einer Reihe hintereinander aufgestellt. Der erste Stein fiel - auf ihm stand *Psychopath*. Und dann stürzte der ganze Rest.

Gut, was meinen Vater betraf, konnte ich fortan das Nachdenken sein lassen, aber was Andreas anbelangte, sah die Lage etwas schwieriger aus. Wir fühlten uns an unseren Seelen zusammengewachsen, wie siamesische Zwillinge, und an Flucht konnte keiner von uns denken. Wie sollte das gehen? Der Weg, der sich da vor mir auftat, der sah verdammt steinig aus.

Andreas zeigte sich von seiner grausamsten Seite. Er spielte anscheinend so etwas wie Schnitzeljagd mit mir. Er belog mich, wo er nur konnte. Völlig sinnlos, mir zu erzählen, er würde gerade arbeiten, wenn er sich zu dem Zeitpunkt zu Hause aufhielt. Total überflüssig, zu erklären, Laura sei im Augenblick nicht daheim, obwohl sie doch genau neben ihm saß. Für wen zog er diese Show ab? Warum wollte er mich verwirren? Solche Äußerlichkeiten wurden für mich immer unwichtiger. Ich verließ mich sowieso nur auf mein Gefühl, und das sagte mir, dass er permanent log.

Die Liebe mit Andreas empfand ich, ohne unsere schönen Schwingungen zu verspüren, eher als durchschnittlich. Außerdem störte mich die Art und Weise, dass immer nur er zu bestimmen schien, wann Zeit dafür sei. Er musste doch merken, dass ich Kummer hatte, aber ich brauchte auf ein paar tröstliche Worte niemals zu hoffen. Das war schon am Anfang unserer *Beziehung* nie der Fall, und daran hatte sich auch nichts geändert. Ich fühlte mich allein.

Und dieser Starrkopf hörte nicht auf damit! Immer wieder versuchte er, die Gefühle, die ich ihm entgegenbrachte, in die Begegnung mit Laura hineinzuschleppen. Es klappte nicht. Wer es nicht begreifen wollte, war *er*, und ich hatte keinerlei Lust mehr, scheinbar als eine Art Brandbeschleuniger benutzt zu werden. Ich spürte ganz deutlich, wann er das vorhatte, nahm eine Kälte wahr und wusste genau, jetzt ist er bei ihr. Er strotzte vor Einfallsreichtum!

Nach allen Regeln der Kunst bemühte er sich, mich emotional von meinem Verstand zu trennen, denn nur dann hatte er eine Chance, dass sein Vorhaben von mir recht lange unbemerkt bleiben konnte. Ich sorgte jedoch dafür, dass die Denkfähigkeit fortwährend eingeschaltet blieb, reagierte also sofort, wenn es ungemütlich zu werden drohte und verzog mich dann augenblicklich ohne Kommentar. Armer Kerl, dachte ich nur, nun bleibt dir *die* Freude auch noch versagt. Dein Problem, mein Herz, wenn du diesen Weg wählst, dann musst du ihn auch gehen.

Aber wenn sie *unsere* Musik gemeinsam hörten, dann bohrte sich, wie ein alter Bekannter, der Schmerz in mein Herz. Doch glücklicherweise nicht nur in meines. Was als Feuerwerk gedacht war, ging anscheinend nach hinten los. Ihn packte beim Hören dieser Titel eine extrem tiefe Traurigkeit, die jede angefangene *Sitzung* sofort im Keim erstickte. Wen wird das verwundern? Ich könnte auch mit keinem anderen Mann auf der Welt *dabei* unsere Musik hören, weil die in meiner Seele fest mit ihm verknüpft ist. Und *nur* mit ihm allein. Dämmerte ihm dieser Umstand allmählich?

Oder sollte es doch *emotionale Dummheit* geben? Ich weiß, dass es emotionale Intelligenz gibt, dann müsste logischerweise doch auch das Gegenteil vorhanden sein.

Welchen Grund könnte er denn sonst noch haben, ständig mit dem Kopf gegen die Wand anzurennen? Egal. Ich empfand ihn als gnadenlos, rücksichtslos, keine Spur mehr von zärtlich, er führte sich einfach nur noch egoistisch auf.

Ich hatte genug! Ich wollte recherchieren! Als Erstes überprüfte ich, ob er arbeitete oder nicht. Nein, sein Auto stand zumindest nicht dort, obwohl er ja das Gegenteil behauptete. Eine ganze Woche lang nicht. Ich rief in der Praxis an, gab einen falschen Namen an und bat darum, Andreas zu sprechen. Hatte er Urlaub, war er krank, was lag an?

Die Dame am Telefon äußerte sich mit einem richtig abfälligen Unterton in der Stimme: „Der, der ist weg!" Hm. Ich setzte nach: „Weg, was heißt das?" Die Antwort: „Na, der ist nicht mehr bei uns." Wenn ich noch mehr erfahren wollte, musste ich improvisieren. „Och", sagte ich, „das ist aber blöde. Was mache ich denn nun mit den Hörbüchern, die ich noch von ihm habe? Kann ich die bei Ihnen abgeben?" „Nein, um alles in der Welt, da wollen wir nichts mit zutun haben, geben Sie die doch in die Post." „Ja", meinte ich daraufhin, „das ist eine gute Idee, nur, wohin soll ich die dann schicken? Ich kenne seine Adresse nicht."

Gemurmel im Hintergrund. „Hauptstraße 5", lautete die Antwort. Na bitte, endlich eine Anschrift. Den Namen der Stadt hatte ich ja von ihm erfahren, damals, als er noch *in echt* zu mir kam. Aber mit dem Straßennamen tat er sich äußerst schwer, häufig wurde ich an der Stelle ja belogen.

Was glaubte er denn von mir? Dass ich mit solcher Information Missbrauch betreiben könnte? So ein Blödsinn! Ich besitze doch auch seit ewig und drei Tagen seine Handy-Nummer, und, benutze ich die etwa? Nein. Genauso wenig wie die E-Mail-Adresse. Null Vertrauen, das kränkte mich dann doch.

Offensichtlich erfüllte es mich deswegen mit einer gewissen Genugtuung, mir diese Angaben selbst beschafft zu haben. Und damit nicht genug. Ich wollte es auch in Erfahrung bringen, *warum* er nicht mehr dort beschäftigt wurde.

Stopp. Mir fällt gerade ein, einmal hatte er mir diesbezüglich doch kurz die Wahrheit gesagt, es aber gleich darauf als Scherz abgetan, nein, er sei nicht entlassen worden. Ich finde den Sachverhalt heraus, auch ohne sein Zutun. Zeit des Erwachens, Freund der Sonne, jetzt möchte ich Klarheit!

Am Morgen stattete ich meinem Hausarzt einen Besuch ab. Der freute sich aufrichtig, mich zu sehen. Das erste Mal nach den Operationen war ich in der Lage, ihn in seinen Räumlichkeiten aufzusuchen. Mein Rücken schmerzte fürchterlich, die Muskulatur im

Nacken war stark verspannt, kein Problem für mich, mir Fango und Massage verschreiben zu lassen.

Dann werde ich jetzt einmal hören, was sie in der Firma so über dich reden, mein Lieber, dachte ich. Ich war doch bereits Patientin dort, nur dass die Behandlungen bei mir zu Hause stattfanden, aber egal, ich wurde dort auf jeden Fall namentlich geführt. Ich rief in der Praxis an und ließ mir sechs Termine geben, keine komplizierte Sache.

Das Ambiente in den Räumlichkeiten gefiel mir jedenfalls. Die Wände strahlten in warmen Farben, metallene Accessoires gaben dem Ganzen einen edlen Anstrich.

Ich wurde von der freundlichen Mitarbeiterin in die Kabine drei gebeten. Der silberfarbene Bilderrahmen an der Wand fiel mir auf. Von dem hatte Andreas mir im Zuge seiner Übung gegen *Herrn Missbrauch* und *Frau Angst* erzählt. Ich kannte dieses Haus vorher nicht. Aber *den* Rahmen, den erkannte ich sofort. Ich hatte die Beschreibung nämlich genau vor Augen.

Alle Mitarbeiter, die mir dort über den Weg liefen, wirkten auf mich sympathisch. Es stimmte alles. Ein guter Arbeitsplatz, schoss es mir durch den Kopf. Auch das Feng Shui war ok. Hatte Andreas das nicht erkannt? Oder, was sonst mochte der Grund dafür sein, dass er es dort nur gute zwei Jahre ausgehalten hatte. Na, ich würde es gleich erfahren, dachte ich, wenn man da so liegt, wird auch 'ne Menge geredet.

Ich ließ mich erst auf ein bisschen Smalltalk ein und dann lenkte ich das Gespräch vorsichtig auf Andreas. Ich ließ den Mann reden, hörte zu, fragte ganz unauffällig nach, und als ich meinte, genug erfahren zu haben, brachte ich unsere Unterhaltung sachte wieder auf die üblichen Themen. Auf das Wetter, zum Beispiel, das grässliche.

Also: Sie hatten Andreas entlassen, in gegenseitigem Einvernehmen. Absolut unmögliche Dinge soll er sich erlaubt haben, die für eine derart kleine Firma, wie der ihren, nicht tragbar waren. Er, der Chef dieser Praxis, war, wie alle anderen auch, sehr enttäuscht von ihm, hatten sich regelrecht blenden lassen, sind voll auf ihn reingefallen, so der originale Wortlaut. So etwas hätten sie während ihres langjährigen Bestehens noch nicht erlebt.

Mehr konnte ich, ohne dass es aufgefallen wäre, zu dem Thema nicht erfahren.

Die Hochzeit wird wohl stattgefunden haben, meinte er aber noch, danach wollten sie erst einmal auf Hochzeitsreise gehen für geraume Zeit. Und was das Thema Familienplanung anginge, wolle man auch nicht mehr allzu viel Zeit verstreichen lassen. Ob das nun auch alles so gekommen ist, wisse er nicht konkret. Nur, eines wusste Andreas' Ex-Chef ganz genau - er hatte niemals zuvor im Leben einen Menschen kennengelernt, der seine Ziele so systematisch bis ins kleinste Detail geplant und umgesetzt hatte.

Mein Glück war, dass ich bereits lag. Das konnte einem ja glatt die Füße wegreißen, was ich da eben erfahren hatte. Gut, Andreas hatte mich *in echt* nicht belogen, damals. Von all diesen Plänen hatte er mir erzählt, aber seit wir keinen realen Kontakt mehr zueinander haben, sondern nur noch gedanklich, kommen ständig andere Informationen bei mir an. Warum die Lüge mit der ausgefallenen Hochzeit? Wir waren doch viel zusammen, aber er verlor kein einziges Wort darüber, dass er sich zur Zeit gerade im Ausland aufhielt. Was sollte so ein blödes Versteckspiel?

Wie auch immer, ein wahrhaft trauriges Kapitel. Mit wem ich auch über Andreas sprach, alle fühlten sich frustriert. Er hinterließ überall so etwas wie eine Spur der Enttäuschung, da gab es niemanden, wirklich nicht einen einzigen Menschen, der zum Beispiel sagte: Ach, Andreas, schade, dass der weg ist. Oder: Das war aber ein feiner Kerl. Nichts.

Ich spürte wieder diese unglaubliche Stille in mir. Tränen liefen. Eine *Spur der Verwüstung*, den Text hatte ich doch kürzlich an irgendeiner Stelle gelesen, aber wo? Keine Ahnung, es würde mir schon noch einfallen. Doch bevor ich Andreas auf den Topf setzen wollte, erschien es mir sinnvoll zu sein, in Erfahrung zu bringen, ob das mit der längeren Reise auch stimmte.

Ganz geschäftsmäßig rief ich in Lauras Firma an. Nein, sie wäre nicht da, befände sich für einige Zeit zum Surfen auf Hawaii, eine Karte sei zwar gerade gestern in der Post gewesen, aber ob die beiden schon zurück seien, wüsste die Dame nicht.

Ich hatte meine Gedanken zu sortieren. Nein, eine Heiratsanzeige hatte es in der Tagespresse nicht gegeben, das hätte ich gesehen. Im Internet fand ich aber Hinweise darauf, dass er womöglich ihren Nachnamen angenommen haben könnte, ein Umstand, den ich als ungewöhnlich bezeichnen möchte. Gut, das hatte ja jeder für sich selbst zu entscheiden.

Ich gab Andreas' Vor- und Geburtsnamen bei google ein und bekam einen Link von *knast.net* aus seiner Heimatstadt angezeigt. Merkwürdig. Sollten meine Vermutungen, dass er mit dem Gesetz schon einmal in Konflikt gekommen sein könnte, richtig sein? Dann wäre das natürlich ein grandioser Schachzug, mit einer Namensänderung eine nachweislich unangenehme Vita vertuschen zu wollen.

Tat ich ihm Unrecht mit diesen Gedanken? Die wöchentlichen Termine fielen mir ein, Zeiten, zu denen er sich regelmäßig bei einem Psychologen einfand. Andreas hasst alles, was auch nur im Entferntesten nach Psychologie riecht. Niemals würde er sich freiwillig einem fremden Menschen gegenüber offenbaren. Oft genug begleitete ich ihn dorthin, weil ich merkte, dass er vor Angst zitterte. Eine dreiviertel Stunde später holte ich ihn dort dann jedes Mal wieder ab. Aber er erzählte nie, um welche Themen es in den Beratungen eigentlich ging und ich hatte auch überhaupt nicht den Eindruck, dass diese Gespräche für ihn in irgendeiner Form hilfreich gewesen sein könnten. Ich glaube, er spielte das Spiel keineswegs aus freien Stücken mit und ich nahm ebenfalls an, er bekleidete da bloß eine Rolle. Kein Piep bezüglich seiner wahren Persönlichkeit würde ihm da über die Lippen kommen. Ganz sicher nicht! Eine amtliche Auflage? Dann wäre allerdings der Gesetzesbruch, auf den dieser Link von *knast.net* hindeuten könnte, in der Tat keine reine Bagatelle gewesen.

Das würde auch zu meinen Wahrnehmungen passen, dass er mit seinem sozialen Verhalten Probleme haben könnte. Fehlen mir da ein paar Mosaik-Steinchen? Möglicherweise irre ich mich auch, aber wenn nicht? Dann ergibt das Bild doch einen Sinn, wenn er nach zwischenmenschlichen Kontakten nichts hinterlässt, außer einem riesigen, emotionalen Schlachtfeld.

Es sprang mich an wie ein Tiger, der in der Ecke gesessen hatte, auf einen günstigen Moment lauernd, um zuzuschlagen. Das Begreifen traf mich wie ein Blitzschlag: *Er fühlt nichts!*

Nein, falsch, er empfindet ja eine ganze Menge, aber eben nur über Bärchen, nur beim Sex. Das ist der Schlüssel! Endlich verstehe ich es. Endlich sehe ich es, wie diese vielen, vielen Puzzle-Teilchen zusammen zu gehören scheinen.

Und dann die ihn umgebende Aura von Einsamkeit. Wenn ich *den* Begriff jedoch gegen die Formulierung *soziale Isoliertheit* eintausche – ja, dann ergibt das alles einen Sinn. Ich erinnere mich an die verzweifelt gestellte Frage, als er an meinem Bett saß und ein Glas Wasser ablehnte: „Warum soll ich denn etwas trinken, Lilly, wenn ich keinerlei Durst verspüre?" Ich hatte damals auch keine Antwort bereit. Heute würde ich gern zu ihm sagen: „Weil *etwas zusammen zu trinken* mehr ist, als nur Durst zu löschen, mein Engel, da steckt viel Gemeinsames drin, ein w*ir*, etwas Verbindendes, selbst wenn es sich nur um einen Schluck Wasser handelt."

Das hat nichts mit dem Verstand zu tun, das ist ein Teil sozialen Verhaltens. Wie zwei Wörter, zwischen die ein Bindestrich gehört. Wenn der aber nicht da ist, dann fehlt der Bezug zueinander, ja, so ist es, es geht um die Bindestriche zwischen den menschlichen Beziehungen!

Andreas' Geschwister – keine gute Bindung. Die Freunde – halten oftmals nichts von ihm, er sei ein schlechter Mensch, so seine eigenen Worte. Die Partnerin – von langer Hand auserkoren und ohne jeden Willen, da manipuliert. Und dann der Arbeitsplatz – lauter Chaos und Enttäuschung. Wie oft mag er derartige Erfahrungen im Leben wohl schon gemacht haben? Daran kann man doch echt verzweifeln, wenn man nicht versteht, warum das immer so unerfreulich enden muss. Ich möchte auch nicht wissen, wie viele zerbrochene Herzen seinen Weg pflastern, aufgereiht an einer Schnur - wie lang mag dieses Band des Elends ungefähr sein? Kann sich ein Mensch noch einsamer fühlen?

Total alleine lebte er auch auf der *zweiten* Ebene, bevor wir uns da erstmals begegnet sind, damals im Oktober, als wir uns zum ersten Mal bewusst liebten. Ich habe gelernt, dort mit Andreas zu kommunizieren. Wie einsam muss er sich vorher gefühlt haben. Kein Wunder, dass er jetzt ohne mich nicht mehr sein möchte, dass er sich ein Leben ohne mich nicht mehr vorstellen kann, wie er sagt.

Aus der Not heraus, nicht in der Lage zu sein, den Anderen als Feind oder Freund einstufen zu können, entwickelte er anscheinend die Fähigkeit, Gedanken - und somit auch die Gefühle der Mitmenschen - aufzufangen. Denn wenn ich nicht spüre, wer da vor mir steht, wenn ich in dem Gesicht *nichts* lesen kann, weil ich die Sprache nicht verstehe, wenn mir völlig unklar ist, wer oder was mir da begegnet – wie bedrohlich muss das dann für mich sein!

Mein Gott! Diese gedanklichen Manipulationen sind sein einzig wirksamer Schutz. Die üble Sex-Sucht der verzweifelte Versuch, überhaupt etwas zu fühlen!

Ich weine. Um Andreas. Ich liebe ihn, mehr als alles Andere auf der Welt. Und er mich auch. Der einzige Satz, den ich zwischen den vielen Unwahrheiten niemals ernsthaft angezweifelt hatte. Denn meine innere Stimme lügt nicht, ich spüre es doch von Anfang an. Sollte meine Liebe für ihn wahrhaftig das erste Gefühl sein, dass er bisher jemals in seinem Herzen empfunden hat? Der erste wärmende Sonnenstrahl überhaupt?

Ja, jetzt fällt es mir wieder ein, wo ich von den *Spuren der Verwüstung* gelesen hatte – in dem Buch über die Psychopathen, die Nichtfühlenden.

Kapitel 23

Über den Wolken. Wenn ich im Flieger sitze, bekomme ich dieses Lied von Reinhard May nicht mehr aus dem Kopf. Grenzenlose Freiheit. Ich fühle sie. Es ist der fünfundzwanzigste November und unser Türkei-Urlaub beginnt. Drei Wochen Strandurlaub in Side mit Toni an der Seite und Andreas in meinem Herzen.

Ich nahm es mit großer Freude zur Kenntnis, dass er sich bemühte, die Zeiten, die er mit Laura *oder* mit mir verbrachte, voneinander zu trennen. Er wusste ja, dass ich total sauer sein würde, wenn er sich ohne jede weitere Ankündigung verkrümelt, um sich ihr zuzuwenden. Sollte er etwas rücksichtsvoller an dieser Stelle werden? Könnte ja sein, dass meine letzte sanfte Standpauke doch langsam anfing, den Weg in seine Gehörgänge zu finden.

„Bärchen?" „Ja, Lilly-Mäuschen?" „Dir ist doch schon in der Zwischenzeit klar geworden, dass deine Beziehung zu Laura anders ist als die zu mir?" „Ja, du, das scheint in der Tat so zu sein." Ein Gespräch bahnte sich an, das war auch nicht alle Tage der Fall.

„Du hast sie dir auserkoren, deine Eisprinzessin. Schon vor vielen Jahren nahmst du dir vor, mit ihr zusammen zu sein, hast an dem Plan gearbeitet, dich von der besten Seite gezeigt. Entsprechend hast du sie dann manipuliert, und das reichliche Geld der Familie im Hintergrund ist natürlich auch nicht von schlechten Eltern. Wahrscheinlich vergötterst du sie, betest sie an. Aber echte Zuneigung ist das nicht. Du greifst in ihre Gedanken ein, bestimmst ihre Gefühle. Wenn sie zu dir sagt, sie würde dich lieben, welchen Stellenwert kann das dann für dich haben? Das kann doch nur eine logische Folge deiner Manipulationen sein, nichts Echtes, kein Geschenk, das für dich vom Himmel fällt. Kann dich so ein Satz dann unter derartigen Umständen überhaupt noch glücklich machen?"

Stille. Aber damit hatte ich gerechnet. Über so viel Text musste erst einmal sorgfältig nachgedacht werden. Aber schließlich ging es dann doch wieder weiter: „Du glaubst, sie hasst mich?" Da musste *ich* nachdenken. „Nein, noch nicht, vielleicht, aber wenn sie voll durchblickt, dann sieht es, fürchte ich, für eure Beziehung nicht so rosig aus. Und früher oder später *wird* sie dich durchschauen, Brief und Siegel darauf. Und dann möchte ich es nicht erleben müssen, mit anzusehen, wie es dir dabei geht."

Tja, die Triebfeder der Vergötterung scheint bei ihm in der Tat Hass zu sein, gespeist von der Angst vor ihrer Intelligenz, ihrer Dominanz. Wenn er sie dazu noch trotz dieser starken Eigenschaften verachtet für ihre Schwäche, sich von ihm so beherrschen zu lassen, nicht zuletzt durch seine ständige sexuelle Präsenz, ja, dann möchte ich mir das Ende besser *nicht* ausmalen.

„Andreas, kommt es dir nicht seltsam vor, dass Bärchen trotz deiner vermeintlich ach so großen Liebe für sie, dass er seinen Dienst in der letzten Zeit regelrecht zu verweigern scheint?" Niemals zuvor hatte ich ein derart langes Gespräch mit ihm führen können, die Gelegenheit zum Nachsetzen schien mir wirklich günstig zu sein. Er sagte: „Oh, Lilly, ich weiß nicht, wie es weitergehen soll! Ich bin total verzweifelt. Was geschieht nur, was soll ich machen?"

Ich entgegnete: „Ich glaube, mein Herz, genau das ist es. Du solltest besser *nichts* tun. Entspann dich, lass einfach alles laufen und schaue ganz in Ruhe, was dann passiert. Du weißt jetzt, wie sich Liebe mit Wärme, Nähe und Zärtlichkeit anfühlt. Nicht nur Sex, sondern tiefe innere Verbundenheit. Dein Herz spürt den Unterschied und Bärchen auch. Der hat keinen Bock mehr, nur den Erfüllungsgehilfen der Sucht zu machen, das merkst du doch, er wehrt sich dagegen."

Andreas, nachdenklich: „Ja." Ich: „Dann spürst du natürlich, dass Sex ohne Liebe, also ohne diese schönen Schwingungen, ohne jegliche Gefühle, allenfalls wie kalter Kaffee sein kann? Sorry, aber ich weiß aus eigenen Erfahrungen, wovon ich spreche."

Doch, er stimmte mir zu. Erleichterung. Da hätte jetzt aber an etlichen Stellen der übliche Widerstand einsetzen können, nein, der kam *nicht* und ich hatte das unbestimmte Gefühl, dass ich mit meinen Vermutungen richtig liegen würde.

Nur, das Problem war, er hatte sich auf das Leben in dieser kalten *Porzellan-Welt* voll und ganz eingelassen. Systematisch hatte er es aufgebaut, alle Weichen auf grünes Licht gestellt, alles bis ins kleinste Detail sorgfältigst geplant und an der Erfüllung seiner Ziele gearbeitet. Nur, der Plan hatte ein großes Loch. Würde Andreas die Klarheit haben, das auch zu erkennen? Ich glaube, dann wäre er eine Runde weiter.

Ganz sicher sind das die Gründe dafür, dass sich meine Eifersucht in erträglichen Grenzen hält. Je deutlicher ich sehe, auf was für tönernen Füßen seine Beziehung steht, desto entspannter bleibe ich. Es tut mir leid für ihn, unendlich leid. Und ich fürchte mich vor dem Tag, an dem die rosa Seifenblase platzt, und das wird sie. Die Frau ist, wie gesagt, nicht blöd. Nur betriebsblind. Noch.

Mit ihr erlebt er es jedenfalls nicht, dass es gelegentlich völlig reicht, sich gegenüber zu stehen, sich tief in die Augen zu schauen, und schon wird einem der Boden unter den Füßen entzogen. Das Gleiche kann passieren beim Küssen, oder wenn ich ihm einfach nur liebevoll die Hand streichle. Das habe ich in der Schattierung selbst noch nie zuvor erlebt. Und in der Intensität. Neuland also auch für mich.

„Andreas?" „Ja?" „Wenn du mit Laura schläfst, spürst du diese eigenartige Kälte in deinem Körper dann auch?" "Ja, Lilly, genau die spüre ich auch. Und ich kann dann machen, was ich will. Die ist wie eine geschlossene Mauer, über die ich nicht hinwegkomme." Ja, das traf es, so fühlte sich das an.

Toni und ich genossen diese schönen Tage. Endlich sah ich mich wieder in der Lage, den wöchentlichen Markt in Manavgat besuchen zu können. Wie herrlich! Das Gewimmel der Menschen, die zu hohen Bergen aufgetürmten Obst- und Gemüsesorten und die köstlichen Gerüche von Kräutern und Gewürzen. Leben spüren. Und am Nachmittag dann ein Bad im klaren Meer, danach auf der Liege am Strand ein wenig relaxen. Wunderschön.

Auch die Begegnungen mit Andreas verliefen erstaunlich friedlich. Wir liebten uns nach wie vor und genossen die herrlichen Schwingungen. Ich denke, ich nenne das Kind am besten jetzt endlich einmal beim Namen: Diese *Schwingungen* sind, so glaube ich, Gefühle. Einfach Gefühle pur.

Wir einigten uns aber darauf, dass wir das Geheimnis für uns behalten wollten. Ich, für meinen Teil zumindest, hatte überhaupt keinerlei Interesse, Toni mit derartigen Dingen zu verletzen. Ich glaube aber nicht, dass Andreas so viel Rücksichtnahme Laura gegenüber verspürt, da wird nicht allzu viel Einfühlungsvermögen sein, was sollte er da also bemerken? Aber mir scheint, er fürchtet sich davor, sie könnte ihn verlassen. Nur, wenn ich fürchte, es folgt eine Konsequenz, dann *muss* ich doch vorher schon merken, dass da etwas schief auf der Rolle ist. Denn entweder fühle ich beides oder gar nichts. Da sehe ich noch nicht ganz durch.

Auf jeden Fall war klar, keine Sprengladung unter unsere Beziehungen zu setzten. Er hatte diesen Weg gewählt, und auch wenn da alles nur aus rein rationellen Erwägungen passiert ist, das ist seine Sache. Und wenn man das Ganze genau betrachtet, dann hatte er mit mir doch richtig Glück.

Man stelle sich vor, ich, zwanzig Jahre jünger, dreißig Kilo leichter, die Haare lang und blond und ich würde im gleichen Ort wohnen. *Worst Case*, hätte das dann für sein Leben bedeuten können. Und ob eine andere Frau sich emotional auch so gut unter Kontrolle haben würde wie ich, das wage ich ganz ernsthaft zu bezweifeln. Allein schon wegen der nicht vorhandenen Lebenserfahrung. So könnte das Leben schnell zum Albtraum werden. Ja, da ist es durchaus ratsam, wenn sie weder seinen Nachnamen noch die dazugehörige Telefonnummer kennt, wenn ihr der Straßenname fehlt, sie auch sonst keinerlei Informationen bezüglich der Lebensumstände hat. Nur auf diese Weise kann man sich schließlich vor *Bombenangriffen* schützen, soll heißen, ansonsten könnte da plötzlich jemand vor der Tür stehen.

Tja, Freund und Feind auseinanderhalten zu können, anscheinend keine so leichte Aufgabe. Es kränkt mich nicht mehr. Ich verstehe es, jetzt, nach eineinhalb

Jahren. Dazu sind Differenzierungen notwendig, aber wo sollten diese Fähigkeiten herkommen? Er wird sie erlernen. Von mir.

Mein *gewichtsmäßiger Überhang* dürfte unter den drei Wochen all inclusive vermutlich um zehn Prozent zugelegt haben. Es stört mich nicht. Ich hatte jeden einzelnen dieser Tage genossen. Die danach kommenden Weihnachtstage und die sich daran noch anschließenden Geburtstagsfeiern dürften sich auch nicht gerade positiv auswirken, aber, ich bin jetzt Herr im eigenen Haus. Ich bestimme, wo es langgeht, auch gewichtsmäßig. Alles genießen, abnehmen, wieder genießen, abnehmen – der Schalter ist gefunden! Ich bin nicht mehr fremdbestimmt.

Und ich bin viel ruhiger geworden, sehe das meiste gelassener. Wie oft hatte ich Andreas die Hölle heiß gemacht, weil ich mich so verletzt darüber fühlte, dass er mir offenbar nicht mehr begegnen wollte, in der Realität. Und als wir dann im Flieger saßen Richtung Heimat, da meinte er zu mir: „Mäuschen, ich möchte dich gern wieder sehen. Hab Sehnsucht nach dir. Ich will auch die Bauvorhaben durchziehen, von denen wir damals sprachen. Was hältst du davon?" Zum ersten Mal fing er von sich aus mit diesem Thema an. Weil ich ihm damit nicht mehr kam?

„Ja, mein Herz, ich vermisse dich auch. Dann schauen wir doch einmal, ob du in der Zukunft in der Lage sein wirst, Kontakt zu mir aufzunehmen." Kam er wahrhaftig an *der* Stelle ins Fühlen? Sehnsucht hatte er ja schon oft nach mir verspürt, allerdings bislang ausschließlich sexuell geprägt. Kam jetzt etwa auch der Rest in den *Fühl-Modus*? Mein Gott, wie herrlich! Aber der Weg vor uns schien immer noch lang und steinig zu sein. Den Marathon, diese grässlichen zweiundvierzig Kilometer, die hatten wir jetzt zwar hinter uns gebracht, aber danach tauchte noch eine Hürde auf. Und zwar höher, als erwartet. Er fühlt nichts. Wirklich nicht? Dann ist dieses letzte Hindernis in der Tat verdammt hoch.

Mehr und mehr verloren für mich Andreas' reale Lebensumstände, also praktisch alle Äußerlichkeiten, an Bedeutung. Zugegeben, es fiel mir dadurch erheblich leichter, Situationen einordnen zu können, wenn ich auch erfuhr, was sich gerade im Leben bei ihm abspielte. Aber den Ausschlag für meine Einschätzung bezüglich seiner Befindlichkeit gaben einzig und allein *die* Gefühle, die ich ganz klar wahrnahm, und die ich eindeutig *ihm* zuordnen konnte. Und dazu brauchte ich, wie eben bereits erwähnt, keine Äußerlichkeiten. Die verloren an Wichtigkeit.

Ich lernte in der Tat, aus allem meine Schlüsse zu ziehen. Auch wenn er mich zu irgendeinem Thema belog, dann ahnte ich, dass *er* es war, der sich gerade auf fürchterlichem Glatteis bewegte, dass *er* es war, der die momentane Lage nicht zu überblicken vermochte. *Er* hatte jetzt ein Problem, und genau deshalb versuchte er andauernd, den Schwarzen Peter weiterzugeben. An mich. Und ich biss immer seltener an. Weder konnte Andreas mich in einen Streit verwickeln, noch machte ich ihm Vorhaltungen bezüglich der Lügen.

„Bärchen, es ergibt doch keinen Sinn, mich zu belügen. Kann sein, ich merke es, kann sein, ich merke es nicht. Egal. Das bringt mich überhaupt nicht mehr aus der Fassung. Aber sag mir, was beunruhigt dich denn jetzt gerade?" Damit gebe ich ihm die blöde Karte zurück. Oder sollte er es eines Tages doch noch begreifen, dass der Schuss auf diese Weise einfach nur nach hinten losgeht?

Zum Glück hatte der Türkei-Urlaub mir viel Stabilität gegeben, ich fühlte mich stark und ausgeruht wie selten zuvor. Auch zwischen Andreas und mir gab es wochenlang keinerlei Missklang, das sollte ich im Kalender festhalten, gab es früher doch mehrfach Tage, an denen seine werte Befindlichkeit mehrmals täglich kippte. Und zwar von ganz unten nach ganz oben und wieder zurück. Schrecklich. Die gegenwärtige Zeit dagegen fühlte sich schon fast nach Sanatorium an.

Mein Buchmanuskript liegt jetzt zu zweidrittel fertiggestellt vor mir. Bereits vor Monaten hatte ich mit den Aufzeichnungen begonnen, meistens, um Phasen des Frustes zu überstehen, wenn ich merkte, was da bei den beiden lief, wenn etwas lief. Aber mittlerweile schreibe ich auch überaus gerne, wenn es mir gut geht. Und zu meiner großen Freude stelle ich fest, dass diese

Abschnitte jetzt immer länger werden. Es geht stetig bergauf mit mir.

Nur beschäftigt mich hin und wieder die Frage, wenn ich einen Verleger finde, der mein Buch als würdig erachtet es unter das Volk zu bringen, was meine Eltern zu der grausamen Szene mit dem Schlachtfeld sagen würden. Li-a-ne!

Aber so habe ich es schließlich damals empfunden, auch wenn sie das vermutlich total anders sehen. Ich sage absichtlich *sehen*, nicht *empfinden*, denn fühlen können sie ja nichts.

Sie haben aber auf jeden Fall ein Recht auf das Nichtvorhandensein des Gefühls. Dadurch unterhalten wir uns aber leider in zwei völlig unterschiedlichen Sprachen. Schade. Da kann es niemals mehr eine innere Bindung geben, niemals auch nur eine gemeinsame Basis.

Womöglich erfahren sie ja auch überhaupt nichts von meinem Buch, von mir ganz sicher nicht. Dann könnten sie wenigstens noch für den Rest des Lebens in Frieden in ihrer konstruierten Welt weiterleben. Immerhin stehen beide kurz vor ihrem achtzigsten Lebensjahr, ich gönne ihnen also diese Ruhe.

Mein Bruder Tobias wird Augen machen. Aber selbst wenn er als *überzeugter Nichtleser* eines Tages einmal an die Stelle mit den Gummibärchen kommen sollte, dann wird er die Geschichte, also uns beide in dieser Szene, wiedererkennen.

Und ich weiß nicht, wie Toni auf alles reagieren wird. Der liebe Toni. Er hat mir schon so vieles nachgesehen. Ob er erkennen wird, dass dieser Zweig meiner Gefühlswelt nichts, aber auch überhaupt nichts, mit unserer Beziehung zu tun hat? Ich wünsche mir das aufrichtig. Toni ist ein äußerst gescheiter Mensch und verfügt mit siebenundsiebzig Jahren über ein großes Maß an Lebenserfahrung. Ich werde es bald wissen, ob Zuneigung und Toleranz auch dieses mal wieder bei ihm ausreichen werden.

Liebe kann viele Facetten haben, ich hätte es früher auch nicht geglaubt. Als ich einmal nach der Landung aus dem Flugzeug stieg und die Insel La Palma betrat, da fühlte ich mich tief verbunden mit dem Eiland. Ich hatte das Gefühl, dorthin zu gehören, kam mir wie zu Hause vor, obwohl ich niemals vorher dort war. Und dennoch spürte ich Liebe für diese Insel.

Das Gleiche empfinde ich auch für das Meer, und das Glitzern, wenn es von der Sonne geküsst wird. Ich liebe *Brüderchen Tobias* sowie die beiden Kinder von Nadine. Und für Andreas, meinen symbiotischen Zwilling, für den ist in dieser Reihe auch noch Freiraum in meinem Herzen, genau wie für Toni, natürlich. *Sein* Platz ist dort seit über dreißig Jahren fest verankert. Doch, ich glaube, er wird das verstehen.

Kapitel 24

Der Himmel grau in grau, der Sturm tobt um unser Haus herum, hebt die eine oder andere Dachpfanne an, und lässt sie mit lautem Poltern wieder in ihre Verankerung fallen. Gott sei Dank, es entsteht kein Schaden.

Was für ein Schock, dieses Schietwetter gegenüber der strahlenden Sonne in der Türkei. Aber wir haben ja Dezember, da können wir schließlich nichts anderes erwarten. Willkommen in der Heimat.

Weihnachten stand vor der Tür, definitiv, denn der Lichterglanz in den Straßen und abends die festliche Beleuchtung an allen Häusern konnte man nicht mehr übersehen. Das sah so schön aus! Da ging mir richtig das Herz auf, vor lauter Weihnachtsstimmung.

Jedoch schneite es dieses Jahr nicht. Wie üblich, fuhren Toni und ich zu meinen Eltern, wo wir zusammen mit Tobi einen angenehmen Nachmittag verbrachten. Edel verpackte Geschenke wechselten die Besitzer. Es macht mir ja viel Freude, alles hübsch zu dekorieren, und schön wäre es, die Gaben blieben genau so unter dem Tannenbaum liegen. Dann könnten die Päckchen den ganzen Abend lang im Schein der

Kerzen vor sich her glitzern. Aber es ist wie beim Kochen. Da plant man, kauft ein, kocht, richtet schön an, und in wenigen Minuten ist, optisch zumindest, die ganze Pracht im Eimer. So kommt es mir bei den Geschenken auch oft vor. Der Inhalt aber würde schließlich bleiben.

Ich für meinen Teil mache mir über Präsente vorher immer ausgiebig meine Gedanken. Ich kenne die *Pappenheimer* um mich herum doch und weiß, was demjenigen so gefällt, ihm auch passt. Hin und wieder kaufe ich geeignete Dinge bereits im Sommer oder auch noch früher im Jahr. Denn ich finde es ganz fürchterlich, auf den letzten Drücker, was im Klartext bedeutet, morgens an Heiligabend, loszulaufen, um verzweifelt, wegen des Zeitdrucks, noch Geschenke zusammen sammeln zu müssen.

Nein, das überlasse ich den Männern, für die die Feiertage dann alle Jahre wieder plötzlich und völlig unerwartet vor der Tür stehen. Ich laufe zeitig los und schenke mit Herz und Verstand. Sicher genau *der* Grund, warum ich beim Öffnen der Päckchen immer freudig strahlende Augen sehe.

Wer jedoch so gar keine Freude zeigt, ist mein Vater. Weil er sie nicht empfinden kann, wie ich jetzt ja weiß. In unserer Familie kursiert die Geschichte, er bekam damals, als Kind im Waisenhaus, ein großes Paket mit Büchern zu Weihnachten geschenkt. Mit sieben. Er konnte noch nicht lesen. Aber selbst das hätte ihm nichts genützt, die Bücher waren auf Schwedisch geschrieben.

Meinem Vater ist *kein* Geschenk recht, nichts gefällt ihm oder passt, falls es sich um Klamotten handelt. Nein, er freut sich niemals. Und bis vor kurzer Zeit dachte ich noch, das käme durch diese enttäuschende Bescherung mit den Büchern. Unter Umständen ist das mit ein Grund, dass Geschenke immer unpassend zu sein scheinen, aber der Hauptübeltäter dürfte die Tatsache sein, dass er nichts fühlen kann.

Meine Mutter hatte in den Jahren zuvor um eine Liste gebeten, auf der ich kleinere Wünsche von Toni und mir notieren sollte, Dinge, die sie dann zum Fest besorgen wollte. Bücher, zum Beispiel, beide lesen wir ja viel und gern. Leider fragte sie in diesem Jahr nicht nach unseren Wünschen, und entsprechend gefühllos fielen die Geschenke dann auch aus.

Ich wickelte einen gestrickten Poncho aus, den ich nicht als Achtzigjährige anziehen würde und Toni bekam ein Paar Schuhe geschenkt. Sie hatten diese Schuhe für meinen Vater gekauft, wie er ohne jegliche Hemmungen kundtat, nur leider fielen sie für ihn etwas zu groß aus. Also müssten sie Toni passen, was auch der Fall war. Sie waren teuer. Teurer, als unsere Weihnachtsgeschenke im Grunde sein sollten. Aber Toni habe ja in Kürze Geburtstag und den Differenzbetrag von siebzig Euro, würden sie dann einfach vom *Geburtstags-Hunderter* abziehen.

Ich hatte, ehrlich gesagt, nicht daran geglaubt, dass sie ihr Vorhaben in letzter Konsequenz durchziehen würden. Doch, taten sie.

Mein Bruder ist da ganz anders. Der sucht die Geschenke auch so liebevoll aus wie ich. Und so ein Päckchen in den Händen zu halten, ist mir *vor* dem Auspacken immer bereits eine große Freude. Er würde niemals, im Gegensatz zu meiner Mutter, auf die Idee kommen, mir als kleine Beigabe Marzipan zu schenken. Ich hasse Marzipan. Nein, von ihm bekomme ich die köstlichen Nougat-Trüffel, die ich so liebe. Aber meine Mutter kennt mich ja erst seit knapp sechzig Jahren, woher sollte sie denn wissen, dass ich kein Marzipan mag?

Toni sucht auch immer alles passend aus. Da macht das Auspacken ebenfalls schon Freude. Er verschenkt gerne technische Dinge. Das ist nun so gar nicht meine Welt, ich bin das, was man gemeinhin einen Technik-Dummie nennen könnte. Das fängt schon bei so simplen Sachen an wie beim Strom. Ganz laienhaft ausgedrückt – da findet man in allen Räumen, in den Wänden, in unregelmäßigen Abständen so kleine Löcher, woraus Strom abgezapft werden kann. Prima Lösung. Mehr muss ich ganz einfach über diese Sache nicht wissen, da stehe ich auch zu.

Ich kümmere mich um so viele Dinge intensiv, dass ich meine, es mir echt leisten zu können, von irgendwelchen Themen auch einmal keine Ahnung haben zu müssen. Technik eben. Dafür ist bei uns Toni voll zuständig, und das klappt bestens. Und da wundert es mich natürlich nicht, dass die Digicam, die er für mich zu Weihnachten ausgesucht hatte, ein ganz, ganz tolles Teil ist. Meine Vorherige hatte leider vor kurzem ihren Geist aufgegeben.

Ja, ich kann Freude empfinden, und Gefühle des Glücks. Es ist nur schwer vorstellbar, wie es sein würde, wenn man diese Fähigkeiten nicht haben sollte. Meine Gedanken schweiften einige Tage zurück. Ich stand in der Stadt vor einem wundervoll geschmückten Tannenbaum und fragte mich, wie es wohl sein mag, wenn man bei dem Anblick nichts fühlt. Weil keine Empfindungen da sind. Vermutlich fehlt nichts, weil dieses *nichts* der Normalzustand sein dürfte und Alltag für alle diejenigen Menschen, die der Gruppe der *Nichtfühlenden* angehören. Wenn aber alle um dich herum stehenbleiben und verzückt rufen: „Oh, schau doch, wie schön!" Muss das nicht furchtbar irritierend sein?

Fühlt man sich dann nicht buchstäblich dazu gezwungen, zu schauspielern, und in den Jubel mit einzustimmen, ohne konkret zu wissen, warum? Das stelle ich mir schwierig vor. Ich spüre deutlich den immensen Druck, der doch ständig auf einem lasten müsste, wenn man nicht den Nerv hat, sich zu outen, zu sagen: Nö, geht mir komplett am Ärmel vorbei, der ganze Zirkus um Weihnachten, ich fühle nichts. Damit stemple ich mich zum Außenseiter ab, bin dem Anschein nach ein richtiger Zombie. Eben anders als alle sonst. Und ich spüre genau, wie dick die Glaswand dann ist, hinter der ich stehe.

Tränen bahnten sich ihren Weg. Ich stand dort vor der Tanne und heulte. Zum Glück war die Dunkelheit schon hereingebrochen, so dass ich mich vor den Blicken der Passanten nicht zu verstecken brauchte. Armer Andreas. So viel Druck, so viel Leid, so wenig Verständnis und so wenig Mitgefühl von anderen Menschen. Wie auch, wenn keiner von seinem Elend weiß.

Er hatte übrigens vor kurzem Geburtstag. Ich schlich mich schon morgens, ganz früh, mit einer kleinen, rosafarbenen Kerze in der Hand zu ihm, zündete den Docht mit einem Streichholz an und sang: *Happy Birthday*. Und mit diesem brennenden Lichtlein bin ich dann unter seine Bettdecke gekrabbelt, gratulierte Andreas zum Geburtstag, das schönste Geschenk, das man ihm so machen kann.

In Gedanken ist so etwas natürlich kein Problem, mit einer brennenden Kerze unter die Bettdecke zu schlüpfen, *in echt* ist so eine Aktion besser nicht zu empfehlen, es sei denn, es steht griffbereit, gleich neben dem Bett, der Feuerlöscher parat.

Kurz vor sieben hatte ich mich dann dezent wieder zurückgezogen. Ich spürte, dass er unkonzentriert wurde, ein untrügliches Anzeichen dafür, dass es jetzt langsam an der Zeit sei, sich ein wenig um Laura zu kümmern. Das Spiel kannte ich ja nun bereits.

Aber dieses Umschalten von der einen auf die andere Person würde mir in hundert Jahren nicht gelingen! Für Andreas kein Problem. Bis vor kurzem, jedenfalls.

Wie oft hatte ich ihm nicht schon den Vergleich von Äpfeln, Birnen und Kirschen versucht nahezulegen, also von drei unterschiedlichen Früchten, und eine schmeckt anders als die andere. Und das Gleiche gilt für drei verschiedene Menschen. Für jeden hegt man andersartige Gefühle, es kann nicht dreimal dasselbe sein! Sollte davon doch allmählich etwas bei ihm angekommen sein?

Das könnte unter Umständen eine Erklärung für die Schwierigkeiten sein, die er in der letzten Zeit mit Laura zu haben schien. Bei uns beiden gab es vormittags nie Probleme. Gegen Mittag jedoch fing er regelmäßig an, äußerst angespannt zu wirken, nahezu ängstlich. Hatte er Angst vor ihr? Sie müsste ja jetzt gleich kommen.

An seinem Geburtstag jedenfalls war es besonders schlimm. Er versuchte, sich mit mir zu streiten. Fehlanzeige. Ich sagte zu ihm: „Mein Herz, wenn du Zoff suchst, dann bist du bei mir an der falschen Adresse, das weißt du doch inzwischen. Dein Kriegsschauplatz liegt zwischen Laura und dir, und nicht zwischen uns. *Wir* haben keine Probleme, also bitte." Ich verzog mich.

Doch je mehr Zeit ins Land ging, desto größer wurde seine Anspannung. Du lieber Himmel, ich hatte in der Vergangenheit auch schon umfangreiche Feiern an Geburtstagen ausrichten müssen und durfte mir für unsere Gäste die Füße platt laufen. Aber derartig gestresst fühlte ich mich dadurch trotzdem niemals. Außerdem hatte Laura die *A-Karte*, was die Bewirtung der Leute anbelangte, wieso also dieser Aufruhr?

Die Antwort bekam ich gleich am nächsten Morgen. Andreas wirkte wieder einmal völlig verstört, sprach kaum, war überhaupt nicht auf Liebe aus, vorher mit Laura auch schon nicht. Auch nicht Lust auf Sex? Oh je, da schien er aber echt Ärger an der Backe zu haben. „Was ist los, Bärchen? Du bist ja total am Boden zerstört, was ist passiert?" Keine Antwort. Ich strengte mich an, bemühte mich, genauer hinzuhören, versuchte, etwas von seinen Gedanken aufzufangen.

Wie durch einen Nebel hindurch trafen Wortfetzen meinen Kopf, Text, der sich nicht ganz so einfach entziffern ließ. Was spielte sich da bloß ab? Geschenke, undankbar, rüpelhaft, frech – diese Wörter kamen bei mir an. Hm. Bei ihm zu Hause kochte also die Luft. Und es ging allem Anschein nach um die Aufmerksamkeiten, die er gestern bekommen hatte. Ganz langsam beschlich mich eine Ahnung.

Wie kann ich mich angemessen für ein erhaltenes Geschenk bedanken, wenn ich nichts fühle? Ist das nicht ein bisschen viel von mir verlangt, dann?

Ich denke ein Jahr zurück. Als ich *nur* seine Patientin war, hatte ich mich für die ersten sechs Behandlungen bei ihm bedanken wollen. Ich schenkte ihm einen Zwanzigeuroschein und eine kleine Kostprobe meiner selbstgemachten Marmeladen, eine Komposition, die unglaublich hübsch aussah. Ein dicker Korkuntersetzer, etwa dreißig Zentimeter lang, darauf standen drei sechseckige Gläser gefüllt mit Marmelade. Wie die Orgelpfeifen, denn alle drei besaßen eine unterschiedliche Höhe. Mit einer Schere, die die Umrandung im Zickzack schneiden konnte, hatte ich aus Stoff mit Fruchtmotiven diese niedlichen, kleinen Deckchen hergestellt, Etiketten auf die Gläser geklebt, das Tuch festgebunden mit grünem Bast. Das Ganze dann mit durchsichtiger Folie dick umwickelt, eine Schleife oben dran – fertig war ein wunderschönes Geschenk.

Wen immer wir in der Vorweihnachtszeit besuchten, über so ein hübsches Mitbringsel freute sich jeder. Anders bei Andreas. Der fühlte nicht die Liebe, die im Detail steckte. Für den Geldschein bedankte er sich höflich. Mein kleines Kunstwerk jedoch nahm er in die Hände, schaute es sich lange und gründlich an ohne auch nur eine Miene zu verziehen, und nach gefühlten zwei Stunden fing er leise an zu murmeln: „Was sind denn das für komische Sorten?"

Ja, einen kalten Eimer Wasser über den Kopf zu bekommen, würde sich vermutlich nicht anders anfühlen. Mit *komischen Sorten* meinte er die Beschriftung auf den Etiketten, nämlich Mandarine-Rum-Rosine, Hot Cherry und Ananas-Minze. Ich musste mich schon sehr zusammennehmen, damit er mir meine Enttäuschung nicht ansehen konnte.

Diese kleine Episode fiel mir also ein in dem Zusammenhang, das Thema Geschenke betreffend. Damals kannte ich sein Problem noch nicht. Ich hatte keinerlei Ahnung davon, dass er sich außerstande sah etwas zu fühlen.

Was also bleibt übrig, wenn ich nicht in der Lage bin, Freude zu empfinden? Wenn ich Liebe zum Detail nicht spüre, die dieses Geschenk ohne Zweifel ausstrahlte, denn andere Beschenkte vor ihm nahmen sie durchaus zur Kenntnis.

Eine Zwickmühle. Was mache ich denn da? Wie komme ich aus *der* Nummer wieder heraus? Ich weiß, ich muss reagieren und mich angemessen bedanken, am besten mit ein paar anerkennenden Worten, nur, was sage ich jetzt? Das, was mir gerade in dem Augenblick durch mein rationales Gehirn geistert, nämlich der Text, was denn das für komische Sorten seien?

Ja, da brauche ich über die aufgefangenen Wörter nicht mehr nachzudenken. *Frech, rüpelhaft, undankbar* - seine Verkrampfung des Vortages wurde für mich sichtbar. Kein Gefühl. Er kann auf Geschenke und auch auf Situationen nicht wie ein normaler Mensch reagieren – angemessen eben.

Natürlich wird Andreas wissen, dass genau an *der* Stelle etwas nicht mit ihm stimmt. Aber ich glaube, er wusste nie zuvor, um was es sich dabei handelt. Ich mag mir nicht vorstellen, wie oft es in seinem Leben in Sachen Geschenke Schwierigkeiten ähnlicher Art gegeben haben mochte. Verdammt oft schon, schätze ich, sonst wäre die Angst vor Feierlichkeiten solcher Art nicht so groß. Muss ja auch schlimm sein, ständig ein Heer von frustrierten Menschen hinter sich herzuziehen, enttäuschte Familienangehörige, verprellte Kollegen und Freunde, die sich abwenden.

„Bärchen, Laura ist sauer auf dich?" „Oh, Mann, Lilly, sauer ist gar kein Ausdruck!" Ahnte ich es. „Hast du dich gestern danebenbenommen?" Die Antwort kam hörbar zerknirscht: „Ja, scheint so." Hm. Er wusste offenbar nicht, was er falsch gemacht hatte. Gut, gestern ist vorbei und es dürfte wenig hilfreich sein, wenn wir das alles jetzt durchkauen sollten. Aber die nächste Gelegenheit dieser Art, die wollte ich nutzen und ihn sofort auf seine Fehler aufmerksam machen. Und nicht nur einmal, sondern *wieder* und *wieder* und *wieder*. Bis er es fühlt!

Die Vertrautheit zwischen uns und die Nähe, die in dem eben geführten Gespräch lag, sorgten anscheinend dafür, dass er aus seiner Versteinerung wieder erwachen konnte. Typisch für ihn, dass er sich dann nach Liebe sehnte. Ok, es zweimal schön zu haben, sollte reichen. Ich fände es total schade, wenn jetzt durch zu heftiges

Ausagieren ein etwaiger *Aufmarsch der Gefühle* abgeblockt würde. Diese leichte Depression könnte sich durch ein Zuviel ganz schnell wieder ins Gegenteil verkehren, sich dann erneut dem anderen Polarisierungspunkt zuwenden, der Euphorie. Auch nicht gut. Die Mitte, eine stabile Mitte dazwischen, das wäre wirklich super schön.

Ich werde ihm dabei helfen, seine Mitte zu finden. Ich empfinde ja, was er fühlt, ich kann also benennen, welches Gefühl gerade auftaucht. Und ich sage es ihm so lange, bis es uns beiden zum Halse heraus hängt. Ich glaube, das ist der Weg.

Zum Glück bin ich jetzt in der Lage, dass mir die eigenen Emotionen beim Wahrnehmen seiner Befindlichkeit nicht mehr im Wege stehen. Als ganz übel erinnere ich die Zeit, zu der ich durch Andreas' Manipulationsversuche in Wut geriet, und mich dadurch völlig außerstande sah, *seine* Gefühle aufzufangen. Und ich glaube, hier machte auch ich einen ganz gewaltigen Satz nach vorne, denn ich habe gelernt, persönliche Belange soweit hintenan zu stellen, bis die Zeit dafür da ist, mich um mich selbst kümmern zu können.

Meine Meisterleistung in Sachen *Ruhe bewahren* konnte ich immer dann an den Tag legen, wenn Andreas darum bat, mit mir zusammen Musik zu hören. Das endete mitunter übel, er hörte nämlich nicht damit auf, mich an der Stelle hereinlegen zu wollen. Beim

Abspielen des Titels Halleluja schmolz mein Herz wie ein Becher mit Eiskugeln in der Sonne. Ich genoss diese wundervolle Musik, ließ mich von der bewegenden Melodie tragen. *Mit* ihm, denn ich merke es sofort, ob er anwesend ist oder nicht. Und kurz vor dem glanzvollen Finale, Ende der Vorstellung, keine Schwingungen mehr spürbar, und Andreas zog es wieder einmal fort. Zu Laura.

Hier saß meine Sollbruchstelle. Die Betonung liegt auf der Vergangenheit, denn sie ist es seit kurzem nicht mehr. Keine psychischen Zusammenbrüche mehr. Weder Wut bis hin zum Platzen, noch Vorwürfe oder sonstiges Theater. Nichts mehr. Ich kann völlig cool bleiben und denken: Ach du armer Kerl.

Ich bin absolut sicher, dass meine Seele vor noch nicht allzu langer Zeit genau an dieser Stelle Wunden davongetragen hatte. Aber ich merke auch, dass die Narben jetzt verheilen, und kein neuer Vorfall ähnlicher Art ist in der Lage, die Verletzungen erneut aufbrechen zu lassen. Und ich spüre auch schon lange keine Eifersucht mehr. Worauf denn auch? Auf ein ständig verpatztes Finale?

Aber so ganz will Andreas es scheinbar noch nicht begreifen. Er beklagt sich immer noch darüber, dass Bärchen zu klemmen scheint. Ich wiederhole dann, zum ich weiß nicht wievielten Mal: „Ja, mein Herz, er will nicht. Du denkst, du seist ein Automat, bräuchtest nur auf die entsprechenden Knöpfchen zu drücken und schon ist das gewünschte Programm eingestellt. Das mag bei dir in der Vergangenheit auch der Fall gewesen sein. Aber ab jetzt ist es das nicht mehr. Du bist ein Mensch mit einer Seele. Du hast Gefühle. Gut, die sind bei dir momentan noch ein wenig unterbelichtet, aber sie sagen dir doch ganz klar, wo es längst geht, was du in Wirklichkeit möchtest. Und Sex *ohne* Gefühle scheint nicht mehr dazu zu gehören.

Leider fühlst du es noch nicht, dass du mich an dem Punkt immer ganz fürchterlich verletzt hattest, buchstäblich gequält. Nur, mein Herz triffst du damit jetzt nicht mehr, du triffst, genau wie beim Lügen, ausschließlich dich selbst. Erkennst du es, dass du an der Stelle dann Mist gebaut hast?" Seine Antwort: „Ich denke schon." Das hörte sich, ehrlich gesagt, zu dünn an, als dass ich es ernsthaft hätte glauben können. Aber, schauen wir mal.

Mir fällt das Experiment mit der Maus ein. Das sah ich einmal im Fernsehen. Eine Maus, drei Türchen, hinter der ersten ist nichts. Wenn die Maus an das zweite Türchen stößt, bekommt sie einen Stromschlag, aber hinter Tor drei, da liegt das ersehnte kleine Leckerli. Die winzige, dumme Maus begriff es nach zweimaligem Stromschlag, dass sie um Klappe zwei besser einen großen Bogen machen sollte. Sie bewies also Lernfähigkeit, ein Anzeichen von Intelligenz.

Oder das Beispiel mit der Mauer. Andreas rennt ständig mit seinem Kopf gegen dieses imaginäre

Hindernis an, immer und immer wieder. Gewiss hundertmal fragte ich ihn, warum er das mache, ob es nicht womöglich gescheiter sei, einmal scharf nachzudenken. Zu schauen, ob dieses Hindernis, das er ja anscheinend nur zu gern überwinden möchte, nicht doch an irgendeiner Stelle ein Loch aufweist, durch das er dann problemlos hindurch schlüpfen könnte. Dann bräuchte er seine kostbare Energie nicht zu verschleudern, sich nicht permanent selbst zu verletzen, sondern er könnte diese wichtige Ressource dann für sinnvollere Dinge einsetzen.

Warum lernt Andreas aus einer ganz bestimmten Situation, die für ihn immer wieder gleich dumm endet, nichts? Ich glaube, wenn ich darauf eine Antwort wüsste, wäre *ich* eine Runde weiter.

Kapitel 25

Toni und ich führen ein friedliches Leben. Gewiss, gelegentlich fliegen natürlich auch bei uns die Fetzen, aber wenn die Standpunkte dem anderen dann klar vermittelt sind, dann glätten die Wogen sich auch wieder. Für mich ist das äußerst wichtig. Ich hasse es, in Streit zu leben, oder noch schlimmer, in Streit einschlafen zu müssen.

Und mir ist es auch wichtig, unseren gemeinsamen Alltag ohne allzu große Turbulenzen meistern zu können. Das brauche ich, unbedingt. Denn je ruhiger mein reales Leben verläuft, je ausgeglichener ich bin, desto mehr Kraft kann ich aufbringen für die Beziehung zu Andreas. Meine Ruhe überträgt sich auf ihn. Und diese Ausgeglichenheit konnte er im Augenblick extrem gut gebrauchen.

Denn zwischen ihm und Laura schien es in der letzten Zeit nicht nur gewaltig zu rumpeln, nein, da gab es scheinbar noch Probleme, ganz spezieller Art. Das Thema heißt: Familienplanung. Der Kinderwunsch der beiden hatte einen bösen Dämpfer erfahren, angeblich, ich bin ja weiterhin immer vorsichtig, wenn solche Angaben von ihm gemacht werden. Zu oft stellte sich im Nachhinein heraus, dass es sich wieder einmal um eine Geschichte nur für mich handelte.

Angeblich waren sie beide beim Arzt. Andreas soll unfruchtbar sein. Bärchen könnte seinen Dienst nicht leisten, die *kleinen Kameraden* seien nicht beweglich genug. Dadurch bestünde also keine Chance auf eine Schwangerschaft. Na ja, so etwas kommt vor, aber da könnte man doch in den meisten Fällen medikamentös für Abhilfe sorgen, das verstand ich soweit erst einmal nicht. Aber sie taten mir beide leid, besonders Laura, denn ich weiß nur zu gut aus eigener, leidvoller Erfahrung, wie schlimm es für eine Frau ist, vor solche Tatsachen gestellt zu werden.

Offen gesagt hatte ich eher erwartet, dass der Kindersegen ausbleiben könnte wegen der *hohen Umschlaghäufigkeit*, die soll ja angeblich die Qualität mindern. Aber in jedem Fall ein seelisches Dilemma.

Meine Erinnerungen schweiften mehr als dreißig Jahre zurück. Toni und ich litten damals unter ähnlichen Schwierigkeiten. Und als ich zwei Jahre nach der Pille immer noch nicht schwanger wurde, da machten wir auch den *Gang nach Kanossa*, will sagen, wir begaben uns in eine Sterilitätsbehandlung. Seit dem weiß ich, wie freudlos Liebe nach Terminkalender ist. Und unsere Beziehung geriet damals auch ins Wanken, bis ich dann eines Tages merkte, dass das Thema *Kind* absolut nur noch mein Thema alleine war. *Er* war am Aussteigen. Und ich hatte mich also zu entscheiden –

Toni oder Nachwuchs, beides schien zeitgleich nicht mehr zu verwirklichen zu sein.

Ich entschied mich für Toni. Aber es tat weh, ganz furchtbar weh. Der Preis, den ich für diese Entscheidung zahlte, wurde mir immer dann wieder bewusst, wenn mir eine schwangere Frau oder eine Frau mit Kinderwagen über den Weg lief. Und an Weihnachten. Überall glückliche Kinderaugen. Ja, ich hatte Verständnis für ihren Kummer, und seine Traurigkeit darüber erschien mir völlig normal.

Was ich aber als absolut anormal empfand, war die ständige Lügerei! Für wen dachte er sich diese blöden Lügengeschichten aus? Seine Lebensumstände berühren mich zwar, aber im Grunde genommen ist es völlig egal, ob er tatsächlich mit Laura verheiratet ist, ob er überhaupt liiert ist oder alleine lebt, ob er jeden Tag zur Arbeit geht oder zu Hause bleibt. Es hat für mich keine weitere Bedeutung.

Wenn das für Laura so in Ordnung ist, warum nicht? Schließlich kann man das auch als eine Form von Aufgabenteilung betrachten, wenn *sie* im Anschluss wieder Geld verdienen geht, während *er* daheim die Kinder großzieht. Zwei Fliegen mit einer Klappe, möchte ich behaupten. Auf diese Weise dürfte es zumindest *draußen* keinerlei Stress mehr mit einer Arbeitsstelle geben.

Natürlich wird Andreas es im Kopf wissen, dass er zuverlässig und pünktlich sein muss, dass er dem Chef und den Kollegen gegenüber loyal zu sein hat. Er wird das gelernt haben. Aber kann man dieses Programm, das von einem dann verlangt wird, kann man das in solch einer Präzision überhaupt durchziehen? So, dass niemand merkt, dass man ein Anti-Sozialer, ein Nichtfühlender ist?

Am schwierigsten stelle ich mir den Umgang mit den Kollegen vor. Was ist Kollegialität, wie sieht ein freundschaftliches Verhältnis aus? Wie gehe ich offen mit Anderen um? Geben und Nehmen, Verantwortung übernehmen, Feingefühl, Rücksichtnahme, Absprachen treffen und die dann auch einhalten, Ehrlichkeit – ich glaube, ich kann diese Reihe hier abbrechen. Es kann nicht gehen. Ich verstehe es, wenn er lieber zu Hause bleiben möchte.

Und als Patient? Da erwarte ich in allererster Linie Mitgefühl. Das setzt jedoch Einfühlungsvermögen des Therapeuten voraus, und genau das ist definitiv nicht da. Er wird auch hier gelernt haben, wie er am besten reagiert, wenn eine Patientin ihm ihr Leid klagt. Womöglich ist der entsprechende Text von seiner Festplatte daraufhin abrufbar. Doch reicht das? Merke ich das nicht früher oder später?

Ja, ein Leben voller Schwierigkeiten. Wen wird es wundern, dass ich das dringende Bedürfnis verspürte, wenigstens *meinen* Alltag problemlos am Laufen zu halten. Und das gelingt mir gut. Ich fühle mich wohl in meiner Haut, habe Freude an allem was ich mache,

Spaß am Leben, obwohl die Zeit jetzt, bedingt durch die Tristheit der Wintermonate, eher gemächlich voranzugehen scheint. Egal, ich kann auch die Stille genießen. Ich hatte große Sehnsucht nach den schönen Ausflügen mit unserem Wohnmobil, mir fehlte der Garten im Sonnenschein, wo Toni und ich die Mittagszeit oft auf der Liege genossen. Ja, Geduld, in ein bis zwei Monaten wird alles wiederkommen.

Andreas zeigte sich wieder einmal verstört. Irgendetwas musste nachts vorgefallen sein, am Abend führte er sich noch ganz normal auf. „Was ist dir denn für eine Laus über die Leber gelaufen, mein Herz?" Keine Antwort. „Du hast doch etwas, Andreas. Erzähl mir, was schiefgelaufen ist. Kann ich dir in irgendeiner Form helfen?" Anstatt auf die Frage einzugehen liebten wir uns, zwar ohne Schwingungen, aber das Mittel seiner Wahl zur Lösung von Konflikten funktionierte anscheinend immer noch.

Nur, wie sollten wir vorwärtskommen, wenn ihm völlig der Text zu fehlen schien, um über seine Schwierigkeiten zu sprechen. Stattdessen sagte er: „Lilly, du bist die Frau meines Herzens, die Frau, die ich am meisten liebe auf der Welt. Ich weiß nicht mehr, was ich ohne dich machen sollte. Du bist mein Freund. Der Erste und Einzige, den ich jemals hatte."

Donnerwetter, so viele Wörter! Es war ja erstaunlich, dass es geradewegs aus ihm herauszusprudeln schien. Aber, mich zu lieben, wird nicht der Grund für seinen

Kummer sein. Ich musste es ihm unbedingt vermitteln, dass alles, was er soeben aufgezählt hatte, überhaupt keinen Anlass zur Traurigkeit abgibt. Ganz im Gegenteil! Aber es bezog sich alles ausschließlich auf mich, auf die Beziehung zu mir, und das machte mich stutzig.

„Bärchen, spürst du es etwa, dass du da total isoliert wie hinter einer Wand aus Glas lebst, abgeschnitten von allen anderen Menschen, mit Ausnahme von mir? Ist es das, was du fühlst, was dich beunruhigt?" Die Antwort, kläglich: „Ja. Und ich liebe Laura nicht so wie dich. Und sie mich auch nicht."

Hoffnung! Aus solchen Sätzen schöpfte ich sie, so wie ein verdurstender, der Wasser durch einen viel zu engen Strohhalm zieht. Eine Quelle aus der ich Kraft schöpfen konnte, Kraft, die ich ganz, ganz dringend brauchte, um uns beide voranzubringen. Ich streichelte ihm über das Haar und sagte zu ihm: „Andreas ich bin dein Freund. Ich bin bereit, für dich in den Krieg zu ziehen, aber nur, wenn du mir auch auf der Ferse folgst. Gerne marschiere ich voraus und achte darauf, dass dich möglichst wenige von den Giftpfeilen und den brennenden Teerfackeln erwischen.

Ich bin dein Schutzschild, wenn du es so nennen willst. Aber wir dürfen nicht vergessen - es ist *dein* Krieg, *dein* Schlachtfeld, nicht meines, und es ergibt nur Sinn, wenn du mitgehst, und es mit der Zeit lernst, die Angriffe selbst abzuwehren. Bist du bereit dazu?"

„Ja, Mäuschen, das bin ich. Und ich stimme dir zu, es ist, verdammt noch mal, *mein* Krieg. Was glaubst du, werden wir es schaffen?" Na, so gut sollte er mich aber in der Zwischenzeit kennen. Denn, wenn ich mir etwas vornehme, dann ganz sicherlich nicht, um vor der letzten Hürde aufzugeben.

„Mein Engel, natürlich schaffen wir das. Der Anfang ist doch gemacht. Schau nur, was wir bis heute alles erreicht haben! Wir haben diese dicken, unzerstörbaren Wurzeln zwischen uns wachsen sehen, und du lerntest mit der Zeit, sie zu akzeptieren, wütest nicht mehr dagegen an. Was für ein langer Weg! Du spürst, dass echte Liebe ganz anders ist, als alles bisher erlebte. Du fühlst den Unterschied. Du kannst es jetzt erkennen, ob ich für dich Feind oder Freund bin. Du hast da ein mächtiges Pensum in diesem einen Jahr absolviert. Hut ab! Ich bin so stolz auf dich. Du schaffst das, eindeutig."

„*Wir* schaffen das, Lilly. Du lässt mich nicht alleine?"
„Nein, niemals, never. Nur die blöde Lügerei nervt."
An der Stelle wollte ich mit ihm noch einmal über seine angebliche Unfruchtbarkeit sprechen, aber, ich glaube, für diesen Moment reichte es an Text. Das Thema würde mir nicht davonlaufen, obwohl, es drängte mich schon, darüber zu reden. Mein Gefühl sagte mir nämlich etwas ganz anderes. Es sagte, dass Laura bereits schwanger sein könnte. Mir fiel auf, dass die beiden nicht mehr wie sonst miteinander schliefen.

Dann dürfte sie allerdings schon recht weit sein, die liebe Laura, möglicherweise im siebten Monat oder ähnlich.

Unangenehme Gedanken tauchten vor mir auf. Ein Psychopath und eine Beziehungsabhängige bekommen ein Kind. Ich bin selber das Produkt solch einer unglückseligen Konstellation, ich weiß wie es ist, wenn der Papa nichts fühlt. Noch schlimmer, bei mir fühlten sie beide nichts, aber davon gehe ich bei Laura nicht aus. Ich stelle mir vor, das Kleine kommt, sein Vater schaut es an, wissend, dass man dabei etwas fühlen müsste – aber da ist nicht. Wie ein schwarzes Loch, in das man hineingreift, aber es ist definitiv nichts darin. Leer.

Dann stellt er womöglich Fotos von dem Baby ins Internet, betextet diese genau so, wie die Bilder von seiner scheinbaren Hochzeitsreise, mit hübschen Worten wie – schönster Tag im Leben – glücklichster Mensch auf der Welt – tausendmal ja, und so weiter. Zehn Untertitel pro Foto! Ein bisschen viel Jubelgesang, für meinen Geschmack, da stimmte wohl draußen mit drinnen nicht alles überein. Und die Glück signalisierende Beschriftung sollte es dann, zumindest optisch, richten.

Das fühlt sich für mich so an, als ginge da jemand mutterseelenallein durch den dunklen Wald und singt vor lauter Angst ein Lied. Spürte er die dicke Glasscheibe an der Stelle?

Andreas hat mittlerweile garantiert verstanden, dass der Krieg ausschließlich in ihm selbst tobt. Dazu braucht er keine weiteren Figuren um sich herum, die sind alle nebensächlich, austauschbar, so wie Laura und so wie ich auch. Das habe ich ihm aber auch schon des Öfteren gesagt. Und, dass man andere Menschen von außen nicht nachhaltig verändern kann, weder durch Gehirnverdrehen noch durch sonstige Manipulationen. Und wenn es doch einmal gelingt, dann wird sich das am Ende bitter rächen, denn so etwas lässt sich niemand ohne weiteres gefallen.

Laura wird ihn verlassen. Das ist mir jetzt ganz klar. Eines Tages erwacht sie aus ihrem Traum, und was wird dann aus *ihm* werden? Kann Andreas das verkraften? Oh je, ich hoffe, wir kommen auf unserem Kriegszug schnell genug voran, um das Schlimmste doch noch verhindern zu können!

Ich bin übrigens der festen Überzeugung, wir könnten um einiges effektiver arbeiten, wenn wir uns Auge in Auge begegnen würden. Wovor fürchtet er sich? Davor, dass wir *in echt* völlig unkontrolliert übereinander herfallen könnten? Für wie irre hält er mich? Glaubt er, ich hätte an irgendeiner Sache Spaß, die er nicht auch will? Also, ich bin alt genug, um meine Grenzen erkennen zu können, sehe, was vernünftig ist und was nicht. Davor bräuchte er sich nicht zu fürchten. Oder fühlt er sich verunsichert, weil ich der einzige Mensch bin, der um sein Defizit weiß?

Anfangs hatte ich ja extrem darunter gelitten, dass er mich nicht mehr sehen möchte. Das tat schon weh! Kein Anruf, keine Mail, *Persona non grata*, eben. Der Schlag traf mich lange an meiner Traumakante. Aber auch diese Wunde ist inzwischen verheilt, es schmerzt mich nicht mehr. Denn ich weiß, ich bin der Mensch, den er mehr liebt als alles Andere auf der Welt. Worte, die er nicht nur sagt, sondern die er fühlt, so wie ich sie fühle, ganz tief in meinem Inneren, gleich neben den *unkaputtbaren* Wurzeln.

Er hatte so einen Bock darauf, gemeinsam mit mir etwas zu machen, die Bauvorhaben durchzuziehen, von denen wir sprachen. Packte ihn die Angst bei der Vorstellung, wir könnten uns darüber unter Umständen in die Wolle bekommen? Das übliche Szenario, das logischerweise niemals ausbleiben kann, wenn man in irgendeiner Form zu Andreas Kontakt pflegt? Ende mit Schrecken, wie immer, und danach käme nur noch eine Spur der Verwüstung?

Nein, das wird es mit mir nicht geben. Ich weiß doch um den fehlenden Bindestrich zwischen den Wörtern, weiß es doch ganz genau, dass er die Brücke aus sozialem Verhalten zum Anderen nicht wird schlagen können. Noch nicht. Ich könnte ihm aber auf jeden Fall erklären, wo so ein kleiner Verbindungssteg hingehört und wie man ihn baut, wenn es sein muss auch hunderttausend Mal. Solange, bis seine innere Stimme endlich erwacht ist und sie es ihm selber sagen kann, der allerbeste Freund, hoffe ich, denn der Beste bin ja, wie er meinte, ich.

Kann sein, das stimmt alles so überhaupt nicht. Womöglich verspürt er ja einfach nur kein Bedürfnis danach, mich in der Realität wiederzusehen. Er nimmt zwar Sehnsucht nach mir wahr, aber ich schließe es nicht aus, dass die lediglich als sexueller Impuls bei ihm ankommt, also nicht verbunden mit dem Wunsch nach Geborgenheit, Wärme, Nähe und so weiter. Es ging bis dahin immer nur um ihn, niemals um den anderen Menschen. Hier fehlte ein Bindestrich! Und den haben wir gefunden. Die schönen Schwingungen, Gefühle pur.

Unser Lieblingslied fällt mir wieder ein, Unchained Melody, I've hungered for your touch, die Strophe, bei der wir beide voll abheben können. Bestimmt kein Zufall.

Natürlich hatte ich auch, gerade am Anfang unserer *Beziehung*, nicht die Möglichkeit ausgeschlossen, nur so etwas wie eine willkommene Abwechslung für ihn zu sein, wenn man denn *die Geister, die man rief,* nicht wieder loswerden konnte.

Nein, meine innere Stimme, mein zuverlässigster Berater, verriet mir ganz andere Dinge. Niemals würde dieser Kumpel mich belügen. Er sagt, dass Andreas sich bei mir melden wird, wenn er ganz tief im Herzen das Bedürfnis danach verspürt, wenn sie endlich überwunden sein wird, die letzte Hürde.

Kapitel 26

Mein Blick fiel auf den Wecker. Halb vier Uhr am Morgen und ich spürte es schon, bevor ich überhaupt die Augen aufgeschlagen hatte. Es war etwas passiert. Toni lag nicht in seinem Bett. Ich beschloss, zur Toilette zu gehen, und da traf ich ihn auf dem Flur, weiß wie eine frisch gekalkte Wand. „Hase, was ist los? Geht es dir nicht gut?", fragte ich ihn erschrocken. „Lilly, ich glaube, ich habe einen Hörsturz", lautete die Antwort.

Scheibenkleister! Da war Eile angesagt, wusste ich aus eigenen Erfahrung und aus den vielen Berichten, die ich hierüber gelesen hatte. Ich versuchte, Toni ein wenig zu beruhigen. „Komm, wir setzen uns jetzt erst einmal hin und dann beschreibst du mir ganz genau, wie sich das bemerkbar macht." Ja, ohne Zweifel, es schien sich um einen Hörsturz zu handeln.

Ich rief im Krankenhaus an. Nach einer gefühlten halben Stunde Klingeln ging endlich jemand ans Telefon. Nein, man habe keine HNO-Abteilung und aus diesem Grunde sollte ich es in der nächstliegenden Universitätsklinik versuchen. Ehrlich gesagt, ich hatte nichts anderes erwartet. Wir wohnen in einem Örtchen mit rund zehntausend Einwohnern, da können wir uns schon über das Vorhandensein eines Krankenhauses freuen. Bei einem gebrochenen Bein, vereitertem Blinddarm oder bei zu früh einsetzenden Wehen, da könnte man sicherlich Hilfe finden, aber sobald es auch nur etwas spezieller wird, steht man hier auf dem Schlauch.

Ok, die Uni-Klinik. Eine verschlafen klingende Frauenstimme mit klarem, südländischen Akzent erklärte mir freundlich aber bestimmt, dass die für Toni zuständige Fachabteilung erst ab acht Uhr morgens besetzt sein würde. Ich sollte noch einmal anrufen und mir einen Termin geben lassen. Hallo?! War da am anderen Ende des Telefons jemand schwer von Begriff? Mein Mann hatte einen üblen Hörsturz und wir sollten uns ganz gemütlich in dreieinhalb Stunden einmal wieder darum kümmern? Ja, das sei schließlich kein Notfall. Ich war sprachlos. Das sah ich aber anders! Nur, was nützte uns das?

Die Zeit wollte nicht vergehen. Wie immer, wenn man auf irgendetwas wartet, dann schleichen die Zeiger der Uhr derart langsam, als weigerten sie sich beharrlich, die nächste Runde zu vollenden. Fünf Uhr. Sechs Uhr. Und Tonis Beschwerden verstärkten sich. Mit *der* Uni-Klinik könnten wir nicht glücklich werden, ich wusste das.

„Toni, was hältst du davon, wenn ich gleich um acht Uhr in der Praxis von Doktor Kurzmann, dem Arzt für

Hals-Nasen-Ohren-Erkrankungen, anrufe? Ich will nur sicher gehen, dass der nicht in Urlaub ist. Und dann machen wir uns dorthin auf den Weg, der kann dir gewiss auch helfen." Ja, einverstanden.

Andreas klopfte massiv an. „Ja, mein Engel?" „Lilly, was ist los bei euch, warum reagierst du nicht?" Ah, ja, leicht dämmerte es mir, dass er es schon einige Male versucht hatte mit mir in Verbindung zu treten, aber ich war zu beschäftigt, um sein Anklopfen bewusst wahrzunehmen. „Tut mir leid, du, ich bin im Stress. Toni ist krank und ich muss mich kümmern. Wir fahren gleich zum Arzt."

Das verstand er natürlich. Ich merkte, wie mein rechtes Bein besonders warm wurde, ein sicheres Anzeichen dafür, dass er jetzt eine geballte Ladung an Energie herüber schob. Er spürte also, wie beunruhigt ich mich fühlte, und wollte mich trösten, mir Kraft geben. „Danke", sagte ich zu ihm, „ich melde mich später, sobald wir wieder zurück sind."

Der Anruf in der Arztpraxis um acht Uhr verlief auch enttäuschend. Um neun Uhr dreißig könnten sie uns zwischen schieben, wir sollten aber ganz viel Wartezeit mitbringen. Du lieber Himmel!

Hier in dieser Gegend möchte ich keinen Herzinfarkt bekommen, dann sieht man alt aus. Aber ich fügte mich. Wir fanden uns pünktlich dort ein und betraten ein rappelvolles Wartezimmer. Ich zählte die Leute kurz durch, achtzehn Patienten saßen da. Das konnte nicht gutgehen. Ich sah in Tonis Gesicht und wusste, nein, das wird auf keinen Fall funktionieren. Denn so friedlich wie sich Toni auch sonst immer gibt, so ungehalten wird er, wenn es darum geht, warten zu müssen, am besten noch in einer langen Schlange.

Da hat er echt einen *Webfehler*. Egal, ob im Supermarkt an der Kasse oder in einem vollen Wartezimmer beim Arzt, er hält das Warten einfach nicht aus. Er dreht dann regelrecht durch, tritt meist die Flucht an, ein Verhalten, das uns hier jetzt nicht einen Millimeter vorwärtsbringen würde. Achtzehn Leute, und der Raum füllte sich weiter.

Toni hielt es genau vierzig Minuten aus. Dann sprang er auf: „Komm, wir gehen!" Ich entgegnete so ruhig, wie ich nur konnte: „Toni, sei vernünftig, das nützt uns nichts. Wir müssen da durch." Keine Chance. „Du kannst ja gern hier sitzen bleiben, aber ich gehe jetzt." Er verließ das Wartezimmer, und blökte auf dem Weg zum Ausgang die verdutzte Sprechstundenhilfe am Empfang an: „ ...und richten Sie Ihrem Chef aus, dass das hier ein richtiger Sauladen ist, in dem einem im Notfall nicht geholfen wird, ein richtiger Sauladen!"

Also, so einen Ausraster hatte ich in dreißig Jahren noch nicht erlebt bei Toni. Oh, wie unangenehm! Ich bin selbst dort Patientin, und die Praxis ist die einzige Facharztpraxis dieser Art in unserer Stadt.

Auf dem Parklatz hatte ich ihn eingeholt. „Toller Auftritt, bravo. Und was jetzt?", fragte ich ihn.

Schulterzucken. Ihm reiche es, er wolle nur noch nach Hause, das dämliche Ohr sollte von selbst wieder Ruhe geben. Das sah ich zwar anders, aber im Moment kamen wir so nicht weiter.

Nachmittags klingelte das Telefon. Die Arztpraxis. Die Mitarbeiterin bat Toni umgehend vorbeizukommen, sie werde ihn dann auch unverzüglich aufrufen.

Toni fuhr allein in die Stadt, er wollte sich nicht fahren lassen. Kleinlaut hatte er sich für seine barschen Worte am Vormittag entschuldigt, auch beim Arzt selber, und endlich bekam er dann die Behandlung, die in diesem Fall angeraten war.

Zu Hause lief mir währenddessen unsere Nachbarin Mona über den Weg. Ich erzählte ihr von Tonis Problemen und auch sie reagierte auf Grund der schleppenden Vorgehensweise empört. Nein, bei einer derartigen Erkrankung sei auch ihrer Meinung nach Eile angesagt, und sie wüsste genau, worüber sie spricht, hatte doch ihr Mann bereits drei solcher Vorfälle hinter sich. Ich sollte mir man über die Beschimpfung *Saustall* keine allzu großen Gedanken machen, die Wogen würden sich schon glätten.

Andreas vertrat auch die Meinung, ich könne mich wieder beruhigen, meist ginge so etwas harmloser aus, als es aussehe. Stimmt vermutlich. Ich hatte vor etwa fünfzehn Jahren auch einmal diese Erscheinungen. Aber nach etlichen Wochen Behandlung blieb außer einem mittelschweren Tinnitus, der, je nachdem wie angespannt ich nervlich jeweils gerade war, mal mehr und mal weniger laut herum heulte und pfiff. Ich hoffte für Toni das Beste.

Spät kam er wieder. Nach diversen zeitraubenden Tests hatte man ihn an einen Tropf mit Lösung gehängt. Das sollte auch die nächsten Tage noch geschehen, man werde sehen, ob es hilft. Im Moment lagen jedenfalls noch keine Ergebnisse vor. Geduld.

Na gut. Ich besorgte noch schnell ein paar Blumen, einen hübschen Tulpenstrauß, und schlug Toni vor, den am nächsten Tag mitzunehmen und ihn an der Rezeption abzugeben, als kleine Entschuldigung für seine hässlichen Worte vom Vortag. Dankbar nahm er meinen Vorschlag an. Die Sache war ihm wirklich äußerst peinlich.

Der Arzt verhielt sich am folgenden Tag tatsächlich ein wenig reservierter als sonst. Doch die Nachricht bezüglich der *Blumenspende* drang vermutlich auch bis zu ihm durch, so dass nach kurzer Zeit wieder Frieden herrschte. Alles gut. Nur nicht mit Tonis Ohr. Die vielen Medikamente und Infusionen zeigten leider keinerlei Wirkung. Die Krankenkasse wusste das vermutlich schon, zumindest stufte sie die Medikation als Privatvergnügen ein, denn sie übernahmen die Kosten für diese Anwendungen nicht. Leider blieb das Ohr so gut wie taub.

Toni rutschte in eine Art Depression. Er haderte seit einiger Zeit sowieso mit dem Schicksal, das

Älterwerden betrachtete er nicht gerade als Spaß, eher als eine Grausamkeit der Natur. Und dieser Schock hier ließ ihn in eine Art Erstarrung versinken, aus der ich ihn mit Gesprächen und mit Aktivitäten versuchte heraus zu holen.

Ich bemühte mich, ihm klar zu machen, dass es in seinem Alter weitaus schlimmere Schicksalsschläge geben könnte, Krebs, zum Beispiel, er möge sich doch bitte daran erinnern, wie furchtbar sich Wolfgang quälen musste. Wir würden uns umgehend nach einem vernünftigen Hörgerät umsehen, damit ließe sich die verlorengegangene Leistung des Ohres zu einem großen Teil wieder ausgleichen.

Andreas kam in dieser Zeit ein wenig zu kurz. Aber da musste er durch, ich konnte mich schließlich nicht vierteilen, Toni hatte in dem Fall Priorität. Scheinbar vermisste er die viele Zeit, die wir sonst miteinander verbrachten.

„Lilly, ich vermisse dich so!" „Ja, Bärchen, ich dich doch auch. Aber Toni benötigt momentan meine volle Zuwendung sonst hätte ich dabei kein gutes Gefühl, das verstehst du doch, oder?"

Seine Antwort nahm ich als Kompliment: „Für diese Art, Mäuschen, liebe ich dich besonders. Dafür, dass du dich so rührend um andere kümmerst und dich selber immer hinten anstellst. Ich bewundere dich. Und ich bin stolz auf dich." Über diese Sätze freute ich mich, nicht nur, weil ich sie als Lob ansehen konnte, sondern deshalb, weil sie so unglaublich viele Bindestriche enthielten. Und die muss er gefühlt haben, sonst hätte er sie schließlich nicht aussprechen können.

Aber zurück zu Toni. Es kostete gewaltige Anstrengung, sich mit ihm zu unterhalten. Ich musste entsetzlich laut reden, damit er mich wenigstens einigermaßen verstehen konnte. Und der Fernseher brüllte. Das geschah ausgerechnet mir, wo ich doch über die Maße geräuschempfindlich bin!

Leider entwickelte Toni eine äußerst lästige Unart. Ich spreche ihn an, er reagiert nicht, ich wiederhole den Text ein paar Phon lauter, er nörgelt mich an, warum ich denn so schreie. Verdammt noch mal, dann könnte er doch wenigstens einmal kurz nicken, als sichtbares Zeichen dafür, dass er mich verstanden hat! Oder - wie wäre es mit einem knappen ja, oder nein, oder was weiß ich? Hauptsache, ich erhalte von ihm irgendeine Rückmeldung, dass er mich *überhaupt* gehört hat.

Über diese Situation hätte ich glattweg verrückt werden können. Ließ er mich absichtlich in die Falle laufen? Was für ein blödes Spiel. Wir mussten lange Zeit keine Konflikte mehr austragen, aber der hier jetzt, der ging mir unglaublich auf die Nerven. Ich reagierte somit äußerst gereizt darauf, dass er mich derart auf die Rolle nahm.

Oh Mann, es wurde höchste Zeit für das Hörgerät! So ein Teil ist richtig teuer, zumindest dann, wenn es mehr als nur der übliche Standard sein soll, also schon ein wenig komfortabler. Da gäbe es dann auch noch die *High-Tech* – Variante, die sich im Preissegment eines neuen Kleinwagens bewegt. Toni, mit seiner Vorliebe für alles, was mit Technik zusammenhängt, hätte sich gern in der oberen Preisklasse angesiedelt, aber, bei aller Liebe, solche Unterschiede fand ich dort wirklich nicht. Wir entschieden uns für die Mitte.

Jetzt hatte Toni nur noch zu lernen, mit dem Ding umzugehen. Ich ahnte nicht, dass es so viele Gelegenheiten gibt, zu denen es nicht ratsam sei, es zu tragen. Am Strand, zum Beispiel. Wenn einem da beim Abtrocknen mit dem Handtuch die kleinen Teilchen aus der Ohrmuschel rutschten, dann könnten viertausend Euro futsch sein, einfach so versenkt im Sand. Oder bei starkem Wind. Der soll angeblich recht unangenehme Pfeifgeräusche verursachen. Und im Lokal, also immer dann, wenn viele Menschen auf einem Haufen sind und praktisch alle durcheinanderreden, dann könnte so ein Hilfsmittel auch eher zum Nachteil sein. Toni fühlte sich genervt und tat sich mit dem Gebrauch schwer. Genaugenommen lehnte er das Teil ab.

Ich versuchte, ihn wieder einmal zu ermuntern, die Dinge von der positiven Seite zu betrachten. Immer noch besser als schwer krank zu sein, oder tot, die Alternative gäbe es ja auch noch. „Meinst du nicht", fragte ich ihn, „wir sollten uns über *das* freuen, was noch alles funktioniert, als über das zu meckern, was nicht mehr so ganz will?" Doch, es brauchte zwar eine erhebliche Weile, aber eines Tages hatte ich ihn dann endlich so weit.

Nur, unser kleiner Konflikt, dieses *auf die Rolle nehmen* da er angeblich nicht gehört haben will, was ich gerade gesagt hatte, der schwelte immer noch und war ausgesprochen lästig. Darüber werde ich mir ernsthaft Gedanken machen, nachdenken, was dieses blöde Spiel bedeuten soll. Will er damit etwa Aufmerksamkeit erregen? Womöglich ja *meine* Aufmerksamkeit speziell? Das dürfte dann allerdings darauf hinweisen, dass er sich vernachlässigt fühlt und um Beachtung kämpft. Hm.

An *der* Stelle erwachte wieder das *Trüffelschwein* in mir. Ich werde genau hier graben, und zwar so lange, bis ich den wahren Grund gefunden habe.

Kapitel 27

Ja, ich ahnte es bereits, die unbeschwerten Urlaubswochen in der Türkei, die Weihnachtsfeiertage und die darauf noch folgenden Geburtstagsfeiern, hinterließen auf meiner Waage die erwarteten bösen Spuren. Aber, ich legte in Sachen Essen und Genießen den Rückwärtsgang ein, und, ich habe das sonst so schwere Umschalten auf Normalbetrieb ohne Schwierigkeiten gemeistert. Ich bin jetzt in der Tat Herr im eigenen Haus.

Auch mein Lauftraining auf dem Deich nahm ich wieder auf. Bei Wind und Wetter brachte ich dem *Schweinehund* in mir bei, auf keinen Fall schwach zu werden und zu kneifen. Darüber hinaus radle ich auf meinem Hometrainer jeden Morgen erst einmal zwanzig Minuten bei vollem Tempo. Ich habe das Gerät so aufgestellt, dass ich am Horizont auf die Ostsee schauen kann und stelle mir vor, ich fahre durch die wundervolle Landschaft, hier draußen bei uns. Da kann es ruhig regnen.

Ich bin erstaunt darüber, wie bereitwillig die Muskulatur sich dem jeden Tag aufs Neue anfallenden Trainingspensum stellt. Ich sehe zwar zu, dass ich nicht über meine Grenzen hinausgehe, aber ich bemühe mich, immer bis an diese heranzureichen. Im Klartext heißt das, ich versuche es, täglich mein bestes Ergebnis zu toppen, und wenn es nur um eine winzige Spur ist. So richtig gut fühle ich mich, wenn meine Leistung kontinuierlich ansteigt, und das, ohne mich ständig zu überfordern. Denn den Spaß an der Sache, den will ich auf keinen Fall verlieren. Nur so ist sichergestellt, dass ich stetig mit meinem Programm vorankomme.

Doch, ich bin zufrieden mit mir. Keine Spur mehr von diesen grauenhaften Nervenzusammenbrüchen. Gut, hier und da ein paar Tränen, das Resultat von Traurigkeit, aber keinerlei Verzweiflung mehr in mir. Ich habe viel an Stabilität gewonnen und auch viel dazugelernt in den letzten zwölf Monaten. Ich gerate an den kritischen Punkten nicht mehr in die Krise, flippe emotional nicht mehr aus, was immer auch passieren mag.

Andreas dagegen muss kämpfen. Er ist scheinbar ja gezwungen, den *Status quo* zwischen Laura und sich selbst zu erhalten, und das läuft nach wie vor nur über die Sex-Schiene, anscheinend die einzige Möglichkeit, den anderen abhängig zu halten. Wenn sonst keine weiteren Aktivitäten stattfinden, die beide miteinander verbinden, dann ist es nicht verwunderlich. Und sehr vieles verändert sich. Ich spüre eine unangenehme Kälte im Körper, wenn Andreas mit Laura zusammen ist, und er spürt sie auch, wir sprachen ja bereits darüber. Aber er hat damit aufgehört, dagegen anzurennen wie ein Irrer, scheint es allmählich zu erkennen, dass man nicht für alle Menschen das Gleiche empfindet. Dass er an dieser Stelle überhaupt etwas fühlt, das ist doch schon ein großer Gewinn.

Zum Glück versucht er jetzt nicht mehr, das, was er für mich verspürt, in die Beziehung mit Laura zu transportieren, hat es anscheinend akzeptiert, dass in *der* Verbindung die Kälte das Sagen hat. Und er weiß auch, dass er mit mir richtig Glück gehabt hat. Von hundert Frauen wären neunundneunzig davongelaufen bei der Problematik, oder es hätte Mord und Totschlag geben können. Wie man es auch sehen will - ein unerfreuliches Ende.

Ich hingegen spürte immer die Verzweiflung in allen seinen Handlungen, habe mich zu jeder Zeit bemüht, ihn in den Vordergrund treten zu lassen, und hatte es in der Tat geschafft, ruhiger zu werden, trotz heftiger Angriffe. Es erschien mir regelrecht zwanghaft zu sein, wie zielstrebig er von einem Minenfeld auf das andere zumarschierte. Aber in letzter Zeit bemühte er sich wenigstens, die Zeit, die er mit Laura verbrachte oder aber mit mir, nicht in einen Topf zu werfen, sondern sie voneinander zu trennen.

Und ich glaube, dass Andreas jetzt endlich tief in sich das Vertrauen dazu gefunden hat, dass ich immer bei ihm bleiben werde. Wie oft hatte er zu mir gesagt: „Lilly, lass mich nicht allein!" Dieser Satz *hallte* regelrecht in meiner Seele herum, hielt sicherlich oft den Motor zum Durchhalten am Laufen, wenn die Batterien erlahmten.

Weiterhin machte ich mir aber Gedanken über den, angeblich, glücklichsten Tag seines Lebens. Hatte er nun geheiratet, oder nicht? Da wollte so einiges nicht recht zusammenpassen. Wie konnte er sich zu einer derart schönen und aufregenden Zeit so bedrückt fühlen? Diese Traurigkeit ist das Einzige, was für mich real ist, denn die habe ich ohne jeden Zweifel wahrgenommen. Alle Angaben drumherum können frei erfundene Geschichten sein, nur für mich, warum auch immer. Endlich die Traumfrau, eine Traumhochzeit, Traum-Zukunftspläne und eine unglaublich lange Hochzeitsreise – trotzdem niemals aufkommende Freude, null Glücksgefühle? Nein, natürlich, wie blind bin ich denn? Er fühlt ja nichts.

Keine noch so sanft geschwungene Palme, kein noch so weißer Sandstrand, könnten jemals das Paradies ersetzen, das du nur in dir selber finden wirst. *Wenn* du es denn kannst. Liebe, Glück, Zufriedenheit. Und je schöner alles draußen zu sein scheint, desto schmerzlicher wird es einem womöglich klar, wie wenig davon drinnen stattfindet.

Armer Andreas. Life is *not* a beach, life is a battlefield. Noch. Aber er besitzt jetzt auch diese *unkaputtbaren* Wurzeln, ein Fundament aus Liebe, das stark genug ist, ihn auf Dauer zu tragen. Und er wird es lernen, dem Grundstock zu vertrauen, wie einem guten Freund, auf den felsenfest Verlass ist. Immer. Ich spüre, dass diese Fundamente für ihn der Anfang zum Positiven hin sind.

Ich weine. Aus Mitgefühl. Es tut mir nach wie vor leid, wenn ich sehe, wie schwer das Leben für ihn ist. Ich gönne sie ihm von ganzem Herzen, seine heile, schöne Porzellanwelt, in der leider nur die Kälte das Sagen hat. Unter Umständen ist diese Welt aber auch nur ein Konstrukt in der Fantasie? Ich möchte darüber jetzt nicht spekulieren. Zu entsetzlich ist mir die Vorstellung, dass er, möglicherweise, doch ohne Laura leben könnte, völlig isoliert, ganz allein in seiner Porzellan-Welt, der kalten.

Als ich ihn vor ein paar Tagen wieder einmal fragte: „Was ist los, mein Herz, du wirkst so betrübt?" Da entgegnete er: „Ich glaube, ich habe Angst." *Er spürt Angst!* Das wollte ich im Kalender eintragen, das kam so noch nicht vor! Ich weiß, es hörte sich zynisch an, was ich ihm daraufhin antwortete: „Oh Mann, das ist ja wunderbar! Angst! Du fühlst sie, sorry, das klingt fast gemein, aber ich bin so froh, dass du überhaupt in der Lage bist, etwas wahrzunehmen, auch wenn es ein vermeintlich negatives Gefühl ist, egal, es ist zumindest eines. Sag mir, vor was fürchtest du dich denn, Andreas?"

Eine Antwort, es folgte tatsächlich eine Antwort statt des tausendmal gehörten und total verhassten

Schweigens an dieser Stelle: „Ich glaube, ich habe Angst vor meinem Leben."

Ich musste mich beherrschen wie selten zuvor! Ich hätte jubeln und tanzen können bei dem Satz, nur, das durfte ich ihm so jetzt nicht zeigen, denn an ihm nagte die Verzweiflung, da konnte ich nicht jubilieren. „Lilly, ich habe mich noch nie so unsicher gefühlt", setzte er nach. *Er setzte nach*! Und ganz freiwillig. Oh Gott, was für ein erfolgreicher Tag!

„Bärchen, das kann ich gut verstehen. Es muss entsetzlich verunsichernd sein, wenn du nicht weißt, ob dein gegenüber Freund oder Feind ist. Das wird eine harte Nuss für uns werden, aber du wirst erst dann in der Lage sein andere einschätzen zu können, wenn du *dich* beurteilen kannst. Nur wenn du selber ganz genau weißt, wer *du* bist, wie du *fühlst*, *was* du fühlst, wenn du klar und deutlich erkennst, was für ein Mensch du bist. Erst dann macht es Sinn, auf die anderen zu schauen. Die sind momentan noch völlig egal, *du* bist wichtig, *nur du*! Alles Weitere kommt später."

„Lilly, ich liebe dich." „Ja, mein Herz, ich weiß. So wie ich dich. Das sind die Fundamente, diese dicken Wurzeln, auf die kannst du alles Andere aufbauen, unumstößlich, das bist immer du. Was in Zukunft mit *uns* sein wird, das weiß ich nicht, mein Engel, aber das ist auch nicht so wichtig. Ich bin nur eine Randfigur in deinem Leben, und, so bitter das auch für mich sein mag, austauschbar.

Später einmal wirst du eine neue Frau kennenlernen, die in passendem Alter ist, schlank, sportlich und mit langen blonden Haaren. Und wenn du Glück hast, dann werdet ihr diese schönen Schwingungen gemeinsam genießen, so wie wir beide es jetzt auch können. Das wünsche ich dir aus tiefstem Herzen, selbst wenn das gegen meine eigenen Interessen geht. Denn ich liebe dich wirklich, und ich will, dass du glücklich wirst. Ich erhoffe einen Platz an der Sonne für dich, und ich möchte, dass du dein Leben so führen kannst, wie du es verdienst. Ein wundervoller Mensch, ein wundervolles Leben."

„Ich will keine andere Frau, Lilly!" Das rührte mich zutiefst. Daraufhin antwortete ich: „Das ist schön. Es ist ja auch in Ordnung so, jetzt. Aber wir sollten in Zukunft unbedingt darauf achten, dass wir schneller vorwärtskommen, dass wir nicht Gefahr laufen, hier in unseren Gefühlen stecken zu bleiben. Es sind noch so unendlich viele Bindestriche, die fehlen. Und ohne die im Einzelnen zu kennen, oder, genauer gesagt, ohne die zu fühlen, bleibt dir keine Chance auf ein normales Leben. Verstehst du, was ich damit sagen will?"

„Nein, ich glaube nicht." Na gut. Steter Tropfen höhlt den Stein, so sagt man, und ich wollte bei nächster Gelegenheit genau an dieser Stelle den Bohrer wieder ansetzen.

Als äußerst belastend empfinde ich jedoch die Isoliertheit, in der er lebt. Es ist nur zu verständlich, sein Umfeld mit nur wenigen Figuren zu bestücken, wenn man nichts fühlt, und man die Menschen um sich herum nicht recht einschätzen kann. Je kleiner die Menge, desto einfacher dürfte es sein, die Kontrolle über sie zu behalten.

Ganz leichtes Spiel würde ich haben, wenn ich nur Leute um mich herum hätte, deren Gedanken ich aufspüren kann. Diese Fähigkeit gibt mir dann die Möglichkeit, sie problemlos beeinflussen zu können, im Extremfall bis hin zur völligen Manipulation. Damit dürfte aber die Glasscheibe um mich herum immer dicker werden, denn mit sozialen Kontakten hat das ja überhaupt nichts zu tun.

Nein, wir müssen uns um die Bindestriche kümmern. Verbundenheit zu anderen spüren, Erwartungen erfüllen können, Versprechen einhalten – das sind alles Dinge, die er nicht leisten kann! Wie oft regte ich mich darüber auf, und erhöhte dadurch natürlich den Druck auf ihn. Das war immer genau *der* Punkt, an dem Andreas mir mit Trennungsandrohungen kam. Seit ich ganz bewusst diesen Stress von ihm fernhalte, kommt er mir mit dem netten Thema Trennung auch nicht mehr.

Angst vor der Zukunft. Ja, das kann ich nachvollziehen. Angenommen, er hätte so einen kleinen Schreihals wirklich im Hause, mit all seinen Forderungen, unausgesprochen, logischerweise, denn wie sollte ein Baby sich artikulieren, dann müsste Andreas erahnen, was das Kleine so braucht. Und zwar über den lieben, langen Tag hinweg, weil der Papa, blöderweise, sein einziger *Ansprechpartner* ist. Ganz sicher, davor könnte es mich auch gruseln, wenn ich befürchten müsste, diese Bedürfnisse dann nicht zufriedenstellend erfüllen zu können.

Spürt er, dass sich seine säuberlich geplante und konstruierte Porzellan-Welt zur Sprengfalle für ihn erweisen könnte? Alles wird anders. Tausend Hindernisse werden sich ihm in den Weg stellen, an denen er unausweichlich hängen bleiben wird. Wie erziehe ich ein Kind, wenn ich nichts fühle? Wie kann ich etwas weitergeben, das ich selbst nicht habe? Mir schwirrt der Kopf! Kindergarten, Kids, Schule, andere Eltern, ständig neue, unvorhersehbare Situationen und niemand darf etwas merken.

Während ich schreibe, vernehme ich ein leises Anklopfen: „Lilly, das ist ein Albtraum!" „Oh ja, das ist es. Wir müssen dich in den *Fühl-Modus* bringen, und zwar so schnell wie möglich."

Andreas: „Ich bin im Fühl-Modus, Mäuschen, ich spüre Sehnsucht nach dir." Ich merkte es bereits und musste deshalb unwillkürlich lachen. „Ja, Bärchen, ich merke es. Und recht hast du. Sehnsucht ist auch so ein Bindestrich. Das könnte aber auch etwas ohne Sexualität sein, zum Beispiel das Verlangen danach, einen lieben Menschen wiederzusehen. Einfach nur so. Um einen Kaffee gemeinsam zu trinken, auch, wenn man vielleicht im Augenblick überhaupt keinen Durst verspürt, nur um zu klönen, oder was auch immer. Und wenn du diese Bindestriche fühlst, dann wirst du auch den Wunsch haben, mit mir in der Realität in Verbindung zu treten. Dann ist der richtige Zeitpunkt dafür gekommen."

„Ich möchte das alles, Lilly, ich habe dir auch schon tausendmal über dein Haar gestreichelt und weiß nicht, wie sich das *in echt* anfühlt. Ich weiß auch nicht, wie deine Haut riecht. Und wenn ich an den köstlichen Rotwein denke, dann ärgere ich mich heute noch schwarz darüber, dass ich die Gelegenheit damals, ihn zu kosten, nicht zu nutzen gewusst hatte." Hm. Ist er jetzt einen erheblichen Schritt weiter im Fühlen oder greift er nur meine Texte auf? Ich bin, was selten vorkommt, verunsichert.

Ja, das ist alles nicht so einfach. Wie schön, dass ich mir im realen Leben so angenehme Auszeiten nehme wie Besuche bei Freunden oder Nachbarn, etwas nettes mit Toni zusammen zu unternehmen, oder endlos lange Telefongespräche mit meinem lieben Brüderchen zu führen. All diese guten Aktivitäten füllen mich mit Lebensenergie.

Aber das Wichtigste für mich ist, dass es Toni wieder besser geht. Ok, er wird damit leben müssen, dass sein rechtes Ohr nicht mehr die volle Hörleistung zurückbekommt, aber durch das Hörgerät lässt sich dieses Defizit ein wenig abschwächen. Er wird sich schon noch daran gewöhnen. Ich finde, dass es in seinem Alter, was die Gesundheit anbelangt, wahrlich schlimmere Dinge geben kann, da sollte man besser an den Folgen eines Hörsturzes nicht verzweifeln.

Ich versuchte, ihn ein wenig aufzuheitern. „Komm, Hase, lass uns doch mal wieder eine schöne Scholle essen gehen!" Das ist sein Leibgericht. Für eine gut gebratene Scholle lässt er alles andere stehen. Ja, der Vorschlag wurde liebend gerne angenommen. Wir fuhren in mein Lieblingslokal, wo man so wunderbar über die Steilküste aufs Meer schauen kann. Mein Ärger über die verpatzte Geburtstagsfeier hatte sich inzwischen gelegt. Der Inhaber hatte mit einem ganz lieben Entschuldigungs-Schreiben und dem beigelegten Gutschein über fünfzig Euro entscheidend dazu beigetragen. Somit blieben wir also seine Stamm-Gäste.

Es war dort wie immer, nichts hatte sich geändert. Sie bedienten uns wieder wie die Könige und das Essen schmeckte vorzüglich. Tonis Scholle sah aber auch bemerkenswert aus! Richtig knusprig gebraten rundherum. Nicht selbstverständlich, das haben wir in anderweitigen Lokalen oft ganz anders erlebt, nämlich, dass eine Seite glitschig blieb, also keine Spur von *schön, scharf* angebraten. In dem Laden aber ist immer alles perfekt.

Ich hatte mir wieder Scampi bestellt und ein Glas Rotwein. Damit dürfte ich meinen Kalorien-Fahrplan nicht allzu sehr durcheinanderbringen, und konnte trotzdem etwas Köstliches genießen. Zu schön, wenn man so während eines guten Essens im Warmen sitzen kann und der Blick bei sonnigem Wetter über das Meer hinaus schweift.

Ja, unser Leben wurde wieder normal. Ich fühlte mich gesund und ich nahm ganz deutlich wahr, wie tief die Liebe ist, die ich geben kann. Und ich spürte auch die, die ich Tag täglich bekam. Von vielen Menschen. Zuneigung kann vielschichtig sein. Alles war gut. Darauf stieß ich mit Toni an. Er mag so etwas nicht hören, sagt dann immer zu mir: „Lilly, beschreie es nicht!" Wie Recht er damit doch behalten sollte.

Kapitel 28

Der Mond schien mir ins Gesicht. So sehr ich den Mondschein auch liebe, direkt auf meinem Kopf gefällt mir diese Helligkeit doch nicht so gut. Ich schaute auf den Wecker, fünf Uhr am Morgen, im Grunde genommen noch etwas zu früh, um wach zu werden. Toni schnarchte neben mir leise vor sich her, erstaunlich, dass der hohe Lichteinfall ihn nicht störte. Ich machte mir das Nest mit ganz vielen Kissen gemütlich, einen Luxus, den ich mir sonst nur tagsüber nach dem Mittagessen gönne. Irgendetwas sagte mir aber, dass die Nacht für mich beendet war.

Mein rechtes Bein wurde warm. Andreas. Er schlief also auch nicht mehr. Wir liebten uns, aber ich spürte, dass er nicht ganz bei der Sache war. Ich streichelte seine Stirn, fragte: „Ist alles ok, mein Herz?" Die Antwort fiel recht knapp aus: „Alles ok, Lilly." Aber ich spürte es genau, nichts war in Ordnung.

Ich schlief doch tatsächlich nochmal ein, wie eine Prinzessin auf den tausend Kissen, und ich wachte erst wieder auf, als ich merkte, dass bei Andreas erneut *Leben in die Bude* kam. Der Ofen wurde angeheizt, es war kurz vor sieben, und von der Uhrzeit an durfte er ja

Laura wecken. Sie ging nicht zur Arbeit, das hatte ich bereits im Dezember gemerkt. Zu dem Zeitpunkt wollte mir Andreas noch erzählen, das Baby käme Ende März auf die Welt, womöglich ein wenig eher. Doch irgendetwas stimmte an dieser Geschichte nicht.

Seit einer ganzen Weile schliefen sie nicht mehr richtig miteinander, es sah eher nach kuscheln aus, was dort stattfand. Für Andreas auf jeden Fall eine problematische Situation, da *nur* kuscheln ihm nichts geben kann und er im Grunde genommen nur auf Sex ausgerichtet ist, zumindest in Bezug auf Laura. Doch an dem Tag verhielt es sich anders. Der Ofen lief, und ich merkte, dass sie sich an dem Tag wieder lieben wollten wie früher, nur, Bärchen zickte, wie in letzter Zeit üblich, herum. Kam einfach nicht *zu Potte*.

Eine Art weißer Nebel breitete sich von der Magengegend her bei mir aus, ein untrügliches Anzeichen dafür, dass Andreas verärgert zu sein schien. Aber es fühlte sich erheblich intensiver an als sonst, der kochte richtig vor Wut!

Ich nahm einen stechenden Schmerz in der linken Brust wahr, etwa so, als habe mir jemand da rein gebissen, und dann ein rhythmisches Saugen. Das konnte ich überhaupt nicht einordnen. Nach einiger Zeit kam die rechte Seite dran. Es roch nach Pup und Creme. Penatencreme?

Das glaubte ich jetzt nicht! Andreas hatte keinen Ton darüber gesagt, aber so wie es aussah, war das Baby schon da. Ja, klar, sollte ich mir meine Puzzle-Teilchen doch gefälligst selbst zusammensuchen. Das sah ihm ähnlich. Ich erinnerte mich an eine Anzeige in der Zeitung, die ich einige Tage zuvor gelesen hatte. Kein Geburtsdatum, kein Nachname, keine Ortsangabe – nichts, nur, dass die kleine Marie viel zu früh auf die Welt gekommen sei, gekämpft und Gottlob gewonnen hatte, und jetzt endlich zu Hause begrüßt wurde, versehen mit der Unterschrift – deine dich liebenden Eltern.

Diese Geheimniskrämerei wäre jedenfalls typisch für ihn. Immer alle im Unklaren lassen, keiner weiß genaueres, das Ganze eher wie ein Schleier aus Unergründlichkeiten, die diffus kurz vor den Augen auftauchen, um gleich danach wieder verschwunden zu sein. Man hätte das alles auch geträumt haben können. Hatte ich aber nicht. Diese Anzeige erschien völlig real, ich verstand nur nicht ganz, ob es da irgendeinen Zusammenhang gab.

Aber wenn überhaupt von Traum die Rede sein konnte, dann höchstens von Albtraum. Denn wenn das Baby wirklich gerade am Herumnuckeln war, dann hatte Andreas den Zeitpunkt, mit Laura schlafen zu wollen, echt unglücklich gewählt. Aber das zu empfinden, dazu schien er nicht in der Lage zu sein. Für ihn zählt dann nur der eigene Impuls, der ihn vom Kopf her ansteuert, völlig ungeachtet der Tatsache, dass sein Bärchen überhaupt nicht will. Mit der Brechstange da durch – sollte es doch kosten, was es wollte, es wäre die ihm eigene, typische Verhaltensweise.

Der Krieg tobte dort in voller Härte. Ich hatte Bilder und Geräusche im Kopf, die sich anfühlten, als sei die Satellitenschüssel vom Fernseher durch Regen und Sturm in Mitleidenschaft gezogen worden. Ein Knirschen, ein Rauschen, und Text, der nur in Bruchstücken ankam. So hörte sich das an. Streit. Die beiden stritten sich. Ich nahm den mir vertrauten Druck im Kopf wahr. Da sollte Text auf die Festplatte geladen werden, auf Lauras, nicht auf meine.

Ich wollte mich zu gern in die Kissen verkriechen, um von dem Elend so wenig wie nur möglich mitzubekommen. Keine Chance, ich hörte die Sätze: „Du liebst *nur* mich! *Mich* ganz allein!" Wie eine Schallplatte mit einem Sprung hämmerte er ihr wieder und wieder diesen Text ins Gehirn. Andreas hatte sich nicht mehr unter Kontrolle. Es ging mich nichts an, war ja nicht meine Baustelle, nicht mein Kriegsschauplatz, aber ich verspürte den heftigen Impuls, eingreifen zu müssen, bevor – ja, was denn konkret – bevor etwas Schlimmeres passieren könnte?

„Andreas, mein liebes Bärchen, beruhige dich doch, es ist alles in Ordnung." Er zischte mich an: „Nichts ist in Ordnung, gar nichts! Ich habe es nicht mehr unter Kontrolle. Sie liebt mich nicht." „Falsch", entgegnete ich, „sie füttert gerade euer Baby, Andreas." Er wirkte richtig wütend, kam komplett aus sich heraus, ein

Umstand, den man relativ selten bei ihm beobachten konnte. „Unfassbar, sie liebt nur noch das Kind."

Oh je. Eifersucht. Ich erinnerte mich an die Szene, als Toni mich damals im Krankenhaus besuchte, und Andreas unbedingt stören wollte. Er verspürte Lust auf Liebe, obwohl Toni gerade neben mir saß, und er zog sich auch nicht beleidigt zurück, als ich ihn konsequent abwies. Nein, er versuchte auch weiterhin, meine Aufmerksamkeit auf sich zu ziehen, hatte mir mit diesem Verhalten echt den ganzen Besuch verdorben. Das war damals also schon heftig. Doch jetzt, so stellte ich mir vor, fing er den entrückten Blick einer stillenden Mutter auf, die nur noch Augen für ihr Kind hatte, nicht mehr für ihn. Eine noch höhere Hausnummer, wie sollte er denn damit klarkommen?

„Bärchen", sagte ich, „daran wirst du dich gewöhnen müssen. Das sieht nach Mutterliebe aus. Das, wovon wir beide mit Sicherheit nicht allzu viel abbekommen haben, da kriegst du niemals einen Fuß auf den Boden, das ist um ein Vielfaches stärker!"

Ich bekam plötzlich keine Luft mehr. Das Atmen wurde zum Problem und ich wusste nicht, warum. Mein Verstand wollte unbedingt verhindern, dass ich es begriff, aber dann erreichte die Erkenntnis mein Gehirn doch. Andreas drückte mir die Kehle zu. Der Mensch, der mich liebte, mehr als alles Andere auf der Welt, der war gerade dabei, mich zu töten. Ich konnte die Schmerzen in der Brust nicht mehr aushalten. Es fühlte sich an, als drohten sämtliche Gefäße jeden Moment zu zerplatzen, während der Nebel im Kopf sich immer stärker ausbreitete. Kalter Nebel.

Zu meinem eigenen Erstaunen blieb ich ganz ruhig. Ich ging ganz sanft auf ihn ein: „Andreas, komm zu dir. Mach es nicht noch schlimmer, als es schon ist. Ich bin lediglich wieder einmal der Überbringer dieser bösen Botschaft. Du meinst nicht *mich*. Du meinst *Laura*. Willst du dich jetzt allen Ernstes wie ein echter Psychopath verhalten, der herumläuft, und aus Frust unschuldige Frauen ermordet? Und hinterher dann auf meinen Grabstein eingravieren lassen: „Sorry, hab dich überhaupt nicht gemeint, du warst nur zum falschen Zeitpunkt am falschen Ort? Willst du so sein? Ganz sicher?"

Der Druck in meiner Brust ließ langsam nach. Ich konnte wieder atmen. Mich schauderte. Ich spürte zum ersten Mal, dass ich es zutiefst bereute, ihn jemals kennengelernt zu haben. Ich hatte keine Lust mehr, mit ihm weiterzumachen. Erstmalig zog ich ernsthaft den Gedanken in Erwägung, mich von ihm zu trennen. Wie trennt man sich von seiner Dual-Seele, wie bekommt man den siamesischen Zwilling abgeschnitten, ohne ihn oder sich selbst völlig zu zerstören? Ich wusste es nicht. Aber in dem Augenblick hätte ich alles für eine Antwort gegeben.

Es war kurz vor acht, ich ging in die Küche hinunter, um das Frühstück zu machen. Toni würde sich darüber freuen, denn das gehörte an und für sich zu seinem Aufgabenbereich jeden Morgen. Aber ich brauchte dringend eine Ablenkung. Toni kam gleich darauf nach und freute sich, wie ich es schon geahnt hatte, über diese kleine Überraschung. Meine innere Ruhe erstaunte mich. Wir klönten und aßen unser Frühstück dabei, es sah aus wie immer.

Anschließend fing ich dann an, das Mittagessen vorzubereiten. Ich schälte die Kartoffeln, schrubbte Wurzeln und bereitete die Würzmischung zu, die Toni beim Hähnchen so liebte. Ein ganz normaler Tag.

Danach drehte ich meine Runden auf dem Ergometer. Das tat gut! Ich blieb zwar bei der Voreinstellung von zwanzig Minuten Trainingszeit, jedoch erhöhte ich den Tretwiderstand auf höchste Stufe. Und jetzt erst merkte ich, was mit mir los war! Ich kochte vor Wut! Die Enttäuschung hatte sich gewandelt und die Arbeit auf dem Gerät bot genau das richtige Mittel, um meinen Stress jetzt wieder abzubauen. Ich fuhr wie eine Verrückte. Zum ersten Mal geriet ich in Schweiß auf dem Ding. Den Pulsmesser hatte ich zuvor abgeschaltet. Machte ich mir Sorgen, dass der mir wegen Überlastung um die Ohren fliegen könnte? Eine kluge Entscheidung, wie sich herausstellte, mein Herz hämmerte nämlich wie ein Presslufthammer. Die Dusche danach tat selten so gut.

Abstand gewinnen. Ich wollte mich jetzt nicht einfach wieder meinen Gedanken hingeben, deshalb hielt ich es für ratsam, mich noch ein Weilchen mit diversen Aktivitäten einzudecken. Und ich versuchte es auch, um jeden Preis zu verhindern, Andreas über den Weg zu laufen.

Ich beschloss, einkaufen zu fahren. Wir brauchten im Moment zwar nichts, aber ein wenig frisches Obst zu besorgen, könnte nie verkehrt sein. Und wenn ich mich schon in der Stadt aufhielt, dann sollte ich auch gleich tanken, der Benzinpreis stand gerade auf einem erträglichen Niveau. Ja, ich brauchte Zeit. Zeit, um das Erlebte erst einmal zu verdauen.

Es kam mir so vor, als drehten wir uns in den letzten Monaten mit der gemeinsamen Arbeit im Kreis. Da bekam ich als Überbringer einer unerfreulichen Botschaft schon einmal den Kopf abgeschlagen. Oder wusste Andreas nur nicht, wie er mit der anscheinend zu plötzlich aufflammenden Wut umgehen sollte? Wenn das so ist, dann durfte ich mich jetzt nicht verkriechen wegen einer persönlichen Kränkung. Wenn ich aktiv mithelfe, diesen Ärger bei ihm nach oben zu spülen, dann bin ich auch mitverantwortlich, wenn es darum geht, ihn unverzüglich in vernünftige Bahnen zu lenken. Denn wer sollte ihm sonst, außer mir, dabei helfen?

Wieder zu Hause angekommen hatte ich erfreulicherweise also erneut zu meinem inneren Gleichgewicht zurückgefunden. Die kleine Auszeit reichte, alle Gedanken und Gefühle zu sortieren.

Entweder hatte Andreas diesen Moment ganz gezielt abgewartet, oder aber, er hatte vorher schon versucht, sich bemerkbar zu machen. Keine Ahnung. Jedenfalls, erst als ich mich beruhigt hatte, bemerkte ich sein Anklopfen. Ich reagierte trotzdem nicht. Sollte er ruhig ein wenig zappeln.

Doch er wartete meine Reaktion gar nicht erst ab, sondern legte sofort los: „Lilly, bitte, bitte verzeih mir. Ich möchte mich entschuldigen. Das hätte in der Tat nicht passieren dürfen, dich trifft tatsächlich keine Schuld, ich meinte dich überhaupt nicht, du hast Recht, lass mich nicht wieder allein." Wieder? Ich hatte ihn noch nie allein gelassen, an wen richtete er diesen Text? Mein Nachdenken verzögerte die Antwort. Er setzte verzweifelt nach: „Lilly-Mäuschen, geh nicht fort. Ich schaffe das sonst einfach nicht und halte es nicht aus, in die Einsamkeit zurückzufallen, bitte!"

Mein Verstand hatte sich erneut gesammelt. Ich erwiderte: „Andreas, das geht so nicht. Ich habe an die hundertmal gesagt, es sei nicht normal, dass da keinerlei Wut in dir zu sein scheint. Und das sehe ich vollkommen richtig. Die ist selbstverständlich da, und zwar dermaßen gebündelt, dass sie beim Austritt echten Schaden anrichtet. Das geht auf keinen Fall so! Die Wut muss vorher raus gelassen werden, in Etappen, in so kleinen Schüben, dass nichts Ernstes passieren kann. Wenn ich dir vorhin *in echt* gegenüber gestanden hätte, dann wäre ich jetzt vermutlich tot!"

„Ja", kam die verzweifelt klingende Antwort, „mir sind die Sicherungen durchgebrannt. Es tut mir so entsetzlich leid. Hilfst du mir auch weiterhin?" Das klang dermaßen hilflos, dass ich tief in mir schon wieder den Wunsch verspürte, ihm zu einem menschenwürdigen Leben zu verhelfen.

„Bärchen, ich habe es dir versprochen, ich lasse dich nicht im Stich! Auch, wenn du mich eben auf eine verdammt harte Probe gestellt hast. Ich habe gesagt, *wir beide* schaffen das, gemeinsam, oder keiner von uns wird das Ziel je erreichen, und dabei bleibe ich. Die Wurzeln zwischen uns sind *unkaputtbar,* begreife es endlich!"

Zum Abschluss meinte er noch: „Ich weiß nicht, was ich machen soll. Ich habe mir mein Leben eingerichtet und hatte geglaubt, Laura zu lieben. Aber ich liebe *dich.* Ich weiß nicht, wie es weitergehen soll."

Oh ja, wahrlich ein Konflikt, ich erkenne es. Kein Wunder, dass er so aggressiv reagiert. „Andreas", sagte ich, „wir haben viel Zeit verloren. Ich hatte oft genug zur Eile gemahnt, weil ich unterschwellig spürte, dass die Dinge sich überschlagen könnten, und es scheint so weit zu sein. Jetzt wollen deine Aggressionen an die frische Luft. Wer weiß denn, wie lange die schon in ihrem Verlies eingesperrt sind.

Und es ist auch völlig egal, ob die Geschichte mit dem Baby stimmt oder nicht. Wenn ihr eines haben wollt, dann kommt dieses Thema so oder in ähnlicher

Form auf dich zu. Und dann brennt Rom wirklich, wenn das nicht jetzt schon der Fall sein sollte.

Und dann Bärchens ständige Verweigerungen. Das macht das Leben auch nicht gerade leichter, Kind hin oder her. Allein deshalb müssen wir eine Lösung finden. Und der Weg führt nur über deine Gefühle. Ohne die wird es keine Klärung geben, wie du ja siehst. Sex ohne Liebe ist nicht mehr, und je mehr du krampfhaft versuchst, die Emotionen wegzudrängen, desto schwerer wird die Lage für dich. Erkennst du das auch?" Ja, zum Glück, er verstand es.

Diese Eifersucht zeigte eine ganz neue Qualität. Sie fühlte sich an wie die logische Konsequenz eines Vulkanausbruchs, nachdem Magma gebrodelt hatte, bis zum geht nicht mehr. Anschließend wurde dann etwas nach oben geschleudert, gut so. Wir müssten nur zusehen, dass das Ganze nicht völlig unkontrolliert geschieht.

Den Auslöser der *Eruption* stellte mit Sicherheit der Mutterglanz in den Augen von Laura dar, während sie ihrem Kind die Brust gab. Diesen Anblick konnte Andreas scheinbar nicht ertragen, erinnerte ihn sicherlich schmerzlich an dessen Nichtvorhandensein während der eigenen ersten Lebensmonate. So wie bei mir? Ja, ganz offensichtlich. *Sein* Trauma ist auch *mein* Trauma. Nur deshalb sind unsere beiden Seelen unglaublich fest miteinander verschweißt. Für alle Zeiten unauflösbar?

Machen wir doch einmal Bestandsaufnahme. Also, das Fühlen, oder besser gesagt, das Nichtfühlen, ist der zentrale Punkt. Was fühlt Andreas denn überhaupt?

Einsamkeit, Traurigkeit, Verzweiflung, meine Liebe, seine Liebe für mich, das konnte ich ja immer wieder ausmachen. Doch wie verhält es sich mit dem Wunsch, ehrlich und aufrichtig zu sein, mit Loyalität, Verständnis, Anstand, Freude, Schuldgefühlen, Trauer, Rücksichtnahme? Da sehe ich noch tausend Fragezeichen, da fehlen aber noch ganz, ganz viele Bindestriche.

Selbst beim Thema Fröhlichkeit packen mich doch so einige Zweifel. Das ist für mich eher etwas leises, stilles, auf keinen Fall ein so heftiges Gefühl wie Euphorie. Die ist nämlich schlecht, denn die schlägt garantiert wieder um ins Gegenteil. Auch nicht gut. Ja, den Punkt hatte ich schon einmal, der Schrei nach der Mitte. Wo ist sie bloß?

Wir sollten also ganz kleine Brötchen backen. Die Brocken, die ich eben alle aufzählte, sind einfach zu groß, zu komplex. Die bekommen wir so nicht gelöst, und schon gar nicht alle auf einmal. Also müssen wir weiterhin ganz langsam, Schritt für Schritt machen, aber Bedingung ist, dass Andreas sein Herz offenlässt. Wenn er aus Angst vor der eigenen Liebe, also aus Furcht vor dem, was er für mich empfindet, zwischen uns beiden immer wieder die Tür voller Wucht zuschlägt, dann wird das nichts.

Was hat sich denn im Grunde verändert seit Beginn? Zum Beispiel findet er jetzt eine Antwort auf die Frage, wie es ihm geht. Gut, ich habe diese Frage gemeinerweise abgewandelt in: „Wie fühlst du dich?" Oder: „Was fühlst du denn gerade?" Aber während ich früher an der Stelle nur stummes Schweigen erntete, kann er auf diese Fragen heute eine Antwort geben. Also ist es ihm jetzt bewusster, was er so fühlt. Kein schwarzes Loch mehr, in das er hineingreift, in dem aber nichts drin zu sein scheint. Das ist doch schon eine ganze Menge.

Und er spürt Liebe. Meine *und* seine. Volltreffer. Ich, jedenfalls, fühle mich mit diesen dicken Wurzeln, die da zwischen uns gewachsen sind, unglaublich wohl, erkenne sie als Art Plateau an, auf dem alles andere sich aufbauen kann. Sie geben mir Geborgenheit und Vertrauen. So weit ist Andreas, glaube ich, noch nicht. Da fehlt noch etwas.

Da er aber alles das fühlt, was ich auch fühle, nur ein wenig später, weil zeitversetzt, ist doch davon auszugehen, dass diese *psychische Grundsicherheit*, nenne ich es einmal, dass die dann auch von ihm über kurz oder lang wahrgenommen wird. Hoffentlich bald, denn da scheint im Augenblick der Knackpunkt zu sitzen. Ohne diese Grundsicherheit kommen wir nicht voran, fürchte ich.

Gut. Weiter. Was hat sich noch verändert? Sprechen. Er hatte anfangs überhaupt nicht geredet, nicht einen

Ton. Dann kam es langsam bröckchenweise, daraufhin folgten ganze Sätze, und plötzlich konnten wir uns gedanklich verständigen, so, als wenn andere Menschen sich real miteinander unterhalten.

Zu Anfang hatte ich den Eindruck, als besäße er überhaupt keine Arme. Nicht eine Bewegung, für die er sie benötigt hätte. Umarmen zum Beispiel, streicheln oder sonstiger Hautkontakt in irgendeiner Form. Selbst die schönen Schwingungen, also Gefühle, schienen nicht vorhanden zu sein. Auch nicht beim Sex. Heute kann er es mit Liebe machen, wenn er die Emotionen denn gerade zulassen kann, und er genießt es. Genauso wie küssen und jede auch nur denkbare Form von Körperkontakt.

„Bärchen?" „Ja, Lilly?" „Wir haben keinen Grund zum Verzweifeln. Wir sind schon so weit gekommen, überlege einmal, was wir in gut einem Jahr alles erreicht haben. Da laufen andere Leute jede Woche zum Therapeuten, gegebenenfalls zwanzig Jahre lang, und sind durchaus noch nicht so weit wie du. Ich finde das großartig, was du in der kurzen Zeit geleistet hast, absolut bewundernswert. Ich bin so stolz auf dich! Ich weiß, wie schwer das alles für dich sein muss, wie fremd, wie verwirrend, glaube nur nicht, ich könnte das nicht nachvollziehen. Ich weiß es. Und deshalb verzeihe ich dir auch so vieles, habe immer wieder ein Einsehen und auch die Hoffnung, dass wir es schaffen werden. Und du? Wie siehst du das?"

„Lilly, ich liebe dich", kam es zur Antwort, „mehr als alles Andere auf der Welt!" Hm. Es beantwortete meine Fragen nicht. Aber dieser Satz klang einfach nicht mehr so, als hätte er ihn auswendig gelernt. Ich fühle schon seit langem, dass er ihn ernst meint. Mir geht es ja genauso. Nur, ich stehe zu meinen Gefühlen, akzeptiere Andreas als einen wichtigen Teil meines Lebens.

Ich könnte niemals etwas machen, was ihm weh tut, ihm schadet, oder was sich negativ auf ihn auswirkt. Wenn er seine Gefühle nicht lernt ernst zu nehmen, dann hat er keine Chance. Wird er es packen?

Kapitel 29

Sonnenschein! Endlich. Wir haben den sechzehnten Februar und hinter uns liegen viele, lange Wochen mit Regen und Sturm. Gestern bereits wagte es die Sonne, vorsichtig zwischen den Wolken hervorzuschauen, um sich dann blitzschnell immer wieder zu verkriechen. Dazu wehte ein dermaßen böiger Wind, dass ich mein Vorhaben, über den Deich zu laufen, bereits auf dem zehn Meter langen Weg zwischen Haus und Auto, aufgegeben hatte. Einfach zu heftig, dieser dumme, blöde Wind! Dem wollte ich mich freiwillig nicht aussetzen.

Heute zeigte das Thermometer zwar auch nur drei Grad an, aber es herrschte totale Windstille und der Himmel strahlte in einem wunderschönen Blau, dazu keine einzige Wolke in Sicht. Also lud ich meine Nordic Walking-Stöcke in den Wagen und fuhr los.

Genau betrachtet brauchte ich diese Dinger nicht mehr, aber ich fühle mich damit auf längeren Strecken einfach sicherer. Und die Bänke, die der womöglich erlahmenden Muskulatur etwa alle dreihundert Meter hilfreich ihre Dienste anbieten, die benötige ich auch nicht mehr.

Nirgendwo kann ich besser nachdenken als beim Laufen. Die kalte Luft bohrte sich regelrecht in meine Gehörgänge hinein. Schade, dass ich mit der Mütze so albern aussehe, deshalb hatte ich sie zu Hause gelassen. Aber beim nächsten Mal würde ich sie garantiert aufsetzen, das nahm ich mir ganz fest vor.

Ich vermied es, durch den Mund einzuatmen, durch die Nase erschien mir das bedeutend klüger zu sein, somit hatte die Luft wenigstens die Chance, sich ein ganz klein wenig anzuwärmen, bevor sie die Lungen erreichte. Herrlich!

Sollten wir meine Eltern heute einmal besuchen? Wo kam dieser Einfall her? Nicht aus dem Herzen, das spürte ich genau. Seit Weihnachten und Tonis Geburtstag waren ja bereits wieder Wochen ins Land gegangen, doch ein Bedürfnis, sie wiederzusehen, das hatte ich eher nicht. Es handelte sich dabei mehr um den Wunsch, einmal nach dem Rechten zu schauen, zu gucken, ob sie bei irgendeiner Sache Hilfe bräuchten, schließlich gingen beide auf die achtzig zu und fühlten sich körperlich nicht mehr allzu fit.

Während ich so als *Stöcker-Ente* durch die kalte Luft marschierte und das Glitzern der sich nebelartig zerteilenden Gischt genoss, wanderten die Gedanken zur Schlachthaus-Szene zurück. Ich hatte meinen Eltern ja den Schädel gespalten. Wie sah das jetzt mit dem schlechten Gewissen aus? Tickte da noch etwas? Nein. Ich hatte mir die Freiheit genommen, aufgestaute Wut und den dazugehörenden Hass einmal gründlich zu entladen. Mein gutes Recht.

Natürlich erkenne ich als Erwachsener, dass Eltern auch nur Menschen sind, sie also auch nur entsprechend ihrer traumatischen Vorgaben handeln können, und nicht anders. Sie sind nicht bösartig und gemein auf die Welt gekommen, ihre Lebensumstände haben sie so werden lassen. Aber ich stelle an Erwachsene den Anspruch, dass sie sich um ihre Psyche kümmern, wenn sie merken, da läuft etwas nicht rund. Dieser Verantwortung sollten sie sich stellen, und ganz besonders dann, wenn sie Kinder haben, die betreut und erzogen werden müssen. *Den* Vorwurf mache ich ihnen schon.

Doch dem Kind in mir ist das alles völlig egal. Es zählt nur das, was an Liebe und Zuwendung bei mir ankam – oder eben auch nicht. Da ist es nur allzu verständlich, dass Wut und Hass endlich einmal an die frische Luft wollten. Mit Sicherheit ist das gesünder, als immer alles in sich hineinzufressen, im wahrsten Sinne des Wortes.

Ahnte ich es, dass ich die beiden von da an mit anderen Augen betrachten würde? Mein Essverhalten hat sich gewandelt. Das heißt, nein, das streng genommen nicht, es hat sich die Art verändert, wie ich damit umgehe. Ohne großen Kraftaufwand kann ich diesbezüglich alles im Auge behalten, kontrollieren und notfalls korrigieren. Das lief vorher anders ab. Ich fühle mich an dieser Stelle seit einiger Zeit nicht mehr fremdbestimmt.

Ja, auch ich lernte viel hinzu in den letzten Monaten. Ich bin zum Beispiel erheblich geduldiger geworden, besonders Toni gegenüber. Das wirkt sich auf unser Zusammenleben natürlich positiv aus, denn wenn wir beide ruhiger und gelassener im Alltag reagieren können, dann ist man auch in der Lage, mit kleinen Streitigkeiten, die ja immer auftauchen, besser umzugehen. Und je ausgeglichener ich im realen Leben bin, desto gelassener kann ich auch Andreas' diversen Probleme angehen.

Das sind nicht meine Schwierigkeiten, auch nicht unsere gemeinsamen. Andreas und ich, wir beide haben keine. Und sollten da welche auftauchen, dann sind das ausschließlich seine. Das ist mir im Laufe der Zeit ganz klar geworden, und je besser ich das sehe, desto deutlicher wird es auch für ihn werden. Wird kommen, nur etwas später.

Ernstlich Sorge macht mir das Thema Wut und Hass. Ich musste ja gerade eben erst am eigenen Leib erfahren, wie heftig man emotional da durchgeschüttelt werden kann, doch ich frage mich ganz ernsthaft: Wo ist *seine* Wut? Die paar Angriffe, die er bisher gegen mich gefahren hatte, die können beim besten Willen noch nicht alles gewesen sein. Niemals. Und wo so tiefe Liebe ist, da muss auch das andere Ende der Fahnenstange extrem stark ausgeprägt sein. Das wird sich richtig heftig verkapselt haben. Zu keinem Zeitpunkt nahm ich jemals so etwas wie *gesunde Wut* bei ihm wahr, nicht ein einziges Mal hat er andere beschimpft oder gegen sie an gewettert, sie runter geputzt oder ähnlich.

Ist das gegebenenfalls der Grund, warum er der Meinung ist, es sei ratsamer, Alkohol zu meiden? Wird womöglich schon durch ein Gläschen davon seine Hemmschwelle an *der* Ecke heruntergesetzt? Hm. Ich sollte besser nicht ungeduldig werden. Aber *der* Punkt macht mir richtig große Sorgen, weiß ich doch was passieren kann, wenn dieses vermeintlich sichere Ventil ganz plötzlich wegknallt.

Mir wurde klar, um Andreas' Gefühle so exakt wie nur möglich wahrnehmen zu können, ist es für mich ohne jede Bedeutung, in welchen Lebensumständen er momentan steckt. Ich ging davon aus, dass ich es beim Einschätzen leichter haben könnte, wenn ich weiß, was er im Augenblick gerade macht. Sicherlich auch richtig so, wenn ich nicht ständig durch falsche Angaben irregeleitet worden wäre. Aber da das leider der Fall war, zog ich es vor, besser, über *gar nichts* genau Bescheid zu wissen, denn dann bin ich allein auf meine Wahrnehmungen angewiesen.

Ich fühlte mich regelrecht befreit, nicht mehr erfahren zu müssen, ob er Laura letztendlich geheiratet hat oder nicht. Oder ob er ganz alleine lebt in einer Welt aus Fantasien, ob er morgens zur Arbeit geht, wie sein Tag im Allgemeinen so aussieht. Gut, als Freund weiß man so etwas normalerweise, aber unter Umständen sieht er mich als solchen doch nicht an. Oder er traut sich immer noch nicht, auf seine innere Stimme zu hören, die ihm diese wichtige Information, ob ich für ihn Freund oder Feind bin, bestimmt nicht vorenthalten wird.

Für mich zählen nur er und seine Gefühle, zumindest die wenigen, die ich zur Zeit für ihn ausmachen kann. Und je mehr das *Drumherum* an Bedeutung für mich verliert, desto unwichtiger wird das auch mit der Zeit für ihn werden. Dann wird Andreas es merken, dass Emotionen das Wichtigste ist. Er kommt ja schon ins Grübeln, wenn er merkt, dass ich wenig frage. Ich muss gar nichts mehr wissen und reagiere völlig gelassen auf die Übermittlung falscher Geschichten. Es kann so sein, es kann ganz anders sein, wie auch immer, nur seine Gefühle zählen in dem Fall.

Interessant finde ich zum Beispiel die Passage mit dem Baby und die dadurch entstandene Eifersucht. Stimmt diese Geschichte, dann gibt sie mir unbedingt Aufschlüsse über seine Seelenlage. Stimmt sie so nicht und ich wurde absichtlich auf eine falsche Fährte angesetzt, dann erzählt auch so eine Maßnahme viel darüber, dass ihn die Themen Kind und Eifersucht ja unterschwellig im Augenblick enorm zu beschäftigen scheinen. Und stimmt keine der beiden Versionen, dann habe ich bloß wieder einmal einen emotionalen Impuls aufgefangen, der mich auf ein Thema hinweist. Das Ergebnis ist also in jedem Fall das Gleiche. Ein Trüffel, der ans Licht befördert wurde. Und wodurch – das spielt keine Rolle.

Wenn ich, so wie jetzt bei der Wanderung auf dem Deich, die kühle und klare Winterluft einatme, dann erinnere ich mich an damals. Ich raste in meinen Kindertagen mit dem Schlitten den steilen Abhang hinter unserem Haus hinunter, zwischen den im Weg stehenden Wäschepfählen hindurch. Ich spüre noch heute den damit verbundenen Nervenkitzel, mein Herz pocht ganz wild vor Aufregung. Die eingeatmete Luft schmeckt wundervoll nach Winter. Und dann, nach dem erfolgreichen Passieren der letzten Pfähle, setzte ein unglaublicher Stolz darüber ein, diese gefährliche Abfahrt wieder einmal gemeistert zu haben, ohne sich schmerzhaft um einen im Weg stehenden Pfahl zu wickeln. Freude, Triumph, Glück.

Erinnerungen lösen also Gefühle aus. Können diese auslösen, egal ob negativ oder positiv. Wie mag das aber sein, wenn keine Gefühle auftauchen, weil die nicht da sind? Ich stelle mir die gleiche Abfahrt mit dem Schlitten noch einmal vor. Also, den Nervenkitzel empfinde ich dann nicht. Ich spüre sicherlich mein Herz stark klopfen, aber warum es das macht, das weiß ich nicht. Den Winter nehme ich nicht wahr, allenfalls als Bild vor den Augen. Und es kann mir doch im Grunde genommen völlig egal sein, ob ich dort unten unbeschadet ankomme, denn womöglich kenne ich keine Angst vor Verletzungen? Und erstrebenswerte Gefühle wie Freude, Stolz und auch Glück, die scheint es für mich nicht zu geben.

Halt. Fehler in der Überlegung. Diese Erinnerung wurde bei mir erst durch die kühle, frische Luft ausgelöst. Wenn ich aber das *kühl und frisch* schon nicht wahrnehmen kann, weil ich in meinem Fühlen behindert bin, dann können dem zu Folge auch keine Erinnerungen hochkommen, die mit diesen Attributen zusammenhängen. So herum wird ein Schuh daraus. Rückblenden also nur aus dem Kopf heraus, rein rational?

Am frühen Morgen hatten wir uns geliebt, Andreas und ich. Und genau in die Richtung schweiften jetzt meine Gedanken. Es war mehr als schön, da wir wieder diese wundervollen Schwingungen verspürten. Und mich jedenfalls begleiten solch angenehme Gefühle als Erinnerung noch eine ganze Weile durch den Tag. Das kennt Andreas nicht. Das wird die Erklärung dafür sein, dass er sich unvermittelt abwenden kann, um sich mit etwas anderem zu beschäftigen, egal ob mit Laura oder womit auch immer. Es gibt für ihn weder ein schönes Hinterher, noch ein sanftes Nachhallen, keinerlei angenehme Erinnerungen. Weil das Gefühl fehlt?

Er *schaltet* also nicht willentlich auf kalt – er macht nur einfach so weiter und das fühlt sich für mich *kalt an*, er merkt davon nichts. Erlebnis wird nahtlos an

Erlebnis gereiht, ohne Pause, ohne Ruhe, ohne Eindruck zu hinterlassen, in irgendeiner Form. Ist das etwa die Erklärung dafür, dass es nie ein *genug* für ihn zu geben scheint?

Das möchte ich sofort geklärt haben. „Bärchen?" „Ja, Lilly-Mäuschen?" „Wenn du an heute Morgen denkst, an dieses schöne, warme und zärtliche in unserer Liebe, verspürst du dann auch den Wunsch, in *dem* Gefühl noch ganz, ganz lange bleiben zu wollen, hinterher meine ich, wenn der Tag bereits läuft?" Er, nachdenklich: „Nein." Die Antwort reicht mir nicht und ich setze nach: „Du empfindest nicht den Impuls, du möchtest dich dann in Liebe auflösen, oder so?"

Doch während ich noch die Frage stellte, konnte ich sie mir selber beantworten. Natürlich kannte er diese Empfindungen, schließlich hatte er sich ja schon mehrfach verzweifelt dagegen gewehrt. Sie drückten sich aus in panischer Angst vorm Untergehen *hinterher*, damit fühlte er sich hilflos wie eine Schildkröte auf dem Rücken! Der Grund für sein abruptes Abwenden. Also Angst vor Gefühlen, die ihn womöglich *danach* überschwemmen könnten. Sich zu erinnern, bedeutet Regungen wahrzunehmen, und da steckt für ihn das Risiko. Also, wenn überhaupt Gefühle zulassen, dann möglichst die Erinnerung daran ausblenden.

Ich hatte es bereits mehrfach mitbekommen, wie machtlos Andreas sich in seinen Emotionen gefangen fühlte. Die Sehnsucht nach mehr nahm unerträgliche

Formen an und ich spürte eine unendliche Hilflosigkeit, die ihn in solchen Momenten fest im Griff hatte. Das glaube ich gerne, dass ein erwachsener, starker Mensch diesem Szenario vorgreifen möchte. Zum Beispiel, indem er versucht, Gefühle ganz zu vermeiden. Aber ich bemerkte etwas, und genau damit wollte ich ihn konfrontieren.

„Andreas, fällt dir auf, dass du die Notbremse für deine Empfindungen immer später ziehst? Erinnere dich doch bitte einmal. Du erlaubtest es dir am Anfang nicht, diese schönen Schwingungen überhaupt auch nur zuzulassen. Das sind Gefühle. Und nichts anderes. Du blocktest vorher ab. *Dann* bist du oft mittendrin einfach ausgestiegen, vermutlich, weil es dir unheimlich wurde. Daraufhin kam die Phase, in der du kurz vor dem Ende alles abgewürgt hast, aber jetzt, jetzt kannst du das Schöne genießen bis zum Schluss. Ist das nicht ein Quantensprung?"

Seine Antwort: „Ja, wenn ich das so chronologisch betrachte, dann stimmt das, da hat sich etwas verändert. *Ich* habe mich verändert?" Ich empfand diesen Gedankengang als drollig und musste unwillkürlich lachen, verkniff es mir jedoch, die Gefahr, er könnte sich ausgelacht fühlen, erschien mir einfach zu groß. Statt dessen erwiderte ich: „Ja, genau. Und du hältst diese Situation jetzt erheblich länger aus, ohne den Impuls zu verspüren, alles stoppen zu müssen. Super schön, ist das!"

Unter Umständen spielte es dabei ja auch eine Rolle, dass *ich* wesentlich gelassener bleiben konnte, was immer er sich auch einfallen ließ. Mich brachte auch nichts mehr so leicht aus dem Konzept.

So, Läuferchen beendet. Etwas steif von der Kälte bugsierte ich die Stöcke hinter die Vordersitze und fuhr wieder nach Hause. Das Hirn durchlüftet, die Seele befreit.

Meine Gedanken schweiften zurück an den Frühstückstisch. Schon erstaunlich, wie gut ich alles unter Kontrolle hatte. Der Morgen begann mit Andreas, dann gab es Frühstück, fertig machen für den Tag war angesagt, laufen, dann in der Stadt ein paar Dinge besorgen, danach wollten Toni und ich bei unserem Lieblings-Türken etwas essengehen. Und dann nahmen wir uns vor, den einstündigen Weg zu meinen Eltern anzutreten. Ein runder, guter Tag.

Wir bekamen beide das Mittag-Essen serviert. Toni bevorzugt den kleinen Dönerteller – denn der *größere* reicht aus für zwei hungrige Bauarbeiter. Und ich liebe den frischen Salatteller mit ganz viel Schafskäse oben drauf. Während wir aßen, merkte ich, dass es bei Andreas nicht so gut lief. Mittagspause. Und das bedeutete, er musste *abliefern*, bei Laura, und das lag ihm vorher schon im Magen. Der *Status quo* ihrer Beziehung sollte erhalten bleiben, genau so, wie sie es gewohnt ist, nämlich mit endlos langem Sex. Blöde nur, das klappte von Tag zu Tag seltener, Bärchen zickte immer heftiger herum. Der wollte überhaupt nicht mehr. Jedenfalls nicht ohne Liebe, und die verspürte er nur bei mir.

An dieser Situation schien Andreas regelrecht zu verzweifeln, verständlicherweise. Er hatte vor Wochen bereits angedeutet, mit Laura ernsthaft über das aufgetauchte Problem sprechen zu wollen, so ginge es jedenfalls nicht mehr allzu lange weiter, der Druck wurde einfach zu groß für ihn.

Das tut mir ausgesprochen leid. Ich merke ja, wie er sich jeden Tag aufs Neue mit dieser blöden Thematik herumquält. Erst gestern hatte ich zu ihm gesagt: „Mach dich nicht verrückt, mein Herz, das pendelt sich wieder ein. Denk an einen Zunami, der kommt herangedonnert, reißt alles mit, was sich ihm in den Weg stellt, aber wenn die Wassermassen erst einmal abgeflossen sind, dann herrscht erneut Ruhe."

So ähnlich ist es auch, wenn in uns Veränderungen stattfinden. Zuerst reagieren wir über, verhalten uns völlig unangemessen in der Situation. Aber dann, wenn wir es gelernt haben, mit den neuen Impulsen umzugehen, dann sind wir auch wieder in der Lage, uns normal zu verhalten und können auch entsprechend reagieren. Vorher nicht. Und du veränderst dich gerade. Du beginnst, deine Gefühle wahrzunehmen. Und wenn ihr Glück habt, dann entwickelt sich Laura in die gleiche Richtung mit. Dann bekommt ihr unter diesen neuen Vorzeichen eine reelle Chance."

„Und wenn nicht?", lautete seine bange Frage. „Tja, ich bin kein Hellseher, ich weiß es nicht, wie es dann kommen wird, mein Engel, aber das ist genau die Stelle, an der die erste Ehe bei mir zerbrochen ist. Er zog nicht mit. Aus die Maus. Aber selbst wenn du auf den gleichen Pfaden wandeln solltest wie ich, dann findest du ganz sicher in naher Zukunft eine Frau, mit der alles so sein wird, wie du es brauchst. Definitiv. Du kommst in den *Fühl-Modus*, Bärchen, du bist kein Zombie mehr, du wirst da rauskommen, aus dieser Isolation. Und ich bin total stolz auf dich! Ich kann mir gut vorstellen, wie schwer das alles für dich sein muss. Beängstigend und auch verwirrend. Ich ziehe den Hut vor deinem Mut und vor deiner Stärke und – ich habe dich ganz, ganz lieb!"

„Lilly, ich glaube, ich pack das nicht, alle diese vielen Veränderungen." „Doch, mein Herz, das schaffst du. Jeder von uns musste das einmal hinbekommen. Es fühlt sich so an, als würdest du das, was man normalerweise in der Pubertät erlernt, jetzt verspätet nachholen. Ich kann mich noch recht genau an diesen ständigen Zwiespalt in den Gefühlen erinnern, daran, nicht zu wissen, wer man in Wahrheit selber ist, wie man tickt, was einen bewegt, wie man mit den Empfindungen umgehen sollte. Und nur wenn man das weiß, kann man die Anderen einschätzen. Nur wenn du weißt, wer *du* bist, kannst du es erkennen, was für ein Mensch dein *Gegenüber* ist. Habe etwas Geduld, bald bist du durch diese Zeit hindurch. Und aus einer weniger hübschen Raupe wird ein ganz, ganz toller Schmetterling."

„Ach Mäuschen, das ist so niedlich, wie du das sagst. Das hört sich unwahrscheinlich gut an."

Ja. Das ist schon wichtig, dass wir trotz aller Liebe nicht vergessen, weiterzuarbeiten. Denn in den Schoß fällt uns niemals etwas, jede neue Erkenntnis ist das Produkt einer langen Kette des Erlebens. Für mich ist es gut zu wissen, dass alles, was ich sage oder auch nur denke, bei Andreas anzukommen scheint.

Er kann es sich ja aussuchen, was er davon behalten möchte, oder was er als Unfug für sich abtun kann. Das steht ihm frei.

Und mir stand es jetzt frei, zu entscheiden, ob ich beim bevorstehenden Besuch bei den Eltern ganz genau hinfühle, oder ob ich es lasse. Aber da ich ja kein Feigling bin, machte ich mein Herz bereits in der Haustür bei der Begrüßung weit, weit auf.

Ich hatte zum ersten Mal nicht diesen Eindruck von Fremdheit, als ich den beiden gegenüberstand. Es war zwar auch nicht so, dass ich ihnen hätte in die Arme fallen mögen, aber die nervtötende, jederzeit spürbare Distanziertheit, die tauchte an dem Tag nicht auf. Das ist doch was!

Entspannte Stimmung. Wir tranken Kaffee zusammen und die zwei Stunden unseres Besuches verliefen friedlich. Seit ich weiß, dass mein Vater ein richtiger

Psychopath ist und ich ihn deshalb als krank einstufe, sehe ich manches viel gelassener. Und mir ist klar, dass sich an dem Zustand nie mehr etwas ändern wird. Er genießt also eine gewisse Narrenfreiheit bei mir, mit allem was er sagt, nur, wenn er bösartig wird, er verbal also Giftpfeile austeilt, dann weise ich ihn in seine Schranken. Zum Beispiel, indem ich ihm genau das, was er soeben in den Boden stampfen wollte, noch einmal sage, ganz ruhig und freundlich, versehen mit dem Nachsatz „aber das kannst du nicht fühlen." Das wirkt.

Er bleibt dann friedlich. Aber es täuscht mich nicht darüber hinweg, dass Hopfen und Malz bei ihm komplett verloren ist. Es wird nicht mehr, das wird nie wieder gut.

Meine Mutter ist da schon erheblich schwerer einzuschätzen. Sie ist eine gute Schauspielerin und beherrscht die Rolle der Mutter *mit* Gefühlen fast perfekt. Außenstehende merken nichts. Während mein Vater überhaupt kein Blatt vor den Mund nimmt, weder was Worte, noch was Taten anbelangt, da tarnt meine Mutter ihre Kaltherzigkeit grandios. Aber nur Fremden gegenüber. Bei der Verwandtschaft hörte die Maskerade allerdings auch schon auf.

Diese kleine Episode wurde mir von Cousine Carina erzählt. *Ihre* Mutter, die Schwester *meiner* Mutter, lebte nur fünf Kilometer entfernt im Nachbardorf in einem Seniorenheim, sie war schon fast neunzig Jahre alt.

Tante Trudi starb. Sie hatte es sich tatsächlich erlaubt, mittags, um die Essenszeit herum, zu sterben. Carina fuhr selbstverständlich bei meinen Eltern vorbei, nachdem sie sich von ihrer Mutter verabschiedet hatte, in der Hoffnung, ein wenig Trost zu finden innerhalb der Familie.

Meine Eltern nahmen gerade ihr Mittagessen ein. Selbstverständlich wurde Carina ein Platz angeboten, aber die beiden sollen in aller Ruhe weiter gegessen haben.

Dann kam der Nachtisch dran. Es gab Milchreis mit Apfelkompott. Der muss köstlich geschmeckt haben, denn meine Mutter nahm sich noch Nachschlag. Sie hatte soeben die Todesnachricht ihrer Schwester erhalten und das Einzige, was der Frau einfiel, dazu zu sagen, war: „Na ja, irgendwann sind wir ja schließlich alle mal dran."

Carina sagte, sie hätte sich noch nie im Leben so verlassen gefühlt wie in dem Moment. Die Einsamkeit meiner Kindheit. Da ist sie. Ich habe sie mir nicht eingebildet.

Natürlich wundert es mich heute nicht mehr, dass die beiden niemals langfristig echte Freunde hatten. Ja, Gartenzaunbeziehungen, die Nachbarn, mit denen man an Geburtstagen hin und wieder zusammenkommt, aber so ernsthafte Freundschaften gab es nie. Einmal, fast. Arbeitskollegen meiner Eltern. Aber diese sich anbahnende gute Beziehung haben sie mit ihrer kalten

Tour ganz schnell wieder in den Knick gejagt. Denn um eine Freundschaft aufrecht zu erhalten braucht es Empathie. Viel Gefühl um gute Gespräche zu führen. Zuhören ist erforderlich sowie die Gabe von Geben und Nehmen, Offenheit, Aufrichtigkeit – die Liste der notwendigen Bindestriche zwischenmenschlicher Beziehungen ist lang.

Danke, liebes Schicksal, dass ich anders geworden bin! Mein Bruder Tobi durfte an der Stelle nicht so viel Glück erleben. Ich kann zwar wunderbar mit ihm reden, aber unseren Eltern gegenüber scheint er betriebsblind zu sein.

Offen gesagt, sollte er in *dem* Alter, mit nunmehr über fünfzig Jahren, die wichtigsten Dinge etwas klarer sehen. Macht er aber nicht. Er rationalisiert. Und wenn ein Satz bei ihm anfängt mit: „Ja, aber...", dann weiß ich, es wird Zeit, das Thema zu wechseln. Dann schwenke ich sofort um, weil ich merke, es ergibt keinen Sinn, mit ihm über die Eltern zu sprechen. Aber sonst ist er ganz ok. Ich lasse ihn in Bezug auf unsere Erzeuger also weiterschlafen, jeder hat das Recht auf einen ungestörten Schlaf.

Kapitel 30

Ganz häufig spüre ich, dass es unglaublich wichtig für mich ist, alle Gedanken einmal zu bündeln, und mir die Zusammenhänge klar vor Augen zu führen. Nur wenn ich verstehe, was vorgeht, bin ich auch in der Lage, die Vermutungen, meine aus der Sachlage heraus gezogenen Schlüsse, an andere weiterzugeben. Ich habe schon enorm viele Teile des Puzzles gefunden und zusammensetzen können. Manche erwiesen sich als falsch an der Stelle, dann kamen sie wieder raus, aber andere saßen genau richtig und ließen das Bild immer deutlicher erscheinen.

Ich empfinde unsere *Fernbeziehung* mittlerweile als eine Bereicherung in meinem Leben und möchte auf keine einzige der gemachten Erfahrungen je wieder verzichten müssen. Es ist gut so. Auch, wenn ich mich mit dem Aushalten schwertat. Damals, nach Jochen und auch nach Wolfgang, da verspürte ich den dringlichen Impuls, mein Herz ganz fest zuzumachen, damit ich solche Gefühle niemals mehr wieder ertragen müsste. Das ist vorbei. Ich stehe dazu. Ich liebe Andreas, meinen *symbiotischen Zwilling*, mehr als alles Andere auf der Welt.

Über ein Jahr Zeit ist bereits vergangen, seit Andreas und ich uns *in echt* zum letzten Mal gesehen haben, aber es schmerzt mich jetzt nicht mehr. Seit ich verstanden habe, warum das so ist, warum er mir nicht über den Weg laufen kann, komme ich mit diesem Umstand gut zurecht. Nicht, dass ich kein Bedürfnis danach verspürte, ihn wiederzusehen, nein, ganz im Gegenteil. Aber ich fasse sein Verhalten an dem Punkt nicht mehr als Gleichgültigkeit oder Hartherzigkeit auf, sondern ich erkenne jetzt, dass es für ihn gute Gründe für diese Verhaltensweise gibt.

Ich glaube, ich bin für ihn so eine Art Schnittpunkt zwischen Realität und Traumwelt. Ganz am Anfang bohrten wir ja das Loch vom Unterbewusstsein hin zum Bewusstsein, verbunden mit der Hoffnung, er könnte so besser erkennen, was real ist und was nicht. Blöderweise hatte er mich damals als eine Art böser Geist eingestuft, den es galt, schnell wieder aus seiner Bewusstheit heraus zu bekommen. Der Weg erwies sich als völlig falsch.

In der Traumwelt zu bleiben und mich, also die Realität, auszublenden, das konnte die Lösung niemals sein. Erfreulicherweise fielen die Kämpfe gegen mich immer schwächer aus.

Schließlich aber begriff er, dass nicht ich der Feind bin, gegen den er zu Felde zieht, sondern er selbst. Der Kampf gegen meine Gefühle ist der Kampf gegen seine eigenen Gefühle. Aber wir schafften es, das erste Leck zu schlagen, die erste Verbindung herzustellen, was für ein Segen!

Und er fing ganz allmählich an, Emotionen zu erkennen und hinzunehmen. Der Umstand, dass ich optisch überhaupt nicht in sein Beuteschema passe, hatte ihm das Akzeptieren unglaublich schwer gemacht, ich kann die Widerspenstigkeit verstehen. Ich, zwanzig Jahre jünger und dreißig Kilo leichter, ich denke, wir wären dann um einiges schneller vorangekommen mit dem Thema. Aber es gibt ja kein *hätte*, *wenn* und *aber*, es ist immer so, wie es ist.

Diesen langen Marathonlauf brachten wir zwar unter Aufbringung all unserer Kraft hinter uns, aber dann, kurz nach dem Einbiegen in die Zielgerade, erkannten wir voller Schrecken, dass sich danach noch eine unglaublich hohe Hürde auftürmte. Andreas war unfähig, Gefühle wahrzunehmen. Die Eigenen, und, logischerweise, auch die der anderen. Was für ein Elend! Das dürfte der Grund sein, für die Jahrzehnte lange soziale Isolation und der daraus resultierenden Einsamkeit.

Aber das wird, dem Himmel sei Dank, ein Ende haben. Er wird alle seine Gefühle wahrnehmen können, die Anfänge sind doch bereits gemacht. Er verspürt Liebe und Sehnsucht und fängt auch an zu erkennen, dass das nicht unbedingt mit Sexualität verbunden sein muss. Der Wunsch nach Nähe und Zärtlichkeit kann auch durch gute, vertrauliche Gespräche, durch

Streicheln, liebevolle Blicke oder einfach nur durch das Dasein des geliebten Menschen erfüllt werden.

Das sind massive Veränderungen und ich verstehe es nur allzu gut, dass die mit Unsicherheit und Angst verbunden sind. Besonders dann, wenn ich es gewohnt bin, ausschließlich aus dem Kopf heraus zu reagieren, und nicht aus dem Herzen, was ja Gefühl vorausgesetzt hätte. Ganz sicher wird er es lernen, seine Emotionen zu erkennen, sie zu respektieren, ihnen langsam zu vertrauen und ein Gespür für die innere Stimme zu entwickeln, so wie ich. Ich habe das auch eines Tages einmal hinbekommen, obwohl alle Vorzeichen vehement dagegen sprachen. Es geht also. Und was *ich* schaffe, das wird Andreas auch hinbekommen, nur halt ein wenig später.

Und unter der Prämisse ist es auch gut zu verstehen, warum er unbedingt die Kontrolle über andere Menschen behalten musste. Ganz sicher leuchtete es ihm nicht ein, dass diese Manipulationen den verzweifelten Versuch darstellten, die Kontrolle über die eigene Persönlichkeit zu erlangen. Er weiß es aber inzwischen. Ich sagte ihm auch das.

„Bärchen", meinte ich, „alles, was du glaubst, mit den anderen zu machen, machst du mit dir selbst. Nimm als Beispiel die Lügerei, oder besser das, was ich so lange Zeit für solche hielt. Du willst damit die Leute im Zweifel halten, denn je weniger sie wissen, desto hilfloser sind sie. Mir ist heute klar, dass das *deine*

Gefühle von Unsicherheit sind, *du* blickst durch deine Realität nicht durch, und *du* hast nichts, an dem du dich konkret festhalten kannst. Festhalten *konntest*, ist richtiger formuliert, denn das ist jetzt vorbei.

Du besitzt diese dicken Wurzeln, genau wie ich, und auf die ist Verlass, mein Herz. Auch wenn du es nicht glauben magst, es ist so. Immer und für alle Zeiten. Das ist ein erstes und ganz wichtiges Stückchen deiner Persönlichkeit, unumstößlich, niemals mehr zu zerstören, weder durch andere noch durch dich, wie du ja inzwischen gemerkt haben dürftest."

Andreas fängt an zu spüren, dass das, was man im Zuge einer Sexsucht macht, nichts, aber auch gar nichts mit wahrer Liebe zu tun hat. Im Gegenteil. Wenn sämtliches Fühlen ausschließlich über sein bestes Stück abläuft, dann kann eine derartige Aktion allenfalls die Funktion eines Blitzableiters haben.

Keine Zärtlichkeiten, wie angenehme Berührungen, intensives in die Augen schauen, alles ohne jede Wärme, ohne ein Wir-Gefühl. Und das allerschlimmste – dem Anschein nach ohne echte, tiefe Befriedigung. Der emotionale Supergau. Null Zufriedenheit. Darum musste es auch zwanghaft und ohne Pause immer weitergehen.

Das sind keine guten Grundlagen für eine Ehe. Deshalb fragte ich ihn: „Andreas, willst du in deiner kalten Porzellan-Welt echt bis zum Lebensende bleiben? Meinst du, du hältst das wahrhaftig aus, jetzt, nachdem du eine Ahnung davon bekommen hast, wie wunderbar und erfüllend es sich anfühlen *könnte*?"

Seine Antwort fiel knapp aber deutlich aus: „Nein, Lilly, ich halte das schon eine ganze Weile lang nicht mehr aus." Das spürte ich doch. Kirschen, Birnen, Äpfel – was unterscheidet diese Dinge voneinander? Ja, sie schmecken total unterschiedlich. Selbst mit geschlossenen Augen nimmt man das wahr.

Und mit der Liebe ist das genau so. Die vermeintliche Zuneigung zu Laura sind die Birnen, schmeckt dann auch so, oder, anders ausgedrückt – es kann, wenn sie Sex miteinander haben, vom Gefühl her nur das dabei herauskommen, was er in Wahrheit für sie empfindet. Da scheint die Kälte zu überwiegen, somit braucht sich keiner darüber zu wundern, dass so eine Nummer definitiv zum unerfreulichen Kraftakt wird.

Die Gefühle für mich scheinen dagegen ganz anders geartet zu sein. Natürlich spürt er die Zärtlichkeit, die von mir ausgeht, und gewinnt dem eine Menge ab, findet es wunderschön, möchte dann mehr, und das weckt verständlicherweise Sehnsüchte. Die er bei mir auch erfüllt sieht.

Ganz, ganz viele Bindestriche. Sanfte Bindestriche. Und so wichtig. Ohne die funktioniert das mit der Liebe überhaupt nicht. Das sind die Kirschen, und genauso schmeckt das dann auch.

Und wenn er gern für sich alleine bleibt, dann ist das wieder eine andere Liga. Das kann bestenfalls nur ein lauer Ersatz sein, und so empfindet man das dann auch. Äpfel, eben.

Derartige Erkenntnisse, und das so kurz nach der Hochzeit, falls es diese Feier überhaupt gegeben haben sollte, ist natürlich schlichtweg eine Katastrophe. Das glaube ich, dass er Angst verspürt vor dem Leben, der Zukunft.

Unglaublich viel Sex und gedankliche Manipulation halfen Andreas dabei, das Machtverhältnis, Laura gegenüber, aufrecht zu erhalten. So legte er den *Status quo* ihrer Beziehung fest. Und der bröckelt natürlich mit schwindender Lust, deshalb der verzweifelte Kampf um die Macht.

So betrachtet wird auch dieser, für mich absolut schwachsinnige, Versuch erklärlich, mit dessen Hilfe er sich bemühte, kurzerhand die Empfindungen zu vertauschen, also von einer Person auf die andere zu schieben. Das konnte nur schiefgehen, denn Gefühle entstehen nicht im Kopf, die sind nicht mittels Verstand woanders einpflanzbar, nein, die kommen aus dem Herzen, und sie sind nicht transplantierbar. Niemals!

Ich hege den leisen Verdacht, dass Andreas das allmählich, ganz langsam, verstand. Auf jeden Fall haben Versuche dieser Art aufgehört. Ja, ich denke, er hat das begriffen. Gott sei Dank! Das war für mich die Hölle. So gesehen, bin ich auch stolz auf mich, dass ich derart schwierige Situationen immer wieder ertrug und es schaffte, meine eigenen Emotionen dazu hinten anzustellen. Echte Liebe lässt sich eben nicht manipulieren. Aber für mich wird auch allmählich deutlicher, dass er keinerlei andere Möglichkeiten hatte, als das auszutesten. Wie hätte er sonst dahinter kommen sollen, wenn nicht zuerst mit dem Kopf, so wie üblich. Und dann rutschte der Rest nach, sprich, das Gefühl.

Dafür machte ich ihm aber so manches Mal die Hölle heiß, hatte ihn immer wieder heruntergeputzt für dieses grausame Experiment, das er da ohne mit der Wimper zu zucken an mir durchgeführt hatte. Ohne Reue, ohne Schuldgefühle, ohne irgendeine Empfindung mir gegenüber. Wie denn auch? Mich gab es in seiner Welt doch nur als Körper ohne Seele, und das noch nicht einmal real, sondern nur gedanklich. Ich hatte echt zu viel von ihm verlangt. Das erkenne ich jetzt auch, und wundere mich nicht mehr darüber, dass Andreas sich nach so einer erhaltenen Standpauke dann gekränkt bis verstört zurückgezogen hatte. Ich tat ihm an der Stelle Unrecht. Er konnte das nicht fühlen, was er mir jedes Mal damit antat. Er wirkte gemein, kalt und grausam, weil er es nicht fühlte.

Aber jetzt spürt er Unterschiede, und die Experimente haben diesbezüglich aufgehört. Nein, ich verfalle nicht in Jubelschreie! Es werden andere Testreihen kommen, weil ihm ja noch ganz viele Bindestriche im Bereich der sozialen Kontakte fehlen, aber ich bin gewappnet. Es kann nur so gehen, dass ich ihm sage, was ich empfinde in dieser oder jener Situation, und zwar immer und immer wieder, bis er das selber fühlt, und das Gefühl benennen kann.

„Bärchen", habe ich zu ihm gesagt, „ich verstehe jetzt, dass du diese Experimente brauchst, um dich zurechtzufinden in deinem Haus. Tausend neue Eindrücke, Erfahrungen, und, wenn wir viel Glück haben, auch Gefühle, da darf ich mich nicht darüber wundern, wenn du mich mit dem Verhalten oft an meine Grenzen bringst. Ich sage es dir, wenn so ein Punkt mal wieder erreicht ist, und bitte dich ganz ernsthaft darum, dann auf mich Rücksicht zu nehmen. Ist das für dich vorstellbar?" Ja, das könne er hinbekommen, meinte er.

Es ist vom Schicksal aber wirklich ausgesprochen ungerecht, einem einzelnen Menschen derart viele Trümmerteile vor die Tür zu legen. Wenn ich dagegen meine schwierige Kindheit und deren Folgen betrachte, dann kommt es mir verdammt unangemessen vor, die Vergangenheit als Bürde zu bezeichnen. Es gibt doch immer noch eine Steigerung.

Tiefes Mitgefühl empfinde ich für Andreas. Ich merke, wie tröstlich es für ihn ist, wenn ich ihm sanft über das Haar streichle, wenn meine Lippen ganz zart seine Stirn berühren und ich zu ihm sage: „Es tut mir so furchtbar leid für dich, mein Herz, ich wünschte, du hättest es leichter. Ich spüre deine Qualen, die Zerrissenheit und die Unsicherheit allem Neuen gegenüber. Glaube ja nicht, dass ich davon nichts mitbekomme. Und ich wünschte, ich könnte dir mehr abnehmen von der Last. Geht aber nicht, du musst da leider selber durch.

Aber eines ist ganz sicher, mein Engel, du fühlst alles das, was ich auch fühle, nur ein wenig später. Ich hoffe ja nicht, dass die Wahrnehmung der noch fehlenden Empfindungen erst mit einer Verzögerung von fünfundzwanzig Jahren bei dir einsetzt. Aber dagegen spricht, dass nach gut zwölf Monaten intensiver Arbeit bei dir einfach schon zu vieles in Bewegung geraten ist. Das geht garantiert schneller. Ich bin da ganz sicher. Du schaffst das!

Wir schaffen das! Ich bin bei dir, lasse dich niemals im Stich, unabhängig davon, was aus unserer *Beziehung* noch werden wird. Wir haben diese dicken Wurzeln bekommen, und die tragen uns. Du stehst fest und sicher auf deinem Plateau, das trägt dich, ganz egal, was drumherum passiert. *Du bist stark*! Die Stärke ist bisher immer nur in den Körper gewandert. Kraft, Training, Ausdauer, Zähigkeit, der ungebrochene Wille zu siegen, das alles hat nicht nur mit dem Body zu tun, dieses Potenzial findet man auch in der Seele, im Geist des Menschen. Das ist der Pfad, auf den du immer wieder zurückkommen kannst, wenn du einmal aus der Spur gerätst.

Und wenn ich eines Tages nicht mehr da sein sollte, egal warum, dann weißt du, dass du trotzdem fest verankert bist. Durch die eigenen dicken Wurzeln.

Deine Persönlichkeit. Und so wie du bist, bist du in Ordnung, und kein noch so starker Sturm kann dich jemals knicken, nur der Tod, der schafft das, aber bis dahin bleiben dir ja noch mindestens fünfzig Jahre Zeit, mein Engel."

Ich rechnete nicht mit einer Antwort, er sprach von ganz allein: „Ja, Lilly-Maus, ich glaube dir mehr und mehr, und ich bin so froh, dass du da bist. Ich würde das ohne dich niemals geschafft haben, nicht einen Meter hätte ich diesen Pfad betreten. Danke."

So allmählich müsste ihm mein permanentes Streicheln doch auf die Nerven gehen, ich warte schon eine ganze Weile auf Abwehrmaßnahmen, es kommen aber keine. Im Gegenteil. Es fühlt sich an, als würde ein Mensch, der kurz vor dem Verdursten steht, Tropfen für Tropfen von einem lebenserhaltenden Elixier aufsaugen.

Wer ist hier ausgehungerter nach menschlicher Nähe und Zärtlichkeit, er oder ich? *I've hungered for your touch*, fällt mir ein, die Strophe aus unserem Lied, bei der man so wunderbar gefühlsmäßig abheben kann.

Dieses alles so vor mir zu sehen macht mich unglaublich glücklich. Meine Zuversicht, meine Kampffreude und mein Durchhaltevermögen werden in solchen Augenblicken der Klarheit wie durch einen kraftvollen Dynamo aufgetankt. Er wird es schaffen. Er wird nicht als Zombie, als seelenloses Monster, sein Leben lang herumlaufen, und eine Spur der Verwüstung hinter sich herziehen. Das lasse ich nicht zu! Ich bringe ihn in den *Fühl-Modus*, und sei der Weg auch noch so steinig. Diese bescheuerte Hürde nehmen wir auch noch. Oder sollen wir etwa drei Meter vor der Ziellinie aufgeben?

Kapitel 31

Wir haben wieder Sommer! Endlich! Ist das angenehm, hier draußen auf der Liege, von wo aus ich die Vögel beim Trinken aus der eigens für sie aufgestellten Schale beobachten kann. Ich verspüre tiefe Ruhe und Ausgeglichenheit, bin mit mir und meinem Leben restlos zufrieden. Ein wunderbarer Ort, um nachdenken zu können.

Toni hatte sich an diesem sonnigen Tag sein neues E-Bike geschnappt und wollte eine kleine Tour machen, als mir plötzlich die Idee kam, kurz in die Stadt zu fahren, um ein paar Avocados zu kaufen. Und Apfelsinen. Ich hatte vor, uns zum Essen den tollen Salat zu zaubern, den Andreas auch so köstlich findet. Nur, ob ich Apfelsinen zu der Jahreszeit bekommen könnte? Keine Ahnung. Schauen wir einmal.

Ich stand gerade an der Obst- und Gemüsetheke als ich spürte, wie mein Bein warm wurde. Ungewöhnlich. Hätte ich jetzt gemütlich zu Hause im Sessel gesessen und völlig entspannt einen Katalog durchgeblättert, ja, denkbar, in der Situation könnte ich ohne Probleme seine Nähe als Wärme wahrnehmen. Aber so, unterwegs?

Den Reifegrad von schwarzen Avocados überprüft man am besten, indem man sie einfach in die Hand nimmt. Man spürt es, ob sie zu hart, also noch unreif, sind, oder bereits zu weich, weil überreif. Diese Frucht fühlte sich warm an. Sehr, sehr warm...

„Die nicht, Lilly, die ist von innen schon dunkel." Andreas. Er stand direkt hinter mir. Seine Schulter berührte mich leicht. Ganz vorsichtig legte ich die scheinbar glühende Avocado wieder in ihren Karton zurück, in Zeitlupe, denn die Welt drehte langsamer.

Seine Haare trug er jetzt länger, das sah sehr gut aus, ein völlig neuer Anblick für mich. Blaue Augen schauten mich freundlich an. Freundlich? Wie das? Ich denke, er fühlt nichts?

Doch. Kein Irrtum. Er lachte verlegen und sah mich wohlwollend an. „Hallo Lilly!" „Hallo Andreas. Was machst *du hier* ? Seine Antwort, logisch, wie meist: „Avocados kaufen, so wie du."

Wie oft hatte ich mir diesen Augenblick vorgestellt. Wie oft hatte ich es mir gewünscht, ihn *in echt* einmal wiederzusehen! Bestimmt hundertmal hatte ich mir den passenden Text für diese Situation zurechtgebastelt, hatte mir Gedanken darüber gemacht, wie ich ein flüssiges, aber besser doch auch ein unverbindliches Gespräch beginnen könnte. Auf keinen Fall wollte ich ihn durch zu viel Emotionalität sofort wieder vertreiben. Das hatte ich mir ganz fest vorgenommen, unbedingt zu vermeiden!

„Das hätte ich jetzt nicht geglaubt", sagte ich zu ihm, „dass wir beide uns zufällig in diesem Leben jemals wieder über den Weg laufen." Er lächelte schüchtern und meinte: „Ist kein Zufall." Aha. Wer fährt wegen zwei Avocados schon dreißig Kilometer? Er hatte also Schritt eins gemacht. Ok, dann mache ich Schritt zwei. „Bist du sehr in Eile?" „Nö." Ich fragte ihn, ob er etwas davon halte, in das Eis-Café, gleich um die Ecke, zu gehen, um zusammen einen Cappuccino zu trinken. Ja, er wollte. Gerne, sogar.

In dem Moment erst legte sich die Slow-Motion bei mir und ich spürte, wie mein Herz anfing zu rasen. Andreas. Er hatte es also geschafft, das Bedürfnis wahrzunehmen, mich wiedersehen zu wollen. Wir suchten uns schnell die Früchte aus, bezahlten und machten uns auf den Weg zur Eisdiele. Es war noch nicht einmal Mittagszeit, da findet man in dieser flachen Gegend so leicht kein Lokal, das unter der Woche geöffnet ist. Zum Glück bildete *der* Laden die Ausnahme.

Nichts Befremdliches lag zwischen uns, nein, nicht die geringste Spur. Eher die alte Vertrautheit, dieses Gefühl, sich schon das ganze Leben lang zu kennen, keinerlei Sand vorhanden, der blockierend im Getriebe saß und ein Rundlaufen des Motors hätte verhindern können. Alles glatt und stimmig.

Um diese Uhrzeit waren wir die einzigen Gäste dort. Gott sei Dank! Es gibt nichts Lästigeres für mich als zu merken, dass die Leute am Nachbartisch sich scheinbar nach Unterhaltung sehnen und dabei vor Neugierde immer längere Ohren bekommen. Der Ober brachte unsere Getränke vorbei und während ich den Süßstoff in meinem Cappuccino verrührte, fiel mir auf, wie blass und erschöpft er aussah. Nicht glücklich.

Ja, sie hatten geheiratet, *nein*, er würde nicht arbeiten gehen, ihre Pläne sahen anders aus. Laura will sich von ihm trennen. Peng! Das traf mich wie ein Donnerschlag. Ich *wusste* es zwar bereits, aber das direkt aus seinem Munde heraus bestätigt zu bekommen, das fühlte sich dann doch an wie eine ganz andere Hausnummer.

„Warum?", fragte ich ihn. „Sie meint, ich würde sie nicht mehr lieben", lautete die Antwort. Aber die reichte mir so natürlich nicht. „Woran macht sie das fest, was meinst du?" Ach, er, Andreas, hätte eine so lieblose Art an sich, verhielte sich rücksichtslos, egoistisch, gefühllos, kalt. Vorsichtig fragte ich nach: „Und, hat sie damit Recht, oder besser gesagt, kannst du das nachvollziehen?" Oh je, die Antwort fiel ihm so schwer. Er würgte sie regelrecht heraus und sah dabei so verzweifelt, traurig und hilflos aus, dass ich mich für dieses herausgepresste *Ja* fast schämte.

Laura ist also erwacht. Die *Eisprinzessin* war zu sich gekommen und damit zersprang seine Porzellanwelt, die kalte, in tausend Teile und lag ihm als Scherbenhaufen vor den Füßen. Sein konstruiertes

Leben. Alles zerplatzt, genauso wie alle Träume. Mir traten bei dem Gedanken die Tränen in die Augen.

Hätten wir uns in dem Moment auf unserer mentalen Ebene befunden, dann hätte ich ihn in die Arme geschlossen und ihm ganz vorsichtig über die Stirn gestreichelt. Aber so, sich real gegenüber sitzend, ging das natürlich nicht. Mir leuchtete ein, dass solch eine zärtliche Geste mit Sicherheit eine Umdrehung zu viel für ihn gewesen wäre. So begnügte ich mich damit, ihm voller Mitgefühl in die Augen zu sehen und dabei leicht über seine Hand zu streicheln, die, wie einsam, vor ihm auf dem Tisch lag.

„Das tut mir leid! Ich wünschte, du wärst glücklich. Kann ich dir in irgendeiner Form helfen?" Den Nachsatz, *mein Herz,* den verkniff ich mir. Nützte nur nichts. Andreas lachte. Hatte er den Text gehört?

„Machst du doch gerade, Lilly", entgegnete er. Stimmt. Ich trage zwar kein Tattoo am Arm, auf dem *Freund* steht, aber ich trage diesen Schriftzug in meinem Herzen.

Wir sprachen viel und verstanden uns blendend. Drei Stunden vergingen wie im Flug. Als wir uns dann später voneinander verabschiedeten, sagte Andreas noch: „Der nächste Cappuccino, Lilly, der geht aber dann auf meine Rechnung." Gerne. Es gibt also ein morgen.

Unsere Autos standen noch auf dem Parkplatz vor dem Supermarkt. Mir schwirrte der Kopf. Die Fahrt nach Hause brauchte ich ganz dringend, um meine Gedanken wieder zu sortieren. Toni war sicher schon zurück von seiner Fahrradtour. Und ich hatte zwar die Avocados geholt, die Apfelsinen aber total vergessen. Dann gab es eben keine zu kaufen.

Ich hatte nicht geglaubt, dass Andreas den Mut aufbringen würde, mir in der Realität in die Augen zu schauen. Ich habe es auch getan und mir war es egal, ob er alles das, was ich für ihn empfinde, auch in meinem Blick finden kann. *Alle Liebe dieser Erde.* Jener alte Titel von Julio Iglesias fällt mir ein, eine Schnulze, aber irgendwie doch passend.

Gern bin ich bereit, mein Verhalten dahingehend zu kontrollieren, dass ich mich meinem Alter und der Lebenserfahrung entsprechend, nach außen hin zeigen kann. Aber ich bin nicht bereit, Gefühle zu verleugnen, weder vor mir selbst, noch vor Toni und auch nicht vor Andreas. Es ist so, wie es ist. Und wenn sich das in meinen Augen widerspiegelt, dann ist das schön. Denn das bin ich.

Wie *er* sich wohl fühlen mag? Gut, glaube ich, denn mir geht es genauso. Ich empfinde jetzt erst die volle Wucht der Einsamkeit, die auf ihm, die ganzen Jahre zuvor, gelastet haben muss. Langsam fängt der Druck an zu weichen. Wie schön!

In seinem Leben hatte er zu nichts und niemandem einen echten Bezug, weder in positivem noch in negativem Sinne. Und plötzlich begegnet ihm da jemand gedanklich und die Dinge entwickeln sich so, wie er es sich für sein reales Leben immer gewünscht hatte. Endlich hört er eine liebevolle Stimme, die *seinen* Namen ausspricht, die ihn überhaupt anspricht, und erhält Geschenke, die es so vorher für ihn nie gegeben hatte in den manipulierten Beziehungen. Echte Anteilnahme, Verständnis, Vertrauen, Hilfe, Lob, Liebe, Zärtlichkeit, Trost – die Liste ist lang. *I've hungered for your touch...*

Und anstatt sich gewissenlos nehmen zu müssen was er will, bekommt er es von mir geschenkt. Ich glaube, zum ersten Mal in seinem Leben fühlt er sich nicht mehr allein.

Unsere *Zusammenkünfte* fanden ja für so lange Zeit ausschließlich im Geiste statt, gedanklich. Und dennoch wird er es gemerkt haben, dass diese Begegnungen deutlich intensiver sein dürften als in der kalten Porzellanwelt des systematisch aufgebauten Lebens. Ein Bild taucht immer wieder vor mir auf: Ich sehe Andreas allein hinter dieser dicken Glaswand stehen, die Handflächen fest gegen die Scheibe gepresst, verzweifelt darüber, dass alle anderen Menschen sich auf der gegenüber liegenden Seite befinden, absolut unerreichbar für ihn. Selbst seine eigenen Gefühle sind dort drüben. Er schreit und schreit. Es ist wie in einem Albtraum, aber niemand hört ihn. Zweiunddreißig Jahre lang. Bis zu dem Tag, an dem wir uns dann zum ersten Mal begegneten.

Andreas hatte eine meiner wichtigsten Eigenschaften unterschätzt. Ich habe die Fähigkeit, vermeintlich Negatives in Positives zu verwandeln, und zwar um hundertachtzig Grad, denn jede Medaille hat zwei Seiten. Sieht es vorne übel aus, dann ist die Rückseite mit Sicherheit erfreulicher. So auch in dem Fall seiner ständigen Irreführungen. Diese Vorgehensweise zwang mich regelrecht dazu, alles noch intensiver wahrzunehmen, da ich in Bezug auf den Tagesablauf überhaupt keine konkreten Hinweise mehr bekam. Glücklicherweise funktionierte es auch so. Ich machte einfach das, was ich schon immer am besten konnte – hinfühlen, so tief ich nur kann.

Mein Leben ist ein Fluss
und ich bin mitten drin.
Die Strömung ist immer noch
reißend stark, doch ich habe
gelernt, zu schwimmen.
Ich muss das rettende Ufer nicht
mehr erreichen, fühle mich wohl,
in dem klaren, warmen Wasser.
Und ich bin neugierig.
Neugierig darauf, zu sehen,
wohin mich der Strom des Lebens
noch so treiben wird.

Die Figuren in diesem
Buch sind frei erfunden.
Eventuelle Ähnlichkeiten
mit noch lebenden
oder bereits verstorbenen
Personen
wären rein zufällig.